品 诗 诵 词

滕 浩 选编

图书在版编目（CIP）数据

品诗诵词/滕浩选编．—北京：当代世界出版社，2016.11
ISBN 978-7-5090-1134-8

Ⅰ.①品… Ⅱ.①滕… Ⅲ.①唐诗－鉴赏②宋词－鉴赏 Ⅳ.①I207.2

中国版本图书馆CIP数据核字（2016）第221430号

出版发行：	当代世界出版社
地　　址：	北京市复兴路4号（100860）
网　　址：	http://www.worldpress.org.cn
编务电话：	（010）83907332
发行电话：	（010）83908409
	（010）83908455
	（010）83908377
	（010）83908423（邮购）
	（010）83908410（传真）
经　　销：	全国新华书店
印　　刷：	北京欣睿虹彩印刷有限公司
开　　本：	700毫米×1000毫米　1/16
印　　张：	25.25
字　　数：	380千字
版　　次：	2017年3月第1版
印　　次：	2017年3月第1次
书　　号：	ISBN 978-7-5090-1134-8
定　　价：	29.80元

如发现印装质量问题，请与承印厂联系调换。
版权所有，翻印必究；未经许可，不得转载！

目　录

唐　诗

五言古诗 ………………………………………………………… (3)

感遇（二首）……………………………………… 张九龄 (3)
下终南山过斛斯山人宿置酒 ……………………… 李　白 (4)
月下独酌 …………………………………………… 李　白 (5)
春思 ………………………………………………… 李　白 (6)
望岳 ………………………………………………… 杜　甫 (6)
赠卫八处士 ………………………………………… 杜　甫 (7)
佳人 ………………………………………………… 杜　甫 (8)
送綦毋潜落第还乡 ………………………………… 王　维 (9)
送别 ………………………………………………… 王　维 (10)
青溪 ………………………………………………… 王　维 (11)
渭川田家 …………………………………………… 王　维 (12)
西施咏 ……………………………………………… 王　维 (12)
秋登兰山寄张五 …………………………………… 孟浩然 (13)
夏日南亭怀辛大 …………………………………… 孟浩然 (14)
宿业师山房待丁大不至 …………………………… 孟浩然 (15)
同从弟南斋玩月　忆山阴崔少府 ………………… 王昌龄 (15)
寻西山隐者不遇 …………………………………… 丘　为 (16)
春泛若耶溪 ………………………………………… 綦毋潜 (17)
宿王昌龄隐居 ……………………………………… 常　建 (18)
与高适、薛据登慈恩寺浮图 ……………………… 岑　参 (18)
贼退示官吏（并序）……………………………… 元　结 (19)

郡斋雨中与诸文士燕集 ·················· 韦应物（20）
初发扬子寄元大校书 ·················· 韦应物（21）
寄全椒山中道士 ······················ 韦应物（22）
夕次盱眙县 ·························· 韦应物（23）
东郊 ································ 韦应物（24）
送杨氏女 ···························· 韦应物（24）
晨诣超师院读禅经 ···················· 柳宗元（25）
溪居 ································ 柳宗元（26）

七言古诗 ······························· （28）

登幽州台歌 ·························· 陈子昂（28）
古意 ································ 李　颀（28）
琴歌 ································ 李　颀（29）
夜归鹿门歌 ·························· 孟浩然（30）
庐山谣寄卢侍御虚舟 ·················· 李　白（31）
梦游天姥吟留别 ······················ 李　白（32）
金陵酒肆留别 ························ 李　白（34）
宣州谢朓楼饯别校书叔云 ·············· 李　白（35）
白雪歌送武判官归京 ·················· 岑　参（36）
丹青引（赠曹将军霸） ················ 杜　甫（37）
古柏行 ······························ 杜　甫（39）
观公孙大娘弟子舞剑器行（并序） ······ 杜　甫（40）
石鱼湖上醉歌（并序） ················ 元　结（42）
山石 ································ 韩　愈（43）
八月十五日夜赠张功曹 ················ 韩　愈（44）
谒衡岳庙遂宿岳寺题门楼 ·············· 韩　愈（46）
石鼓歌 ······························ 韩　愈（47）
渔翁 ································ 柳宗元（50）
长恨歌 ······························ 白居易（51）
琵琶行（并序） ······················ 白居易（55）
韩碑 ································ 李商隐（59）

五言乐府 .... (62)

 塞上曲 .... 王昌龄 (62)

 塞下曲 .... 王昌龄 (62)

 关山月 .... 李 白 (63)

 子夜吴歌·秋歌 .... 李 白 (64)

 长干行 .... 李 白 (64)

 游子吟 .... 孟 郊 (65)

 长干行（二首）................................. 崔 颢 (66)

 玉阶怨 .... 李 白 (67)

 塞下曲（四首）................................. 卢 纶 (67)

 江南曲 .... 李 益 (69)

七言乐府 .... (71)

 燕歌行（并序）................................. 高 适 (71)

 古从军行 .... 李 颀 (73)

 桃源行 .... 王 维 (74)

 蜀道难 .... 李 白 (75)

 长相思（二首）................................. 李 白 (77)

 行路难 .... 李 白 (78)

 将进酒 .... 李 白 (79)

 兵车行 .... 杜 甫 (80)

 丽人行 .... 杜 甫 (81)

 哀江头 .... 杜 甫 (83)

 渭城曲 .... 王 维 (84)

 秋夜曲 .... 王 维 (84)

 出塞 .... 王昌龄 (85)

 清平调（三首）................................. 李 白 (86)

 出塞 .... 王之涣 (87)

五言律诗 .... (88)

 望月怀远 .... 张九龄 (88)

杜少府之任蜀州	王　勃（88）
在狱咏蝉	骆宾王（89）
杂诗	沈佺期（90）
题大庾岭北驿	宋之问（91）
破山寺后禅院	常　建（91）
渡荆门送别	李　白（92）
送友人	李　白（93）
夜泊牛渚怀古	李　白（93）
春望	杜　甫（94）
月夜	杜　甫（95）
月夜忆舍弟	杜　甫（95）
天末怀李白	杜　甫（96）
别房太尉墓	杜　甫（97）
旅夜书怀	杜　甫（97）
登岳阳楼	杜　甫（98）
辋川闲居赠裴秀才迪	王　维（99）
山居秋暝	王　维（100）
归嵩山作	王　维（100）
终南山	王　维（101）
酬张少府	王　维（102）
过香积寺	王　维（103）
送梓州李使君	王　维（103）
汉江临眺	王　维（104）
与诸子登岘山	孟浩然（105）
宴梅道士山房	孟浩然（106）
过故人庄	孟浩然（106）
秦中寄远上人	孟浩然（107）
宿桐庐江寄广陵旧游	孟浩然（108）
早寒有怀	孟浩然（108）
秋日登吴公台上寺远眺	刘长卿（109）
饯别王十一南游	刘长卿（110）

新年作	刘长卿	(110)
谷口书斋寄杨补阙	钱　起	(111)
淮上喜会梁州故人	韦应物	(112)
赋得暮雨送李曹	韦应物	(112)
酬程近秋夜即事见赠	韩　翃	(113)
送李端	卢　纶	(114)
喜外弟又言别	李　益	(114)
云阳馆与韩绅宿别	司空曙	(115)
喜见外弟卢纶见宿	司空曙	(116)
贼平后送人北归	司空曙	(116)
蜀先主庙	刘禹锡	(117)
草	白居易	(118)
旅宿	杜　牧	(118)
秋日赴阙题潼关驿楼	许　浑	(119)
早秋	许　浑	(119)
蝉	李商隐	(120)
风雨	李商隐	(121)
落花	李商隐	(122)
凉思	李商隐	(122)
北青萝	李商隐	(123)
送人东游	温庭筠	(124)
春宫怨	杜荀鹤	(124)
章台夜思	韦　庄	(125)

七言律诗 (126)

黄鹤楼	崔　颢	(126)
行经华阴	崔　颢	(127)
望蓟门	祖　咏	(127)
登金陵凤凰台	李　白	(128)
送李少府贬峡中王少府贬长沙	高　适	(129)
积雨辋川庄作	王　维	(130)

蜀相	杜　甫（130）
客至	杜　甫（131）
野望	杜　甫（132）
闻官军收河南河北	杜　甫（133）
登高	杜　甫（134）
登楼	杜　甫（134）
宿府	杜　甫（135）
阁夜	杜　甫（136）
咏怀古迹（五首）	杜　甫（137）
寄李儋元锡	韦应物（140）
同题仙游观	韩　翃（141）
晚次鄂州	卢　纶（142）
登柳州城楼寄漳、汀、封、连四州刺史	柳宗元（142）
西塞山怀古	刘禹锡（143）
遣悲怀（三首）	元　稹（144）
无题	李商隐（146）
隋宫	李商隐（147）
无题（二首）	李商隐（148）
筹笔驿	李商隐（149）
无题	李商隐（150）
春雨	李商隐（151）
无题（二首）	李商隐（151）
利州南渡	温庭筠（153）
苏武庙	温庭筠（154）
贫女	秦韬玉（154）

五言绝句 …………………………………………………（156）

鹿柴	王　维（156）
竹里馆	王　维（156）
送别	王　维（157）
相思	王　维（157）

杂诗	王　维	(158)
送崔九	裴　迪	(158)
终南望余雪	祖　咏	(159)
宿建德江	孟浩然	(160)
春晓	孟浩然	(160)
夜思	李　白	(161)
怨情	李　白	(161)
登鹳雀楼	王之涣	(162)
送灵澈	刘长卿	(162)
弹琴	刘长卿	(163)
送上人	刘长卿	(163)
秋夜寄丘员外	韦应物	(164)
听筝	李　端	(164)
江雪	柳宗元	(165)
行宫	元　稹	(165)
问刘十九	白居易	(166)
登乐游原	李商隐	(167)
寻隐者不遇	贾　岛	(167)

七言绝句 ……………………………………… (168)

回乡偶书	贺知章	(168)
九月九日忆山东兄弟	王　维	(168)
芙蓉楼送辛渐	王昌龄	(169)
闺怨	王昌龄	(170)
春宫怨	王昌龄	(170)
凉州曲	王　翰	(171)
送孟浩然之广陵	李　白	(171)
下江陵	李　白	(172)
逢入京使	岑　参	(173)
江南逢李龟年	杜　甫	(173)
滁州西涧	韦应物	(174)

枫桥夜泊 …………………………………… 张 继（174）

寒食 ………………………………………… 韩 翃（175）

夜上受降城闻笛 …………………………… 李 益（175）

乌衣巷 ……………………………………… 刘禹锡（176）

春词 ………………………………………… 刘禹锡（177）

宫词 ………………………………………… 白居易（177）

题金陵渡 …………………………………… 张 祜（178）

赤壁 ………………………………………… 杜 牧（178）

泊秦淮 ……………………………………… 杜 牧（179）

寄扬州韩绰判官 …………………………… 杜 牧（180）

秋夕 ………………………………………… 杜 牧（180）

赠别（二首） ……………………………… 杜 牧（181）

金谷园 ……………………………………… 杜 牧（182）

夜雨寄北 …………………………………… 李商隐（182）

为有 ………………………………………… 李商隐（183）

嫦娥 ………………………………………… 李商隐（184）

贾生 ………………………………………… 李商隐（184）

瑶瑟怨 ……………………………………… 温庭筠（185）

金陵图 ……………………………………… 韦 庄（185）

陇西行 ……………………………………… 陈 陶（186）

寄人 ………………………………………… 张 泌（187）

宋　词

木兰花 ……………………………………… 钱惟演（191）

渔家傲 ……………………………………… 范仲淹（191）

苏幕遮 ……………………………………… 范仲淹（192）

御街行 ……………………………………… 范仲淹（193）

千秋岁 ……………………………………… 张 先（194）

菩萨蛮 ……………………………………… 张 先（195）

醉垂鞭	张　先	(195)
一丛花	张　先	(196)
天仙子	张　先	(197)
青门引	张　先	(198)
浣溪沙（二首）	晏　殊	(198)
清平乐（二首）	晏　殊	(200)
木兰花（三首）	晏　殊	(201)
踏莎行（二首）	晏　殊	(203)
蝶恋花	晏　殊	(205)
采桑子	欧阳修	(205)
诉衷情	欧阳修	(206)
踏莎行	欧阳修	(207)
蝶恋花（三首）	欧阳修	(208)
木兰花	欧阳修	(210)
浪淘沙	欧阳修	(210)
青玉案	欧阳修	(211)
曲玉管	柳　永	(212)
雨霖铃	柳　永	(213)
蝶恋花	柳　永	(214)
采莲令	柳　永	(215)
浪淘沙慢	柳　永	(216)
定风波	柳　永	(217)
少年游	柳　永	(218)
戚氏	柳　永	(218)
夜半乐	柳　永	(220)
玉蝴蝶	柳　永	(221)
八声甘州	柳　永	(222)
迷神引	柳　永	(223)
竹马子	柳　永	(224)
桂枝香	王安石	(225)
千秋岁引	王安石	(226)

临江仙	晏几道（227）
蝶恋花（二首）	晏几道（227）
鹧鸪天	晏几道（229）
生查子	晏几道（229）
木兰花（二首）	晏几道（230）
清平乐	晏几道（231）
阮郎归（二首）	晏几道（232）
六么令	晏几道（233）
御街行	晏几道（234）
虞美人	晏几道（235）
留春令	晏几道（236）
思远人	晏几道（237）
水调歌头	苏　轼（237）
水龙吟	苏　轼（238）
念奴娇	苏　轼（239）
永遇乐	苏　轼（240）
洞仙歌	苏　轼（241）
卜算子	苏　轼（242）
青玉案	苏　轼（243）
临江仙	苏　轼（244）
定风波	苏　轼（245）
江城子	苏　轼（245）
贺新郎	苏　轼（246）
望海潮	秦　观（247）
八六子	秦　观（248）
满庭芳（二首）	秦　观（249）
减字木兰花	秦　观（251）
浣溪沙	秦　观（252）
阮郎归	秦　观（252）
绿头鸭	晁元礼（253）
蝶恋花（二首）	赵令畤（254）

水龙吟	晁补之	(255)
忆少年	晁补之	(256)
洞仙歌	晁补之	(257)
虞美人	舒亶	(258)
谢池春	李之仪	(259)
卜算子	李之仪	(259)
瑞龙吟	周邦彦	(260)
风流子	周邦彦	(261)
兰陵王	周邦彦	(262)
琐窗寒	周邦彦	(263)
六丑	周邦彦	(264)
夜飞鹊	周邦彦	(265)
满庭芳	周邦彦	(267)
花犯	周邦彦	(268)
解语花	周邦彦	(269)
蝶恋花	周邦彦	(270)
解连环	周邦彦	(271)
拜星月慢	周邦彦	(272)
关河令	周邦彦	(273)
绮寮怨	周邦彦	(274)
尉迟杯	周邦彦	(275)
西河	周邦彦	(276)
夜游宫	周邦彦	(277)
青玉案	贺铸	(277)
感皇恩	贺铸	(278)
石州慢	贺铸	(279)
蝶恋花	贺铸	(280)
天香	贺铸	(281)
望湘人	贺铸	(282)
绿头鸭	贺铸	(283)
石州慢	张元干	(284)

兰陵王	张元干	(285)
贺新郎	叶梦得	(287)
虞美人	叶梦得	(288)
汉宫春	李 邴	(288)
临江仙（二首）	陈与义	(289)
苏武慢	蔡 伸	(291)
柳梢青	蔡 伸	(292)
鹧鸪天	周紫芝	(293)
踏莎行	周紫芝	(294)
满江红	岳 飞	(294)
水龙吟	程 垓	(295)
六州歌头	张孝祥	(296)
念奴娇	张孝祥	(298)
六州歌头	韩元吉	(299)
卜算子	陆 游	(300)
水龙吟	陈 亮	(301)
忆秦娥	范成大	(302)
眼儿媚	范成大	(303)
霜天晓角	范成大	(303)
贺新郎	辛弃疾	(304)
念奴娇	辛弃疾	(305)
汉宫春	辛弃疾	(306)
贺新郎	辛弃疾	(307)
水龙吟	辛弃疾	(308)
摸鱼儿	辛弃疾	(310)
永遇乐	辛弃疾	(311)
木兰花慢	辛弃疾	(312)
祝英台近	辛弃疾	(313)
青玉案	辛弃疾	(314)
鹧鸪天	辛弃疾	(315)
菩萨蛮	辛弃疾	(316)

鹧鸪天	姜　夔（316）
庆宫春	姜　夔（317）
扬州慢	姜　夔（319）
长亭怨慢	姜　夔（320）
淡黄柳	姜　夔（321）
暗香	姜　夔（321）
疏影	姜　夔（323）
翠楼吟	姜　夔（324）
杏花天影	姜　夔（325）
一萼红	姜　夔（326）
唐多令	刘　过（327）
绮罗香	史达祖（328）
双双燕	史达祖（329）
东风第一枝	史达祖（330）
喜迁莺	史达祖（331）
八归	史达祖（332）
生查子	刘克庄（333）
贺新郎（二首）	刘克庄（333）
木兰花	刘克庄（336）
夜合花	吴文英（337）
霜叶飞	吴文英（338）
宴清都	吴文英（339）
齐天乐	吴文英（340）
花犯	吴文英（341）
浣溪沙（二首）	吴文英（342）
点绛唇	吴文英（343）
祝英台近（二首）	吴文英（344）
澡兰香	吴文英（346）
惜黄花慢	吴文英（347）
高阳台（二首）	吴文英（348）
三姝媚	吴文英（350）

八声甘州	吴文英（351）
踏莎行	吴文英（352）
瑞鹤仙	吴文英（353）
鹧鸪天	吴文英（354）
夜游宫	吴文英（354）
贺新郎	吴文英（355）
高阳台	周　密（356）
瑶花慢	周　密（357）
玉京秋	周　密（358）
花犯	周　密（359）
瑞鹤仙	蒋　捷（360）
贺新郎	蒋　捷（361）
女冠子	蒋　捷（362）
高阳台	张　炎（363）
渡江云	张　炎（364）
八声甘州	张　炎（365）
解连环	张　炎（366）
月下笛	张　炎（367）
眉妩	王沂孙（368）
长亭怨慢	王沂孙（369）
凤凰台上忆吹箫	李清照（370）
醉花阴	李清照（371）
声声慢	李清照（372）
念奴娇	李清照（373）
永遇乐	李清照（374）

附　录 （376）

唐诗

五言古诗

感遇（二首）

张九龄

其 一

兰叶春葳蕤①，桂华秋皎洁②。欣欣此生意，自尔为佳节③。谁知林栖者④，闻风坐相悦⑤。草木有本心⑥，何求美人折⑦。

【注释】

①葳蕤：草木枝叶茂盛的样子。　②桂华：桂花。　③自尔：自此，自然地。④林栖者：隐居山林中的人。　⑤闻风：闻到风吹来的香气。坐：因而。　⑥本心：天性。⑦美人：林栖者。

【译诗】

兰花到了春天繁盛芬芳，桂花遇秋季则皎洁飘香。它们欣欣向荣地生长，自然地点缀着美好的季节。生活在山林中的人，闻到芳香攀花折枝。散发飘香是它们的天性，并不是为了别人将其攀折。

【赏析】

这首诗以比兴手法，寓意于高雅清香的春兰秋桂。它们不慕求虚荣，不阿谀权贵。芳香出于自然，不是为博取别人欣赏。以此来自勉、自娱，透露出诗人洁身自好、坚贞清高、不与佞臣同流合污的高尚气节。

其 二

江南有丹橘，经冬犹绿林。岂伊地气暖①？自有岁寒心②。可以荐嘉客，奈何阻重深③。运命唯所遇，循环不可寻④。徒言树桃李⑤，此木岂无阴⑥？

【注释】

①岂伊：难道因为。　②岁寒心：比喻坚贞的节操。　③阻重深：道路被重重阻塞。　④寻：追究。　⑤树：种植。　⑥阴：同"荫"。

【译诗】

江南盛产红橘，经严寒之后橘林仍葱葱绿绿。这难道是地气暖和使然？原来橘树自有坚贞的气质。可以用红橘来款待亲朋，怎奈路途遥远山水阻隔。命运难测只能听其所遇，如同四季变更不能追寻。世人都偏爱栽种桃李，可橘树不也是绿树成荫吗？

【赏析】

橘树之叶经冬不凋，这不是因为地气暖的原因，而是因其自身具有凌寒傲霜的品质，诗人将它比喻自己。这丹橘本可以让嘉客食用的，然而阻碍重重，无法献达，这大概是命运了。人们都爱种桃种李，其实丹橘不仅果实可以待嘉客，而且四季不凋，随时都有美荫，哪点不如桃李呢？这几句诗比喻诗人自己也有贤人一样的美德，但不被人识，只能徒自不平。

这首诗设喻恰当，抒发情怀圆转自如，故历来为人称颂。

下终南山过斛斯山人宿置酒①

李　白

暮从碧山下，山月随人归。却顾所来径②，苍苍横翠微③。相携及田家④，童稚开荆扉⑤。绿竹入幽径，青萝拂行衣⑥。欢言得所憩，美酒聊共挥⑦。长歌吟松风⑧，曲尽河星稀。我醉君复乐，陶然共忘机⑨。

【注释】

①终南山：秦岭著名的山峰，位于陕西省西安市南。斛（hú）斯山人：隐居于山中的一名士人，李白好友。　②却顾：回首望。　③翠微：青翠的山坡。　④田家：田野山村人家，指斛斯山人家。　⑤荆扉：荆条编扎的柴门。　⑥青萝：攀缠在树枝上下垂的藤蔓。　⑦挥：举杯。　⑧松风：歌声随风飘入山林。　⑨忘机：忘记世间的投机巧诈。

【译诗】

暮色苍茫时分，走过碧绿的青山脚下，明月好像随我加快步伐。回首环视走过的山间小道，郁郁葱葱的林间青翠掩映，云雾弥漫。我与友人携手来到田家，小童为我们打开柴门。走进竹林穿过幽静小路，藤蔓悬吊轻拂衣裳。有幸找到这么好的休闲之地，共同举杯畅饮美酒。乘着酒兴放声高歌，歌声随风飘入山林。等到曲尽歌终时，已是夜深群星渐稀。我醉了后朋友们依然很高兴，我们都忘却了世间的巧诈烦扰。

【赏析】

这是一首描写在暮色月夜与友人同归的田园诗。沿途清幽旖旎的山色，友人简朴优雅的居所，以及到友人家受到的礼遇，使诗人在酣饮放歌时，陶醉在一种无拘无束、心情飘然的境况中。这首诗笔出自然，格调明快，简练准确，情景交融，将自然景色与饮酒放歌的情景跃然字里行间，充满了浓郁的田园风味。

月下独酌

李 白

花间一壶酒，独酌无相亲。举杯邀明月，对影成三人①。月既不解饮，影徒随我身。暂伴月将影，行乐须及春。我歌月徘徊，我舞影零乱。醒时同交欢，醉后各分散。永结无情游②，相期邈云汉③。

【注释】

①三人：即诗人、明月、身影。　②无情：忘情、尽情。　③相期：相约。邈：高远。云汉：天河，这里指天上。

【译诗】

我在花丛中准备了一壶好酒，独自酌饮没有一个知音。举杯邀请明月与我共饮，月光映照出独自的影子，就等于三个人了。月亮本来不会饮酒，影子也不过枉然跟随在身前身后。暂且以明月和影子相伴，借这美景及时行乐。我唱起歌月亮在空中徘徊不定，我起身狂舞影子跟着飘忽不定。清醒时我们共同欢乐，酒醉后各奔东西。但愿能永远尽情漫游，相约重逢在遥远的天河。

【赏析】

这首诗因波澜起伏、静中有动、丝丝相扣而为世人传诵。诗人运用丰富的想象,由孤独而邀月、影为伴,时而同饮,时而歌舞,孤独的场面被诗人的想象引申为热热闹闹、轻歌欢快的气氛。然而诗人毕竟是"暂伴月将影",而"行乐及春""永结无情"才是其内心深处的感慨。

春 思

李 白

燕草如碧丝①,秦桑低绿枝。当君怀归日,是妾断肠时。春风不相识,何事入罗帏②?

【注释】

①燕:地名,今河北北部、辽宁西南部。 ②罗帏:用丝织的帘帐。

【译诗】

北国的小草还像丝般青绿,秦地的桑树已低垂着浓绿的枝叶了。当你怀念家园想要回来的时候,我早就因思念你而愁断肠。素不相识的春风呵,为什么悄悄吹进了我的帘帐,引起我的思念之情?

【赏析】

在这首描写思妇内心独白的诗中,诗人语义双关,用自然之春天,喻男女之间的爱慕之情,同时又以丝(思)、枝(知)谐音,表达异地夫妇之间的思念情怀。诗的主题明快清新,落笔自然,是诗人描写男女情长诗中比较著名的一首。

望 岳

杜 甫

岱宗夫如何①?齐鲁青未了②。造化钟神秀③,阴阳割昏晓④,荡胸生层云⑤,决眦入归鸟⑥。会当凌绝顶⑦,一览众山小。

【注释】

①岱宗：即泰山。　②齐鲁：春秋时的两个国家，在今山东境内。齐在泰山北，鲁在泰山南。未了：无边无际。　③造化：天地，大自然。钟：赋予，汇聚。　④阴阳：山北阳光照不到天色易阴，山南日照天色易明。割：分划。　⑤荡胸：云层叠起，心胸爽朗，如同云气在胸间波荡。　⑥决眦：眼睛睁得几乎要裂开。眦：眼眶。　⑦会当：终当，总有一天。凌：登上。

【译诗】

五岳之首的泰山到底是什么样子呢？青青的山色覆盖了辽阔的齐鲁大地。大自然汇聚了天地间的神奇和俊秀，横亘的山姿使南北晨光暮色截然分明。蒸腾的云气重重叠叠，令人心胸激荡开阔。极目眺望，只见归鸟在飞翔。总有一天我要登上那最高的峰峦，将群山尽收眼底。

【赏析】

这首诗从"望"字上着意，从远望、近观、细看的不同角度概括了泰山的雄伟峻拔的气势，到诗人敢于攀登绝顶，俯视一切的雄心、抱负和气概，字里行间洋溢着诗人青春年少所特有的阳刚气魄。全诗意境开阔、新颖，被人们奉为前无古人、后无来者的绝句。

赠卫八处士①

杜　甫

人生不相见，动如参与商②。今夕复何夕，共此灯烛光。少壮能几时？鬓发各已苍③。访旧半为鬼，惊呼热中肠④。焉知二十载，重上君子堂⑤。昔别君未婚，儿女忽成行。怡然敬父执⑥，问我来何方？问答乃未已，驱儿罗酒浆⑦。夜雨剪春韭，新炊间黄粱⑧。主称会面难，一举累十觞⑨。十觞亦不醉，感子故意长⑩。明日隔山岳，世事两茫茫。

【注释】

①卫八处士：人名，生卒不详，古时称有德才隐居不仕的人为处士。　②参与商：即参星和商星。两星东西相对，此出彼没。　③苍：灰白色。　④热中肠：内心激动。　⑤君子：指卫八处士。　⑥父执：父辈的真挚朋友。　⑦驱：差遣，安排。　⑧黄粱：黄小米。　⑨累：接连。觞：酒杯。　⑩故意：故交的情意。

【译诗】

朋友之间的相聚之难，就像参星和商星，今夜是什么吉日良辰，让我们共同享有一盏烛光。青春壮健的岁月能有多少，转眼间你我都已两鬓如霜。寻访昔日的亲朋旧友，他们多半已经死去。我内心激荡，不得不连声哀叹悲怆。谁能想到，二十年后的今天，我又亲临你家的厅堂。分别时你还是一位少年，如今却已儿女成行。他们愉快地礼待父亲的老友，亲切地询问我来自何乡。我还没有回答完他们的问话，老友已经催促孩子们摆好了菜馔酒浆。夜雨中剪来了新鲜的韭菜，又呈上新煮的小米饭让我品尝。主人珍惜见面的艰难，频频劝酒一杯又一杯。一连十来杯还没有醉倒，他对老友的情意使我感动。明日分别后，华山将把我们阻隔，相见又不知将在何时何地？

【赏析】

肃宗乾元元年（758），杜甫被贬为华州司功参军，冬末赴洛阳。次年春又由洛阳返华州，途中遇故旧卫八处士有感而作此诗。当时正是安史之乱，叛军猖獗，局势动荡不安，加上荒年，杜甫能在途中遇友，并受到礼遇，悲喜交集，既感到莫大的欣慰，又生发出无限的感慨。诗人用极其自然浑朴的语言，抒发出心中蕴积的感情波澜，字字真情，句句实意。

佳　人

杜　甫

绝代有佳人，幽居在空谷①。自云良家子②，零落依草木③。关中昔丧乱④，兄弟遭杀戮。官高何足论？不得收骨肉。世情恶衰歇⑤，万事随转烛⑥。夫婿轻薄儿⑦，新人美如玉。合昏尚知时⑧，鸳鸯不独宿。但见新人笑，那闻旧人哭。在山泉水清，出山泉水浊。侍婢卖珠回，牵萝补茅屋。摘花不插发，采柏动盈掬⑨。天寒翠袖薄，日暮倚修竹。

【注释】

①幽居：隐居。空谷：山间峡谷。　②子：古时女子也叫子。　③零落：飘零沦落。　④关中：指长安。　⑤衰歇：衰败。　⑥转烛：烛光随风转动，喻指世事变化

无常。　⑦夫婿：丈夫。　⑧合昏：植物名，即合欢，其花朝开夜合。　⑨动：动辄，往往之意。盈：满。掬：双手合捧。

【译诗】

　　一位容貌超绝的美人，独自隐居在山谷。她说自己出身名门，家道中落才漂泊到此，依傍着这里的山川草木。当年关中一带战火连天，自己的兄弟也遭了杀戮。官高又有什么用处，连尸骨都没能收进坟墓。世态险恶变化无常，万事就像那风中摇曳的烛光。薄情寡义的丈夫竟另觅新欢，爱上貌美如玉的新人。合欢花尚且知道朝开晚合，鸳鸯鸟也双栖从不只身独宿。他满眼只看见新人的笑容，哪里听得到我的悲伤啼哭。山里的泉水清澈明亮，出山后泉水就变得混浊了。侍女变卖珍珠回来，还要牵起藤萝修补简陋的茅屋。我从不摘花插在头发上打扮自己，却常常采下常绿的柏枝捧在怀里。寒风吹动我薄薄的衣衫，日落黄昏，我斜倚着高高的青竹，打发哀怨的时光。

【赏析】

　　诗的主人公是一位在战乱中家道衰落又被丈夫遗弃，飘零到山中安家的女子。社会动乱，世态炎凉，命运对这位遭此不幸的女子更加不平。然而主人公坚贞不屈，没有被不幸压倒，将寂寞孤独、冷暖哀怨积压于内心深处，在清贫困窘中顽强地生活着。

送綦毋潜落第还乡①

王维

　　圣代无隐者②，英灵尽来归③。遂令东山客④，不得顾采薇⑤。既至金门远⑥，孰云吾道非。江淮度寒食⑦，京洛缝春衣⑧。置酒长安道，同心与我违⑨。行当浮桂棹⑩，未几拂荆扉。远树带行客，孤城当落晖。吾谋适不用，勿谓知音稀。

【注释】

　　①綦毋潜：綦毋为复姓，潜为名，字季通，荆南人。　②圣代：政治开明、社会安定的时代。　③英灵：有德行、有才干的人。　④东山客：东晋谢安曾隐居会稽东山，借指綦毋潜。　⑤采薇：指殷末伯夷、叔齐居西山采薇事，这里借指隐居。

⑥金门远：指未得中第而不能待诏帝侧。　⑦寒食：节令名，清明前一天或两天。
⑧京洛：河南洛阳，天宝初为东京。　⑨违：离别。　⑩桂棹：桂木做的船桨，借指船。

【译诗】

　　清明盛世没有隐者，杰出人才都在为国家效力。那些隐居山林的世外高人，都抛弃清贫走出寂寞。虽然落第得不到皇帝召见，但谁说是你的理想不远大？你启程赴考时，江淮正度寒食佳节，现在东京洛阳家家户户赶着缝制春衣。在长安的郊外，我置酒把盏为你饯行。知心的朋友就要和我分别了。行船当步，浮舟江海，没几天你就要叩开自家的柴门。你将越走越远，消失在远方的山林，落日的余晖斜照着这孤零零的古城。虽然你的才能一时没有得到赏识任用，但请千万别以为人世间缺少你的知音。

【赏析】

　　兴致勃勃地赴考，一心想春风得意、金榜题名，结果名落孙山而返乡，心情难免有些伤感沉重。这首送别友人的诗，给落第之人以慰藉、劝勉，语气旷达而亲切，写得委婉自如，融写景、叙事、抒情于一体，真挚感人。

送　　别

王　维

　　下马饮君酒①，问君何所之②。君言不得意，归卧南山陲③。但去莫复问，白云无尽时。

【注释】

①饮君酒：劝君喝酒。　②何所之：去哪里。　③南山陲：终南山边。

【译诗】

　　我下马请你饮酒，问你去向何方。你说你不得志，打算归去隐居在南山旁。我理解你内心的悲怆，也不会过多地询问。我知道那山中飘忽不定的白云会驱散你内心的愁闷，给你带来无限欢愉。

【赏析】

诗人虽仕途得意，开元中进士，政治上也有抱负，但社会现实又使他无法施展才干。这次友人仕途受挫归隐终南山，相送饯别时，诗人在抒发感叹的同时，对友人的归隐产生羡慕向往之情。

青　溪

王　维

言入黄花川，每逐青溪水①。随山将万转，趣途无百里②。声喧乱石中，色静深松里。漾漾泛菱荇③，澄澄映葭苇④。我心素已闲，清川澹如此⑤。请留盘石上，垂钓将已矣。

【注释】

①逐：循、沿。　②趣：通"趋"。　③菱荇：水草。　④葭苇：芦苇。
⑤澹：平静，安静。

【译诗】

走进黄花川，每次追逐着清清的溪水。溪水随着山路千回万转，流程还不到百里之遥。流水在乱石中发出喧响之声，在静谧的山林中缓缓流淌，又是那样的温顺娴静。荡漾的清波漂浮着嫩绿的水草，碧澄如镜的深水潭倒映着随风摇曳的芦苇。我的心向来淡泊闲静，就像那平静淡泊的清溪。我愿将余生寄托在这巨石上，垂钓取乐安度一生。

【赏析】

这首山水诗的每一句都可以独立成为一幅优美的画面，全诗又可组合成一组绚丽多姿的画卷。溪流随山势蜿蜒，在乱石中奔腾咆哮，在松林里静静流淌。水面微波荡漾，各种水生植物随波浮动。溪边的巨石上，垂钓老翁安闲自在。诗句自然清淡，绘声绘色，静中有动，诗中有画，托物寄情，具有无穷的韵味。

渭川田家①

王　维

斜阳照墟落②，穷巷牛羊归③。野老念牧童，倚杖候荆扉。雉雊麦苗秀④，蚕眠桑叶稀。田夫荷锄至，相见语依依。即此羡闲逸，怅然吟式微。

【注释】

①渭川：渭水。田家：农家。　②墟落：村落。　③穷巷：深巷。　④雉：野鸡。雊：鸣叫。

【译诗】

斜阳照在村落中，放牧的牛羊回到了深巷中。村中一位老叟拄着拐杖倚靠在柴门前，等候放牧晚归的牧童。已吐穗的麦地里传来野鸡的阵阵鸣叫声。桑树上桑叶稀疏，蚕儿已经休眠就要吐丝了。从田里归来的农夫扛着锄头，相见时打着招呼。此情此景，让我怎能不羡慕隐居的安逸。吟咏着《式微》的诗章，意欲归隐又不能如愿，心绪不免紊乱惆怅。

【赏析】

这首诗以自然的笔触描写了一个极为普通的乡村春末夏初的黄昏景象，刻画了农家自由无拘、勤朴清淡的生活。诗人将自己的感情融汇到田园牧歌式的生活中，由此产生向往之情。从侧面反映了诗人在宦海浮沉中的苦闷和彷徨。

西施咏

王　维

艳色天下重，西施宁久微？朝为越溪女，暮作吴宫妃。贱日岂殊众，贵来方悟稀。邀人傅脂粉①，不自著罗衣②。君宠益娇态，君怜无是非。当时浣纱伴③，莫得同车归。持谢邻家子④，效颦安可希⑤。

【注释】

①傅：敷，擦。　②罗衣：用丝绸织的衣服。　③浣：洗涤。　④持谢：奉劝。

子:女子。　⑤效:仿效。颦:皱眉头。

【译诗】

天下人都很爱美色,貌若天仙的西施怎能长久贫贱?早晨还在越溪边浣纱,夜晚就被选入吴宫成了宠妃。贫贱时,她与一般浣纱女没有什么区别,尊贵后才明白她是稀世的珍奇。梳妆施粉有婢女服侍,穿衣起居也用不着自己动手。君王的宠爱更使她娇态万分,君王爱怜她哪还管什么是非!当年同她一道浣纱的同伴,没有谁能和她同车共荣。奉劝邻家的女子,不必枉费心机去效颦邀宠。

【赏析】

这首诗借西施的故事感慨世间的无常与世态炎凉,极富穿透力地讥讽了那些由于偶然机遇受到君王恩宠就趾高气扬、不可一世的才士,同时又劝勉世人,不要为了博取别人赏识而模仿他人,故作姿态,弄巧成拙。

秋登兰山寄张五①

孟浩然

北山白云里②,隐者自怡悦。相望试登高,心随雁飞灭。愁因薄暮起,兴是清秋发。时见归村人,沙行渡头歇。天边树若荠③,江畔洲如月。何当载酒来?共醉重阳节。

【注释】

①兰山:应为万山,在湖北襄阳。张五:名子容,排行第五,隐居于襄阳岘山南的白鹤山。　②北山:当指万山。　③荠:荠菜。

【译诗】

北山隐藏在白云深处,这里的隐士享受着怡然自得的乐趣。登上高高的山岭想看一看你居住的地方,心随鸿雁消逝在遥远的天际。日落西山,我心头泛起相思的忧愁,清秋佳节,又使我格外兴奋勃发。时时望见收工的人们走过沙滩在渡头歇息。远望天边的树木像荠菜一样细小,江中的沙洲如一轮明月。什么时候你带着酒来,与我共同欢度重阳佳节?

【赏析】

孟浩然的山水田园诗飘逸真挚，情景清淡优美，语言淳朴隽永。这首诗名为寄，实为隔山遥望而不能见，以清秋登高眺望遥寄来抒发诗人对朋友的思念之情，希望朋友重阳佳节携酒登高。语意亲切自然，寄托了诗人对朋友真挚、怀念的情怀。

夏日南亭怀辛大

孟浩然

山光忽西落，池月渐东上。散发乘夕凉①，开轩卧闲敞②。荷风送香气，竹露滴清响。欲取鸣琴弹，恨无知音赏。感此怀故人，终宵劳梦想。

【注释】

①散发：古人平时都束发戴帽，散发以示休闲自在。　②轩：窗。卧闲敞：清闲自在地躺在宽敞的地方。

【译诗】

山上的夕阳不知不觉中西落，池塘上的月亮渐渐在东方升起。我披散着头发，在这幽静的傍晚尽享清凉，推开窗户，悠闲地躺在宽敞的地方。微风送来荷花清香，竹叶上的露水滴在水池中发出清脆的声响。想要取出鸣琴来弹奏，可惜又没有知音来欣赏。如此良辰美景，怎能不感叹、不思念我的老友，整个晚上，我都在梦中想念着他。

【赏析】

通过夏日乘凉、日落月升、清风送爽、露珠下滴这些自然景观，巧妙地过渡到思念老友，可见诗人对老友的深厚情谊。诗人在白描自己所置身的境地时，从中感到自己生活的闲适、自在、随意，但也流露出一种孤独寂寞与淡淡哀愁的相思。

宿业师山房待丁大不至①

孟浩然

夕阳度西岭，群壑倏已暝②。松月生夜凉，风泉满清听。樵人归欲尽，烟鸟栖初定。之子期宿来，孤琴候萝径③。

【注释】

①业师：法名业的僧人。山房：僧人居所。 ②暝：昏暗。 ③萝径：藤萝悬垂的小路。

【译诗】

夕阳已经翻越过西岭，山谷忽地一片昏黄。月上松枝，夜色满含着微微的寒意。风吹动泉水，不断传来清脆的声音。樵夫都已回去，雾霭中的归鸟也入巢栖息。我独自抱着琴，等候在长满青藤的小径上，盼望他早些归来住宿。

【赏析】

与人相约，久等不至，不免有些心躁惆怅。然而这首诗人夜宿僧舍等待友人不至的独白，却没有半点这种心情。在等的过程中，夕阳西下，群山昏暗到松月夜凉推移，诗人是那样地耐心静候，独自抱琴伫立。诗人是何等的闲适，对朋友是何等的虔诚和信任。

同从弟南斋玩月　忆山阴崔少府①

王昌龄

高卧南斋时，开帷月初吐②。清辉澹水木③，演漾在窗户④。荏苒几盈虚⑤，澄澄变今古。美人清江畔⑥，是夜越吟苦。千里共如何，微风吹兰杜。

【注释】

①从弟：堂弟。斋：书斋，书室。山阴：今浙江绍兴。少府：官名。 ②帷：帘帐。 ③澹：水缓缓地流。 ④演漾：水流摇荡。 ⑤荏苒：岁月流逝得很快。几盈虚：月亮圆缺反复多次。 ⑥美人：自己思慕的人，这里指崔少府。

【译诗】

悠闲地躺在书斋，拉开帷帘见明月初上。在月光的沐浴下，树影随着水波轻轻荡漾，水中的月亮映照在窗户上。岁月流逝，月亮圆缺不知经过了多少反复；世间几度沧桑巨变，它仍然像原来那样清亮澄莹。日夜思念的人在清江河畔，当此月圆良宵，一定伤感地吟诵思乡之曲。两地相隔千山万水，我们却共享一轮明月的光辉。你远播的名声，如同千里之外随风吹来的兰花的清香。

【赏析】

这首由赏月而思慕离别好友的诗，通过月圆月缺这个古今不变的自然现象，联想到人世间聚散离别无常，引出对友人的思念和感慨，并对友人的品德进行赞扬和称颂，从中看出诗人对友人的敬仰之情。

寻西山隐者不遇

丘 为

绝顶一茅茨①，直上三十里。叩关无僮仆②，窥室惟案几。若非巾柴车③，应是钓秋水。差池不相见④，黾勉空仰止⑤。草色新雨中，松声晚窗里。及兹契幽绝⑥，自足荡心耳⑦。虽无宾主意，颇得清净理。兴尽方下山，何必待之子。

【注释】

①茅茨：茅屋。 ②叩关：敲门。 ③巾柴车：意指乘小车出游。巾：作动词用，覆盖。柴车：粗劣的车子。 ④差池：参差不齐，这里是指此来彼往而错过之意。 ⑤黾勉：勉力，这里意为殷勤。仰止：仰望。止：语助词。 ⑥契：惬意。 ⑦荡心耳：荡涤心胸。

【译诗】

我径直登上三十里之遥的山顶，寻访一位在这里结茅屋而居的隐士。久叩柴门也没听到童仆答应，从门缝往屋里窥看，只有桌椅而无人踪影。他不是驾柴车外出云游，就是到秋水渊潭垂钓去了。我错过了这次见面的机会，空负了我对他的满腔热情。雨后草色青翠嫩绿，松涛声此起彼伏。这清幽的景色使我很惬意，心胸和耳目顿时旷达开畅。虽然没有领受到主人待客的厚意,但却得到了一种清净高雅的情趣。我的兴致已得到满足,何必要等到他来相见呢?

【赏析】

诗人寻隐者不遇,心情难免有些尴尬和惆怅。但友人居所的自然景观、草色青翠的优雅环境,使诗人感到别有情趣,也是一种意外收获。入空山不空手归,心理得到一种满足。诗末两句用典故点明主题,起到画龙点睛之效。

春泛若耶溪①

綦毋潜

幽意无断绝②,此去随所偶③。晚风吹行舟,花路入溪口。际夜转西壑④,隔山望南斗⑤。潭烟飞溶溶⑥,林月低向后。生事且弥漫,愿为持竿叟⑦。

【注释】

①泛:漂浮,泛舟。 ②幽意:寻幽的心意。 ③偶:通"遇"。 ④际夜:至夜。壑:沟谷。 ⑤南斗:星名,即斗宿,夏夜时位于南方上空。 ⑥溶溶:浓密。 ⑦持竿叟:持竿垂钓的老翁。

【译诗】

寻幽探奇的兴致不曾断绝,它使我随河漂流而去。晚风吹着小船缓缓而行,驶入春花夹岸的溪口。至夜后转到西边的沟谷,隔着高高的山崖仰望天上的南斗。清潭上雾霭朦胧,小船慢慢地漂行,将月亮和两岸树木抛在身后。人生世事如弥漫的烟雾,我愿做临渊垂钓的老翁,逍遥自在,无拘无束。

【赏析】

这首诗记录了诗人春日乘晚风随意泛舟、寻幽探胜之事,极其自然地描绘了一幅生动形象的春江花月夜泛舟图。所过之处的景色,都给诗人一种幽美的情趣感受。诗人以自然景象譬喻人生。他虽曾为仕,但却一心向往清幽、远离纷争的隐居生活。

宿王昌龄隐居

常 建

清溪深不测，隐处惟孤云。松际露微月，清光犹为君。茅亭宿花影①，药院滋苔纹②。余亦谢时去③，西山鸾鹤群④。

【注释】

①宿：喻夜静时花影亦如睡去。 ②药院：种着芍药的庭院。滋：繁衍。 ③谢时：辞去世俗的牵累。 ④鸾鹤群：与鸾、鹤为伍，意即归隐。

【译诗】

清溪源远流长望不到尽头，隐居之处只有孤云飘浮。松际间明月悄悄升起，看见了清光犹如看到了你。茅亭台前花影如眠，种着芍药的庭院长满了青苔。我愿远离世俗，到西山与成群的鸾凤、白鹤为伍相伴。

【赏析】

这首诗前六句写王昌龄隐居地的佳境，末以借隐作结，而一语未及主人。笔触凝练简洁，意境清寂幽邃。诗人通过对王昌龄居处景物的描写，既反衬了主人人品的高洁，又表达了自己对自然美的羡慕与渴求归隐之情。

与高适、薛据登慈恩寺浮图

岑 参

塔势如涌出，孤高耸天宫。登临出世界①，蹬道盘虚空②。突兀压神州③，峥嵘如鬼工④。四角碍白日，七层摩苍穹⑤。下窥指高鸟，俯听闻惊风。连山若波涛，奔走似朝东。青槐夹驰道⑥，宫观何玲珑。秋色从西来，苍然满关中。五陵北原上，万古青濛濛。净理了可悟⑦，胜因夙所宗⑧。誓将挂冠去⑨，觉道资无穷⑩。

【注释】

①出世界：高出于人世的境界。 ②蹬道：塔内盘旋的梯道。 ③突兀：高耸的样子。神州：中国。 ④峥嵘：高耸的样子。鬼工：鬼斧神工。 ⑤苍穹：天空。

⑥驰道：供车马驰行的大道。 ⑦净理：佛教的教义。了：了然。悟：觉悟。 ⑧胜因：善缘。夙：素来。宗：信仰。 ⑨挂冠：辞去官职。 ⑩觉道：佛教的道理。梵文中"佛"的原意为"觉者"。资：应用。

【译诗】

　　拔地涌出的宝塔，高耸入云直指天宫。随着盘旋的石级向上攀登，就像登临广阔的天空，超脱了世俗的烦扰。塔身雄伟挺拔盖过中国大地，塔势高峻神奇如鬼斧神工。塔峰四角仿佛阻碍了太阳的运转，塔体之高仿佛与天齐眉。往下看，小鸟在脚下飞翔；俯身听，山风呼啸而过。起伏连绵的群山如大海的波涛，一浪推一浪向东逝去。供车马驰行的大道两旁长满了青青的槐树，宫室楼台建造得何等精巧细致。秋色随风从西面飘来，苍茫弥漫了整个关中。北原上的汉代五陵，万古以来就是那样的苍茫。我明白清净的佛理，素来信奉善因必有善果。一定要辞官而去，皈依佛道修行，去追求无穷无尽的大觉之道。

【赏析】

　　这首诗在描绘登塔四面眺望时，各有胜景特色，东面群峰连绵，南面宫观玲珑，西面秋色满关，北面五陵青濛。身临这种苍莽的景色，又登的是佛塔，自然使人领悟到佛理，甚至想辞官皈依佛门。

贼退示官吏（并序）

元　结

　　癸卯岁，西原贼入道州①，焚烧杀掠，几尽而去。明年贼又攻永破邵②，不犯此州边鄙而退③，岂力能制敌欤？盖蒙其伤怜而已。诸使何为忍苦征敛，故作诗一篇以示官吏。

　　昔年逢太平，山林二十年。泉源在庭户，洞壑当门前。井税有常期④，日晏犹得眠。忽然遭世变⑤，数岁亲戎旃⑥。今来典斯郡⑦，山夷又纷然。城小贼不屠，人贫伤可怜。是以陷邻境，此州独见全。使臣将王命⑧，岂不如贼焉？今彼征敛者，迫之如火煎。谁能绝人命，以作时世贤？思欲委符节，引竿自刺船。将家就鱼麦，归老江湖边。

【注释】

①西原：今广西扶南县西南。道州：今湖南道县。　②永：永州，今湖南零陵。邵：邵州，今湖南邵阳。两州与道州相邻。　③边鄙：边境。　④井税：赋税。
⑤世变：安史之乱带来的社会动荡。　⑥戎旃：军帐。　⑦典：镇守，治理。斯郡：指道州。　⑧使臣：朝廷派到各地催征各种赋税的官员。将：奉。

【译诗】

唐代宗广德元年（763年），广西境内的少数民族合谋攻入道州城，烧杀掳掠，几乎把城池洗劫一空后退去。第二年，他们又攻破永州和邵州，却没有侵犯道州边境而退去。这不是因为道州加强了防御能抵制他们，实则是他们可怜这个小城而已。各位使臣为什么要昧着良心苦苦地追逼征敛？因此，赋诗一篇，官吏们看后有何感慨。

过去我欣逢世道太平，在山林中隐居二十年。庭院中泉水涓涓，门前峡谷幽深。政府收取赋税有规定的限度，百姓安居乐业，日夜过得安宁。世事突然骤变，战乱烽烟四起，我在军旅中参谋军事数年。现在来治理这个州郡，又遇山中的蛮夷纷纷作乱。县城太小，他们都不忍来屠掠，同情哀怜这里贫穷。所以邻近的州郡被攻陷，这个地方却有幸免遭劫难。使臣们奉令收取租税，还不如盗贼有恻隐之心。交纳租税的百姓被逼得如在火上煎熬。怎能断绝人们的生路，以换取贤臣的美名？思前想后，不如辞去官职，自己撑船离开这个地方。带着家眷，移居他乡，在江河渊潭边独享晚年的欢乐。

【赏析】

这首诗表达了诗人对朝廷贪官污吏们横征暴敛的强烈不满，诗意深沉，感情愤激。

全诗朴质平实，没有矫饰做作的地方。

郡斋雨中与诸文士燕集①

韦应物

兵卫森画戟②，燕寝凝清香③。海上风雨至，逍遥池阁凉。烦疴近消散④，嘉宾复满堂。自惭居处崇，未睹斯民康。理会是非遣⑤，性达形迹忘⁶。鲜肥属时禁，蔬果幸见尝。俯饮一杯酒，仰聆金玉章⁷。神欢体自轻，意欲凌风翔。吴中盛文史⁸，群彦今汪洋⁹。方知大藩地⑩，岂曰财赋强。

【注释】

①郡斋：苏州刺史官署斋舍，当时韦应物任苏州刺史。燕：通"宴"，宴会。②戟：古代一种兵器。 ③燕寝：私室，内室。 ④烦疴：烦闷燥热。 ⑤理会：通达事物的道理。 ⑥达：旷达。 ⑦金玉章：客人们文采华美、声韵和谐的好文章。⑧吴中：苏州。 ⑨群彦：群英。汪洋：众多。 ⑩藩：原指藩王的土地。大藩：大都市。

【译诗】

手持画戟的卫兵排列森然，内室凝集着焚香散发的芬芳。海上的风雨飘然而至，池边阁房顿时清凉。烦闷燥热立即消散，宾客云集了整个厅堂。官署的豪华使我感到惭愧，居在深宫看不见百姓是否安康。通晓事物之理就能分清是非，天性旷达就可忘掉一切。盛夏禁食鲜鱼肥肉，多把蔬菜水果品尝。俯首喝杯美酒，抬头恭听诸君的优雅华章。神情舒畅身体也感到轻盈，真想凌风飞上广阔的天空。苏州汇聚了众多的才子，如群星灿烂。我终于知道都市为什么繁荣兴盛了，不是物产丰富，而是荟萃了天下才子学士。

【赏析】

这首咏怀诗描写的是韦应物平时的生活。通过他与文友集会时情景的描绘，写出了闲适生活的情趣。此诗前四句写雨，后面写与诸文士宴集。诗中语言朴素平淡，运用了白描手法，彰显了秀丽清朗的艺术风格。开头两句，用字凝练准确，气象森严却不乏闲适，为历代诗人所赞赏。

初发扬子寄元大校书①

韦应物

凄凄去亲爱，泛泛入烟雾。归棹洛阳人②，残钟广陵树③。今朝此为别，何处还相遇。世事波上舟，沿洄安得住④？

【注释】

①校书：校书郎，官名，掌校勘书籍。 ②棹：船桨，这里指船。 ③广陵：今

江苏扬州。　④沿：顺流。洄：逆流。

【译诗】

凄然地辞别好友，泛舟在烟雾弥漫的江上。在这乘船返回洛阳之际，传来广陵树间的钟声，勾起了我无限惜别之情。今朝在此离别，以后不知在什么地方才能相逢。世间的事如同浪里行舟，不是顺流直下，就是逆流而上，哪里能在原地停留呢？

【赏析】

"凄凄"二字即是诗人离别朋友时的情感基调。自己乘舟向洛阳归去，已满怀离别之情；舟行渐远，钟响渐微，只有余音，但广陵树色犹可望见。想到友人也许正引领目送，更难禁离思。

诗的后半首慨叹离别容易会面困难。"今朝此为别，何处还相遇"两句，既是对"归棹洛阳人，残钟广陵树"的情感补充，也是别情难禁的思绪延续，这是离别时几乎每人都会想到的问题，虽然普遍，但都会令人惆怅，更何况世事飘浮不定犹如波上之舟前途未卜呢？因而诗人对这一次离别格外伤感。

此诗的动人之处在于以景衬情。如果说"凄凄去亲爱"还是述情的话，"泛泛入烟雾""残钟广陵树"则是以离别者眼中悲凉的风景来衬托、补充离别之情的。

寄全椒山中道士①

韦应物

今朝郡斋冷②，忽念山中客。涧底束荆薪，归来煮白石。欲持一瓢酒，远慰风雨夕。落叶满空山，何处寻行迹？

【注释】

①全椒：今安徽省全椒县。　②郡斋：滁州刺史官署的斋舍。

【译诗】

今天斋舍受到寒冷侵袭，忽然想念起山中的友人。也许他在涧底打柴，回来煮些清苦的饭菜。我想要带一壶佳酿，去探慰远山的友人。落叶覆盖了萧森的山林,我到哪里去寻找他的踪迹?

【赏析】

诗人因郡斋严寒而想念起住在山中的道士,那里当然比郡斋更寒冷。诗的第三、四句写道士生活极为幽寂,隐现出诗人对这种生活的向往。诗的后四句则透出诗人对道士生活的忧虑和想念,语含凄情。"落叶满空山,何处寻行迹"二句更像空谷足音,袅袅不绝,无限思念尽在不言之中。

夕次盱眙县①

韦应物

落帆逗淮镇②,停舫临孤驿。浩浩风起波,冥冥日沉夕。人归山郭暗③,雁下芦洲白。独夜忆秦关,听钟未眠客。

【注释】

①次:停留,停泊。盱眙县:今属江苏,地处淮水南岸。 ②淮镇:淮水边上的小镇。 ③山郭暗:日落后山城昏暗。

【译诗】

落下风帆的船只停留在淮水边上的一个小镇,临近一家孤独的旅舍。一阵阵的大风掀起波澜,残阳西沉,大地昏暗。人们都回家了,山城也显得昏暗,飞雁栖宿在芦洲,它们在月光下银光泛白。在这孤独冷清的夜晚,浑厚的钟声让我难以入睡。

【赏析】

这首诗抒发了诗人羁旅之愁。诗人在秋天的夜晚泊舟淮水边,旅舍凄清,他因思乡而不能成眠,眼前萧瑟的秋景衬托了诗人的愁绪和不甚孤寂的情思。全诗自然精妙,情景交融。

东 郊

韦应物

吏舍跼终年①,出郊旷清曙。杨柳散和风,青山澹吾虑②。依丛适自憩,缘涧还复去③。微雨霭芳原,春鸠鸣何处。乐幽心屡止,遵事迹犹遽。终罢斯结庐④,慕陶直可庶⑤。

【注释】

①跼：拘束。　②澹：澄静。虑：思绪。　③缘：沿着。还复去：往来徘徊。
④庐：茅庐，草屋。　⑤庶：差不多。

【译诗】

整月整年被拘束在官署衙门，今天出郊漫游，在清幽的曙色中心旷神怡。和风轻拂垂柳，青山静谧寂然，澄静了我的思绪。靠着树丛歇息，我感到非常舒适和宁静。沿着山涧小道，来回徘徊不肯离去。一场小雨，滋润了清新的原野。斑鸠咕咕鸣叫，却不知声音从哪里传来。如此幽静的胜景，使我心驰神往，乐而忘返。公务紧迫不能在此长住。总有一天，我将辞去官职，到山林深处造一间茅屋，像陶潜那样潇洒地隐居。

【赏析】

此诗写春天山野之景很清新，显示出诗人写景的才能。诗人走出官衙，呼吸到清新的空气而心旷神怡，想到要在此结庐长住，表现出对官场生活的厌倦和对大自然的热爱。

送杨氏女

韦应物

永日方戚戚①,出行复悠悠②。女子今有行③,大江溯轻舟。尔辈苦无恃④,抚念益慈柔。幼为长所育,两别泣不休。对此结中肠,义往复难留。自小阙内训⑤,事姑贻我忧。赖兹托令门⑥,任恤庶无尤⑦。贫俭诚所尚,资从岂待周。孝恭遵妇道,容止顺其猷⑧。别离在今晨,见尔当何秋。居闲始自遣,临感忽难收。归来视幼女,零泪缘缨流⑨。

【注释】

①戚戚：悲伤忧愁。 ②悠悠：遥远。 ③行：出嫁。 ④无恃：幼时无母。 ⑤阙：通"缺"。内训：母亲的训导。 ⑥令门：好的人家。这里指女儿的夫家。 ⑦尤:过失。 ⑧仪：规矩礼节。 ⑨缘：沿着。

【译诗】

我整日悲伤忧愁，女儿出门远行路途悠悠。她今天出嫁，将坐着小舟溯江而去。你自幼痛失母亲，抚育你时倾注了我心中的慈爱。幼小的妹妹依靠姐姐抚育，分别时姐妹哭泣不止。面对此景我内心纠结，女大当嫁自不能把你挽留。你自小没有得到母亲的训导，事奉公婆不能不使我担忧。令人欣慰的是你托身于贤惠人家，定会得到他们的信任和体恤。家道清贫，节俭、诚信为我们所崇尚，嫁妆哪能备办得十分周全。望你孝顺公婆恭敬长幼，恪守妇德规范，容貌举动要合乎礼节。父女离别就在今晨，以后相见却不知要等到哪个春秋。闲居时还能自我排遣悲愁，临别时的伤感真是一发难收。回家看到留在身边的幼女，禁不住又流下悲伤的眼泪。

【赏析】

诗的开头点明女儿将远嫁之事，念及女儿幼年丧母，自己兼父母之慈爱，当此离别之际，心中甚为不忍。诗人忍痛告诫女儿到了夫家，要遵从礼仪、孝道，要勤俭持家，这又是对女儿的一片殷殷期望。诗人终究不能摆脱离别的惆怅：女儿此番远行，何时能再见面啊！平时还能自我安慰别女的痛苦，临到女儿真要出门时，再也忍不住热泪。尤其是嫁女儿出门，归来看到女儿原先房中空空，回视幼女的眼神，那种凄恻、离别的伤感怎能用语言来表达呢？全诗朴实无华，诚挚感人。

晨诣超师院读禅经①

柳宗元

汲井漱寒齿，清心拂尘服。闲持贝叶书②，步出东斋读。真源了无取③，妄迹世所逐。遗言冀可冥，缮性何由熟④。道人庭宇静，苔色连深竹。日出雾露余，青松如膏沐。澹然离言说⑤，悟悦心自足。

【注释】

①诣：到。超师：名叫超的僧人。　②贝叶书：佛经。　③真源：佛经真正的本意。了：了然，明白。　④缮性：修养本性。　⑤澹：宁静。

【译诗】

吸取清明透亮的井水洗漱口齿，再拂去沾在衣衫上的尘埃。内清心外洁净，我才捧着经书走出书斋逐字逐句诵读。佛经真正的本意不被人们领悟，荒诞虚妄却被人们乐道追寻。佛家的遗言也希望暗合道理，只是我本性如此，无法精通。僧人的庭院静寂幽雅，青苔蔓延到竹林深处。太阳徐徐升起，晨雾还未散尽，晨露映着日光，葱郁的青松仿佛用油脂刚刚沐浴。我的心宁静得难以言说，能领悟到这种境地，也自乐自足了。

【赏析】

文人信佛，往往是在生活中遇到大挫折以后，万念俱灰，欲遁入空门。然而当他们口诵佛号，以此消释烦恼时，他们原先所受的儒家的人生观又会时时出现在脑海中，他们会不自觉地拿佛教与儒家哲学做比较。尽管诗人"闲持贝叶书，步出东斋读"，一副笃诚信佛的样子，但"缮性何由熟"一语仍抖出了他的心事——他是忘不了"经国济世"的平生之愿。柳宗元是想以寂静之境来印证佛理，是想在此环境、此心境中暂时忘却尘世的烦扰和苦闷。

溪　　居

柳宗元

久为簪组束①，幸此南夷谪②。闲依农圃邻，偶似山林客。晓耕翻露草，夜榜响溪石③。来往不逢人，长歌楚天碧④。

【注释】

①簪组：古代官吏的冠饰。　②谪：流放，放逐。　③榜：船桨，这里指行船。　④楚天：永州原属楚地。

【译诗】

长久地为做官所羁累，庆幸被贬谪到这荒夷之地。闲居时与农田菜圃相邻，有时就像山林隐士。天将拂晓，踏着朝露披着晨雾，耕田除草；日暮降临，放舟荡漾于青山绿水间。去来都不遇行人，我放声高唱，歌声久久地在沟谷碧空中回响。

【赏析】

诗表面写的是溪居的闲适，但字里行间却透出孤独的忧愤。诗中"幸此南夷谪"只是自我宽慰之语。

七言古诗

登幽州台歌①

陈子昂

前不见古人,后不见来者。念天地之悠悠,独怆然而涕下②。

【注释】

①幽州台:蓟北楼,故址在今北京市西南。 ②怆然:悲伤凄凉。

【译诗】

往前看,看不见古代之贤君;往后望,望不见当今之明主。感叹天地之广阔,时间之悠久,而我却这样孤独、悲伤、凄凉。想到这寂寞苦闷的境遇,怎能不催人涕泪横流。

【赏析】

诗人因怀才不遇、报国无门,赋诗以抒发心中的忧愤。这首诗以广阔的胸襟,慷慨悲凉的情调,感时伤事,吊古悲今,意兴苍茫,令人赞叹不已,成为千古绝唱。此诗意兴苍茫,倏忽而来,倏忽而去,留给人咏叹不已的回味。

古　意

李　颀

男儿事长征①,少小幽燕客②。赌胜马蹄下,由来轻七尺③。杀人莫敢前,须如猬毛磔④。黄云陇底白云飞,未得报恩不得归。辽东小妇年十五,惯弹琵琶解歌舞。今为羌笛出塞声,使我三军泪如雨。

【注释】

①事长征:从军远征。 ②幽燕:幽州和燕国,今河北、辽宁一带,古代时此地

游侠颇多。　③七尺：泛指一般成年男人的高度。　④猬毛磔：刺猬的毛纷纷张开，形容人的胡须短、多、硬而稠密。

【译诗】

男儿应当远征戍边，他们从小旅居在幽燕之地。打赌胜负，战场上分高下，一直都将生死置之度外。陷阵杀敌锐不可挡，威武刚烈须髯怒张。昏暗的云层隆盖原野，将士们骑着白云般的战马遥望远方的家乡，不报答国恩誓不返回。一位年方十五的辽东少妇，善于弹奏琵琶和歌唱跳舞。今天的一曲凄凉婉转的出塞曲，感动了三军将士的心，人人顿时泪如雨下。

【赏析】

盛唐国力强盛，北方夷狄未敢窥边。征戍之士的豪气也绝非衰微之朝的军队可比。在这首诗里，诗人这样赞颂戍边战士的豪气：他们从小在幽燕之地为客，在战场上从来就是不怕牺牲、视死如归的；他们挥剑杀敌，使得敌人胆寒；他们怒须蜷曲，如同猬毛怒张；他们在塞外严寒之地征战，不消灭敌人誓不归家。诗人只用寥寥数语，就写出了一群战士的英勇形象。

但豪杰也有柔情之时，当听到少女弹出的琵琶里充满出塞作战的乐声时，英雄们纷纷落泪。征战之事他们无所畏惧，但思乡之情却能使他们黯然落泪。

琴　歌

李　颀

主人有酒欢今夕，请奏鸣琴广陵客①。月照城头乌半飞，霜凄万木风入衣。铜炉华烛烛增辉，初弹渌水后楚妃②。一声已动物皆静，四座无言星欲稀。清淮奉使千余里，敢告云山从此始。

【注释】

①广陵客：借指善弹琴的人。　②渌水、楚妃：都是琴曲名。

【译诗】

主人置备了上等的好酒，宴请大家欢度今宵，一位琴艺娴熟的人拨动琴弦为酒宴助兴。明月已升上城头，还未入巢的乌鸦到处乱飞。凄冷的寒霜凋伤万木，寒风侵衣心生寒意。铜炉中的炭火融融暖人，明亮的华烛为晚宴添辉增色。艺人先弹《渌水》后奏《楚妃》，曲曲美妙婉转动人。琴声一响，大家都安静下来，屋里没有一点声音，一直到满天的星斗都稀少时才曲终人散。我已奉命要去千里之外的淮河，今晚在这里告别大家，明天就要上路了。

【赏析】

这是一首关于听琴的诗。诗人写了听琴时被音乐陶醉的感受，并由此动了归隐的念头。此诗写听琴，但没写弹琴者的神态，没写琴声的美妙，而是先写出一种听琴的环境，烘染出一种听琴的氛围，然后再写听琴后的感受——琴声仿佛有助于诗人的行色，就戛然而止了。至于琴声究竟如何，读者自可想象。

夜归鹿门歌①

孟浩然

山寺鸣钟昼已昏，渔梁渡头争渡喧②。人随沙岸向江村，余亦乘舟归鹿门。鹿门月照开烟树，忽到庞公栖隐处③。岩扉松径长寂寥④，惟有幽人自来去。

【注释】

①鹿门：山名，在湖北襄阳东南。 ②渔梁：渡口名。 ③庞公：庞德公，东汉隐士。 ④岩扉：岩穴的门。

【译诗】

山上的寺院传来黄昏报时的钟声，渔梁渡口一片喧闹之声，人们争相摆渡晚归。他们踏着岸边沙石走向自家的村落，我也乘一叶小舟返回鹿门住地。月光高照鹿门，缭绕的烟雾使青翠的树色格外分明，原来这清幽的山宅曾是庞公隐居的地方。清冷的岩穴门，寂静的林间道，惟有我这山林之人独自来去。

【赏析】

这首诗前虚描欲归鹿门，后实写已归鹿门，渡口的喧闹，居所只有自己独来独去的幽静，山光水色恰似一幅图画。因东汉时的著名隐士庞德公也曾在此住过，所以诗人的追慕与自况便融为一体，浑然成篇。

庐山谣寄卢侍御虚舟①

李 白

我本楚狂人，凤歌笑孔丘。手持绿玉杖，朝别黄鹤楼。五岳寻仙不辞远，一生好入名山游。庐山秀出南斗傍，屏风九叠云锦张②，影落明湖青黛光③。金阙前开二峰长，银河倒挂三石梁。香炉瀑布遥相望④，迥崖沓嶂凌苍苍⑤。翠影红霞映朝日，鸟飞不到吴天长。登高壮观天地间，大江茫茫去不还。黄云万里动风色，白波九道流雪山⑥。好为庐山谣，兴因庐山发。闲窥石镜清我心，谢公行处苍苔没⑦。早服还丹无世情，琴心三叠道初成⑧。遥见仙人彩云里，手把芙蓉朝玉京⑨。先期汗漫九垓上⑩，愿接卢敖游太清⑪。

【注释】

①谣：不合乐的曲子。卢虚舟：范阳人，肃宗时曾任殿中侍御史，曾与李白同游庐山。 ②屏风九叠：庐山名胜九叠屏。云锦：云霞似锦。 ③明湖：鄱阳湖。青黛：青黑色。 ④香炉：庐山香炉峰，旁有瀑布。 ⑤迥：距离又高又远。沓嶂：高而重叠的山峰。苍苍：天空呈深蓝色。 ⑥九道：古称长江流到浔阳分为九条支流。雪山：长江白浪翻滚，状如雪山。 ⑦谢公：谢灵运，南朝宋诗人，曾游庐山。苍苔：绿苔。 ⑧琴心三叠：道家修炼术语，意思是修炼的功夫精深，达到心和神悦的境界。 ⑨芙蓉：莲花。 ⑩九垓：九天之外。喻指极高远。 ⑪接：偕，陪同。

【译诗】

我原是楚国狂人接舆，笑唱凤歌讥讽不识时务的孔丘。手持绿玉装饰的手杖，辞别朝霞于黄鹤楼。踏遍五岳寻访神仙不畏路途遥远，游览名山大川是我一生的爱好。依近南斗的秀丽庐山，锦绣般彩云覆盖着九叠屏峰，倒映在鄱阳湖里的山影折射出青黑色的光芒。石门山前的香炉、双剑二峰高耸云霄，三石梁的瀑布如银河倒挂垂直飞泻。它与香炉峰瀑布遥遥相望，峰峦重叠，直指苍穹。山影青翠，红霞映日，鸟飞不过山顶，不能在天空翱翔。登临高峰环望天地之间，滚滚东去的长江永不复返。万里黄云飘浮，天色瞬间变幻，白浪翻卷如一座座起伏连绵的雪山。

品诗诵词

我喜欢为庐山作歌谣,诗兴也因庐山有感而发。悠闲地照着石镜,心情愉悦清爽,谢灵运当年走过的险道早已长满厚厚的绿苔。我想早点吞服仙丹摆脱世俗之情,潜心修炼必升仙。遥望天空,仙人手持莲花,驾着彩云飞向玉京。已经同另一位神仙相约在九重天上,你如果有意,我愿携你一同遨游仙境。

【赏析】

这首诗作于诗人流放夜郎遇赦回来的次年,这时他从汉口来到江西,与卢虚舟同游庐山。庐山本自秀绝:山影落入鄱阳湖中,是一种黛色的静影,又有瀑布飞溅、高峻山崖。登高四望,但见长江滔滔、黄云万里、白波九道,本来壮观的事物在豪气冲天的诗人面前竟变得如此纤小!但诗人不是为了写庐山秀色才写庐山的。诗的后半部分抖出了他的心事:他要跟着炼丹的道士游于仙山,成为神仙,摆脱尘世的羁绊,表现出李白无穷的愁闷以及摆脱尘世的愿望。

这是一首具有浪漫主义色彩的佳篇。

梦游天姥吟留别①

李 白

海客谈瀛洲②,烟涛微茫信难求。越人语天姥,云霓明灭或可睹。天姥连天向天横,势拔五岳掩赤城③。天台四万八千丈,对此欲倒东南倾。我欲因之梦吴越,一夜飞渡镜湖月④。湖月照我影,送我至剡溪⑤。谢公宿处今尚在,渌水荡漾清猿啼⑥。脚著谢公屐⑦,身登青云梯⑧。半壁见海日,空中闻天鸡。千岩万壑路不定,迷花倚石忽已暝。熊咆龙吟殷岩泉⑨,栗深林兮惊层巅。云青青兮欲雨,水澹澹兮生烟。列缺霹雳⑩,丘峦崩摧。洞天石扉,訇然中开⑪。青冥浩荡不见底⑫,日月照耀金银台⑬。霓为衣兮风为马,云之君兮纷纷而来下⑭。虎鼓瑟兮鸾回车,仙之人兮列如麻。忽魂悸以魄动,恍惊起而长嗟。惟觉时之枕席,失向来之烟霞。世间行乐亦如此,古来万事东流水。别君去兮何时还,且放白鹿青崖间,须行即骑访名山。安能摧眉折腰事权贵⑮,使我不得开心颜。

【注释】

①天姥:山名,今浙江省新昌县东,是越东灵秀之地,以奇绝著称。吟:一种诗

体的名称，内容多是吁嗟慨叹悲哀深思之类。　②海客：海上往来的客人。瀛洲：神话传说中神仙所居的仙山。　③赤城：山名，今浙江天台县北。　④镜湖：又称鉴湖，今浙江省绍兴县南。　⑤剡溪：水名，今浙江嵊县南，源于天台。　⑥渌：通"绿"。渌水：清水。　⑦谢公屐：谢灵运特制的一种登山木鞋。　⑧青云梯：山岭高峻陡峭，沿石级而上可入青云。　⑨殷：震动。　⑩列缺：闪电。　⑪訇然：响声宏大。　⑫青冥：天空。　⑬金银台：神仙居住的地方。　⑭云之君：云神。　⑮摧眉：低眉。

【译诗】

　　海上往来的客人谈起仙山瀛洲，无不说它云雾层层、波涛茫茫，确实是难以寻见。越人描绘天姥山，更是奇峰异景，浮云彩霞时隐时现，世人可观、可望。绵接天际的天姥山，磅礴气势超过五岳，俊奇灵透远盖仙山赤城。高耸云天的天台山，面对它好像要向东南倾斜拜倒一样。我希望能梦游吴越，一睹仙境胜地，皓月之夜飞渡到镜湖。湖上的明月照着我的身影，飘然伴送我到剡溪。谢灵运当年歇宿的地方，绿水荡漾，猿猴清啼。我穿上谢公当年特制的木屐，登上高入云天的石级。到半山时红日从海上冉冉升起，碧空中听到报晓的天鸡鸣唱。峰岩沟谷中石径盘旋，道路迂回曲折，花香醉人，身不由己地斜靠山石稍作休憩，不知不觉中暮色已经降临。熊的大声咆哮，龙的高声吼叫，震响在山谷林泉之间，幽深的丛林因此而战栗，重峦叠嶂的山峰也受到惊吓。乌云重重，大雨即将来临，水面升起茫茫烟雾。电闪雷鸣，山丘峰峦顷刻崩裂。神仙居住的洞府石门，在訇然声中打开。洞天福地浩荡辽阔，日月照在金银台上。神仙们披彩虹为衣裳，驾长风为骏马，在云神们的带领下，纷纷从冥空中降临。猛虎为之鼓瑟，鸾凤效劳驾车，群仙列队密密麻麻，迎接我这凡人的到来。忽然觉得心魄颤抖，惊魂震动，恍惚朦胧中起身长叹。梦醒后只有枕头和床席，神奇的梦境倏然消失。人世间寻求欢乐如同梦幻，从古至今万事如逝水永不复还。今日别君，不知何时才能重逢相聚，暂且将白鹿放在青崖岩际间，出游时就骑上它去寻访名山众仙。我岂能屈身低眉去讨权贵欢心，使我不能有舒心的笑颜。

【赏析】

　　所谓梦游，即想象之游。全诗既写梦境，也写现实，构思巧妙，极富想象力，将神话与实境奇幻地交织在一起。天姥山本是一座毫不起眼的小山，但在诗人笔下，"天姥连天向天横，势拔五岳掩赤城"，五岳尚且不在话下，何况区区天台山乎！在登山过程中，"半壁见海日，空中闻天鸡"，有千岩万壑，有熊咆龙吟，更有"霓为衣兮风为马"的"云之君"，这里虎能鼓瑟，仙人如麻，其奇幻景象，断非人间所有。

诗人真正要表达的意思乃是"安能摧眉折腰事权贵，使我不得开心颜"。他要自由自在，驰骋闲放，他不是一个为五斗米腰的人，而是一个可以同列于仙人之班的人。

这首诗的表现手法新颖别致，意境雄伟奇幻，倾泻感情酣畅淋漓，气势磅礴。

金陵酒肆留别①

李 白

风吹柳花满店香，吴姬压酒劝客尝②。金陵子弟来相送，欲行不行各尽觞③。请君试问东流水，别意与之谁短长？

【注释】

①金陵：江苏南京。 ②吴姬：酒店的侍女。压酒：新酿的酒，压糟取汁。
③尽觞：饮尽杯中的酒。

【译诗】

春风吹拂，柳絮轻扬，满店酒香，酒店的侍女捧出新酿的美酒劝客品尝。一群金陵的年轻人闻讯前来饯别相送，将要启程的和赶来送别的人相互开怀畅饮、诉说衷情。面对滚滚东流的长江水，试问诸君，别意离情与之相比哪个短哪个长？

【赏析】

诗人在金陵稍作逗留，又要马上离开，金陵的年轻朋友为他送行。其时正当春天，春风骀荡，柳絮纷飞，酒店侍女殷勤地劝大家饮酒，而诗人与朋友都因即将离别而惆怅，恋恋不舍。面对朋友的深情厚谊，诗人很是感动。全诗语言清新，节奏明快，尾联将"别意"与东流水相比，语重情长，极具想象空间。

宣州谢朓楼饯别校书叔云①

李 白

弃我去者,昨日之日不可留。乱我心者,今日之日多烦忧。长风万里送秋雁,对此可以酣高楼。蓬莱文章建安骨②,中间小谢又清发③。俱怀逸兴壮思飞,欲上青天览日月④。抽刀断水水更流,举杯消愁愁更愁。人生在世不称意,明朝散发弄扁舟⑤。

【注释】

①宣州:今安徽宣城县。谢朓楼:南齐阳夏(今河南太康)诗人谢朓任宣州太守时所建,又名谢公楼。校书:官名,校对勘正书籍中的错讹。 ②建安骨:建安风骨。 ③小谢:南朝宋诗人谢灵运与才思敏捷的族弟谢惠并称大小谢。这里以谢惠比喻谢朓以山水风景诗见长,后人将他与谢灵运并举,因他生长于后,称为小谢。清发:清新秀发。 ④览:通"揽",摘取。 ⑤散发:古人束发戴冠,此处表示闲适自在。

【译诗】

舍我而去的时光已无可留住,扰乱我心的时光又平添几多忧愁。群群鸿雁乘万里长风在空中飞翔,面对这壮丽景色,我怎能不开怀畅饮醉卧高楼?校书郎的文章刚健遒劲,我的华章可与清新俊秀的谢朓诗相媲美。我们都怀有超群的凌云壮志,准备登上冥空摘取日月。抽出利刀断绝水流,哪知水流更加湍急,举起酒杯借酒解愁,谁知却引发更多的忧愁。人生之旅如此坎坷不尽如意,明天我们就散开头发,无拘无束地乘一叶小船,去尽兴漫游。

【赏析】

虽然这是一首送别诗,但此诗的重点不是写离别情绪,而是感怀,抒发自己的理想和抱负不能实现的牢骚。这首诗的感情沉郁、奔放,句句精华。

白雪歌送武判官归京

岑 参

北风卷地白草折,胡天八月即飞雪。忽如一夜春风来,千树万树梨花开。散入珠帘湿罗幕①,狐裘不暖锦衾薄。将军角弓不得控②,都护铁衣冷难著③。瀚海阑干百丈冰④,愁云惨淡万里凝⑤。中军置酒饮归客,胡琴琵琶与羌笛。纷纷暮雪下辕门⑥,风掣红旗冻不翻⑦。轮台东门送君去,去时雪满天山路。山回路转不见君,雪上空留马行处。

【注释】

①珠帘:用珠子缀串、装饰的帘子,此处泛指帘子。罗幕:用丝织品制的幕帐、幕帘,此处泛指幕帐、幕帘。 ②角弓:用兽角装饰的弓。控:拉开。 ③都护:官名。著:穿衣。 ④瀚海:泛指沙漠。阑干:纵横散乱状。 ⑤愁云:阴云。 ⑥辕门:军营大门。 ⑥掣:牵拉。

【译诗】

北风呼啸席卷着大地,坚韧的白草也被吹断了,仲秋八月胡地就已飘飘洒洒降下白雪。仿佛一夜之间,春风忽然而至,漫山遍野的梨花全都盛开了。雪花飘飘飞入珠饰的帘笼,沾湿了轻软的幕帐。名贵的狐皮袍也难使人暖和,锦面的大被也令人感到单薄。将军冻僵了手指,拉不开坚硬的角弓,都护的盔甲也冻得都穿不住了。无边的大漠沙丘结成了百丈坚冰,昏暗惨淡的天空凝聚着万里阴云。在中军大帐里摆下酒宴,为返回京师的人送行,演奏助兴的都是那边塞特有的琵琶羌笛与胡琴。暮色沉沉,辕门外正是大雪纷飞,营中的红旗冻住了,任狂风撕扯也不再飘动。在轮台城的东门外,我送你远行,临行时刻大雪铺满了天山的道路。山势回转,道路盘旋,我已看不见你的身影,只有那皑皑雪地上留着马蹄的印迹。

【赏析】

这首诗以雪景为线索,抒发了诗人对友人的惜别之情,全诗化景为情,感情真挚。前五联叙述下雪,后四联叙述送归,篇中用了四个"雪"字,而用意各不相同。诗人奇特的比喻、丰富的想象和对实景多层次的描绘，使人既感到充满寒意又感到情意绵绵。

此诗风格豪迈，意境壮阔瑰丽。"忽如一夜春风来，千树万树梨花开"成为千百年来脍炙人口的经典名句。

丹 青 引
（赠曹将军霸）

杜 甫

将军魏武之子孙①，于今为庶为清门。英雄割据虽已矣，文采风流今尚存。学书初学卫夫人②，但恨无过王右军③。丹青不知老将至，富贵于我如浮云。　开元之中常引见，承恩数上南薰殿。凌烟功臣少颜色④，将军下笔开生面。良相头上进贤冠，猛将腰间大羽箭。褒公鄂公毛发动⑤，英姿飒爽来酣战。　先帝御马玉花骢⑥，画工如山貌不同。是日牵来赤墀下⑦，迥立阊阖生长风⑧。诏谓将军拂绢素，意匠惨淡经营中。斯须九重真龙出，一洗万古凡马空。　玉花却在御榻上，榻上庭前屹相向。至尊含笑催赐金，圉人太仆皆惆怅⑨。弟子韩干早入室⑩，亦能画马穷殊相⑪。干惟画肉不画骨，忍使骅骝气凋丧⑫。　将军画善盖有神，必逢佳士亦写真⑬。即今飘泊干戈际⑭，屡貌寻常行路人。途穷反遭俗眼白，世上未有如公贫。但看古来盛名下，终日坎壈缠其身⑮。

【注释】

①将军：指曹霸，官至左武卫将军。　②卫夫人：晋代著名书法家，曾教授王羲之书法。　③恨：遗憾，不满意。王右军：王羲之，晋代著名书法家，官至右军将军。　④凌烟：凌烟阁。　⑤褒公：段志玄，唐太宗时任辅国大将军、扬州都督，封为褒国忠公。鄂公：尉迟敬德，唐太宗时任开府仪同三司，封鄂国公。　⑥先帝：唐玄宗。玉花骢：唐玄宗所骑骏马名。骢：青白色的马。　⑦赤墀：又称丹墀，宫殿的前阶。墀：台阶，皇帝宫殿前的台阶漆成红色，故称赤墀。　⑧迥立：昂首挺立。阊阖：传说中的天门。　⑨圉人：古代官名，掌管牧养马匹。惆怅：伤感失意状。此处指惊叹、感慨。　⑩韩干：唐代著名画家，师从曹霸，也善于画鞍马人物。　⑪穷：穷尽，完结，此处指所有、各种。殊相：不同的形态。　⑫忍：竟然。骅骝：古骏马名。凋丧：凋零、丧失。　⑬佳士：杰出的人物。　⑭干戈：战乱，指安史之乱。　⑮坎壈：坎坷，不得志。

【译诗】

曹将军本是魏武帝的子孙，如今却成了平民，守着清寒贫苦的门庭。群雄并起各霸一方的赫赫战功，虽然已经成为历史，但曹氏的文采风流却得以传袭至今。初学书法时，你拜师有名的卫夫人，却总是遗憾不能超过她的学生王右军。后来沉浸在绘画生涯之中，任凭岁月流逝，富贵对于你算什么呢？　　不过是随风而去的浮云。在开元盛世时，你经常被天子召见，接受皇上的恩宠，多次走上那辉煌的南薰殿。凌烟阁的功臣画像，年深月久已颜色暗淡，你奉旨重新绘制，妙笔生花，画出新的容颜。贤良文臣头上戴上了进贤冠，勇猛武将腰间佩带着长杆羽箭。褒国公和鄂国公的毛发仿佛在轻轻抖动，神态豪迈，英气逼人，就像要上战场挺身赴险。　　先皇帝有匹心爱的御马，名唤玉花骢，为它写生的画师有无数，描绘的意态总难与之相同。那一天它被牵进宫门，来到大殿的台阶下，只见它昂首挺立、神气非凡，仿佛从天门吹来一股强风。先帝下诏给你，让你展开雪白的画绢作画，你调动神思，苦苦地思索。一眨眼，那九重霄上的飞龙便显现于绢上，一下比得万代凡马皆平庸。　　这神形兼备的玉花骢与那殿前的神骏相对屹立，谁能分得出真假龙神？天子微笑着连连催促，快快赏给你黄金，那些掌管御马的官吏一个个惊叹感慨，看得如痴如醉。你的入室弟子韩干可算是得了你的真传，他也能描绘出骏马各种各样的形象。可惜他只能画出马的膘肉，却不能画出神气筋骨，使那些著名的骏马精神凋零、风韵丧失。
将军的画之妙处，在于刻画精神气韵，遇到杰出的人物也愿为之写生。如今战乱不宁，你只好四处漂泊，为了养家糊口不得不为普通路人画像。沦落到如此田地，却遭到世俗人们的白眼，人世间可能再没有谁像你如今这样穷困。不过你仔细想想，从古至今那些崇高名望的人，多是身世坎坷，厄运伴随终生。

【赏析】

全诗共分五段，每段八句。第一段叙曹霸的家世和他对书画的专注：曹霸是曹操后裔，他淡泊于富贵，专注于丹青。第二段写曹霸曾奉诏在凌烟阁画功臣像，画得栩栩如生。第三段写曹霸为玄宗御马画像，技压众人。第四段用对比的手法揭示了曹霸画技的高超：真马与画上之马不辨真假，与曹霸弟子韩干之画相较，指出韩画马只画肉不画骨，曹霸能画出马的骨相，因此，马的精神也被画出来了。最后一段写曹霸晚景凄凉。

全诗四十句，前后呼应，一脉贯通，不惟写出了曹霸画技之高超，也写出了怀才不遇的悲哀。

古 柏 行

杜 甫

孔明庙前有老柏，柯如青铜根如石①。霜皮溜雨四十围②，黛色参天二千尺③。君臣已与时际会④，树木犹为人爱惜。云来气接巫峡长，月出寒通雪山白⑤。忆昨路绕锦亭东⑥，先主武侯同閟宫⑦。崔嵬枝干郊原古⑧，窈窕丹青户牖空⑨。落落盘踞虽得地，冥冥孤高多烈风。扶持自是神明力，正直原因造化功⑩。大厦如倾要梁栋，万牛回首丘山重。不露文章世已惊，未辞剪伐谁能送⑪？苦心岂免容蝼蚁，香叶曾经宿鸾凤⑫。志士仁人莫怨嗟，古来材大难为用！

【注释】

①柯：树枝。石：磐石，硕大而坚硬。　②霜皮：树皮上斑斑点点，如披霜花。溜雨：指树皮润滑。围：古代计量圆周的单位。　③黛色：青黑色。参天：树木高耸在天空。　④与时：正当时，时机正好。际会：遇合。　⑤寒通：寒冷清凉之气相通。雪山：岷山，今成都平原西面，峰顶终年积雪。　⑥锦亭：杜甫在成都时所居草堂之亭，临锦江而立，故名。　⑦先主：三国时指蜀汉昭烈帝刘备。武侯：指诸葛亮。閟宫：原指周的先祖姜嫄的庙，后泛指祠堂。　⑧崔嵬：高大雄伟。郊原：郊野平原。　⑨窈窕：宫室、山水幽深。户牖（yǒu）：门和窗。　⑩造化：大自然。⑪未辞：不辞，不逃避。剪伐：消除，砍伐。送：运送。　⑫鸾凤：鸾鸟和凤凰，常用来比喻贤俊之士。

【译诗】

孔明庙前有一棵古老的柏树，枝干坚挺如青铜锻铸，树根深埋如磐石坚固。滑润的树皮如披秋霜，精壮的树干约有四十围粗，青黑的树枝耸入云天，看去足有两千尺高。当年刘备孔明君臣遇合时机正好，而今这庙前的树木还被人们珍惜爱护。云雾从那长长的三峡升起，与这古柏的灵气相连；月光将那皑皑的雪山照映，与这古柏的清寒相通。回想起我在成都的草堂，绕道去往锦亭的东边，那里有一座祠堂，将先主和武侯一同供奉。祠堂前的柏树高大雄健，在荒郊原野上显得那么久远，祠堂内院落幽深，彩绘的门窗沉寂空旷。这夔州庙前孤独的古柏啊，虽然占据着优越的地势，独立高耸于苍穹，却要抵抗大风的吹袭。它能挺立至今，当然是受天地神灵的护佑，它的正直禀性源于大自然的功力。支撑将要倾颓的大厦，正需要这样的栋梁啊，这古柏如山丘一样沉重，一万头牛来拉它也拉不动。即使它的花纹彩理深不显露，也足以让世人惊叹，虽然它甘愿被刀削斧劈，又有谁肯将它运送？一片苦心也难免遭蝼蚁们的咬蚀，那清香的枝叶却曾经为鸾凤避雨遮风。气节高尚的志士仁人啊，不必为此怨愤嗟叹，自古以来的杰出人才总是难得被世俗所用！

【赏析】

此诗是从写夔州诸葛亮庙前的古柏切入的。这棵古柏好像是当时刘备与诸葛亮风云际会的见证者，因此至今为人所喜爱——诗人自然就更看重它了。古柏是孤高的，是正直的，因此也招来烈风的摧折，犹如才大之人会招来小人妒嫉一样。虽然古柏不显露出纹理，不以花叶之美炫人，但它却希望能成为栋梁之才，能为世人所用而不辞剪伐之苦。一句"古来材大难为用"表达了诗人怀才不遇的感慨与怨愤。

观公孙大娘弟子舞剑器行（并序）

杜 甫

大历二年十月十九日，夔府别驾元持宅，见临颍李十二娘舞剑器①，壮其蔚跂②，问其所师，曰："余公孙大娘弟子也③。"开元三载，余尚童稚，记于郾城观公孙氏，舞剑器浑脱，浏漓顿挫④，独出冠时。自高头宜春梨园二伎坊内人洎外供奉⑤，晓是舞者，圣文神武皇帝初，公孙一人而已。玉貌锦衣，况余白首，今兹弟子，亦匪盛颜⑥。既辨其由来，知波澜莫二，抚事慷慨，聊为《剑器行》。昔者吴人张旭，善草书帖，数常于邺县见公孙大娘舞西河剑器，自此草书长进，豪荡感激⑦，即公孙可知矣。

昔有佳人公孙氏，一舞剑器动四方。观者如山色沮丧⑧，天地为之久低昂。㸌如羿射九日落⑨，矫如群帝骖龙翔。来如雷霆收震怒，罢如江海凝清光。绛唇珠袖两寂寞⑩,晚有弟子传芬芳。临颍美人在白帝,妙舞此曲神扬扬。与余问答既有以,感时抚事增惋伤⑪。先帝侍女八千人,公孙剑器初第一。五十年间似反掌,风尘澒洞昏王室⑫。梨园弟子散如烟,女乐余姿映寒日⑬。金粟堆前木已拱,瞿塘石城草萧瑟。玳筵急管曲复终⑭,乐极哀来月出东。老夫不知其所往,足茧荒山转愁疾。

【注释】

①临颍：地名,今河南临颍县。剑器：舞曲名。 ②蔚跂：雄浑矫捷,光彩照人。 ③公孙大娘：唐代著名舞蹈艺人,尤擅长剑器舞。 ④浏漓：急迫,酣畅。顿挫：停顿转折,节奏鲜明。 ⑤洎（jì）：及。外供奉：不属教坊、不居宫中而随时应召入宫表演的歌舞艺人。 ⑥匪：非。盛颜：壮年时的容貌。 ⑦豪荡感激：书法与舞姿一样豪迈奔放,激昂飞动。 ⑧沮丧：惊诧失色。 ⑨爚：闪动,闪烁。 ⑩绛唇：红嘴唇,喻指歌咏。珠袖：珍珠装饰的舞袖,喻指舞蹈。寂寞：暗喻人已去世。 ⑪感时：感慨时事。抚事：追思往事。 ⑫澒洞：弥漫无际。 ⑬余姿：过去流传下来的舞姿。 ⑭玳筵：华丽筵席。急管：节奏急促的管乐曲,此处泛指酒宴伴奏乐曲。

【译诗】

大历二年十月十九日,我在夔州别驾元持的府第,看到临颍李十二娘作《剑器》之舞,对她那雄健矫捷、光彩照人的舞姿感佩不已,问她的老师是谁,她答道:"我是公孙大娘的弟子。"开元三年时我还是个孩童,记得当时在郾城观赏过公孙大娘的《剑器》和《浑脱》舞蹈,其急聚酣畅、节奏鲜明的舞姿在当时技压群芳。从皇帝御前的宜春、梨园二教坊的宫内舞伎,到宫外供奉的应召艺人,熟习这种舞蹈的,在玄宗先帝即位之初,只有公孙大娘一人而已。当年她还是容颜秀美,衣裳华丽,如今我已是白发老人,她的弟子也不再是盛年的容貌。既然明白了她们的师承关系,知道了她们的技艺风格是一致的,追思往事,无限感慨,于是为之写下这篇《剑器行》。早年有吴郡人张旭,擅长草书写贴,曾多次在邺县观看公孙大娘的舞蹈《西河剑器》,因此草书大为长进,有一种豪迈奔放、放荡不羁的风格。公孙大娘的舞蹈艺术何等高妙,也就可想而知了。

从前一位美丽的艺人,复姓公孙,她善舞剑器的名声震动了四面八方。观众如山似海,人人惊诧失色,天地也为之倾倒,久久地起伏升降。

光璀灿夺目，仿佛后羿射落了九个太阳；舞姿矫健轻盈，好像天帝们驾着龙车翱翔。登场亮相时，犹如雷霆戛然而止。舞罢收束时，又像翻腾的江海风浪平息波光清亮。她那美妙的歌喉舞姿在人间已久绝，幸有后来的弟子继承才艺，传播这枝奇葩的芬芳。漂泊到白帝城的临颖美人李十二娘，如今那《剑器》舞的神妙舞姿如公孙大娘般神采飞扬。同她的一番问答，得知技艺师传的来由，感慨时势，追思往事，平添了无限惋惜和哀伤。先帝的歌伎舞女曾有八千，公孙大娘的《剑器》从来就数第一。五十年的光阴飞逝，如反掌之间一样短暂，战乱的风尘铺天盖地，王室宫廷一片昏暗。那曾经花团锦簇的梨园弟子，如轻烟一般四处飞散，今天却得见盛世女乐的风采，与冬日残阳的余光映照。金粟山先帝的陵墓前，树木已长粗长高，瞿塘峡口这座白帝石城，草木萧瑟一片凄凉。珍贵的筵席和急促的乐舞最终停息了，极度的欢乐之后哀愁涌来，东方升起了冷月。我这老头子四顾茫然，一时竟不知要到何方居住，长满老茧的双足在山道上踟蹰，心情沉重反而怨它走得快。

【赏析】

诗人写这首诗时年已55岁，他饱经忧患，却仍然滞留异乡，自有不胜今昔盛衰之感。诗中借几十年前观看公孙大娘舞剑器的回忆，倾诉自己丰富的感情，抒发自己对人生与国事变幻的感慨。此诗写公孙氏舞剑之语固然俊逸劲利，但重心却在于对人生、对国事变幻的感慨。

石鱼湖上醉歌（并序）①

元 结

漫叟以公田米酿酒②，因休暇，则载酒于湖上，时取一醉。欢醉中，据湖岸，引臂向鱼取酒③，使舫载之④，偏饮坐者。意疑倚巴丘酌于君山之上⑤，诸子环洞庭而坐，酒舫泛泛然触波涛而往来者，乃作歌以长之⑥。

石鱼湖，似洞庭，夏水欲满君山青。山为樽⑦，水为沼⑧，酒徒历历坐洲岛。长风连日作大浪，不能废人运酒舫⑨。我持长瓢坐巴丘，酌饮四坐以散愁。

【注释】

①石鱼湖：湖泊名。　②漫叟：元结自号。　③据：依靠。引：伸。　④舫：小

船。　⑤巴丘：山名，在今湖南岳阳。君山：岛名，在洞庭湖中。酌：舀取。　⑥长(zhǎng)：增加，此处指助兴。　⑦樽：酒器。　⑧沼：酒池。　⑨废：阻止。

【译诗】

我漫叟用公田产的米酿好了酒，乘空闲的时候带着这酒来到湖上，随时准备一醉方休。在欢乐迷醉时，靠着湖岸，伸手向那石鱼舀得酒来，用小船装着，请所有在座的人喝。感觉就像是神仙斜靠着洞庭湖边的巴丘山，而从君山岛上舀酒，诸位仙友环绕洞庭湖而坐，载酒的船只悠悠然乘着波涛来往，于是作这首歌以助兴。

这小小的石鱼湖就好像是烟波浩渺的洞庭，夏日里的湖水将要齐岸，湖中的君山岛山色青青。把山作为酒杯，让湖变成酒池，咱们饮酒的人啊，一个个坐在沙洲和岛屿中。连日来强风掀起大浪，也休想挡住咱们的运酒船。我坐在巴丘山上，手持长瓢舀来美酒，与诸位共饮，来驱散心头的烦愁。

【赏析】

这首诗描绘了石鱼湖的景致，表现了诗人广阔的胸怀及归隐之心。诗人借酒浇愁，向往无拘无束的闲散生活，其中醉后狂言写得直率自然。此诗想象丰富，字里行间透出豪气，朗朗上口，具有民歌色彩。

山　石

韩　愈

山石荦确行径微①，黄昏到寺蝙蝠飞。升堂坐阶新雨足②，芭蕉叶大栀子肥。僧言古壁佛画好，以火来照所见稀。铺床拂席置羹饭，疏粝亦足饱我饥③。夜深静卧百虫绝，清月出岭光入扉④。天明独去无道路，出入高下穷烟霏⑤。山红涧碧纷烂漫，时见松枥皆十围。当流赤足踏涧石，水声激激风生衣。人生如此自可乐，岂必局束为人鞿⑥？嗟哉吾党二三子，安得至老不更归。

【注释】

①荦确：险峻不平。微：细，窄。　②升堂：登上殿堂或厅堂。　③粝：粗米。　④扉：门扇或窗扇。　⑤霏：雨雪或烟云很盛、很密的样子。　⑧鞿：马缰绳，喻受

人束缚。

【译诗】

踏着狭窄的山径，越过险峻的山石，来到这寺院时已是黄昏，只见蝙蝠在暮色中翻飞。登堂见过寺僧，坐在台阶上小憩，刚下了一场透雨，芭蕉叶更绿更大，栀子花更香更肥。僧人来殷勤相告，这寺中古壁上的佛画极好，点上烛火去观赏，见到的只是模糊一片不清晰。主人为我们铺床扫席，端上菜饭，尽管饭菜十分粗糙，但也足以让我充饥。夜深时静静地躺下，各种虫声也都停息了，清朗的月儿从岭后升起，寒光照进了窗扉。天亮后，我独自出游，晨雾弥漫，脚下的道路还难以看清，摸索着时高时低时上时下，直到浓密的云烟散尽。阳光照，雨露润，山花红，涧水绿，色彩斑斓，交相辉映，还有那十围粗的古松老栎将我候迎。我踏上涧中石块，任涧水亲吻我赤裸的双足，水声激扬悦耳，清风吹动我的衣襟。能够在山水间如此漫游，也是人生的欢愉和乐趣，为什么一定要跟随人后被人牵制、束缚？唉！与我同行的二三好友，咱们怎样才能留在这里，到老也不再归去？

【赏析】

此诗用素描的手法描写出寺里的初夏景观、山中幽邃的风景与游赏者愉快的心情，生动而真切，语言朴素自然。形容物态，描写光景，字字入神。结尾处的深深感慨，倾泻了诗人宦途失意的痛苦。诗中散文化的句式，又给全诗增添了一种别致的情调。

八月十五日夜赠张功曹①

韩　愈

纤云四卷天无河②，清风吹空月舒波。沙平水息声影绝，一杯相属君当歌③。君歌声酸辞且苦，不能听终泪如雨。洞庭连天九疑高④，蛟龙出没猩鼯号⑤。十生九死到官所，幽居默默如藏逃。下床畏蛇食畏药，海气湿蛰熏腥臊⑥。昨者州前捶大鼓，嗣皇继圣登夔皋。赦书一日行万里，罪从大辟皆除死⑦。迁者追回流者还⑧，涤瑕荡垢清朝班。州家申名使家抑⑨，坎坷只得移荆蛮⑩。判司卑官不堪说⑪，未免捶楚尘埃间⑫。同时辈流多上道，天路幽险难追攀。君歌且休听我歌，我歌今与君殊科⑬。一年明月今宵多,人生由命非由他,有酒不饮奈明何!

【注释】

①张功曹:即张署,当时与韩愈一起被贬官。 ②纤云:纤柔的云彩。河:银河。 ③属:相劝,此处指敬酒。 ④九疑:山名,亦称九嶷,在今湖南宁远县南。 ⑤猩鼯:猩猩和鼯鼠,泛指山林中的野兽。 ⑥海气:阴湿的气息。 ⑦大辟:死刑。 ⑧迁:贬谪,古代一种行政处罚,将被惩官吏降职调往边远地区。流:流放,古代一种刑罚,将犯人遣送到边远地方服劳役。 ⑨州家:刺史,管辖一州的主官。使家:观察使,地位仅次于节度使,辖一道或数州。 ⑩荆蛮:对楚地的贬称。 ⑪判司:唐代州郡长官属下的判官。 ⑫捶楚:杖刑,用杖或板子打。 ⑬殊科:不一样。

【译诗】

天际有几缕纤细的柔云,深邃的天宇竟看不见银河,凉爽的秋风在空中吹拂,朗朗明月散发着光波。平展的沙滩、宁静的江水,没有了声音和形影,我敬你一杯美酒,请你放声高歌。你的歌啊,曲调酸楚,辞句凄苦,不等你唱完,我已泪如雨下。洞庭湖水远接天边,九疑山高耸入云层,水中但见蛟龙出没,山间只听野兽哀号。一路之上九死一生,方才来到谪居之所,我关门闭户敛声屏息,就像罪犯隐藏潜逃。下床走动害怕有毒蛇,拿起碗筷又怕有毒药,阴湿的气息潮润难忍,腥臊的气味熏蒸难熬。前日里州署门前擂响大鼓,新帝即位又起用了贤臣。大赦天下的文告一日飞送万里,判了死罪的人也得保住残生。被贬谪、流放的人们都被召回任用,像清除污秽尘垢一样重新清理朝廷的位序。刺史为我申报了赦免,观察使却有意压制不予奏请,坎坷辗转的我啊,只被迁往这荆蛮之境。身为判司官职微贱,对人只能忍气吞声,就这样也难免杖责之辱,俯首低眉活在这污浊的尘世。同时遭贬的人们都已上路回京,那朝天的路途遥远险峻,我已无法追赶。你请暂且停下,听听我的歌吧,我的歌同你的歌完全不是一样。一年中有多少明月夜,只有今夜月光最皎洁,人生一世都要听从命运安排,要是面对美酒不能畅饮,岂不辜负了这风清月白!

【赏析】

此诗以赏月起,以赏月终。篇中借歌叙事,言不必悲怨,而悲怨的情绪更深。这首诗表达的是诗人对人生的感慨。由于他一再遭贬,这时身处客栈，抬头望月之余，只得以一种无可奈何的心情，用"人生由命"的宿命观慰藉友人，并自我解嘲。此诗自然雄厚博大，字里行间透露出诗人内心的不平和悲愤。

谒衡岳庙遂宿岳寺题门楼①

韩愈

五岳祭秩皆三公②，四方环镇嵩当中③。火维地荒足妖怪④，天假神柄专其雄。喷云泄雾藏半腹，虽有绝顶谁能穷？我来正逢秋雨节，阴气晦昧无清风。潜心默祷若有应，岂非正直能感通。须臾静扫众峰出，仰见突兀撑青空。紫盖连延接天柱⑤，石廪腾掷堆祝融。森然魄动下马拜，松柏一径趋灵宫⑥。粉墙丹柱动光彩，鬼物图画填青红。升阶伛偻荐脯酒⑦，欲以菲薄明其衷。庙令老人识神意，睢盱侦伺能鞠躬。手持杯珓导我掷⑧，云此最吉余难同。窜逐蛮荒幸不死，衣食才足甘长终。侯王将相望久绝，神纵欲福难为功。夜投佛寺上高阁，星月掩映云曈朦⑨。猿鸣钟动不知曙，杲杲寒日生于东⑩。

【注释】

①衡岳庙：为祀南岳衡山而建的庙。岳寺：衡山上的寺院。 ②祭秩：祭祀的等级。三公：汉代官制以大司徒、大司马、大司空为三公，是最高爵秩。 ③嵩：中岳嵩山，今河南登封县境内。 ④火维：衡山在五岳中居南方，南方在五行中属火。火维即南方。足：多。 ⑤紫盖、天柱：与下句的石廪、祝融皆为衡山峰名。腾掷：腾跃起伏。 ⑥灵宫：祭祀神灵的殿堂，即衡岳庙。 ⑦升：登。伛偻：腰背弯曲。荐：献祭。脯：干肉。 ⑧杯珓：占卜用具。用两片蚌壳（或以竹、木制成蚌壳形）投空掷于地，视其俯仰，以定凶吉。 ⑨曈朦：昏暗不明。 ⑩杲杲：很明亮的样子。

【译诗】

巍巍五岳享受着帝王的祭礼，礼仪规格等同爵位最高的三公，东西南北四岳环列各方镇守，嵩山高耸雄踞正中。五行属火的南方，地僻天荒妖怪众多，天帝特地授权衡岳神君，让它镇守此地独显其雄。山腰腹地不时喷发着云雾，虽然得见山顶，又有谁能够登高凌空？如今我来到这衡岳山脚下，正赶上秋雨连绵的时节，天昏云暗，没有一丝清凉之风。

我在心底默默祈祷，这份虔诚似乎得到灵验，难道不是正直的衡岳神君与我的心感应沟通？刹那间风扫阴云，群峰一一排列在眼前，抬头看，那高峻峭拔的山峰如巨柱般撑起了晴空。紫盖峰绵延伸展，与天柱峰紧紧相连，石廪峰起伏腾跃，同祝融峰亲密相拥。险峰峻岭肃然而立令人心惊魄动，我满怀敬畏下马揖拜，又沿着松柏夹峙的山路，直奔神君的灵宫。雪白的墙壁，朱红的大柱，在我眼前光彩浮动，壁画中的妖魔鬼怪涂抹得青绿绛红。登上殿前的石阶，我深深地弯腰，献上肉干和美酒，想借这点菲薄的祭品来表达我的一片虔诚。掌管神庙的老人一定了解神明的意向，他瞪大眼睛仔细观察，又向我回礼鞠躬。然后拿出占卜凶吉的杯珓，教我如何投掷，他说我的卦象是最吉的征兆，其他人很难与我相同。我被放逐到蛮荒之地，幸而大难不死，衣食刚能温饱，就甘心如此度过余生。王侯将相对我来说，实在是早已断绝的奢望，即便神明有意赐福，也难以成功。夜晚我投宿佛寺，独自登上高高的楼阁，云雾掩蔽了月色星光，看去只见一片迷濛。山猿啼鸣，寺院钟声，不知不觉中曙光初露，明亮的秋日升了起来，将东方的寒空映红。

【赏析】

诗的前六句叙述衡岳的地势和位置，上帝给了南岳神大权，要它雄镇南荒。诗人到衡岳时，正值秋雨绵绵之时，他的潜心默祷似能通灵，这时云散雨停日出，见到了突兀地刺向天空的雄峻的衡岳，中间七句写了衡岳的高峻。韩愈下马揖拜，入庙祭神。他进献祭品、祭拜岳神的目的是为了向神倾诉自己无处可告的忧愤情怀；他忠而遭谗，谪居南方蛮荒之地，幸而不死；他已绝弃了出将入相、荣华富贵的念头，只求能有衣食，就甘心这样下去。诗末叙投宿佛寺，结出题意。

石 鼓 歌

韩 愈

张生手持石鼓文①，劝我试作石鼓歌。少陵无人谪仙死②，才薄将奈石鼓何。周纲陵迟四海沸③，宣王愤起挥天戈，大开明堂受朝贺，诸侯剑佩鸣相磨。蒐于岐阳骋雄俊④，万里禽兽皆遮罗⑤。镌功勒成告万世⑥，凿石作鼓隳嵯峨⑦。从臣才艺咸第一，拣选撰刻留山阿⑧。雨淋日炙野火燎，鬼物守护烦㧙呵⑨。公从何处得纸本，毫发尽备无差讹。辞严义密读难晓，字体不类隶与蝌。年深岂免有缺画，快剑斫断生蛟鼍⑩。鸾翔凤翥众仙下⑪，珊瑚碧树交枝柯。金绳铁索锁钮壮，古鼎跃水龙腾梭⑫。陋儒编诗不收入，二雅褊迫无委蛇⑬。孔子西行不到秦，掎摭星宿遗羲娥⑭。嗟余好古生苦晚，对此涕泪双滂沱。忆昔初蒙博士征，其年始改称元和。故人从军在右辅，为我度量掘臼科⑮。濯冠沐浴告祭酒，如此至宝存岂多。毡包席裹可立致，十鼓只载数骆驼。荐诸太庙比郜鼎⑯，光价岂止百倍过。圣恩若许留太学，诸生讲解得切磋。观经鸿都尚填咽⑰，坐见举国来奔波。剜苔剔藓露节角，安置妥贴平不颇。大厦深檐与盖覆，经历久远期无佗。中朝大官老于事，讵肯感激徒媕婀⑱。牧童敲火牛砺角，谁复著手为摩挲。日销月铄就埋没，六年西顾空吟哦。羲之俗书趁姿媚，数纸尚可博白鹅。继周八代争战罢，无人收拾理则那。方今太平日无事，柄任儒术崇丘轲。安能以此上论列，愿借辩口如悬河。石鼓之歌止于此，呜呼吾意其蹉跎！

【注释】

①张生：张籍，张文昌，唐代诗人，原籍吴郡（今江苏苏州）。 ②少陵：指杜甫。谪仙：指李白。 ③纲：纲纪。陵迟：衰败。 ④蒐：春天行猎。岐阳：岐山南麓。 ⑤遮罗：被阻拦、网罗。 ⑥镌：凿、刻。勒：雕刻。 ⑦隳：毁坏。嵯峨：山势高峻。 ⑧山阿：山湾，山谷。 ⑨㧙呵：指挥，呵斥。 ⑩快剑斫断生蛟鼍：形容石鼓文字形笔势，盘曲者如被锋利宝剑斩断的龙蛇，痛苦地扭曲颤动。鼍：即扬子鳄。 ⑪鸾翔凤翥众仙下：形容石鼓文字形，飘逸、清扬者如诸神仙乘鸾凤飞翔而至。翥：飞举。 ⑫古鼎跃水龙腾梭：形容石鼓文字体古奥，不可捉摸，如古鼎出水复没，神龙变化莫测一般。 ⑬二雅：指《大雅》《小雅》，《诗经》篇。褊迫：狭窄。委蛇：同"逶迤"，庄重而从容。 ⑭掎摭：拾取。 ⑮臼科：臼窠，指石鼓出土的洞穴。 ⑯郜鼎：春秋时郜国的鼎。 ⑰填咽：交通阻塞如填塞咽喉。 ⑱媕婀：无主见。

【译诗】

张籍手捧着石鼓文拓本，劝我试着作一首石鼓歌。诗圣杜甫已不在人间，诗仙李白也告别尘世，才智浅薄的我怎能完成这石鼓之歌？当周朝的纲纪崩颓衰落，天下混乱如热汤开锅，宣王继位愤发图强，挥师征伐大动干戈。中兴大业已成，天子大开明堂接受四方朝贺，诸侯们簇拥而来，宝剑佩玉叮当作响。周天子在春日里出猎于岐山之阳，以夸耀他的威武和才智，万里之内都布下了罗网，飞禽走兽都无法逃脱。下令将他的武功刻石记载，让后代永远敬仰尊崇，于是凿山取石制成石鼓，高峻的山头也被削落。宣王的从臣们才艺非凡，堪称天下第一，他们选好石鼓刻上文字，将它们长留在山谷。一年年，一代代，石鼓饱受日晒雨淋野火燎烤，鬼神们将它们牢牢守护，不厌其烦地驱赶斥呵。先生从哪里得来这拓本？文字清晰完整，没有丝毫差错。它的辞义严密深奥，实在难得弄懂；它的字体稀奇古怪，不像隶书和蝌蚪文。年代远久，难免笔画残缺，像被剑斩断的龙蛇。字形像鸾凤载群仙飞临，笔画像珊瑚与玉树枝干交错。苍劲钩连像金绳和铁索缠绕连锁，字体奇怪如古鼎出没，龙腾飞梭。鄙陋的儒者编辑诗文，却未将石鼓文收入其中，《大雅》、《小雅》篇章狭小，怎能容得石鼓文这宏篇巨作。周游列国的孔子没能西行入秦邦，他拾取了点点星辰，却丢掉了月亮和太阳。可叹我热爱古代文化，却出生得太晚太晚，面对这石鼓文，我伤心得涕泪滂沱。回想我当初被征召，做了国子监博士，那一年刚改年号为元和。我的老朋友正担任军职，随军驻扎在长安西边的右扶风，他为我探测文物，掘出了这石鼓藏身的穴窠。我虔诚地沐浴净身，穿戴清洁的衣帽，隆重地禀告国子监祭酒，像这样极为珍贵的国宝留存至今的能有几多？用毡席将石鼓包裹，立刻将它们运来京都也只消几匹骆驼。把石鼓献入太庙，就像当年对待郜国之鼎，但石鼓的光彩和价值将胜过它不止百倍。如果皇帝恩惠，将石鼓留在太学，就可以让所有的学生参与学习、讲解切磋。汉朝时到鸿都门观摹经文的人尚且云集蜂拥，今天要是展出石鼓，可想而之全国上下都要为它长途奔波。我们要刬除鼓上的苔藓，使它显露出原有的棱角，还要将石鼓安放妥帖，稳当平实，不偏不颇。再建造高大的房屋和深长的屋檐将这宝物遮盖，这样即便年深月久，想来也不会有什么损坏。可是朝中的大官们都老于世故，对此盛事竟然毫不动心，只是哼哼哈哈，态度冷漠。想到石鼓还呆在那山野，任牧童在上面打火，牛羊在上面磨角，有谁肯将它爱护，把它的累累伤痕抚摩。我真担心它一天天地销磨毁坏，不久就要彻底埋没，六年以来我都在翘首西望，却只能暗自慨叹吟哦。王羲之的书法俗不可耐，却以姿态妖媚投合世人，就凭那几张字纸，居然可以换得一笼白鹅。周朝至今已经历八代争战，天下一统，战乱平息，可是石鼓还在山野中无人收拾，这还有什么道理可说。现在四海太平无事，皇上要用儒术治国，因此崇尚孔子、孟轲。怎样才能将石鼓的事情在朝堂上禀告论说?我愿借能言之士的嘴巴,雄辩滔滔如悬河。石鼓之歌就到此结束吧!可叹我的一片心意大概也是白说。

【赏析】

此诗回溯了石鼓的由来,然后写了诗人所见的张籍的石鼓文拓片,再回想诗人任国子监博士时,他的老朋友曾在右扶风为他挖掘出石鼓,他郑重其事地向朝廷报告发现了珍贵的文物,要是能给予重视,好好保存石鼓,其价值不可限量。但朝中的大官不肯采纳这个建议,对此诗人感慨万分,对官场陋习的讽刺很深刻。诗人以散体文入诗,以议论入诗,古朴典雅,苍劲有力,大气盘旋,富有想象。

渔 翁

柳宗元

渔翁夜傍西岩宿①,晓汲清湘燃楚竹。烟销日出不见人,欸乃一声山水绿②。回看天际下中流,岩上无心云相逐。

【注释】

①西岩:今湖南永州西山。 ②欸乃:摇橹声。

【译诗】

那渔翁昨夜里歇息在西山脚下,清早起来后,取来清清的湘江水,又点燃楚地的竹枝。烟雾消散,日出东方,却不见了他的身影,只有青山绿水之间响着摇橹声。回头看去,那船儿已入中流漂向远方,这西山上的白云也自由自在地将它追寻。

【赏析】

这是一幅恬和散淡的山水画,充满了色彩和动感,引起读者心灵的共鸣和无限遐想。画中渔翁的生活是那样随意,山水与他的结合是那样融洽。诗人画了这样一幅清秀的山水画,并将自己苦闷的心情寄托在山水中,以山水之美稀释之。

长 恨 歌

白居易

汉皇重色思倾国①,御宇多年求不得②。杨家有女初长成,养在深闺人未识。天生丽质难自弃,一朝选在君王侧。回眸一笑百媚生,六宫粉黛无颜色③。春寒赐浴华清池④,温泉水滑洗凝脂⑤。侍儿扶起娇无力,始是新承恩泽时。云鬓花颜金步摇⑥,芙蓉帐暖度春宵。春宵苦短日高起,从此君王不早朝。承欢侍宴无闲暇,春从春游夜专夜。后宫佳丽三千人,三千宠爱在一身。金屋妆成娇侍夜,玉楼宴罢醉和春⑦。姊妹弟兄皆列土,可怜光彩生门户。遂令天下父母心,不重生男重生女。骊宫高处入青云⑧,仙乐风飘处处闻。缓歌漫舞凝丝竹⑨,尽日君王看不足。渔阳鼙鼓动地来⑩,惊破霓裳羽衣曲⑪。九重城阙烟尘生⑫,千乘万骑西南行。翠华摇摇行复止,西出都门百余里。六军不发无奈何,宛转蛾眉马前死⑬。花钿委地无人收,翠翘金雀玉搔头。君王掩面救不得,回看血泪相和流。黄埃散漫风萧索,云栈萦纡登剑阁⑭。峨嵋山下少人行⑮,旌旗无光日色薄。蜀江水碧蜀山青,圣主朝朝暮暮情。行宫见月伤心色,夜雨闻铃肠断声。天旋地转回龙驭,到此踌躇不能去⑯。马嵬坡下泥土中⑰,不见玉颜空死处。君臣相顾尽沾衣,东望都门信马归。归来池苑皆依旧,太液芙蓉未央柳⑱。芙蓉如面柳如眉,对此如何不泪垂?春风桃李花开日,秋雨梧桐叶落时。西宫南内多秋草,落叶满阶红不扫。梨园弟子白发新,椒房阿监青娥老⑲。夕殿萤飞思悄然,孤灯挑尽未成眠。迟迟钟鼓初长夜,耿耿星河欲曙天⑳。鸳鸯瓦冷霜华重,翡翠衾寒谁与共㉑?悠悠生死别经年,魂魄不曾来入梦。临邛道士鸿都客㉒,能以精诚致魂魄。为感君王辗转思,遂教方士殷勤觅。排云驭气奔如电,升天入地求之遍。上穷碧落下黄泉㉓,两处茫茫皆不见。忽闻海上有仙山,山在虚无缥缈间。楼阁玲珑五云起,其中绰约多仙子㉔。中有一人字太真㉕,雪肤花貌参差是㉖。金阙西厢叩玉扃㉗,转教小玉报双成㉘。闻道汉家天子使,九华帐里梦魂惊㉙。揽衣推枕起徘徊,珠箔银屏迤逦开㉚。云鬓半偏新睡觉,花冠不整下堂来。风吹仙袂飘飘举㉛,犹似霓裳羽衣舞。玉容寂寞泪阑干㉜,梨花一枝春带雨,含情凝睇谢君王㉝,一别音容两渺茫。昭阳殿里恩爱绝,蓬莱宫中日月长。回头下望人寰处,不见长安见尘雾。惟将旧物表深情，钿合金钗寄将去㉞。钗留一股合一扇，钗擘黄金合分钿㉟。但教心似金钿坚，天上人间会相见。临别殷勤重寄词，词中有誓两心知。七月七日长生殿，夜半无人私语时。在天愿作比翼鸟，在地愿为连理枝㊱。天长地久有时尽，此恨绵绵无绝期！

【注释】

①汉皇：唐玄宗。倾国：妇女美色足以使一国为之倾倒。 ②御宇：治理天下。御：驾驭。 ③六宫：原专指皇后寝宫，后泛指妃嫔居处。 ④华清池：唐代华清宫内的温泉浴池。 ⑤凝脂：体肤白嫩柔滑。 ⑥金步摇：妇女首饰，钗的一种，金制，缀珠玉而垂下，随行步而摇动。 ⑦醉和春：醉意和着春情。 ⑧骊宫：骊山华清宫。 ⑨凝丝竹：歌舞与音乐相扣。丝竹，弦乐器和管乐器，泛指乐队。 ⑩鼙鼓：军鼓，战鼓。 ⑪霓裳羽衣曲：舞曲名。 ⑫九重城阙：京城长安。阙：宫门前的望楼。 ⑬宛转：哀婉委屈。马前死：指杨贵妃死于兵乱之中。 ⑭栈：栈道，在悬崖峭壁上凿孔支木架桥连成的一种道路。萦纡：曲折盘旋。剑阁：剑门关，在今四川剑阁县北。 ⑮峨嵋山：在今四川峨眉山市，此处泛指蜀中之山。 ⑯踌躇：犹豫。 ⑰马嵬坡：地名，今陕西兴平西。 ⑱太液：皇宫中的大地。汉时建于建章宫北，遗址在今陕西西安市长安区西；唐时建于大明宫内，遗址在今长西安市长安区北。未央：汉代宫名，遗址在今西安市西北，此处指唐宫苑。 ⑲椒房：汉代皇后妃嫔居室以椒末和泥涂壁，故称椒房。阿监：宫中女官。青娥：原指少女，此处指青春容貌。 ⑳耿：明亮。星河：银河。 ㉑翡翠衾：饰以金翠的被子。 ㉒临邛：地名，今四川邛崃县。鸿都：东汉京城洛阳宫门外，此处代指长安。 ㉓碧落：道家称天界为碧落。黄泉：指地底、阴间，传说人死后命归黄泉。 ㉔绰约：姿态柔美。 ㉕太真：杨玉环当女道士时号为太真。 ㉖参差：看去差不多。 ㉗金阙：金碧辉煌的仙宫。扃：门户。 ㉘小玉：传说为春秋时吴王夫差之女。双成：传说为西王母的侍女，此处均指杨玉环在仙山的侍女。 ㉙九华帐：鲜艳的花罗帐。 ㉚迤逦：曲折连绵。 ㉛袂：衣袖。 ㉜寂寞：阴沉，暗淡。阑干：纵横状。 ㉝凝睇：凝视。 ㉞钿合金钗：指杨贵妃与唐玄宗生前定情的信物。 ㉟擘：用手将物掰开。 ㊱连理枝：不同根的草木，枝条连生在一起。

【译诗】

唐明皇偏好美色，想要得到那倾国之貌的绝世佳人，他统御天下已经多年，中意的人儿却始终未得。杨家有一个姑娘刚刚长大，养育在闺阁中还无人知晓，天生一副美丽的姿质，使她很难埋没世间，终于有一天被选入宫，来到了君王的身边。她只要回眸微微一笑，便生出百般妩媚，使那后宫的所有妃嫔全都黯然无光，淡然无色。春寒时节君王赐给汤沐，就在那金碧辉煌的华清池，温泉之水温润滑爽，为她洗濯柔嫩细腻的身躯。浴后的她娇柔娉婷，宫女将她轻轻扶起，那是她生平头一回承受君王的恩泽。乌云一样的头发，鲜花一般的容貌，鬓边是珠光闪闪的金步摇，芙蓉帐里温馨暖和，她与君王共度春宵。欢娱的春宵何其短暂，可恼的日头高挂蓝天，从此君王再也不去上那百官议事的早朝。领受君王的欢爱，侍奉君王的酒宴，不见她有半点空闲，春日里陪伴君王去郊游，夜晚来都是她一人侍寝。君王的后宫里有三千个美女，却只有她独享皇上的恩宠。在那华丽非凡的宫室里，她精心妆饰打扮，用一派妩媚娇柔侍奉君王过夜；在那雕栏画栋的玉楼上，她陪君王欢饮，那醉后的姿态更加动人，像春风摇荡君王的心。于是她的兄弟姐妹们一个个都分封了爵位，她家门楣光耀令人羡慕。于是天下父母都不再看重生男儿，变得重女轻男，因为女儿可以争得很多荣耀。那骊山上的华清宫，高大宏伟耸入云霄，宫中的音乐像来自仙境，随风飘散处处可闻。歌声舒缓舞姿柔曼，乐队伴奏丝丝入扣，君王整天地观赏，却百看不厌。忽然间渔阳叛军擂响了战鼓，震地动天滚滚而来，惊破了霓裳羽衣曲中那君王的美梦。城阙坚固的京城里，烟尘弥漫一片慌乱，千军万马拥着君王，直奔西南的群山。君王的车驾旌旗招摇，走走停停，算来离开城门不过百余里路程。君王的军队再也不肯前行，要求惩治杨氏，君王也奈何不得。这绝代美人啊，被缢死在了马前。她戴的翠翘金雀玉簪子全都散落一地，无人收拾。君王面对不能相救，只得掩面痛泣而走，又不由得回头怅望，血与泪交相横流。黄色的尘土弥漫飞散，萧瑟的秋风饱含凄凉，连云的栈道曲折盘旋，高耸的剑门迎来了君王。峨嵋山下行人稀少，旌旗晦暗日光淡薄。蜀地的水啊清澈澄碧，蜀地的山啊苍翠青绿，每一个早晨、每一个黄昏君王都对她满怀眷念。行宫中望见凄清的明月，那是让人伤心的景色；夜雨里听到风摇檐铃，那是催人肠断的声音。天地旋转，时局改变，君王的车驾要返回京都，来到那佳人丧命的地方，他久久地犹豫徘徊。马嵬坡下哪里去寻佳人的容颜，只有那一片旷野是她惨死的地方。君王与侍臣默默对视，哀痛难忍涕泪沾衣，没有心情加鞭赶路，任车马慢慢回归都门。到宫中但见那池沼和苑囿依旧，太液池里荷花灼灼，未央宫内柳枝依依。荷花开得就像她娇媚的面容，柳叶正如她弯弯的蛾眉，面对如此伤心的景物，叫人如何能忍住泪水？每当春风和煦桃红李白的日子，每当秋雨凄凉梧桐叶落的时候，那一缕悠悠的情思便萦绕在君王心头。皇城南北的宫院里长满了萋萋的秋草，宫殿的石阶上铺满了红叶，却不见有人打扫。梨园的艺人们已经生出了白发，后宫的女官也已红颜衰老。黄昏时宫殿里流萤飞动，来伴君王静静地沉思，深夜里孤灯燃尽，君王也不能安然入眠。报更的钟鼓声缓缓传来，难熬的长夜才刚刚开始；淡淡的银河星光将要逝去，拂晓又将来临。鸳鸯瓦清冷冰凉，覆盖着浓重的秋霜，翡翠被寒透肌肤，有谁与我共暖？这长长的生离死别，过了一年又一年，那佳人的魂魄却从未来到君王梦中。有一位客居京城的临邛道士，能以至诚之心感召死者的魂灵。他被君王的绵绵情思所感动，便为之殷勤寻觅。他腾空而去，驾驭清气如闪电般飞驰，上天入地，把宇宙四方搜了个遍。他上升到深深的碧空，又下降到幽隐的黄泉，天上地下一片迷茫，都不见她的一点踪迹。忽然听说海上有一座仙山，那山在虚无缥缈的去处。玲珑的楼阁缭绕着五彩祥云，里面住着许多美丽的仙女。其中有一位名号太真，雪白的体肤，如花的容貌，很像君王思念的佳人。道士来到金碧辉煌的仙宫，去叩击殿堂西厢的玉门，辗转请求侍女小玉和双成向她们的主人禀报。听说是汉家天子派来使者，她从华美的帷帐中惊醒，披上衣衫推开玉枕，起身急步出门，重重珠帘和屏风打开了，招呼那使者快快进来。乌云般的发髻蓬松偏斜，看得出她刚刚醒来，花冠也没有来得及整理，就急匆匆地走下台阶。微风吹拂，她那仙衣的长袖轻轻飘飞，就像当年和着霓裳羽衣曲翩翩起舞。看她的脸上神色暗淡，秀丽的面庞泪水横流，仿佛一枝洁白的梨花被春雨沾湿略带娇羞。她含情脉脉、目光炯炯，向使者表达对君王的谢意。自从那一次与君王分别，音信神气都渺茫不通。当年昭阳殿内的姻缘恩爱，如今早已是完全断绝，我只得在这蓬莱宫里，独自度过悠长的岁月。有时我回头向人间遥望，却看不到长安城，只见烟尘滚滚、迷雾蒙蒙。只有用旧日定情的物件来表达我的满怀深情，这金花镶嵌的钿盒和金钗，请你带给我的君王。我已经将锦盒与金钗用手掰开，我与他钗各一股盒各半边。只要我们的爱心像黄金一样坚牢，哪怕天上人间也总会相见。临别时她又殷勤地请使者转达几句话，这话中有几句誓言，她与君王都心领神会。七月七日那天在长生殿上，夜半无人时我俩窃窃私语："在天上愿化作比翼双飞的鸟儿，在地上愿变成连根并蒂的花枝。"高天大地再长久也总有完结的时候，我们这生离死别的怨恨啊却绵绵不断永远没有终结。

【赏析】

　　这首诗，既有讽刺，又有同情、悲悼，诗人的情感是比较复杂的，我们应有所辨别。

　　诗的前半部分对唐玄宗宠幸杨贵妃是持讽刺态度的。"汉皇重色思倾国"奠定了这种讽刺的基调——身为帝王，不思治理国家，而念倾国倾城的美女。诗人对杨玉环得玄宗宠幸，"侍儿扶起娇无力，始是新承恩泽时"是持讽刺态度的；对唐玄宗耽于女色，"春宵苦短日高起，从此君王不早朝"是持批评态度的；对于杨玉环一家因此"姊妹弟兄皆列土，可怜光彩生门户"也是持否定态度的。诗的中间客观地叙述了安史乱起、唐室仓皇西逃、杨贵妃被缢死马嵬坡之事。至于诗的后半部分写玄宗对杨贵妃的怀念凭吊，诗人是持同情态度的。"夕殿萤飞思悄然，孤灯挑尽未成眠""悠悠生死别经年，魂魄不曾来入梦""在天愿作比翼鸟，在地愿为连理枝。天上地久有时尽，此恨绵绵无绝期"等语，这一系列的抒情写得缠绵哀侧，令人潸然泪下。诗人显然对玄宗和杨贵妃的生离死别寄予了无限的同情。

　　全诗语言明白晓畅，一气舒卷，该讽则讽，该褒则褒，叙事脉络清晰，讥讽语句句带刺，同情语又满含感情。

琵　琶　行（并序）

白居易

　　元和十年，余左迁九江郡司马①。明年秋，送客溢浦口②，闻舟中夜弹琵琶者。听其音，铮铮然有京都声。问其人，本长安倡女③，尝学琵琶于穆、曹二善才④，年长色衰，委身为贾人妇⑤。遂命酒使快弹数曲，曲罢悯然。自叙少小时欢乐事，今漂沦憔悴，转徙于江湖间。余出官二年，恬然自安，感斯人言，是夕始觉有迁谪意。因为长句，歌以赠之。凡六百一十六言，命曰《琵琶行》。

　　浔阳江头夜送客⑥，枫叶荻花秋瑟瑟⑦。主人下马客在船，举酒欲饮无管弦。醉不成欢惨将别，别时茫茫江浸月。忽闻水上琵琶声，主人忘归客不发。寻声暗问弹者谁，琵琶声停欲语迟。移船相近邀相见，添酒回灯重开宴。千呼万唤始出来,犹抱琵琶半遮面。转轴拨弦三两声,未成曲调先有情。弦弦掩抑声声思⑧,似诉平生不得志。低眉信手续续弹,说尽心中无限事。轻拢慢捻抹复挑⑨,初为霓裳后六幺⑩。大弦嘈嘈如急雨,小弦切切如私语。嘈嘈切切错杂弹,大珠小珠落玉盘。间关莺语花底滑⑪,幽咽泉流冰下难⑫。冰泉冷涩弦凝绝,凝绝不通声暂歇。别有幽愁暗恨生,此时无声胜有声。银瓶乍破水浆迸⑬,铁骑突出刀枪鸣。曲终收拨当心画,四弦一声如裂帛。东船西舫悄无声⑭,唯见江心秋月白。沉吟放拨插弦中,整顿衣裳起敛容。自言本是京城女,家在虾蟆陵下住⑮。十三学得琵琶成,名属教坊第一部。曲罢曾教善才伏⑯,妆成每被秋娘妒⑰。五陵年少争缠头⑱,一曲红绡不知数⑲。钿头云篦击节碎,血色罗裙翻酒污。今年欢笑复明年,秋月春风等闲度。弟走从军阿姨死,暮去朝来颜色故。门前冷落车马稀,老大嫁作商人妇。商人重利轻别离,前月浮梁买茶去⑳。去来江口守空船,绕船明月江水寒。夜深忽梦少年事,梦啼妆泪红阑干㉑。我闻琵琶已叹息,又闻此语重唧唧。同是天涯沦落人,相逢何必曾相识!我从去年辞帝京,谪居卧病浔阳城。浔阳地僻无音乐,终岁不闻丝竹声。住近湓江地低湿,黄庐苦竹绕宅生。其间旦暮闻何物,杜鹃啼血猿哀鸣。春江花朝秋月夜,往往取酒还独倾。岂无山歌与村笛,呕哑嘲哳难为听㉒。今夜闻君琵琶语,如听仙乐耳暂明。莫辞更坐弹一曲,为君翻作琵琶行。感我此言良久立,却坐促弦弦转急。凄凄不似向前声,满座重闻皆掩泣。座中泣下谁最多?江州司马青衫湿㉓。

【注释】

①左迁:降职。 ②湓浦口:地名,即湓口,在今江西九江西,湓江汇入长江处。 ③倡女:妓女。倡:同"娼"。 ④善才:唐代对琵琶艺人及曲师的统称。 ⑤贾:买卖人,商人。 ⑥浔阳:地名,今江西九江市。浔阳江:指长江流经浔阳的一段,在今九江市北。 ⑦荻:多年生草本植物,形如芦苇,长于水边。 ⑧掩抑:形容声音低沉。 ⑨拢、捻、抹、挑:均为琵琶弹奏手法。 ⑩霓裳:指《霓裳羽衣曲》。六幺:唐代大曲,又称《绿要》《绿腰》《乐世》。 ⑪间关:指黄莺的叫声。滑:形容乐音流利轻快。 ⑫幽咽泉流冰下难:形容乐音如泉流冰下冷涩哽咽。 ⑬迸:飞溅,喷射。 ⑭舫:小船,泛指船。 ⑮虾蟆陵:唐代长安街道名。 ⑯伏:通"服",佩服。 ⑰秋娘:唐代歌舞伎常用名,泛指歌妓。 ⑱五陵年少:即五陵少年,泛指富贵人家子弟。缠头:赠送歌舞伎的钱帛等物。 ⑲绡:生丝织成的绸。 ⑳浮梁:地名,在今江西景德镇北。 ㉑阑干:纵横散乱状。 ㉒呕哑嘲

喳（zhā）：形容声音杂乱。呕哑：小儿语或鸟叫声。嘲哳：繁细嘈杂之声。㉓江州司马：即诗人本人。

【译诗】

　　元和十年，我被贬为九江郡司马。第二年秋天的一个晚上，我去湓浦口为朋友送行，听见一条船上有人在弹奏琵琶，听其乐声，铿锵有力，而且是京城流行的曲调。向那人询问，才知识她原来是长安的乐妓，曾经跟穆、曹二位著名琵琶乐师学艺，年纪大了，姿色衰褪，只好嫁给了一个商人。于是我吩咐备酒，让她痛痛快快地弹几支曲子。弹奏完毕，她面带愁容，又叙说她青春年少时的欢乐情景，现在却漂泊沉沦，面容憔悴，在江湖上辗转奔波。我离开京城到此任职已有两年，一直是心情恬淡，宁静自得，她的一席话触动了我，今天晚上我才体会到被贬谪的意味。为此作了这首长诗赠送给她。全诗共六百一十六字，题名为《琵琶行》。

　　在这浔阳江畔的夜晚，我来为远去的朋友送行，枫叶红芦花白，秋风阵阵摇曳哀吟。我们下了马，将朋友送上船，举起这杯别离酒，却没有音乐伴我们消忧解愁。忧伤沉闷中喝得有几分醉意，心情惨淡就此分手告别，告别时江上茫茫一片，清冷的江水浸着一轮寒月。忽然听到水上飘来一阵琵琶声，应返回的我忘了迈步，将远行的友人也不想开船。我们寻找到传出乐声的那只船，在黑暗中询问是谁在弹奏，琵琶声虽然停下，却许久没有人回答。于是我们把船儿靠上去，请弹奏者出来相见，同时吩咐添上酒菜燃亮灯火，重新摆下酒宴。我们呼唤了千声万遍，她才缓缓出现在我们面前，还用怀中的琵琶遮住半边脸面。但见她轻轻拧动弦轴，试弹了三两个乐音，虽然没弹出曲调，但已经饱含深情。每一次拨弦都深沉压抑，每一声乐曲都充满沉思，就像在低声倾诉，平生如何不得志。她垂下眉眼随手弹拨，让琵琶叙说自己的无限心事。手指在弦上轻推慢揉，忽儿横抹又忽儿反挑，先弹了有名的《霓裳羽衣曲》，又弹奏了一曲流行的《六幺》。大弦的乐音沉重悠长，仿佛一阵急骤的暴雨；小弦的乐声短促细碎，好像有人在窃窃私语。弦音轻重缓急高低快慢，任她随意地交错交换，犹如大大小小的珍珠一粒粒坠入玉盘。一会儿像黄莺鸣唱，在花丛中轻快流转；一会儿如冷泉鸣咽，在冰层下滞涩地流淌。到后来仿佛泉水冰冻，冷滞之气在弦上凝结，凝聚不散流不畅，乐声渐息若断绝。别有一种深沉的忧愁，在其中暗暗萌生，此时这无声的意味更胜过有声的情趣。突然间迸发出清澈的乐音,如银瓶破碎水浆喷射,又转向铿锵雄壮,像铁骑冲锋刀枪齐鸣。乐曲结束时,她收回拨子当心一划,四根琴弦同时发声,就像撕裂绢帛一般干脆。左右停靠的船只都悄然无声无息,只见皎洁的月儿映照在冷冷的江心。她轻叹一声,将拨子插入弦中,整理好衣裳起身,显出庄重的神情。她说自己原是京城女子,家住在虾蟆陵。十三岁就学成了琵琶,名列教坊的第一名。我的技艺已十分精湛,一曲弹罢连曲师也心悦诚服;我的容貌娇美动人,梳好妆往往被姐妹们嫉妒。那些家居五陵的富贵子弟争着送给我各种财物,弹奏一曲得到的红绡可以说是不计其数。我用镶金片的发篦打拍子,敲碎了也不觉得可惜;血红色的罗裙被泼上了酒,我也全不在意。年复一年地寻欢作乐,轻松随意地打发时光。弟弟去当了兵,阿姨也入了土,一天又一天过去了,我的容颜也衰老了。门前变得冷冷清清,来往的车马时有时无,年纪渐大有什么办法呢,只好嫁给商人为妻。商人都只重财利,哪里在乎夫妻别离,前月就去了浮梁,是为了茶叶生意。他来来去去,总让我在这江口上守着空船,四周只有寒冷的江水和明月的清光。深夜里忽然梦见少年时欢乐的往事,不由地从梦中哭醒,泪水和着脂粉满脸纵横。我听了琵琶曲已伤感叹息,又听这一席话更加慨叹不已。同样是流落在天涯的人,今天相遇何必问是否曾经相识!我从去年离开京都,抱病贬谪到这浔阳城。这地方荒凉偏僻没有音乐,一年到头也听不到美妙的乐声。住的地方靠近湓江,地势低洼又十分潮湿,黄芦和苦竹密密匝匝,在我的宅边杂乱丛生。从早到晚,在那里能听到的声音就是杜鹃的声声啼血,猿猴的声声哀鸣。每当春江花开的早晨和秋月凌空的夜晚,我常常取来浊酒一个人闷闷酌饮。难道就没有当地人唱唱山歌吹吹村笛?只是那声音嘈杂嘶哑,实在让人难以入耳。今天夜里听了你弹奏的琵琶曲,真像仙乐入耳清朗明净。请你不要推辞,再坐下弹奏一曲,我要按那曲调为你写一首《琵琶行》。我的话使她感动不已,她呆呆地站了好久,然后回到座位上,将弦调得更紧,弹得更急。凄楚哀婉的曲调已不像先前的乐声,重新听乐的人们全都忍不住掩面哭泣。在座的人中谁流泪最多?我这江州司马的青色袍服已经被泪水浸湿。

【赏析】

此诗写琵琶之演奏极为出色:写琵琶声急时,"嘈嘈切切错杂弹,大珠小珠落玉盘";写琵琶声缓时,"间关莺语花底滑,幽咽泉流冰下难";写琵琶声寂时,"冰泉冷涩弦凝绝,凝绝不通声暂歇。别有幽愁暗恨生,此时无声胜有声";写琵琶声终时,"银瓶乍破水浆迸,铁骑突出刀枪鸣。曲终收拨当心画,四弦一声如裂帛"。生动形象,是音乐诗中的佼佼者。

诗人不是单纯地写听琵琶。此诗是他贬谪江州的第二年秋天所作,此前,他遭谗言而被贬官,心中抑郁痛苦。此诗借琵琶女的演奏和她所道的身世,而抒发自己心中抑塞已久的幽愤。"座中泣下谁最多?江州司马青衫湿!"白居易的泪水是为琵琶女而洒,更是为自己的遭遇而洒。此诗正是以对音乐的出色描写和对人生境遇的慨叹以及流利婉转的诗语而享誉后代。

韩　碑

李商隐

元和天子神武姿,彼何人哉轩与羲①。誓将上雪列圣耻②,坐法宫中朝四夷。淮西有贼五十载,封狼生貙貙生罴③。不据山河据平地,长戈利矛日可麾。帝得圣相相曰度④,贼斫不死神扶持。腰悬相印作都统,阴风惨淡天王旗。愬武古通作牙爪⑤,仪曹外郎载笔随⑥。行军司马智且勇⑦,十四万众犹虎貔⑧。入蔡缚贼献太庙,功无与让恩不訾⑨。帝曰汝度功第一,汝从事愈宜为辞⑩。愈拜稽首蹈且舞⑪,金石刻画臣能为。古者世称大手笔⑫,此事不系于职司⑬,当仁自古有不让,言讫屡颔天子颐⑭。公退斋戒坐小阁,濡染大笔何淋漓。点窜尧典舜典字⑮,涂改清庙生民诗⑯。文成破体书在纸⑰,清晨再拜铺丹墀。表曰臣愈昧死上,咏神圣功书之碑。碑高三丈字如斗,负以灵鳌蟠以螭⑱。句奇语重喻者少⑲,谗之天子言其私。长绳百尺拽碑倒,粗砂大石相磨治。公之斯文若元气⑳,先时已入人肝脾。汤盘孔鼎有述作㉑,今无其器存其辞。呜呼圣王及圣相,相与烜赫流淳熙㉒。公之斯文不示后,曷与三五相攀追㉓。愿书万本诵万遍,口角流沫右手胝㉔。传之七十有二代,以为封禅玉检明堂基。

【注释】

①轩:轩辕氏,传说中的古圣王黄帝,后人尊之为中华民族的祖先。羲:伏羲氏,传说中的古圣王太昊,曾创八卦。　②列圣:指宪宗之前的几个皇帝。　③封狼:大狼。貙、罴:古籍中记载的猛兽。　④度:裴度。　⑤愬:指邓随节度使李

恕；武：淮西都统韩弘之子韩公武；古：鄂岳观察使李道古；通：寿州团练使李文通。四人皆裴度手下大将。牙爪：爪牙，指得力部将，无今日之贬意。 ⑥仪曹外郎：指礼部员外郎李宗闵，当时任两使书记，随裴度征淮西。 ⑦行军司马：指太子右庶子韩愈，亦随裴度出征，任行军司马。 ⑧貔：古籍中记载的一种猛兽，又称貔貅。虎貔：喻指勇猛的将士。 ⑨訾：同赀，计数，计算。 ⑩愈：韩愈。宜为辞：指皇帝诏命韩愈撰《平淮西碑》以纪功。 ⑪稽首：叩头。 ⑫大手笔：有关国家大事的文字，也指有名的作家或其作品。 ⑬职司：以文字为业的翰林。 ⑭讫：完毕。颔：点头。颐：面颊。 ⑮点窜：原意为修整字句，此处指参照运用。《尧典》《舜黄》均为《尚书》篇名。 ⑯涂改：此处亦指运用。《清庙》《生民》皆《诗经》篇名，内容为记颂古帝王功业。 ⑰破体：行书中的一种，亦说指变更旧约文章体例。 ⑱鳌：传说中的大海龟，此处指碑座雕刻的动物形装饰。蟠：盘曲状。螭：传说中的无角龙。 ⑲喻：懂得。 ⑳元气：构成天地万物的原始物质。 ㉑汤盘：传说商朝君王商汤沐浴之盆。孔鼎：孔子祖先正考父之鼎。 ㉒烜赫：名声或气势盛大、显耀。淳熙：强烈的光彩、光泽。 ㉓曷：怎么。三五：三皇五帝。攀接：比较，承接。 ㉔胝：胼胝，老茧。

【译诗】

宪宗皇帝年号元和，他有辉煌的功业、非凡的威仪，可与上古圣君媲美，就像轩辕和伏羲。对于列祖列宗蒙受的耻辱，他发誓要统统雪洗，坐镇宫中迎接四方八面的朝觐。那反叛的逆贼盘踞淮西，已经度过了五十个春秋，他们竟敢擅自父职子袭，割据一方世代绵延。山林江河的险僻处他们不占，专门霸占财富人众的平原大地，仗恃着兵马强悍，气势嚣张，挥动戈矛反叛作乱。皇帝求得一位贤相名叫裴度，他曾经遭到叛贼刺杀，但因为有神灵保佑扶持，从而大难不死。他腰间挂着宰相金印，受命讨贼督率大军，天子的军旗在寒风中飘扬。李愬、韩公武、李道古和李文道，一个个部将精悍勇武，礼部员外郎李宗闵也追随帐下做他的文书。行军司马是韩愈，他心怀锦绣有勇有谋，更有那十四万大军，勇猛善战胜过虎豹貔貅。趁着大雪我军袭破蔡州，生擒那贼首吴元济，将他押回京城献入太庙，隆重地向祖先告祭。天逆雪耻，裴宰相功劳无须推让；升官赐爵，天子的恩惠不可计量。皇帝说："这一仗胜来不易，你裴度督师功居第一，我命你那下属韩愈为你撰文纪功，刻碑永记。"韩公连连叩首谢恩，高兴得手舞足蹈，"为刻石记功撰写文字，微臣完全能够胜任，按照古例，这种煌煌大作通常都是交给文墨官吏完成，但是又有当仁不让的古训，我愿承担这份神圣的重任。"天子听了这番话，连连点头，十分赞赏。韩公退朝后沐浴斋戒，凝神静心端坐小楼上，笔墨饱满文采飞扬，言辞深切淋漓酣畅。借鉴了《尧典》和《舜典》庄严的体例，参考了《清庙》和《生民》典雅的篇章。碑文写好了，用变体行书誊正，清晨去朝拜天子，将文章铺展在殿前。又向皇帝上表称："臣斗胆冒死上呈这歌颂神圣功业的文字，乞请天子诏令，将它镌刻成碑。"臣碑竖起三丈高，碑文字大如斗，东海灵龟来负重，螭龙盘曲踞碑头。那碑文语奇异深奥，能读懂的人实在很少，于是有人向天子进谗言，说韩愈撰此文公私颠倒。于是扯起了百尺长绳，将巨碑翻身拽倒，又用那粗砂大石把碑文统统磨掉。但韩公的洋洋碑文如天地间浩然正气，它早已深入浸染在人们的心肝肺脾。商汤的盘和孔丘的鼎都有古人铭刻的文字；盘和鼎虽已荡然无存，铭文却得以流传万世。啊，圣明的君王，贤明的宰相，声威显赫，流光溢彩。要是韩公的碑文不能昭示于后人，那么天子的功德又如何同三皇五帝承接！我愿将那碑文抄写万卷，哪怕唇干舌燥口吐白沫，哪怕手酸臂痛磨出老茧。让韩公的这篇宏文作天子封禅书的玉函，作皇帝明堂的基石，传给后世七十二代，直到永远！

【赏析】

唐宪宗元和十二年（817年），宰相裴度为削平藩镇，亲赴淮西指挥战斗，韩愈为行军司马。淮西平后，韩愈奉命作《平淮西碑》，碑文突出了裴度的决策统帅之功。邓随节度使李愬则以为在淮西之役中，他雪夜入蔡州，生擒吴元济，应居首功。李愬妻是唐安公主的女儿，她进宫向宪宗诉说此碑文不真实，宪宗乃使人倒碑磨去韩文，命翰林学士段文昌重新撰文刻碑。平心而论，李愬之功虽著，但是为裴度作战计划中的一部分，韩愈在碑文突出裴度之功勋，是公平允当的。李商隐此诗，咏的即是此事。

诗的前十八句写的是藩镇割据，帝命裴度出征削平之，李愬、韩公武、李道古、李文通作为裴度的武将，胜利削平淮西。诗的中间二十二句是写韩愈奉命作碑文，以及立碑、倒碑的经过。诗的第三部分则是李商隐对韩碑的评价："公之斯文若元气"可与"汤盘孔鼎"相媲美，足以传之万代。

品诗诵词

五言乐府

塞 上 曲

王昌龄

蝉鸣空桑林,八月萧关道①。出塞入塞寒,处处黄芦草。从来幽并客②,皆共尘沙老。莫学游侠儿③,矜夸紫骝好④。

【注释】

①萧关:关名,在今甘肃固原县东南。 ②幽并:幽州和并州。 ③游侠儿:自恃勇武、讲义气的人。 ④矜:骄傲自夸。紫骝:骏马名。

【译诗】

寒蝉在桑叶凋零的树林中悲鸣,八月的萧关大道上行走着一队队威武的戍兵。塞内塞外透着阵阵寒气,茫茫原野处处被枯黄的芦草覆盖着。来自幽州、并州的英勇军士,都在边疆沙场征战到老。切莫学那些游侠骑士,高傲自夸自己的坐骑如何的好。

【赏析】

诗中对塞外景色的描写,表现出羁旅远游者惆怅迷茫的心境。

诗人对来自幽州、并州的勇士满怀敬意。一句"从来幽并客,皆共尘沙老",说出了征战之士的辛苦。

塞 下 曲

王昌龄

饮马度秋水,水寒风似刀。平沙日未没①,黯黯见临洮②。昔日长城战,咸言意气高。黄尘足今古③,白骨乱蓬蒿。

【注释】

①平沙:大沙漠。 ②临洮:地名,今甘肃岷县境内。 ③足:充塞。

【译诗】

给战马喝足水吃饱料，渡过秋水开赴边塞，水寒刺骨，疾风如刀。茫茫沙漠，西沉的夕阳没有隐没，暮色中远望已朦朦胧胧可见临洮。昔日长城争战频繁，将士气概高昂。从古到今，黄沙滚滚弥漫长城内外，荒草丛中遍地白骨。

【赏析】

诗人在这首诗里写出了征战生活的异常艰辛和残酷。这首边塞诗具有强烈的人民性和历史的纵深感，语言简练，极富表现力。

关 山 月

李 白

明月出天山①，苍茫云海间。长风几万里，吹度玉门关②。汉下白登道③，胡窥青海湾④。由来征战地，不见有人还。戍客望边邑，思归多苦颜。高楼当此夜，叹息未应闲。

【注释】

①天山：位于甘肃西北部的祁连山。 ②玉门关：今甘肃敦煌西北。 ③白登：山名，今山西大同东面。 ④胡：指吐蕃。青海：湖名，今青海西宁附近。

【译诗】

巍巍祁连山，苍茫云海，一轮明月倾泻银光一片。浩荡长风，掠过几万里关山，来到戍边将士驻守的边关。汉高祖出兵白登山征战匈奴，吐蕃窥视青海大片河山。这些历代征战之地，很少看见有人生还。戍守兵士仰望边城，思归家乡愁眉苦颜。当此皓月之夜，高楼上望月怀夫的妻子，同样也在哀叹不止。

【赏析】

这首边塞诗描绘了边塞的风光和戍卒的遭遇，进而描写了戍卒与思妇两地相思之苦。诗人运用了写景抒情、情景相生的笔法，前面的描绘都是为后面的叙写作渲染和铺垫。此诗意境开阔，气势雄浑，情景逼真。

子夜吴歌·秋歌

李 白

长安一片月，万户捣衣声①。秋风吹不尽，总是玉关情②。何日平胡虏，良人罢远征。

【注释】

①捣衣：将洗的衣服铺放在石砧上捶打。　②玉关：玉门关。

【译诗】

长安城里皓月当空，千家万户忙着捶捣洗衣。秋风送着砧声，传到边关递思情。何时才能荡平战寇，亲人将从此不再远征。

【赏析】

这是首写思妇怀念征人之作。诗人运用了先景后情、情景交融的笔法。第三、四句尤为绝妙，不息的秋风寄托着思妇们对边关夫君思念的深情。结句既是思妇的期待，也是征人的心声。

长 干 行①

李 白

妾发初覆额，折花门前剧。郎骑竹马来，绕床弄青梅。同居长干里，两小无嫌猜。十四为君妇，羞颜未尝开。低头向暗壁，千唤不一回。十五始展眉②，愿同尘与灰。常存抱柱信，岂上望夫台。十六君远行，瞿塘滟滪堆③。五月不可触，猿声天上哀。门前迟行迹，一一生绿苔。苔深不能扫，落叶秋风早。八月蝴蝶黄，双飞西园草。感此伤妾心，坐愁红颜老。早晚下三巴④，预将书报家。相迎不道远，直至长风沙⑤。

【注释】

①长干：地名，今江苏南京秦淮河南。　②展眉：舒展蹙皱的双眉，表示高兴。③瞿塘：瞿塘峡，长江三峡之一，今四川奉节县东。　④三巴：巴郡、巴东、巴西，在今四川东部。　⑤长风沙：地名，在今安徽省安庆东的长江边上。

【译诗】

　　我的头发刚刚盖过额头的时候，我就与你在家门前折枝攀花。你跨着竹竿当马骑，我们相围着床互投掷青梅嬉戏。同住一个地方，两颗天真幼稚的心灵几乎没有半点猜疑。十四岁与你结为夫妻，羞涩之情时时泛上脸庞。面壁而坐低头不语，任你千呼万唤，也不回眸看你一眼。十五岁才懂事不再羞涩，眉宇间展现感情的微笑，一心与你同生共老。我常存美好的愿望，能夫唱妇和长相厮守，怎能想到会登上那让人心碎的望夫台？我十六岁正值豆蔻年华，你却离家远行，来去都要渡过那险滩瞿塘峡滟滪堆。五月春水高涨湍急，峡江两岸的猿啼声声哀切响入云霄。家门前你留下的踪迹，现在已处处长满了青苔。青苔又深又厚，简直无法清除。落叶纷纷，今年的秋风来得特别早。进入八月来，双双蝴蝶在西园草丛中欢快飞舞，触动了我的伤心处，孤寂地坐等红颜慢慢地衰老。何时你能离川返家，要先给我写封书信。迎接你我不怕路途遥远，就算跋涉到长风沙，我也要把你相迎。

【赏析】

　　这是一首爱情叙事诗。它通过一个女主人的口吻，生动地写出了她与丈夫两人天真烂漫的童年生活、初嫁时的羞涩、新婚时的喜悦和丈夫远离后的忠贞不渝的心愿，写得十分细腻感人。由于这首诗千百年来脍炙人口，所以诗中的"青梅竹马，两小无猜"也就成了后人用来比喻童年相好而成夫妻的成语。

　　此诗富有民间气息和唐朝乐府民歌气息。

游　子　吟

孟　郊

　　慈母手中线，游子身上衣。临行密密缝，意恐迟迟归。谁言寸草心①，报得三春晖②！

【注释】

①寸草：细微的草。　②三春晖：春天的阳光。

【译诗】

慈母飞针走线，为游子缝制征衣。临别时一针一线缝得细密均匀，惟恐游子归时太晚，所以缝制得更加结实。作为儿子呵，怎样才能报答母亲的养育之恩？就像细微的小草报答不了春天阳光给予它的温暖。

【赏析】

这首诗表现了儿子要出远门，母亲满怀着慈爱替儿子缝衣这个细节。那一针一线之中融入了母亲多少的爱和牵挂呀！儿子出了远门，何时能归来呢？儿子出门的日子里，母亲哪一天不在牵挂呢？远游的儿子知道母亲每日倚在门口盼望着儿子归来么？儿子怎样才能报答这一片比海还深的慈爱呢？母亲难道需要儿子来报答自己么？要知道，天下最无私的爱就是母爱呀！

"谁言寸草心，报得三春晖"说出了做儿子的对母亲的感念、对母爱的铭记，而儿子的这片心意与母爱相比，显得多么微不足道啊！

此诗语言简洁明白，清新流畅，诗味醇美。

长干行（二首）

崔颢

其 一

君家何处住？妾住在横塘①。停船暂借问，或恐是同乡。

其 二

家临九江水，来去九江侧。同是长干人，生小不相识。

【注释】

①横塘：在今江苏南京西南。

【译诗】

其 一

你家住在哪里，我家住在横塘，停下船我把你询问，或许我们是同乡。

其 二

我家临靠九江，来来去去都在九江边上，我们是长干同乡，可我与你却从小不相识。

【赏析】

这两首诗纯用对话写成，几乎不加雕琢，充满了鲜活的民歌气息。诗中描写了一对青年男女在江上隔船问答，表现出船家少女的大胆和聪慧，语言惟妙惟肖，非常可爱。

玉 阶 怨[①]

李 白

玉阶生白露，夜久侵罗袜。却下水晶帘，玲珑望秋月。

【注释】

①玉阶怨：乐府旧题，属《相和歌·楚调曲》。

【译诗】

白露弥漫了玉制的台阶，露水浸透了她的罗袜，她久久地等待着。回到空空的卧室，她放下水晶帘，两只眼睛向着深秋的明月盼望。

【赏析】

一位宫女久盼宠幸不至而心生哀怨。她虽然久盼所爱不至，但至夜深仍在期待。全诗描写细腻，融情入景，婉转含蓄，不著然而怨很深。

塞下曲（四首）

卢 纶

其 一

鹫翎金仆姑[①]，燕尾乡蝥弧[②]。独立扬新令，千营共一呼。

【注释】

①鹫翎：大鹰羽毛。金仆姑：箭名。　②燕尾：旗上飘带。蝥弧：旗名。

【译诗】

飞箭系着大雕的羽毛，帅旗缀着锦织的飘带。将军铿锵的声音发布新的战斗号令，千万旌下的士兵齐声阵阵呼应。

【赏析】

此诗写出了将帅的威严，军容的整肃，以及全军将士团结一心、同仇敌忾的精神气概。

其　二

林暗草惊风，将军夜引弓。平明寻白羽，没在石棱中①。

【注释】

①石棱：《史记》中载，李广出猎，见草中石，误看成虎而射，箭射入石中。

【译诗】

幽暗的密林，疾风惊动草木，黑夜中，将军拉开强劲的弓。黎明时，将军寻找射出的箭，才知道已经深埋在石棱中。

【赏析】

此诗叙事扼要，借汉朝飞将军李广的故事，表现军中主帅的英勇。

其　三

月黑雁飞高，单于夜遁逃①。欲将轻骑逐，大雪满弓刀。

【注释】

①单于：古代匈奴君主叫单于。

【译诗】

没有月亮的晚上，鸿雁在高高地飞翔，单于趁着漆黑的夜色悄悄地逃跑了。准备出动兵追击时，下起了纷纷大雪，大雪落满了弓刀。

【赏析】

这首诗很有名。此诗之所以好,主要不在于内容上,而在于用字洗炼,节奏明快,意境生动,一气呵成。"月黑雁飞高"可以入画,栩栩如生;"大雪满弓刀"则给人一种豪迈洒脱的美感。

其 四

野幕敞琼筵①,羌戎贺劳旋。醉和金甲舞,雷鼓动山川②。

【注释】

①琼筵:丰盛的筵席。 ②雷鼓:擂鼓。

【译诗】

在野外摆下胜利的筵席,羌戎兄弟纷纷前来庆贺凯旋。身著金甲的将士乘醉起舞,咚咚的擂鼓声震动了山川。

【赏析】

这首诗描写欢庆胜利的场面,盛大的庆筵,异族的祝贺,乘醉的狂舞,咚咚的鼓声,构成一幅生动的画图。

江 南 曲①

李 益

嫁得瞿塘贾,朝朝误妾期。早知潮有信,嫁与弄潮儿②。

【注释】

①江南曲:乐府《相如歌》曲名。 ②弄潮儿:习惯水性的行船人。

【译诗】

我嫁给了瞿塘商贾,他却一再耽误我们所定的归期。倘若早知道江潮涨落有一定的时间,我还不如嫁给弄潮的男儿。

【赏析】

这首诗写一位商人的妻子由失望而痛苦而仇怒而悔恨的心理变化过

程。前两句写现实，既已嫁人，结果都是"朝朝误妾期"，是失望，是痛苦。后两句则是直接宣泄心中的怨恨，怨恨加悔恨，是恨之极——由恨丈夫变为恨自己，其切实而可以理解的心理要求，在最后一句中全部展现出来。

七言乐府

燕　歌　行（并序）

高　适

　　开元二十六年，客有从元戎出塞而还者①，作《燕歌行》以示适②，感征戍之事③，因而和焉④。

　　汉家烟尘在东北，汉将辞家破残贼。男儿本自重横行⑤，天子非常赐颜色⑥。摐金伐鼓下榆关⑦，旌旗逶迤碣石间⑧。校尉羽书飞瀚海，单于猎火照狼山⑨。山川萧条极边土⑩，胡骑凭陵杂风雨⑪。战士军前半死生，美人帐下犹歌舞。大漠穷秋塞草衰，孤城落日斗兵稀。身当恩遇常轻敌⑫，力尽关山未解围。铁衣远戍辛勤久，玉箸应啼别离后⑬。少妇城南欲断肠，征人蓟北空回首⑭。边风飘飘那可度，绝域苍茫更何有⑮。杀气三时作阵云⑯，寒声一夜传刁斗⑰。相看白刃血纷纷，死节从来岂顾勋⑱。君不见沙场争战苦，至今犹忆李将军⑲。

【注释】

①元戎：主帅。出塞：外出到边塞。　②行：古诗的一种体裁。适：高适。③征戍：出征戍守。　④和：依照别人的诗词题材和体裁作诗词而相答。　⑤横行：驰骋疆场。　⑥非常：不一般，破格，破例。赐颜色：赏脸。此处指赏识、重视。⑦摐：击打。　⑧逶迤：蜿蜒不断。碣石：山名，在今河北昌黎县北，此处泛指山间海边。　⑨单于：古代匈奴首领的称号，此处指敌方首领。猎火：指军队的火炬。⑩萧条：寂寞冷落，毫无生气。极边土：边境之地。　⑪凭陵：仗势侵犯。⑫当：受。恩遇：受人恩惠和信任。　⑬玉箸：妇女的眼泪。　⑭蓟北：蓟州之北，此处泛指东北边塞。　⑮绝域：与中原隔绝的边远之地。　⑯杀气：凶残险恶的气氛。三时：一指一天中的早午晚三时，一指一年中的春夏秋三时。　⑰刁斗：古代军队中的用具，白天作炊，能容一斗，夜晚打更，铜制。　⑱死节：为志节而死。勋：功勋。　⑲李将军：汉代名将李广。

【译诗】

开元二十六年，有位朋友跟随大将出征塞外归来，写了《燕歌行》给我看。我有感于征伐戍守的军役之事，因而作了这首诗与之唱和。

在汉朝遥远的东北边关，烽烟飞扬，尘沙弥漫；汉家大将告别家乡，去把凶残的贼寇扫荡。男子汉本应当在战场上纵横驰骋，汉天子又特别给予他们丰厚的赏赐。大军起程鸣金击鼓，浩浩荡荡兵发榆关，面面旌旗迎风招展，蜿蜒盘绕在碣石山。边塞校尉的紧急文书飞过浩瀚的大漠，敌方首领燃起的战火照亮了阴森的狼山。边境之地多么辽远，山川寂寞荒无人烟；敌骑猖狂，恣意侵掠，挟风裹雨，挥刀舞剑。士兵们在前线拼杀，已经死伤过半，将帅们在营帐里作乐，看美人歌舞正酣。秋天将尽的大漠上，边地的荒草一片枯黄，落日映照的孤城里已经没有多少士兵可以作战。身受朝廷的恩惠和信任，哪会把敌寇放在眼里，在关山督军死战，仍未能冲破重重敌围。身披铁甲的战士长期戍边何等辛苦，家中的妻子怨恨别离，日日垂泪何其伤心！少妇在城南思念役夫，哀痛欲绝，愁肠寸断，出征的人在边塞枉自回头，望眼欲穿，何处是乡关！塞上寒风飘飘，哪能载我飞度这遥远的路途？边境辽远荒僻，莽莽苍苍一无所有。白日里列阵沙场，杀气腾腾天昏地暗；寒夜中传警军营，刁斗声声胆战心惊。你看那刀光剑影血雨纷纷，誓死报国，哪曾想过得到功勋？谁不知沙场争战千辛万苦，人们至今还怀念那爱护士卒的李广将军。

【赏析】

诗的开头写边境不宁，天子遣将出击。"山川萧条极边土，单于猎火照狼山"，可见战斗是很艰苦的。但是，"战士军前半死生，美人帐下犹歌舞"，一边是残酷的战斗，一边则在纸醉金迷，这是一种多么强烈的对比！诗人热烈地颂扬了士兵们的英勇爱国精神，讥刺前线将领醉生梦死，严厉地抨击了将领们视士兵生命儿戏的轻敌冒进，使苦与乐、庄严与无耻形成了鲜明的对比。结句借古喻今，叙事很有气势，抒情委婉，雄浑悲壮。

古从军行①

李 颀

白日登山望烽火,黄昏饮马傍交河。行人刁斗风沙暗,公主琵琶幽怨多②。野营万里无城郭,雨雪纷纷连大漠。胡雁哀鸣夜夜飞,胡儿眼泪双双落。闻道玉门犹被遮,应将性命逐轻车③。年年战骨埋荒外,空见蒲萄入汉家④。

【注释】

①从军行:古乐府旧题,多写军旅辛苦与愁怨之辞。 ②公主琵琶:汉武帝时以江都王刘建之女为公主,嫁乌孙国王,恐其途中烦闷思亲,让带琵琶以娱之。此处借指边地荒凉,戍人哀怨。 ③轻车:汉代有轻车将军,此处指将帅。 ④蒲萄:葡萄,原产西域,汉武帝时引入中原。

【译诗】

白天登上高山去瞭望报警的烽火,傍晚时在交河岸边饮我们的战马。在昏暗的风沙里行军,只能根据军中刁斗声来辨别方向;琵琶声传出无限哀怨,仿佛公主远行。边地万里荒无人烟,只有这座大野孤营;雨雪纷纷弥漫天地,就像与大漠融成一气。胡地的鸿雁夜夜由此飞过,哀叫着奔向南方;胡兵的眼泪一串又一串,洒落在这偏远的关山中。听说身后的玉门关仍被朝廷派兵阻塞,只有舍生拼命跟随主帅去血战。一年又一年啊,战士的尸骨埋在荒野,只不过换来那葡萄种子栽进了汉家宫苑。

【赏析】

这首著名的边塞诗将塞外悲凉尽情写出。诗人着意选择了历史与现实中的典型事件,抒发了将士们在征战中的艰辛和痛苦。诗中借汉喻唐,讽刺唐玄宗的长年开边用兵给人民带来的苦难。此诗谴责了罪恶的战争,表现了人民的反抗之情,情理浑成,回肠荡气。

桃 源 行

王 维

　　渔舟逐水爱山春,两岸桃花夹古津①。坐看红树不知远,行尽青溪忽值人②。山口潜行始隈隩③,山开旷望旋平陆④。遥看一处攒云树⑤,近入千家散花竹⑥。樵客初传汉姓名⑦,居人未改秦衣服。居人共住武陵源⑧,还从物外起田园⑨。月明松下房栊静⑩,日出云中鸡犬喧。惊闻俗客争来集⑪,竞引还家问都邑⑫。平明闾巷扫花开⑬,薄暮渔樵乘水入。初因避地去人间⑭,更问神仙遂不还。峡里谁知有人事,世中遥望空云山。不疑灵境难闻见,尘心未尽思乡县。出洞无论隔山水,辞家终拟长游衍⑮。自谓经过旧不迷,安知峰壑今来变。当时只记入山深,青溪几度到云林。春来遍是桃花水⑯,不辨仙源何处寻。

【注释】

　　①津:渡口。　②坐:因为。忽值人:不知不觉中见不到人烟。　③隈隩:山、水弯曲的地方。　④旷望:视野开阔。　⑤攒云树:云树相连。攒:聚集。　⑥散花竹:到处都有花和竹。　⑦樵客:渔人。古代渔樵并称。汉姓名:指汉朝以来的各朝名字。　⑧武陵源:此处指桃花源,相传在今湖南桃源县西南。　⑨物外:世外。　⑩房栊:房屋的窗户。　⑪俗客:指渔人。因桃花源中人以仙境自居,故指外来渔人为俗客。　⑫都邑:指桃源人原来的家乡。　⑬闾巷:街巷。开:开门。　⑭避地:迁移居住地以避祸患。去:离开。　⑮游衍:流连不归,游乐。　⑯桃花水:春水,桃花开时河流涨溢。

【译诗】

　　因为喜爱这春天的山色,渔人荡轻舟溯流而上,两岸开遍了灼灼的桃花,古渡口春光明媚。因为贪看红花满树,不知不觉划出好远好远,一直到这清溪的尽头,才发现已经不见了人烟。他小心地迈步,穿过幽深弯曲的峡谷,从山势开阔处放眼望去,竟现出一片旷野平陆。远方是高大的树木,缭绕着浮云轻雾;近处是千百人家,散落在繁花翠竹。渔人历数了自汉以来的朝代名字,这里的居民却还穿着秦代的衣服。他们一同住在这武陵源,在人世之外建起了田畴家园。夜晚,明月在松间映照,庭户清幽宁静;清晨,红日升上云天,鸡犬争相喧鸣。惊喜地听说来了世俗的客人，居民们争先恐后地聚拢在一起，都要邀渔人去到家里，向他打听各自的故乡都邑。黎明时清扫街巷的落花，家家都门户大开，黄昏时劳作的人们悠悠然乘船回来。当初他们为躲避战乱一起离开了人间，到这里成了神仙，再也不想回转故园。有谁知道这山谷里还有这些人和事，世上的人只看见这片云遮雾罩的远山，并非不知道这仙境多么难以亲身体验，实在是尘世之心未尽，还思念自己的家园。渔人走出洞中仙界，又想以后不论怎样远隔山水，也要离开家门，再来这里漫游，流连不归。自认为经过的地方，重访不会迷路，哪知道今天又来，这山峰峡谷已经改变。当初只记得进山走了很远很远，沿着清溪不用多久就能去到那云中山林。如今遍地溪流，都已涨满了桃花春水，再不知那仙境桃源到哪里去找寻。

【赏析】

　　王维的诗与陶渊明的文有一个显著的不同：陶渊明笔下的桃源中人是为躲避秦朝暴政而来此的，他们在桃花源中耕作生活，与世隔绝，但他们是人而绝不是神仙，桃花源是陶渊明心目中理想的社会。而到了王维诗中，住在桃花源中的是神而不是人了。你看，"月明松下房栊静，日出云中鸣犬喧"飘浮着一种仙气；"初因避地去人间，更问神仙遂不还"则直言其求为仙人矣。这首诗叙幽景，则曲而深，写幽人，则高而古，诗中有画，而且妙在毫无雕饰，能引起人们的兴味。

蜀　道　难

李　白

　　噫吁嚱[①]，危乎高哉！蜀道之难难于上青天。蚕丛及鱼凫[②]，开国何茫然。尔来四万八千岁，不与秦塞通人烟[③]。西当太白有鸟道[④]，可以横绝峨嵋巅。地崩山摧壮士死[⑤]，然后天梯石栈方钩连。上有六龙回日之高标[⑥]，下有冲波逆折之回川。黄鹤之飞尚不得过，猿猱欲度愁攀缘[⑦]。青泥何盘盘[⑧]，百步九折萦岩峦。扪参历井仰胁息[⑨]，以手抚膺坐长叹！问君西游何时还，畏途巉岩不可攀[⑩]。但见悲鸟号古木，雄飞从雌绕林间。又闻子规啼夜月，愁空山。蜀道之难难于上青天，使人听此凋朱颜！连峰去天不盈尺，枯松倒挂倚绝壁。飞湍瀑流争喧豗[⑪]，砯崖转石万壑雷[⑫]。

其险也若此，嗟尔远道之人胡为乎来哉！剑阁峥嵘而崔嵬⑬，一夫当关，万夫莫开⑭，所守或匪亲⑮，化为狼与豺。朝避猛虎，夕避长蛇，磨牙吮血，杀人如麻。锦城虽云乐⑯，不如早还家。蜀道之难难于上青天，侧身西望长咨嗟⑰！

【注释】

①噫吁嚱：感叹词。 ②蚕丛、鱼凫：传说中古蜀国的两个先王。 ③"尔来"二句：说蜀、秦两地长期隔绝。战国秦惠王灭蜀置郡，蜀地才与秦有来往。 ④太白：山名，在今陕西眉县东南一带。 ⑤"地崩"句：据《华阳国志·蜀志》所载，秦惠王许嫁五女子于蜀王，蜀王派五壮士去迎接，回到梓潼，一大蛇入洞，五壮士奋力抓住蛇尾往外拉，突然山崩地裂，压死五壮士，秦王也因此打通蜀地。 ⑥六龙：古代神话中替日神赶车的羲和，以六龙驾车在空中运行。回日：挡住日神的御车。高标：指蜀峰。标：指标帜者，引申为峰巅。 ⑦猱猱：善攀援的猕猴。 ⑧青泥：山岭名，在今陕西略阳县西北，是古时的入蜀要道。 ⑨扪参历井：指由秦入蜀路途高险，好似伸手可触摸到天空的星辰。 ⑩巉岩：山势高峻。 ⑪喧豗：喧嚣声。 ⑫砯：水击岩石声，此处用作动词，指急流冲击山崖。 ⑬剑阁：栈道名，在今四川剑阁县北，为四川与陕西的重要通道。 ⑭一夫当关，万夫莫开：形容地形险要，易守难攻。 ⑮匪：同"非"。匪亲不可信赖的人。 ⑯锦城：锦官城，今成都。 ⑰咨嗟：叹息。

【译诗】

　　啊！何其高峻，何其峭险！蜀道之艰难，难于上青天！传说蚕丛与鱼凫建立了蜀国，开国的事迹久远而渺茫。岁月漫漫又过去四万八千年，蜀道还未与秦地通人烟，惟有小路能从太白直抵峨眉。山崩地裂，压死迎亲的五壮士，方才修成栈道，与陡峭的山路相接。上有入云的高峰，驾龙的日神也被挡回；下有湍急的河川，冲破倒流漩涡转。翱翔高飞的黄鹤尚不能越渡，攀援敏捷的猱猱更一筹莫展。纤曲盘桓的青泥河，走一百步就有九道弯。伸手可触星辰，快快屏住呼吸，坐下抚胸长叹息。请问你西方游历何时归？险道峭岩实在难以攀登！只看见，古树枝头鸟哀号，雄雌相随林间绕。又听见，月夜里杜鹃声声啼叫，悲声回荡响空山，愁难消。蜀道之艰难，难于上青天，听此话，顿时憔悴变容颜！绵延的山峰离天不到一尺远，倒挂的枯松斜倚在壁悬崖边。瀑布飞泻激流涌，争相喧嚣，冲山崖、转巨石，万山如同雷鸣响。蜀道这般艰险，感叹你远方的人为何要来此地？剑阁关高峻又险恶，一人把关，万人攻不破。守关人若不可靠，即会变豺狼，酿成大灾祸。早上躲猛虎，晚间避长蛇。虎蛇磨牙吸人血，杀人好比斩乱麻。锦城中虽说能享乐，不如早回家。蜀道之艰难，艰于上青天！回身向西望，禁不住怅惘长叹。

【赏析】

这首诗以雄奇奔放的笔调，采纳传说、民谚，夸写蜀道之艰难险峻，从一句中心句"蜀道之难难于上青天"，衍生出千奇百怪的意象。诗中反复咏叹"蜀道之难难于上青天"，给诗歌营造出一种震撼人心的气氛。诗中还以比兴手法，借蜀道的艰险喻世途的坎坷，抒发诗人心中的感慨。诗人借古调，从思想内容到艺术形式都写出了新意。他将历史、现实、神话交织在一起，纵横捭阖，句式也随着感情的变化参差错落，极富浪漫主义色彩。

长相思（二首）

其 一

李 白

长相思，在长安。络纬秋啼金井阑①，微霜凄凄簟色寒②。孤灯不明思欲绝，卷帷望月空长叹。美人如花隔云端，上有青冥之长天，下有绿水之波澜。天长地远魂飞苦，梦魂不到关山难。长相思，摧心肝！

【注释】

①络纬：俗称纺织娘，昆虫类。　②簟：竹席。

【译诗】

我久久思念的人，在那遥远的长安城。秋夜里，纺织娘在井边声声鸣叫，霜风凄凄凉透竹席。孤灯昏暗，思情绵绵愁肠断。卷起窗帘望明月，独自空长叹。美人娇艳如花，却远隔在云端。上有苍莽青天渺幽幽，下有碧绿流水波澜涌。天长地远，梦里魂魄苦寻求，怨只怨，梦魂难以度关山。悠悠相思久远长，摧伤心肝痛断肠。

【赏析】

此诗写一位女子对久戍不归的丈夫的怀念之情，写得情真意切，读来令人荡气回肠。"梦魂不到关山难"一句构思新颖,"上有青冥之长天,下有绿水之波澜"两句表现出李白诗歌的铺张扬厉风格。

其 二

日色欲尽花含烟,月明如素愁不眠①。赵瑟初停凤凰柱②,蜀琴欲奏鸳鸯弦③。此曲有意无人传,愿随春风寄燕然④。忆君迢迢隔青天,昔时横波目⑤,今作流泪泉。不信妾肠断,归来看取明镜前!

【注释】

①素:白色的绢。 ②赵瑟:弦乐器。相传古代赵国人善弹瑟。凤凰柱:雕饰有凤凰的瑟柱。 ③蜀琴:古人诗中常以蜀琴喻佳琴。鸳鸯弦:与凤凰柱对仗,一喻雌雄。 ④燕然:山名,今内蒙古杭爱山。 ⑤横波:眼波流盼。

【译诗】

暮色里,轻烟袅袅绕花树,明月皎皎白如绢,我愁情满怀难成眠。才停下凤凰瑟,又拨响鸳鸯弦。乐曲缠绵情意深,可恨无人替我传。但愿乐曲随春风,为我带到燕然山。思念你啊,远在天边的郎君。从前如秋水的眼波,今已变成流淌的泪泉,若不信我柔肠断,归来后请到明镜前看看我憔悴的容颜。

【赏析】

此诗体味思妇心理准确细腻,思妇对出征丈夫的想念被刻画得不胜哀怨。

行 路 难

李 白

金樽清酒斗十斤,玉盘珍馐直万钱。停杯投箸不能食①,拔剑四顾心茫然。欲渡黄河冰塞川,将登太行雪满山。闲来垂钓碧溪上②,忽复乘舟梦日边。行路难,行路难!多歧路,今安在?长风破浪会有时③,直挂云帆济沧海。

【注释】

①箸(zhù):筷子。 ②"闲来"二句:借喻,是说自己目前虽然隐退,但仍

望有一天能回到朝廷。相传吕尚（姜太公）未遇周文王时，曾在磻溪（今陕西宝鸡市东南）垂钓。伊尹受聘商汤前，曾梦见乘舟路过日月边。合之用此两句典故，比喻人生无常。　③会：当。济：渡。

【译诗】

　　金杯盛着昂贵的美酒，玉盘装满价值万钱的佳肴。我停杯扔筷不想饮，拔出宝剑四下望，心里一片茫然。想渡黄河，冰冻封河川，想登太行，积雪堆满山。当年吕尚闲居，曾在溪边垂钓。伊尹受聘前，梦里乘舟路过日月边。行路难啊，行路难！岔路何其多，我的路，今日在何处？总会有一天，我要乘长风，破巨浪，高挂云帆渡沧海，施展壮志。

【赏析】

　　诗人以"行路难"来比喻世途的艰难险阻，因此怀才不遇的诗人便只有寄希望于机遇，但机遇是可遇而不可求的，他怀着一腔迷惘与愤慨，挂帆浮海，浪迹江湖。此诗想象丰富，有声有色，意境壮阔，抒发了诗人心中的苦闷与不平。

将　进　酒

李　白

　　君不见黄河之水天上来，奔流到海不复回！君不见高堂明镜悲白发，朝如青丝暮成雪！人生得意须尽欢，莫使金樽空对月。天生我材必有用，千金散尽还复来。烹羊宰牛且为乐，会须一饮三百杯。岑夫子，丹丘生①，将进酒，杯莫停。与君歌一曲，请君为我倾耳听。钟鼓馔玉何足贵②，但愿长醉不愿醒。古来圣贤皆寂寞，唯有饮者留其名。陈王昔时宴平乐③，斗酒十千恣欢谑④。主人何为言少钱？径须沽取对君酌⑤。五花马⑥，千金裘，呼儿将出换美酒，与尔同销万古愁⑦！

【注释】

　　①岑夫子，丹丘生：李白友人岑徵君、元丹丘。　②钟鼓：富贵人家宴会中奏乐使用的乐器。馔玉：形容食物如玉一样精美。　③陈王：指陈思王曹植。　④恣：纵情。谑：戏。　⑤径须：只管。沽：买。　⑥五花马：名贵的马。　⑦销：通"消"。

【译诗】

　　你可看见，滔滔黄河水从天上流下来，奔腾向大海，一去不复回。

你可看见，高堂明镜中自己的苍苍白发，早上还黑如青丝，晚上已变成白雪，叫人怎能不悲切。人生得意时尽情欢乐，莫让酒杯空对明月。每个人的出生都一定有自己的价值和意义，千金用完了，这些散去的东西依然会归来。煮羊宰牛，快快活活，一气喝它三百杯也不嫌多。岑夫子、丹丘生，快喝酒，莫停杯。我为各位唱一曲，你们倾耳仔细听。钟乐美食这样的富贵不稀罕，但愿长醉久不醒。圣者仁人自古寂然悄无声，惟有善饮者留美名。当年陈王平乐设酒宴，一斗美酒值万钱，他们开怀饮，纵情又尽兴。主人你为何说钱不多？尽管买酒来，我俩相对饮。管它是名贵五花马，还是千金狐皮裘，叫儿拿出来，统统换美酒，与你一同饮，消解万世愁。

【赏析】

"黄河之水天上来，奔流到海不复回"，人生亦如此，岁月匆匆易过，悲愁能令人迅速衰老。既然人生在世不得意，那么就不如酩酊一醉，忘却烦忧。这是一句牢骚、悲愤语，但诗人不是沉浸在悲愤中不能自拔的人，他立即又发出了"天生我材必有用，千金散尽还复来"这乐观自信的宣言。此诗中，诗人政治上怀才不遇的忧愁与乐观自信交织在一起，诗句如长江大河，滔滔不绝，一气流注，充分体现出他放纵不羁的性格。

兵　车　行

杜　甫

车辚辚，马萧萧，行人弓箭各在腰。耶娘妻子走相送①，尘埃不见咸阳桥②。牵衣顿足拦道哭，哭声直上干③云霄。道旁过者问行人，行人但云点行频。或从十五北防河，便至四十西营田④。去时里正与裹头⑤，归来头白还戍边。边庭流血成海水，武皇开边意未已⑥！君不闻汉家山东二百州⑦，千村万落生荆杞。纵有健妇把锄犁，禾生陇亩无东西。况复秦兵耐苦战⑧，被驱不异犬与鸡。长者虽有问，役夫敢申恨。且如今年冬，未休关西卒⑨。县官急索租，租税从何出。信知生男恶，反是生女好。生女犹得嫁比邻，生男埋没随百草。君不见，青海头，古来白骨无人收，新鬼烦冤旧鬼哭，天阴雨湿声啾啾。

【注释】

①耶：同"爷"。　②咸阳桥：中渭桥，在今陕西咸阳县西南十里渭水上。

③干：冲上。　④北防河，西营田：均泛指西北边防。　⑤里正：里长。唐制百户为一里，设里正。　⑥武皇：汉武帝，此借指唐玄宗。　⑦山东：华山以东。　⑧秦兵：关中兵，关中为古秦地。　⑨关西卒：即"秦"兵。函谷关以西称关西。

【译诗】

车轮滚滚，战马嘶叫，出征的青年弓箭挂在腰上，父母和妻儿来相送，灰尘弥漫看不见咸阳桥。可怜老老小小堵满道，牵衣跺脚泪涟涟，哭声震天冲云霄。路旁行人问征夫，只答征兵太频繁。有人十五岁就到北方去驻防，四十岁时还未回家，又赴河西去营田。走时还年少，里长替他缠头巾，白了头发才回来，接着又要去戍边。战士血洒边疆流成海，武皇开疆心愿仍未改。你难道没听说，华山东边二百州，千村万寨野草丛生田地荒芜。纵然有健壮的妇人来耕种，田里的庄稼仍然东倒西歪不成行。即使关中兵能吃苦耐鏖战，被人驱遣与鸡狗无两样。老人家，你虽向我问，征夫哪敢诉苦吐怨恨？就说今年冬天事，征调关西兵不停止。县官急催租，租税从哪里出？都相信生儿子不是好事情，不如生女儿有福气。生女儿还能嫁近邻，生儿子就是白送死，埋没了荒郊野草里。你可曾听见，青海湖边古来尸骨无人捡，新鬼含冤旧鬼哭，阴天冷雨凄惨哭声不断。

【赏析】

这是一首反对穷兵黩武、为人民苦难而呼喊的诗篇。诗人借汉喻唐，借征夫对老人的答话，倾诉了人民对战争的痛恨和它所带来的痛苦。在这样的情况下，地方官吏还要横征暴敛，使老百姓更加痛苦不堪。此诗词意沉郁，音节悲壮，是诗人深切了解民间疾苦与寄予深刻同情的名篇。

丽　人　行

杜　甫

三月三日天气新，长安水边多丽人。态浓意远淑且真，肌理细腻骨肉匀。绣罗衣裳照暮春，蹙金孔雀银麒麟①。头上何所有？翠微㔩叶垂鬓唇②。背后何所见？珠压腰衱稳称身③。就中云幕椒房亲④，赐名大国虢与秦。紫驼之峰出翠釜，水精之盘行素鳞⑤。犀箸厌饫久未下⑥，鸾刀缕切空纷纶。黄门飞鞚不动尘⑦，御厨络绎送八珍⑧。箫鼓哀吟感鬼神，宾从杂遝实要津⑨。后来鞍马何逡巡⑩,当轩下马入锦茵⑪。杨花雪落覆白蘋,青鸟飞去衔红巾⑫。灸手可热势绝伦,慎莫近前丞相嗔!

【注释】

①蹙金孔雀银麒麟:是说用金、银线在衣裳上绣孔雀和麒麟。蹙,用紧线刺绣使织物起绉。 ②翠微㔾叶:镶以翡翠的头花。㔾:边。 ③珠压腰极稳称身:齐腰的后襟上缀着珍珠,压垂下来,使衣服合体,腰身匀称。极:衣后襟。 ④云幕椒房亲:指外戚。云幕椒房为后妃居处。 ⑤水精:水晶。素鳞:白色的鱼。 ⑥犀箸:用犀牛角制成的筷子,实指象牙筷。厌饫:吃腻了。饫:饱。 ⑦黄门:宦官。飞鞚:飞驰的马。鞚:马笼头,此处指马。 ⑧八珍:此泛指各种山珍海味。 ⑨杂遝(tà):纷杂。 ⑩后来鞍马:最后骑马来的人,指杨国忠。逡巡:徘徊,此处形容神舒缓,大模大样貌。 ⑪锦茵:彩色锦绣地毯。 ⑫青鸟:代指男女间的信使。红巾:妇女之饰,常有徐定情物。

【译诗】

三月三,春光明媚,天气晴朗,曲江水畔丽人多,她们结伴去踏青。瞧她们,姿态美艳意高雅,端庄又娴静。肌肤白皙且细腻,身材亭亭玉立。绫罗绣衣上金线孔雀银麒麟,在暮春烟景中光彩熠熠更鲜亮。头上是什么饰物?翡翠头花垂鬓角。背后什么样?镶珠后襟正合体。丽人中,后妃的亲眷最显耀的是虢国、秦国两夫人,她们是天子赐的封号。翠玉锅煮紫色驼峰肉,水晶盘盛雪白鲜美鱼。纤纤手举象牙筷,久久不动盘中菜。山珍海味早厌腻,御厨快刀细切空忙一场。太监骑飞马,轻车熟路稳又快,不把灰尘扬。皇家厨房制八珍,络绎不绝送进来。箫声和鼓乐缠绵又美妙,令鬼伤感神动摇。宾客随从车马多,要道阻塞路不通。最后骑马来者,大模大样,趾高气扬。直到堂前才下马,脚踏锦毯入厅堂。杨花纷纷如飞雪,落入水中盖浮萍。青鸟衔红巾,匆匆来去忙,暗替情人传消息。他权大势威,气焰灸手灼人,无人能相比。千万不要走近大丞相,当心惹他发脾气。

【赏析】

诗的第一部分(从"三月三日天气新"至"珠压腰极稳称身")泛写游春仕女的体态之美和服饰之盛;诗的第二部分(从"就中云幕椒房亲"至"宾从杂遝实要津")引出主角杨氏姐妹,描写她们饮宴的豪华及所得玄宗的宠幸;诗的第三部分写杨国忠的骄横。此诗对杨氏姐妹奢靡生活的嘲讽是很辛辣的：她们郊游休息时有描绘着云彩的帐幕，吃腻了极其珍贵的肴馔，宾客随从填满了交通要道。诗人对杨国忠的骄横气势是极为反感的：杨国忠的车马来到，人声鼎沸，竟闹得江边的杨花纷纷飘落，树上的鸟儿也惊飞而去。杨国忠权重位高，气焰逼人，"慎莫近前丞相嗔"，可见他平时是何等骄横！除嘲讽和揭露之外，诗人对家国的忧虑清晰可见：既然皇帝宠爱、重用这些人，国家还能有希望么？

哀 江 头

杜 甫

少陵野老吞声哭①，春日潜行曲江曲②。江头宫殿锁千门，细柳新蒲为谁绿？忆昔霓旌下南苑③，苑中万物生颜色。昭阳殿里第一人④，同辇随君侍君侧。辇前才人带弓箭⑤，白马嚼啮黄金勒⑥。翻身向天仰射云，一箭正坠双飞翼。明眸皓齿今何在⑦？血污游魂归不得。清渭东流剑阁深，去住彼此无消息。人生有情泪沾臆⑧，江水江花岂终极！黄昏胡骑尘满城，欲往城南望城北⑨。

【注释】

①少陵野老：杜甫自称。 ②曲江：苑名，即曲江池，在当时长安东南风景区。③霓旌：皇帝仪仗中缀有五色羽毛的旌旗。南苑：即芙蓉苑，在曲江东南，故名。④第一人：最得宠的人，此暗指杨贵妃。 ⑤才人：宫中女官名。 ⑥嚼啮：咬，衔。勒：马衔的嚼口。 ⑦明眸皓齿：明亮美丽的眼睛，洁白晶莹的牙，指杨贵妃。⑧臆：即胸。 ⑨欲往城南望城北：意为心里迷茫晃忽，认错方向。望：往，向。

【译诗】

春日里，我独自悄悄到曲江湾，无声哭泣，泣涕泪涟涟，江头的宫殿万户千门紧闭锁。细柳条，嫩蒲草，为谁换绿装？想当年，天子驾临芙蓉苑时五色旌旗迎风展，苑中万物添光彩。昭阳殿受宠的第一人，与君同车，陪侍不离身。车前的女官佩弓箭，白马衔着金马勒。女官翻身，向云天射一箭，双飞的鸟落地，妃子笑开颜。明眸皓齿的杨贵妃如今在哪里？血污的游魂不能回人间。清清的渭水向东流，幽深的剑阁在西头，阴阳两界，互不通消息。叹人生，动情泪沾衣。江水日日流，江花岁岁开，生生不已，哪会有终极？日暮黄昏时，胡骑进城乱纷纷，马嘶人闹，尘土飞扬。我心思恍惚,要往城南,却来到城北。

【赏析】

此诗是诗人于至德二年(757年)春天,在沦陷后的长安所写。诗中的长安荒凉破败,诗人回想起昔日长安的繁华,不胜怅惘,悲愤之情贯穿全篇。

渭 城 曲①

王 维

渭城朝雨浥轻尘②,客舍青青柳色新。
劝君更尽一杯酒,西出阳关无故人③!

【注释】

①渭城曲:题一作《送元二使安西》。 ②渭城:秦咸阳,汉改名渭城,在今陕西咸阳东北。 ③阳关:故址在今甘肃敦煌西南。

【译诗】

清晨的细雨轻轻地淋湿了渭城,轻轻地沾湿了飞尘,客舍一片青青,杨柳焕然一新。在这离别的时刻,请再喝干这杯离别的美酒,因为,走出了西边的阳关,就再见不到老朋友了。

【赏析】

此诗以景衬情,不说惜别之情,但别情溢于纸上,把惜别之情表现得深沉真挚,道出了千万离人的共同心声,成为千古传诵的名篇。

秋 夜 曲

王 维

桂魄初生秋露微①,轻罗已薄未更衣。
银筝夜久殷勤弄,心怯空房不忍归!

【注释】

①桂魄:月亮的别称。

【译诗】

月亮刚刚出来,秋天的夜,已透出凉意,薄薄的纱衫,还没有更换;寂寞时,深夜手指似在筝上飞舞;秋天的露水这时也还很轻,因为害怕空房的清冷空寂,所以还没有回家。

【赏析】

此诗将闺妇凄凉的心情表达得既深刻又生动。语言细腻,韵味深远,堪称绝妙笔墨。

出　　塞

王昌龄

秦时明月汉时关,万里长征人未还。
但使龙城飞将在①,不教胡马度阴山。

【注释】

①龙城飞将:龙城:指奇袭龙城的汉代名将卫青。飞将:指李广,因其勇猛善战,匈奴称为"飞将军"。

【译诗】

月亮呵,永恒的月亮,高高地挂在茫茫的夜空,照耀秦朝的边关,现在还照耀汉朝的边关。万里征战的将士,至今还未归来。如果卫青、李广还在人间,决不让胡马跨过阴山。

【赏析】

这首诗赞颂了汉代名将卫青和李广,同时又有无限感慨,一是感慨边将无能,二是感慨朝廷衰弱。"秦时明月汉时关"句,具有独立的价值,其深远广阔的历史蕴含,令人联想无穷。境界阔大,音节高亮,情调苍凉,令人百读不厌。

清平调（三首）

李 白

其 一
云想衣裳花想容，春风拂槛露华浓。
若非群玉山头见，会向瑶台月下逢①。

其 二
一枝红艳露凝香，云雨巫山枉断肠。
借问汉宫谁得似？可怜飞燕倚新妆②。

其 三
名花倾国两相欢，常得君王带笑看。
解释春风无限恨，沉香亭北倚阑干。

【注释】

①群玉山、瑶台：传说皆西王母居处。　②飞燕：赵飞燕。汉成帝宠妃，后立为皇后。

【译诗】

（一）　飘浮的云，是你的衣裳，美丽的花，是你的容颜。春风轻轻，抚摸着栏杆，浓露的牡丹，红露的晶莹，这不是人间的佳丽，而是仙女在翩翩起舞。

（二）　一枝红艳的牡丹带着朝露，散着芳香，云雨巫山的神女，纵然楚王朝思暮想，也只是白白愁断肠。汉宫中谁能比她更美丽，赵飞燕徒劳换上新妆。

（三）　名花艳，美人艳，无比美丽的和谐，时时赢得风流君王含笑顾盼。栏杆旁，欣赏婷婷玉立的倩影，无限的春恨也会自然消散。

【赏析】

此为奉旨而作，以供娱乐的歌辞，写唐玄宗与杨贵妃在沉香亭北观赏牡丹。第一首以牡丹喻贵妃之美；第二首以带露之花比贵妃的得宠；第三首兼咏名花与贵妃。诗人因写了这三首诗而被高力士进谗，指诗中用了飞燕、襄王的典故讥讽玄宗与贵妃，不久便被"赐金还山"。

出　塞

王之涣

黄河远上白云间，一片孤城万仞山。
羌笛何须怨杨柳①，春风不度玉门关。

【注释】

①杨柳：即《折杨柳》，古曲名。

【译诗】

　　黄河如带，绵延在遥远的云天，一座孤城，屹立在峻山丛林中，羌笛何必吹起悲凉的乐曲倾诉别离的哀怨，柔和的春风，从来吹不到玉门关。

【赏析】

　　此诗的前两句描绘了一幅高远辽阔的边境图，后二句抒情，表达对戍边战士的同情。

　　诗里明说是"何须"，实际上是"正须"，但用了"何须"一词，可见帝王从来就不体恤将士之意。

五言律诗

望月怀远

张九龄

海上生明月,天涯共此时①。情人怨遥夜,竟夕起相思②。灭烛怜光满③,披衣觉露滋④。不堪盈手赠⑤,还寝梦佳期。

【注释】

①天涯:极远的地方。 ②竟夕:终夜。 ③怜:爱。 ④露滋:露水湿润。 ⑤盈手:满握在手。

【译诗】

一轮明月升起在海上,你我天各一方,共赏出海的月亮。有情人怨恨夜长,彻夜不眠将你思念。灭烛灯,月光满屋令人爱怜。披衣起,露水沾挂湿衣衫。不能手捧银光赠给你,不如回床入梦乡,或许梦境中还能与你欢聚一堂。

【赏析】

清风朗月之夜,最易牵动乡思,牵动对远方之人的思念。此诗从"天涯共此时"的明月到"不堪盈手赠"的明月,以明月作媒介,曲曲折折地道出了诗人对远人的思念。

因思念亲人,难以入睡,但又觉得只有在梦中才能相见。全诗描绘出了月明之夜缠绵悱恻的深深怀念之情,寄寓了诗人追求美好理想而不可得的惆怅。

杜少府之任蜀州①

王 勃

城阙辅三秦②,风烟望五津③。与君离别意,同是宦游人。海内存知己④，天涯若比邻。无为在歧路⑤，儿女共沾巾。

【注释】

①少府：唐时县尉。蜀州：蜀地。 ②城阙：都城长安。辅：护持。三秦：泛指长安附近的关中之地。 ③五津：岷江的五个渡口。 ④海内：四海之内。 ⑤歧路:岔路，指分手之处。

【译诗】

三秦环绕长安都，风烟迷茫中，我眺望你将远去的五个渡口。我俩同是离乡宦游人，别时更觉志同情意深。倘若是四海之内有知己，哪怕远在天边，也会心心相印，好像是近邻。莫学区区儿女情，离别之时泪沾巾。

【赏析】

诗人劝慰友人不要为了离别而悲伤，充分表现了友情的诚挚和旷达的胸襟。起句严整雄阔，三四句则承以散调即由实转虚。"海内存知己，天涯若比邻"一语，荡去离愁，凸现出一种豪迈的情志，体现出一种昂扬的情调，敞开了诗人开阔的胸襟，从而使这首诗与一般的离别之作迥然有别。全诗抑扬顿挫，壮阔严谨，是典型的五律作品，也是王勃的杰作。

在 狱 咏 蝉

骆宾王

西陆蝉声唱①，南冠客思深②。不堪玄鬓影③，来对白头吟。露重飞难进，风多响易沉。无人信高洁④，谁为表予心！

【注释】

①西陆：秋天。 ②南冠：春秋时楚名冠，这里指囚徒。 ③玄鬓：蝉的黑色翅膀，这里代指蝉。 ④高洁：指蝉，实是自喻。

【译诗】

秋天里，寒蝉声声悲鸣。被囚人思乡愁情深。实在不堪忍受蝉对我这白发人的哀吟。霜露重，蝉难举翅高飞。大风起来时，蝉鸣声易被掩没。无人相信蝉的高洁，谁能为我表这一片冰心。

【赏析】

秋天的知了在树林间无休无止地鸣叫着，好像有多少冤屈要倾诉。而诗人正如当年南冠的钟仪，被关在牢狱之中。诗人忧心深重，愤懑难解，加上这秋蝉对着他悲鸣，使他不能忍受。诗人以蝉自喻——他自己在狱中无翼难飞，有口难言，有冤难申。没有人相信蝉"饮露而不食"是高洁的象征，也没有人知道诗人的清白无辜。这首诗名为咏蝉，实则是自表心迹。设喻恰当，言言咏蝉，也句句自表，二者了无穿凿之痕。

杂　　诗

沈佺期

闻道黄龙戍①，频年不解兵。可怜闺里月，长在汉家营！少妇今春意，良人昨夜情。谁能将②旗鼓，一为取龙城③？

【注释】

①黄龙戍：黄龙，地名，在今辽宁朝阳，又名龙城。戍：驻边的防地。　②将：持。　③龙城：地名，这里泛指入侵者聚集地。

【译诗】

听说黄龙城的战事频频无尽期。昔日家中共赏月，可怜今日隔千里，月亮久照汉家营。少妇我现在思念郎君，恰如郎君别时情。谁能率兵挥大旗，一举克敌取龙城，征夫思妇永远不分离。

【赏析】

此诗用对比的手法，表达了闺中少妇与征人的互相思念、厌恶无休止的战争而希望战争早日结束的心情。语言浅近自然，想象丰富，声调优美，抒情委婉含蓄。

题大庾岭北驿①

宋之问

阳月南飞雁②,传闻至此回。我行殊未已,何日复归来!江静潮初落,林昏瘴③不开。明朝望乡处,应见陇头梅④。

【注释】

①大庾岭:山名,在今江西大庾县。驿:供邮传和官员旅宿的处所。 ②阳月:阴历十月。 ③瘴:旧指南方山中湿热致病之气。 ④陇头梅:大庾岭山的梅花。

【译诗】

十月鸿雁往南飞,飞到此地即转回。我的行程却无尽头,何日才能归?大潮退去江月静,瘴气缭绕山林暗。明早登高望故乡,摘枝梅花送亲人。

【赏析】

传说鸿雁南飞到大庾岭就要折回,但诗人这次被流放,还要继续南行,不能像南飞雁那样一到这里就折回。人雁对比,人都不如雁了,可见诗人内心的凄苦。驿站前方,江水刚上过潮,此时江面很安静;深山密林中凝聚着瘴气,诗人此次所贬之地,是比眼前所见更为恶劣的环境,明天要是登高北望家乡的话,虽是十月,也应可见到陇头的梅花了。长安的梅花近春才开,此间的梅花十月即发,可见诗人对被贬谪到路途遥远的岭南的忧虑。

破山寺后禅院①

常 建

清晨入古寺,初日照高林。曲径通幽处,禅房花木深。山光悦鸟性,潭影空人心②。万籁此皆寂,惟闻钟磬音。

【注释】

①破山寺:即兴福寺,在今江苏常熟虞山北。后禅院:即僧人居住的地方。 ②空人心:指去掉人的俗念。

【译诗】

清晨,我走进古老的禅寺。初升的朝阳照着高高的山林,小径弯弯曲曲,通向幽静的深处,禅房隐藏在茂密的花木丛中。山色美境,是小鸟喜爱的天地,潭中顾影,能去掉凡俗尘心。万物皆寂静,只听见钟磬声回荡在山林。

【赏析】

清晨即去古寺而不是顺道游览古寺,可见诗人对古寺的幽寂向往已久。古寺在深林之中,清晨初升的太阳照着树梢,但树荫茂密,寺院中仍然一派幽阴安静。曲曲折折的小径把人引向更幽静的地方,禅房隐藏在花木丛中。山光使得鸟儿也怡然自得,得之于人心者也可想见。潭影更使人忘却一切心中杂念。这里万籁俱寂,只能听见钟、磬之声——以钟磬之声作衬,此地的静谧更甚。

可以看出来,诗人写此诗除了要表现寺院附近的山景外,更想表现古寺之静。写古寺之静,为的是想表现自己的心之静。

渡荆门送别

李 白

渡远荆门外①,来从楚国游。山随平野尽,江入大荒流。月下飞天镜,云生结海楼②。仍怜故乡水,万里送行舟。

【注释】

①荆门:山名,在今湖北宜都北,长江南面。 ②海楼:海市蜃楼。

【译诗】

我驾舟远渡荆门外,到那古时的楚国游玩。高山渐渐隐去,平野舒展开来。江水一片,仿佛流进广阔的莽原。波中月影宛如天上飞来的明镜,空中彩云结成绮丽的海市蜃楼。我还是爱故乡的江水,送我小舟迢迢行万里。

【赏析】

诗的首二句说明诗人将渡荆门游楚地。第二联写渡荆门所见,这两句写眼前所见境界阔大,气势恢宏,与年轻的诗人胸中所怀的大志正复相同。如果说第二联是宏大远景的话,则第三联可视为近景。云彩、月色、江水,构成一幅奇幻的画图。末联结于"送别"。全诗对仗工整,气势奔放、景象阔大,表现出一种愉快和乐观的心境。

送 友 人

李 白

青山横北郭①,白水绕东城。此地一为别,孤蓬万里征。浮云游子意,落日故人情。挥手自兹去,萧萧班马鸣②!

【注释】

①郭:外城。古代城分内外。 ②萧萧:马鸣声。班马:离别之马。班:离别,隐喻马有离群之感。

【译诗】

苍山翠岭横卧北城外,清澈的河水环绕着东城而流。此地一分别,你将如蓬草孤独行万里。游子的行踪似天上浮云,落日难留,纵有深深情意。挥手告别,你我各奔东西,萧萧长鸣,马匹也怨别离。

【赏析】

诗中先写送别地,后写送别情。用孤蓬、浮云、落日作比喻,巧妙贴切。诗人以浮云一样的心境送友人,令人伤感依依不舍。全诗宛转蕴藉,融景入情,含蓄深沉,既表现了诗人主体的心绪,也折射出他人客体的情感。

夜泊牛渚怀古

李 白

牛渚西江夜①,青天无片云。登舟望秋月,空忆谢将军②。余亦能高咏,斯人不可闻!明朝挂帆去③,枫叶落纷纷。

【注释】

①牛渚:山名,在今安徽当涂县西北。西江:今长江自南京至江西一段。 ②谢

将军：东晋谢尚，官镇西将军。　③挂帆去：乘船离去。

【译诗】

夜来泊船牛渚山下，天穹清明万里无云。登上轻舟望秋月，徒然想起谢将军。我虽还能歌吟咏，却难遇当年的谢将军。明晨我将扬帆离去，秋风起，枫叶纷纷落地。

【赏析】

诗人借追怀袁宏月夜咏诗，而得谢尚赏识之事来抒发自己怀才不遇的感慨。这时的诗人对未来已经失望，但仍满怀自负才华而艾怨无人赏识。此诗全无对仗，一气挥洒，妙极自然，境地高绝。

春　望

杜　甫

国破山河在，城春草木深。感时花溅泪，恨别鸟惊心。烽火连三月①，家书抵万金。白头搔更短，浑欲不胜簪。

【注释】

①三月：言时间很长，非确指。

【译诗】

国家残破，山河依旧如昔。春来临，荒城草木丛生一片凄凉。忧心伤感，见花反倒泪淋淋。怨别离，鸟鸣声令我心悸。战火硝烟长时间不停息，家人的书信珍贵值万金。愁闷心烦只能搔首，白发疏稀插不上发簪。

【赏析】

此诗写于唐肃宗至德二年（757年），诗人正身陷安禄山叛军占领下的长安。目睹国家残破、家人离散，眼前的春景更让人感触丛生。沉痛的感情通过"感时"与"恨别"淋漓尽致地表现出来，又层层深入地描写了对时局的忧虑和对亲人的思念。全诗写得情景交融、意在言外，抒发了诗人忧国忧民的情怀，是杜甫五律中的代表作。

月　夜

杜　甫

今夜鄜州①月，闺中只独看。遥怜小儿女，未解忆长安。香雾云鬟湿，清辉玉臂寒。何时倚虚幌②，双照泪痕干！

【注释】

①鄜（fū）州：今陕西富县。　②虚幌：薄幔。

【译诗】

今夜鄜州月明亮，我妻独在家中赏。可怜幼小的儿女们还不懂娘心挂长安。雾气沾湿了她的头发，月光清冷令她双臂寒。何时能团聚在明月下，相倚在温馨的薄幔中。月光照着拭去的泪痕，重逢的喜悦已将离愁溶化。

【赏析】

此诗的写法很特殊：明明是诗人思念流羁鄜州的家人，但不直接道出，而是设想妻子儿女在鄜州望月思念诗人的情景。诗人本自思家，偏写家人思己；发湿臂寒，伫望思念之久可知；"双照泪痕干"之时，国家或许已经安宁了。诗人盼望与家人团聚，又隐含对国家安宁的希冀。

月夜忆舍弟

杜　甫

戍鼓断人行①，秋边一雁声。露从今夜白②，月是故乡明。有弟皆分散，无家问死生。寄书长不达，况乃未休兵。

【注释】

①戍鼓：戍楼上的更鼓。戍：驻防。　②露：霜露。

【译诗】

戍楼上的更鼓咚咚直响，道路上的行人无踪影。边城荒芜秋风凉，只听见孤雁哀鸣。今夜的霜露格外白，月还是故乡的明亮。兄弟离散各一方，家已残破，生死消息无处寻。书信很久不能到达，何况战火还未停息。

【赏析】

又是一个月夜，月光明亮之夜总是容易使人生出思亲人之念，更何况是在战乱之夜睹此明月。据说鸿雁可以传信，但诗人的弟弟如今不知在何方，即使大雁真能传信，怎么能送达呢？时令已到白露，仰头望月，诗人觉得边塞的月色远没有故乡的月色明亮。本来，月亮无处不明，但诗人思乡心切、思弟心切，因此心里就产生了这样一种幻觉。安史之乱后，诗人的三个弟弟都远离四方，彼此不通消息，故诗人吟出"无家问死生"一语，此语沉痛已极！颠沛流离中的诗人，除了思念兄弟，也在诗中寄寓了国家破碎的沉痛心情。"露从今夜白，月是故乡明"一句，与其说是思念故乡，不如说是哀恸国家目前所罹的战乱。

天末怀李白

杜 甫

凉风起天末，君子意如何？鸿雁几时到，江湖秋水多。文章憎命达，魑魅喜人过①。应共冤魂语②，投诗赠汨罗③。

【注释】

①魑魅：山神、精怪。此句意为山精水怪等人经过，好吞食之。 ②冤魂：含冤的灵魂，这是指冤死的屈原。 ③汨罗：水名，今湖南东北部，屈原自杀于此处。

【译诗】

凉风飕飕从天边吹起，你的心境怎样？令我惦念不已。不知传信的鸿雁几时能飞到？只恐江湖秋水多风浪。文才卓绝薄命遭忌恨，山精水怪最喜吞食过路人。你与沉冤的屈子同命运，投诗汨罗江，诉说冤屈与不平。

【赏析】

诗人写这首诗时正流寓秦州，而李白则因获罪流放夜郎。他因怀念李白而写了这首情谊真挚的诗篇。诗人设想李白会去汨罗江凭吊屈原，并想象他会投诗汨罗以表达心中的失意与痛苦。

此诗以凉风起兴，对景相思，表达了诗人对李白的一片牵挂之情，并为他的悲惨遭遇愤慨不平。

别房太尉墓①

杜　甫

他乡复行役，驻马别孤坟。近泪无干土，低空有断云。对棋陪谢傅②，把剑觅徐君③。唯见林花落，莺啼送客闻。

【注释】

①房太尉：房琯。　②谢傅：晋代名将谢安。　③徐君：春秋时徐国国君。此句喻两人的交情生死如一。

【译诗】

我又要启程远游他乡，独自驻马在孤坟前告别故去的房琯，泪水沾湿了脚下的泥土，乌云在低空飘舞。昔日我与君下棋，就像陪同潇洒的谢安。现在我倘有季子的宝剑，又到何处去寻徐君呢？四野茫茫，只看见林花飞落，空空的林间，只听见送客的黄莺啼叫。

【赏析】

诗人将别房墓时的心情无限哀恸。诗的第三联连用两个典故，一赞房琯的才能，二念房琯对自己的知遇之恩。将离别房琯之墓时，不见送客之人，惟见落花啼鸟，增人悲凄。诗人与房琯在政治上为同志，房琯遭贬、病故，对诗人政治上的希望的打击是很大的。此诗表达了诗人感念房琯的知遇之恩外，也寄托了诗人政治上的失望之情。

旅夜书怀

杜　甫

细草微风岸，危樯独夜舟①。星垂平野阔，月涌大江流。名岂文章著，官应老病休。飘飘何所似？天地一沙鸥。

五言律诗

【注释】

①危樯：船上的高桅杆。

【译诗】

微风轻轻地吹拂着岸边的细草，高耸桅杆的小舟在静夜中停靠在江边。天际的星星覆盖着空旷的平野，流动的江水使月亮看起来也像是在江面上奔涌。我的名声哪会是因为文章著称，解官撤职全是由于我衰老病痛。我这样漂泊游荡像什么？恰似天地间一只小沙鸥。

【赏析】

诗的前四句写夜晚舟中所见，即写近景，也写远景，尤其是第二联，气象雄浑阔大，是杜诗中的写景名句，寄寓着诗人苍凉无托的心情。诗的后四句抒情，作者以沙鸥自比，含有无限悲伤。"名岂文章著"说的是反语，诗人感叹自己徒有文名，而心中还有宏大的政治抱负未能施展。

登岳阳楼

杜 甫

昔闻洞庭水，今上岳阳楼。吴楚东南坼①，乾坤日夜浮。亲朋无一字，老病有孤舟。戎马关山北，凭轩涕泗流②。

【注释】

①吴楚：洞庭湖南为楚，东为吴。坼：裂。　②轩：楼窗。

【译诗】

早就听说过洞庭湖的盛名，今天终于登上岳阳楼。雄阔壮观的大湖将吴楚分隔在东南两域。翻滚浩荡的水波，吞吐日月昼夜不息。亲朋好友音信全无，我年老多病，乘孤舟四处漂流。北边的关山战火不停，我倚窗泪水濛濛地望向远方。

【赏析】

岳阳楼下临烟波浩渺的洞庭湖。登楼一看，但见吴楚之地好像被洞庭湖分作两半，天地日月如在洞庭湖中浮动。这两句写出了八百里洞庭湖雄伟壮阔的气象，为自古以来写洞庭湖的极致之句。面对烟波茫茫的洞庭湖，念及自己一生颠沛流离，诗人百感交集。亲戚朋友个个都音信全无，我垂老衰病之年只能旅居在这孤舟之内。边塞仍然战乱不息，念此家事国事，诗人怆然下泪。

挚爱着国家、人民的诗人，无论何时何地总是眷念着国事民生，即使在自己到处漂泊之时，也不曾失去家国之忧。此诗以登楼远眺的欣喜始，以家国多难的悲哀结，中间又以景物的阔大和漂泊的痛苦互相映衬。诗人跳动着赤诚之心，真令人凄悲万分！

辋川闲居赠裴秀才迪①

王　维

寒山转苍翠，秋水日潺湲②。倚杖柴门外，临风听暮蝉。渡头余落日，墟里上孤烟③。复值接舆醉④，狂歌五柳前⑤。

【注释】

①辋川：水名，在今陕西蓝田县。　②潺湲：水徐徐流动的样子。　③墟里：村落。　④接舆：春秋楚国隐士，这里比裴迪。　⑤五柳：陶渊明自称五柳先生，这里比自己。

【译诗】

秋日里寒山的绿色显得更加苍翠，秋水潺潺流淌不停息。我手倚拐杖站在柴门外，临风细听那晚蝉鸣啼。渡口边降下落日，村落里升起炊烟。仿佛又遇到古时的接舆，你酒醉疏狂，在我家门前放声高唱。

【赏析】

此诗写出了诗人闲居生活的从容与潇洒，以及他对世事的忘情。秋日，原来苍翠的山色渐渐转为枯黄色了，山中的秋水潺潺流动着。一山、一水、一秋树秋叶、一秋溪秋水，辋川秋景渐出。心境平静的诗人挂杖斜倚在柴门之外，静听着傍晚树林里的秋蝉鸣唱声。秋山本静，着一蝉声，更显其静。这种静谧正是诗人所爱赏的。夕阳西沉，挂在渡口以西的天边；村落里袅袅升起炊烟。这是一幅闲静的农村景象。

山居秋暝

王 维

空山新雨后,天气晚来秋。明月松间照,清泉石上流。竹喧归浣女①,莲动下渔舟,随意春芳歇②,王孙自可留。

【注释】

①浣女:洗衣物的女子。 ②春芳:春天的花草。歇:消歇,凋谢。

【译诗】

大雨刚刚过去,山谷显得格外空寂。夜晚悄悄来临,秋凉天气清新。皎洁的明月洒满松林,清清的泉水在石上流淌。竹林传来阵阵喧闹,是洗衣女在归途中嬉笑。莲叶在水中轻轻摇动,是晚归的渔舟顺流而下。任随春光消逝芬芳尽,秋色美景仍可令人流连忘返。

【赏析】

诗的第一联点明诗人观赏这些风景的地点、时间。地点是空寂的山中;时间是秋天的一个傍晚,刚刚下过雨。雨后的空山空气格外新鲜,山色也被雨水洗得格外苍翠。明月静静地照到松林之中,给整座空山涂上一层洁白的颜色;清澈的泉水在空山中潺潺流动着。竹林里起了一阵喧哗,但立即又安静下来了,这是浣纱的姑娘归家去了;水中的莲叶浮漾开来,那是渔舟下水了。虽是秋天,无复春天的繁盛,但睹此清秀之景,足可以隐居山中。

归嵩山作①

王 维

清川带长薄②,车马去闲闲③。流水如有意,暮禽相与还。荒城临古渡,落日满秋山。迢递嵩高下④,归来且闭关。

【注释】

①嵩山:在今河南登封县北,为五岳之一。 ②薄:草木茂密的地方。 ③闲

闲：从容悠闲。　④迢递：远貌。

【译诗】

　　清清的河川穿进茂密的草木，我驾乘车马悠闲地归去。流水啊，你若有情，请在暮色昏昏倦鸟啼叫声中，与我相随相依把家归。荒凉的城池临靠古渡口，落日的余晖将秋山染红。千里迢迢来到嵩山下，回来后，我要紧闭屋门不沾红尘。

【赏析】

　　一脉清流缓缓流动着，草木掩映着清流；诗人身在马车上，自得自乐地欣赏着这一派风景，归向嵩山。路旁的这脉清流像是对诗人含情脉脉地欢迎他归隐山中；傍晚的禽鸟相接着还山，似在陪伴诗人归去。荒芜的城市附近是一个古渡，城市既荒，渡口也很寂静；落日的余晖洒在重重叠叠的秋山上，显得那么平和、安详。在这样宁静的山林中隐居，是正合诗人好静的性格，因此诗人决计要去到那遥远的嵩山归隐，不愿再关心尘世之事。

　　诗中运用了对景物的拟人描写，寓情于景，抒发了诗人避世隐居的情怀。

终　南　山

王　维

　　太乙近天都①，连山到海隅。白云回望合，青霭入看无。分野中峰变②，阴晴众壑殊。欲投人处宿，隔水问樵夫。

【注释】

　　①太乙：终南山。天都：帝都，此指长安。　②分野：将天上星宿配地上州国，称分野。

【译诗】

　　高耸入云的终南山离长安城很近，山峦延绵不绝，遥遥伸向海滨。回望山下，白云滚滚连成一片，钻进青霭中，眼前的雾团杳然不见。终南山脉雄阔高大，中峰能分隔星宿州国。高山低谷的阴晴凉热差别很大。

我想寻找一人家投宿，只能隔着河川高声地问对面的樵夫。

【赏析】

诗的头两句写终南山的高峻和广阔：主峰太乙接近天帝所居之处，其高峻可想；山峦连绵直到海边，其广阔可知。这两句极其夸张，写出了终南山的雄伟气势。诗的第二联承第一联而言：白云四望如一，见山之高；青云走近去就看不见了，见山之广。第三联又突出重点，极写山的广阔：以终南山的中峰为标志，东西就属于两个不同的星宿的分野；在同一时间内，各个山谷之间的阴晴也不相同。这一联是从写其他事物侧面突出终南山的连绵宽广。这么宽广的终南山上，人烟稀少，想要找有人的地方去歇宿，须隔着山溪问樵夫才可得知。

全诗从它的主峰开始写起，由点及面，层层叠叠铺展开来，有正面写，有侧面写，十分形象地把气势雄伟的终南山写了出来。如幅泼墨山水画，不仅仅于细节描写，而是满纸云烟，磅礴巍峨。

酬张少府

王　维

晚年惟好静，万事不关心。自顾无长策，空知返旧林①。松风吹解带②，山月照弹琴。君问穷通理，渔歌入浦深。

【注释】

①空：徒。旧林：故居。　②吹解带：风吹着诗人宽解衣带，表现一种闲散的状貌。

【译诗】

我到晚年独爱清静，万事全不挂在心上。知道自己不能献良策，只求能归隐旧居的山林。松林中吹来凉爽的风，我宽解衣带舒展轻松。山间的月光照着我拨动琴弦。你要问世间很深的道理，那就请听河浦深处的渔歌声。

【赏析】

此诗的首联直述诗人晚年只喜欢宁静，对世上的人事再也不留意了。

归隐与他的心态是很相契合的。松林中的清风吹拂着他的衣襟，深山中的明月陪伴着他弹琴长啸。这种生活无忧无虑，使诗人风神散朗，是诗人一向所期冀的。因此张少府问穷通之理，诗人无以解答，他欣赏的是"渔歌入浦深"的清幽境界。此诗将述志和写景融为一体，有诗情，也充满了画意。

过香积寺①

王　维

不知香积寺，数里入云峰。古木无人径，深山何处钟。泉声咽危石，日色冷青松。薄暮空潭曲，安禅制毒龙②。

【注释】

①香积寺：今陕西西安市南。　②安禅：身心安然入静境。毒龙：佛家比喻邪念妄想。

【译诗】

不知香积寺在何处，我行走了几里山路，终于登上了入云的高峰。小径深藏在参天的古木中，看不见行人的踪迹。深山密林里似有晚钟鸣，回声荡漾不知来自何方。山泉流淌，碰到岩石发出呜咽的声音。太阳透进青松林，草深树密光影凉。淡淡的暮霭缭绕着山林，使寺旁的空潭更显幽深。身心安然入静境，掸去了一切邪念妄想。

【赏析】

此诗写清幽之境，以钟声来衬托，更见其静。泉声、日色，一声一色，写出了幽邃的山路。写寺院只用了两句，大部分篇幅花在写登寺的过程上，与诗题中的"过"字甚相贴切。

送梓州李使君①

王　维

万壑树参天，千山响杜鹃。山中一夜雨，树杪百重泉。汉女输橦布②，巴人讼芋田③。文翁翻教授④，不敢倚先贤。

【注释】

①梓州：唐代州名，今四川三台县。使君：对刺史的尊称。　②输橦布：蜀地妇女以橦布向官府缴税。橦布：橦木花织成的布。　③讼芋田：因争芋田而诉讼。　④文翁：人名，汉景帝时蜀郡太守。

【译诗】

千峰万壑古树参天，杜鹃的叫声在群山间回响。山中下了一夜的雨，树梢间的流水像千百道飞泉一般。汉家女以织橦花布向官府纳税，巴蜀人因争芋田种常引起诉讼。昔日文翁兴教化，巴蜀气象新，现在更应当努力，不要依赖先贤不思进取。

【赏析】

诗的头四句是写送别的地点和时间，也可以视作独立写景之句，"二位一体"，不露任何牵强的痕迹，且写景之准确向为评诗家激赏。千山万壑古树参天，杜鹃鸟齐鸣，写出送别的地点在绵延广阔的山中。这两句对偶句使此诗神采飞扬。"山中一夜雨，树杪百重泉"这一流水对，既写出了送别的时间是早晨，也准确地写出了雨后山中之景。

诗的后四句结于"送别"，李使君要去梓州做官，那里素来贫困，但愿李使君去了那里后能使教化一新。没有惜别的客套，叙述也自然流畅，与诗的前半首相合无间。

汉江临眺①

王　维

楚塞三湘接②，荆门九派通③。江流天地外，山色有无中。郡邑浮前浦，波澜动远空。襄阳好风日④，留醉与山翁⑤。

【注释】

①汉江：汉水。临眺：登高望远。　②楚塞：楚国的边界。三湘：潇湘、漓湘、蒸湘的总称，今湖南境内。　③九派：流入长江的九条支流。　④襄阳：今属湖北，位于汉江中游。　⑤山翁：指晋人山简，竹林七贤山涛之子，曾镇守襄阳，好饮酒，每饮必醉。

【译诗】

三湘紧紧相连，伸向楚国边塞。汉江流入荆门，汇通长江九派，江水滚滚奔流到天地外。青山延绵，在水雾中时隐时现。波涛汹涌水势涨，城郭仿佛在江上漂浮。大浪翻滚拍两岸，远空好似在摇晃。襄阳风光这样美，愿与山翁留此地，长醉不复归。

【赏析】

诗中先写了汉江的地理位置，然后写汉江的烟波浩渺。前两句写景，境界开阔，气势宏大，写出了浩渺汉江的神韵。诗的第三联继续写汉江的气势，全诗气象雄伟，名句迭出。

与诸子登岘山①

孟浩然

人事有代谢，往来成古今。江山留胜迹，我辈复登临。水落鱼梁浅②，天寒梦泽深。羊公碑尚在③，读罢泪沾襟！

【注释】

①岘山：在今湖北襄阳南。　②鱼梁：地名，指鱼梁洲，其地也在襄阳。　③羊公碑：襄阳百姓在岘山为羊祜所立碑。

【译诗】

人事总是不停地变化，春去秋来，时光也在不停地流逝。前人留下的名胜古迹，我们这些人又来登山远望。冬末水位降低渔塘很浅，而云梦泽由于天寒而更加辽阔深远。羊公碑依然矗立在山间，让人读罢碑文不由得泪湿衣襟。

【赏析】

诗人与友人登岘山，吊古伤今，诗中抒发了像羊祜当年一样的感叹，更寄寓了自己因仕途受挫，不能一施抱负的哀伤。第三、四句写得自然清隽，读来令人感到亲切。此诗把历史与现实、写景与议论融为一体，清远而深沉。

宴梅道士山房

孟浩然

林卧愁春尽,搴帷览物华①,忽逢青鸟使,邀入赤松家②。金灶初开火③,仙桃正发花。童颜若可驻,何惜醉流霞④!

【注释】

①搴：揭。 ②赤松：传说中的仙人赤松子,此处指梅道士。 ③金灶：道家炼丹的丹炉。 ④流霞：传说神仙饮的酒名。

【译诗】

我高卧在山林,为春天又将离去而愁情满怀,揭开门帘远远望去,依然见美景。忽与青鸟相遇,送来仙人的信,热情地邀约我到赤松家。房里的炼丹炉刚刚点燃火,屋外仙桃花,盛开艳灼灼。如果喝了仙酒容颜不会老,我岂会吝惜一醉。

【赏析】

此诗写诗人正在赏览春景并为春天又将离去而愁情满怀时,被道士派来的人邀请,前去作客,满心欢喜。"青鸟使""赤松家""金灶""仙桃"诸词与道士身份十分贴切,可见诗人遣词造句之工。诗中以仙人来比喻道士的清逸。诗末说：假如说饮流霞酒能永葆童颜,那又何惜一醉呢？这两句既是诗人自己的愿望,又很贴切地道出家中人祈求长生的意愿。

全诗不离仙家的典故与道家的术语,颇有仙气。

过故人庄

孟浩然

故人具鸡黍①,邀我至田家。绿树村边合,青山郭外斜。开轩面场圃,把酒话桑麻②。待到重阳日,还来就菊花。

【注释】

①鸡黍：杀鸡为菜,做黍为饭,泛指待客的饭菜。 ②话桑麻：谈论农事。

【译诗】

老朋友预备丰盛的饭菜，邀请我来到好客的农家。翠绿的树林围绕村落，苍青的山峦城外横卧。推开窗户，面对谷场菜圃；手举酒杯，闲谈采桑种麻。待到九九重阳节，请君再来赏菊花。

【赏析】

此诗写故人处，写田庄处，情景逼真，勾勒出一幅非常朴实的田园风景画。诗中生动地描写了诚挚亲切的友谊。典型农家生活的场景，处处表现出自然美、生活美与友情美，是唐诗中吟唱田园生活的名篇。第二联的"合"字、"斜"字，一见村边绿树之密，一见郭外青山之远，而丝毫不露雕琢痕迹。

秦中寄远上人[①]

孟浩然

一丘常欲卧，三径苦无资[②]。北土非吾愿，东林怀我师[③]。黄金燃桂尽[④]，壮志逐年衰。日夕凉风至，闻蝉但益悲！

【注释】

①上人：对僧人的敬称。　②三径：指归隐后所住的家园。　③东林：庐山东林寺。　④燃桂：烧柴，柴贵如桂。物价高昂，喻处境窘困。

【译诗】

我常想归隐山林，苦于无钱建家园。留在京都做官，并非我的心愿。在东林寺里有我仰慕的高僧。黄金用尽，我日陷窘困，我的雄心壮志一年年衰减。日落天昏暗，凉风阵阵吹来，听寒蝉啼鸣，使我更觉悲哀。

【赏析】

这是一首寄给出家人远上人的诗，是诗人为求仕途发展而困居长安时所写。以诗相寄，借此诉说自己的穷困潦倒。求仕不成，才想要去田园归隐，但归隐又苦于无钱。可怜的诗人，此时陷于困窘的处境中。诗的最后两句增强了全诗的悲愤气氛。

宿桐庐江寄广陵旧游①

孟浩然

山暝听猿愁,沧江急夜流。风鸣两岸叶,月照一孤舟。建德非吾土②,维扬忆旧游③。还将两行泪,遥寄海西头④。

【注释】

①桐庐江:桐江,在今浙江桐庐。广陵:今江苏扬州。旧游:即故交。 ②建德:县名,今属浙江,居桐江上游。 ③维扬:扬州。 ④海西头:也是指扬州。

【译诗】

在幽暗的深山中听到猿的哀啼,使人更加忧愁。夜里的沧江水更寒冷,波涌浪急向东流,冷风嗖嗖鸣江岸,木叶潇潇随风棹。明月清光洒在江水上,照着孤舟独飘摇。建德不是我故乡,我常思念扬州的旧时友。愿将两行相思泪,随江水遥寄海西头。

【赏析】

诗人本是性喜山水之人,然而此时孤身一人,漂泊他乡,念及远方的朋友,心中十分忧伤,无心再观赏自然景色,诗情是很凄苦的。

此诗从"急夜流"到"海西头",从"听猿愁"到"两行泪",景为情用,前后呼应,真切地写出了诗人的心情。

早寒有怀

孟浩然

木落雁南渡,北风江上寒。我家襄水曲①,遥隔楚云端。乡泪客中尽,孤帆天际看。迷津欲有问②,平海夕漫漫。

【注释】

①襄水:也叫襄河,在今湖北襄阳西北。 ②迷津:迷失方向,找不到渡口,喻找不到出路。

【译诗】

木叶飘落,大雁往南飞,北风呼啸,江水彻骨地寒冷。我的家乡在那襄水曲折的地方，远隔此地，犹在楚天云端。思乡的泪水在客游中流尽，家人也在遥望天边的孤帆。迷茫中想寻问，我的出路在何方？日落黄昏看不清齐岸的江水一望无际。

【赏析】

"木落雁南渡，北风江上寒"两句准确地写出了深秋的景象，为以下的思乡之情立下了基调。诗的末二句既实写当时情形，又隐喻诗人自己仕途失意的悲慨。

这首诗透露出来的仍然是诗人长安碰壁之后的牢骚和惘然，思乡之情和写景之句浑然一体，深沉蕴藉。"乡泪客中尽，孤帆天际看"二语，写尽天下游子共有的情怀。

秋日登吴公台上寺远眺

刘长卿

古台摇落后，秋入望乡心。野寺来人少，云峰隔水深。夕阳依旧垒，寒磬满空林。惆怅南朝事，长江独至今。

【译诗】

草木凋零树叶飘落，我独自登上吴公台。秋境萧疏令人悲伤，思乡的愁绪涌上心头。荒野古寺来的人少，云峰阻隔流水深。夕阳缓缓下沉，依傍着旧时的壁垒。寒磬声声传响，在空寂的山林中回荡。南朝往事已化为陈迹，登临怀古我心中惆怅，只有浩浩荡荡的长江日夜奔流不停息。

【赏析】

这是一首咏怀古迹的诗。诗中将古迹与写景、思乡融为一体，所见到的秋色、古台、野寺、夕阳、故垒、寒磬、空林，仿佛也与诗人一样满怀惆怅，而独有长江水依然滚滚东流，淘尽历史的烟云，意境苍凉深邃。诗的神韵自在不言中，令人回味无穷。第二联一写近景，一写远景，第三联以夕阳衬旧垒，以寒磬衬空林，旧日辉煌的场所如今是衰草寒烟，十分凄凉。

品诗诵词

饯别王十一南游

刘长卿

望君烟水阔，挥手泪沾巾。飞鸟没何处，青山空向人。长江一帆远，落日五湖春①。谁见汀洲上②，相思愁白蘋③。

【注释】

①五湖：指太湖。 ②汀洲：水边或水中平地这里指岸边。 ③白蘋：水中浮草，花白色，故名白蘋。

【译诗】

我遥望着你的小舟在浩渺的水烟上漂浮远去。挥手向你告别，手巾已被泪水湿透。你像云中高飞的小鸟，我已望不见你的踪影。面对寥寂的青山，我枉然一片痴情。浩浩荡荡的长江水，载着你的帆船远去。到那落日辉映的五湖，你可饱赏春日的美景。又有谁能看见我孤孤单单地伫立在江边，眼望白蘋，心中充满相思的惆怅。

【赏析】

这首送别诗，通篇似在写景，其实着重写离情别意，情景交融。其诗首尾相应，新颖而不落俗套。

友人之舟已向烟水迷濛的远方驶去，但诗人还在向他挥手送别，并洒下离别的热泪。渐渐地，见不着友人的旅舟了，江面上鸟在飞着，不知它们要飞往何处；远处只有静默的青山对着诗人。朋友乘坐的船沿长江向远处去了，诗人在斜阳里伫立，想象着友人即将游五湖的情景。就这样离别了，谁知道诗人对朋友的相思之情呢？

新 年 作

刘长卿

乡心新岁切，天畔独潸然①。老至居人下，春归在客先。岭猿同旦暮，江柳共风烟。已似长沙傅②，从今又几年。

【注释】

①潸然：流泪貌。　②长沙傅：贾谊。西汉贾谊曾为大臣所忌，被贬为长沙王太傅。

【译诗】

思乡的心情在新年更加迫切，我独自在天涯，流下伤心的眼泪。年纪老大，还屈居人下，春又归来，我还不曾回家。山中的猿猴朝夕与我做伴。江边的柳树，与我同领水上的风烟。我就像当年的贾谊，不知还要埋沉多少年。

【赏析】

这首诗不仅仅表达了新年怀乡之情。诗人以贾谊自比，对身受的遭遇怀着愤慨之情。诗的第三联，虽然不明说自己的悲苦孤独心境，但身既然只能与岭猿、江柳相类，那么，这种孤独和悲苦就不言而喻了。诗笔灵秀宛转，意蕴深沉。

谷口书斋寄杨补阙①

钱　起

泉壑带茅茨②，云霞生薜帷。竹怜新雨后，山爱夕阳时。闲鹭栖常早，秋花落更迟。家僮扫萝径，昨与故人期。

【注释】

①谷口：古地名，在今陕西泾阳县西北。　②茅茨：茅屋。

【译诗】

泉水绕着我的茅舍，霞光映照帷幔般的薜荔。新雨过后青竹更苍翠，夕阳斜晖中的山色添秀美。悠闲的白鹭早早栖息，秋日的花朵迟迟不凋谢。家僮扫净满是松萝的小径，早与故人相约，只等他如期来临。

【赏析】

此诗的大部分篇幅写了书斋及周围的幽美风景，看似是漫无边际的闲笔，实是为最后一句诗所做的铺垫。因为生命里多了水分，连竹都因

品诗诵词

新雨而变得分外可爱；夕阳中的山色之所以可爱，是因为一种稍纵即逝的境界。此诗最大的特点是将水、云、山、鹭、花人格化了，写得极富感情色彩。

淮上喜会梁州故人①

韦应物

江汉曾为客，相逢每醉还。浮云一别后，流水十年间。欢笑情如旧，萧疏鬓已斑。何因不归去？淮上有秋山。

【注释】

①淮：淮河。梁州：今河南开封。

【译诗】

我俩曾一同客居在江汉，每次相逢定要喝酒畅谈，直到酣醉而还。自从离别后，你我四处飘游如浮云，转眼过去十年整，岁月宛如大江流。今日相见，我们执手欢笑，友情依然如故。岁月催人老，我们已两鬓斑白发稀疏。你问我为何不回家乡？只因贪恋淮上的秋山。

【赏析】

诗人先是回忆了往昔与老朋友相处的情景，后半部分写重聚之乐，他们在淮上相遇，彼此互看斑白的鬓发，既欢欣又充满感慨。前人评此诗"一气旋折，八句如一句"。

赋得暮雨送李曹

韦应物

楚江微雨里，建业暮钟时①。漠漠帆来重，冥冥鸟去迟。海门深不见②，浦树远含滋。相送情无限，沾襟比散丝③。

【注释】

①建业：今南京市。　②海门：县名，在今江苏省海门县。　③散丝：细雨，这里喻流泪。

【译诗】

楚江上飘着绵绵细雨，建业城传来阵阵钟声。水气蒙蒙，船帆沉重，暮色冥冥，飞鸟迟行。海门遥望不见，远树湿润含水雾，送你离去心不舍，依依惜别，情意无限。泪水沾满衣襟，就像飞洒的雨丝，无穷无尽。

【赏析】

这是诗人在南京附近送别李曹远行时写的一首送别诗。诗的前六句描绘了雨中的景物，为送别制造一种气氛，因为惜别，诗中充满了愁黯的色彩，由于有了这种气氛、色彩作铺垫，水到渠成地结出了末联。结尾两句写送别，以密密的雨丝比喻离别之泪，情景交融。此诗笔触细腻，写景传神，设喻巧妙，蕴含诗人对友人依依惜别的心情。

酬程近秋夜即事见赠

韩 翃

长簟迎风早[①]，空城澹月华[②]。星河秋一雁，砧杵夜千家。节候看应晚，心期卧已赊[③]。向来吟秀句，不觉已鸣鸦。

【注释】

①簟：竹席，这里指竹。 ②澹：荡漾貌。月华：月光。 ③赊：迟。

【译诗】

长竹迎着早来的秋风，空城荡漾着清丽的月光。一只鸿雁飞向银河，静夜传来千家捣衣的砧响。春去秋来时令已不早，两心相约互酬唱，我激动不已睡得迟。刚才吟诵你秀美的诗句，不觉天已拂晓，鸦雀已鸣啼。

【赏析】

挺拔的竹子首先感受到秋风，明亮的月光洒遍了全城。银河耿耿，一雁横空而过；砧杵声音，千家都在捣衣。这第二联可以视作此诗的警句，不但对仗工整，写景也亲切，尤其是秋夜空中一雁横空，顿时写出了秋空的寥廓和索寞，堪称"诗眼"。

下半部分落实到"酬"字上：季节已到秋天了，由于热切地思念程近，睡时已经很迟了；刚才晚上一直诵读着程近的佳句，致使难以成眠，不知不觉中天亮了，鸦鸣了。

送李端

卢　纶

故关衰草遍，离别正堪悲。路出寒云外，人归暮雪时。少孤为客早，多难识君迟。掩泣空相向，风尘何所期。

【译诗】

故乡的路口遍地是枯草，与你离别时我强忍伤悲。你上路远去，隐没在寒云外，我独自归来，日落雪飞舞。我少小守孤苦，早年远离家乡四处飘游，时世多艰难，可惜与你相识太晚。望着你远去的方向，我怅然掩面泪流淌。世道纷乱风尘扰，重逢相聚不知在何时。

【赏析】

诗人送别李端之时，正是岁寒季节，衰草遍地。这种时节、这种景象，本来就令人有凄凉感，何况还要送别朋友。"多难识君迟"一语已含诗人与李端性情相投之意。然而，在这种使人悲凄的季节却要送别堪为知音的朋友，使诗人不禁泪落沾巾，在这种离乱的年代，一别之后，何时还能重逢呢？故关衰草、寒云暮雪的阴郁笼罩全诗，衬得离别之情凄凄悲悲。

喜外弟又言别①

李　益

十年离乱后，长大一相逢。问姓惊初见，称名忆旧容。别来沧海事，语罢暮天钟。明日巴陵道②，秋山又几重。

【注释】

①外弟：姑母的儿子。　②巴陵：唐郡名，在今湖南岳阳市。

【译诗】

战乱纷纷，一去十年整。离别时我们还年少，相逢时已长大成人。

询问你的姓氏，好像初识的朋友，道出你的名字，才回忆起旧日的面容。千言万语，谈不完别后的变故，不知不觉中已传来寺庙的晚钟。明日你就要踏上巴陵道，重重的秋山又将我们隔断。

【赏析】

国家动荡不宁，诗人与表弟流离失所，十年之后重新相逢。久别初见，两人仿佛已不相识，称名道姓之后，始能追忆旧日容貌。两人各叙别来情事，直至深夜时分。明天他们又要分别了，秋山万重，不知何日方能会面。

社会的动荡给诗人、给诗人表弟乃至全体百姓带来了深重的灾难，"问姓惊初见，称名忆旧容"二语形象地写出了动荡的年月里百姓流离失所的情形。诗的末联不写离情，然而余音袅袅，离情尽见。

云阳馆与韩绅宿别①

司空曙

故人江海别，几度隔山川。乍见翻疑梦，相悲各问年。孤灯寒照雨，深竹暗浮烟。更有明朝恨，离杯惜共传②。

【注释】

①宿别：同宿后又分别。　②共传：互相举杯。

【译诗】

与你江海一别，远隔千山万水。今日意外相见，反倒怀疑是在梦里面。相对悲叹，互问各自庚年。孤灯照冷雨，竹林幽深烟雾起。明日又将分手，离别更难受。我们共举杯，痛饮这惜别酒。

【赏析】

此诗写故友重逢觉得难以置信，疑在梦中。起叙昔别，收叙今别，中间写情写景，字字逼真。此诗的第二联，朴挚真率，写出了老友重逢的喜悦，也写出了对动乱年月相见何难的感慨，为后人传诵，也增强了此诗末联惜别之情的效果。

品诗诵词

喜见外弟卢纶见宿

司空曙

静夜四无邻，荒居旧业贫。雨中黄叶树，灯下白头人。以我独沉久，愧君相见频。平生自有分①，况是霍家亲②。

【注释】

①分：情谊。　②霍家亲：借指两家是表亲。

【译诗】

夜来静悄悄，我独居在四周无邻居的地方，住在这荒郊野外，家业衰败贫困潦倒。雨中望着叶子已发黄的大树，昏暗的灯光照我白头人。我已久沉沦，独自守寂寞。烦劳常来探望，愧对你的殷勤。我们素来有情谊，何况是表亲。

【赏析】

在这首诗中，诗人把几样客观事物不露痕迹地组织在一起，让它们互相烘托而又联合，营造出一种氛围。"雨中黄叶树，灯下白关人"一联便受到人们的激赏——这些事物不是靠有力的动词来联系，而只由"中""下"等字轻轻淡淡地搭线，来增添这种氛围的效果。全诗渲染了荒居的凄苦，更衬出相聚的快乐和深情。

贼平后送人北归①

司空曙

世乱同南去，时清独北还。他乡生白发，旧国见青山②。晓月过残垒，繁星宿故关。寒禽与衰草，处处伴愁颜。

【注释】

①贼平：此指安史之乱已平。　②旧国：故乡。

【译诗】

乱世之中我们一同南去，时局安定，你就要北归。飘流他乡，心忧早生白发,回到故地,青山依旧如昔。晓月初照,你正走过残垒,繁星当空,你已留宿故乡山中。寒禽哀鸣,衰草萋萋,一路伴随着你憔悴的愁颜。

【赏析】

此诗写了安史之乱平定之后,送一同南来避难的友人北返。诗中既感叹久居异乡,白发满头,又揣想故乡在战火浩劫后被败悲凉景象。诗中写出了惜别友人之情,也写出了诗人独留他乡的愁绪,并婉转地表达了对故国残破的悲痛。

蜀先主庙

刘禹锡

天地英雄气,千秋尚凛然①!势分三足鼎,业复五铢钱②。得相能开国,生儿不象贤。凄凉蜀故伎,来舞魏宫前。

【注释】

①凛然:令人敬畏的神态。 ②五铢钱:汉武帝时所铸的铜钱,喻指兴复汉室。

【译诗】

先主的英雄气概可谓顶天立地千秋长存,后人崇敬。想当年,三分天下,势成鼎足,汉室复兴,建立大业。求得贤相诸葛亮,建立了蜀汉国邦。生下的儿郎却不是个贤才,未能酬先王壮志。蜀国从前的歌妓们在魏宫前歌舞,后主坐观嬉笑无愧颜,只可叹,国家沦丧实在凄凉。

【赏析】

这是一首怀古佳作。诗中赞颂刘备的功业,感叹刘禅的昏庸无能,以致亡国。诗人伤蜀实为忧国,颇有启发意义。

品诗诵词

草①

白居易

离离原上草,一岁一枯荣。野火烧不尽,春风吹又生。远芳侵古道,晴翠接荒城。又送王孙去,萋萋满别情②。

【注释】

①本诗又题《赋得古原草送别》。 ②萋萋:草木茂盛。

【译诗】

原野上青草郁郁葱葱,鲜活又茂盛。年年岁岁,枯萎了复又苍翠。野火再猛,也烧不尽。春风一吹,青草复生。遥远的古道弥漫着芳草的馨香,阳光照耀下,一遍碧绿连荒城。又送友人,踏上古道离去。眼望着萋萋的芳草,满怀离别之情。

【赏析】

此诗写了草的顽强的生命力,也写出了草的芳香——"远芳侵古道",写出了草的色彩——"晴翠接荒城"。全诗以人事代谢的现象与自然界光景常新作对照,意义就不仅局限于写草了。诗的用语准确洁净,"侵""接"生动传神地刻画出春草蔓延、绿野广阔的景象。

旅 宿

杜 牧

旅馆无良伴,凝情自悄然。寒灯思旧事,断雁警愁眠①。远梦归侵晓②,家书到隔年。沧江好烟月,门系钓鱼船。

【注释】

①断雁:失群的鸿雁。警:叫醒。 ②侵晓:破晓。

【译诗】

旅馆里没有知心同伴,我独自静思,心中怅然。面对着寒灯一盏,追忆往昔旧事。那孤雁哀哀的叫声惊醒我愁绕的梦魂。故乡之途很遥远,梦到拂晓才得归。亲人的书信更难盼,要等到来年才能收到。苍茫的江面,月色濛濛,烟雾绕。渔家的门前,系着那晚归的钓鱼船。

【赏析】

诗人客居异乡的旅舍,不禁乡愁袭来,而思乡之心切,更使他对旅舍旁的渔舟、钓翁羡慕起来,曲折地表达出诗人思乡之情。羁旅的孤独之情令人感叹。

秋日赴阙题潼关驿楼①

许 浑

红叶晚萧萧,长亭酒一瓢。残云归太华②,疏雨过中条③。树色随关迥④,河声入海遥。帝乡明日到,犹自梦渔樵。

【注释】

①阙:长安。潼关:在今陕西省潼关县。 ②太华:太华山,即西岳华山,在今陕西省华阴县。 ③中条:中条山,在今山西省永济县东南。 ④迥:远。

【译诗】

晚风吹拂,红叶萧萧落下,长亭里面,饮下一瓢离别的酒。天上的残云飞回太华山,稀疏的细雨越过中条岭。树色苍莽随城关远去,河水涛涛流进遥远的海洋。明日就要到达都城,我仍在做那隐居生活的梦。

【赏析】

此诗笔力遒劲,工整自然,写景雄浑壮丽,是诗人的压卷之作。首联暗点秋日,中间二联从大处下笔,云雨声色,尽情地展现出关中山岳河流的浩大气势。末联则流露出诗人出仕和归隐的矛盾心情。

早 秋

许 浑

遥夜泛清瑟,西风生翠萝。残萤栖玉露,早雁拂金河①。高树晓还密,远山晴更多。淮南一叶下②,自觉洞庭波③。

【注释】

①金河：秋天的银河，古代五行说以秋为金。 ②淮南一叶下：典出《淮南子·说山训》，"以小明大，见一叶落而知岁之将暮"。 ③洞庭波：典出《楚辞·九歌·湘夫人》，"洞庭波兮木叶下"意。

【译诗】

长夜里传来琴声阵阵，西风起，吹拂翠萝依依。残存的萤虫栖息在沾满白露的草丝上，早飞的鸿雁掠过银河闪烁的天空。曙光初照，高树碧绿枝叶繁茂。晴空万里，远山重重没有尽头。见淮南一片黄叶飘落，我仿佛感到秋风掀起了洞庭波。

【赏析】

在长夜中弹琴，琴声连同秋风一起漾过青萝。夏夜里，萤火虫到处飞舞，到了早秋，则栖息在微寒的露草中；大雁南归，好似在银河中飞翔。这两句，一写微景，一写大景；一俯视，一仰视，声（雁声）色（萤光）结合得很和谐。因是早秋，又兼在早上雾中看树，所以觉得树叶还很茂密；在晴朗的早晨远望山色，山色也仍还浓绿。这两句也一写小景，一写大景。

此诗紧紧围绕早秋见景来写，无论是写实景还是用典故，都与"早秋"非常贴切。

蝉

李商隐

本以高难饱，徒劳恨费声。五更疏欲断，一树碧无情。薄宦梗犹泛①，故园芜已平。烦君最相警②，我亦举家清。

【注释】

①梗犹泛：言身不由己，四处飘泊。 ②君：此处指蝉。

【译诗】

你生来就栖身高处，餐风饮露，难以饱腹。纵然声声哀诉，也是枉然。可怜你啼鸣到五更，声音嘶哑，似要断绝。大树依旧碧绿茂盛，冷眼旁观，太无情了。我这微不足道的小官，像树枝一样四处飘遥，故乡的家园早已荒芜。多谢蝉鸣来提醒，我也要全家守清贫。

【赏析】

诗的第一联写出蝉因处高洁而难以饱腹，虽悲鸣寄恨也无人同情。第三句极言蝉通夜哀鸣，到天晓时力竭声疏，承上文的"恨"字；第四句承上文的"恨"字：蝉栖托在树上，抱枝哀鸣，而树却"无情"自"碧"。诗人的比喻是很明显的：诗人以蝉自此，以树比他所期望的援助者。

诗的第三联直写诗人漂泊不定的遭遇：官职微小，年年漂泊他乡，故园荒芜，还是早点辞官归去吧。第四联诗人将自己的遭遇与蝉联系起来：多蒙蝉声使诗人警惕，诗人也正与蝉一样清高、清苦。这样，就使全诗首尾相应，写出了诗人的不平和牢骚，也写出了诗人高洁的志向。

风　　雨

李商隐

凄凉宝剑篇，羁泊欲穷年。黄叶仍风雨，青楼自管弦①。新知遭薄俗，旧好隔良缘。心断新丰酒②，消愁又几千。

【注释】

①青楼：显贵人家的高阁。　②新丰酒：新丰产的美酒。新丰：在今陕西临潼县东。

【译诗】

昔日有人献《宝剑篇》，诗虽凄凉，人却受赏，而我却终年漂泊，羁旅异乡。我像秋天的黄叶一样任随风吹雨打。高楼上奏响管弦，是富人在寻欢作乐。新交的朋友遭受鄙俗恶言，恐怕也难持久。旧日的知己，两地分隔，实也难以相聚。心中绝望，借酒浇愁，哪里去寻找新丰的美酒？纵然有，不知几千才能买一斗。

【赏析】

诗人以《宝剑篇》喻自己的才华，但自己虽有才华，却遭际凄凉。

诗的第二联中的"仍"字、"自"字透出诗人的不平之慨。诗人当时身处李牛党争的夹缝中,"新知"、"朋友"们或碰上浇薄的世风,或没有好的机会,各自飘零,致使他交游冷落。在无可奈何之中,诗人只好以酒浇愁,即使酒价昂贵,也不惜沽饮几杯了。

此诗设喻贴切,喟叹深沉,表达的是诗人愁怀无尽的悲慨。题作"风雨",表现出诗人心中多少飘零之感!

落 花

李商隐

高阁客竟去,小园花乱飞。参差连曲陌①,迢递送斜晖②。肠断未忍扫,眼穿仍欲归。芳心向春尽,所得是沾衣。

【注释】

①曲陌:曲折的小径。 ②迢递:遥远。

【译诗】

高阁里的客人都已离去,小园中的落花随风乱飞。纷纷扬扬的落花盖满曲折的小径,飘飘洒洒送走斜阳的余晖。痛惜落花,不忍除扫。两眼望穿,春又要归去。赏花的心境已随归春散尽,留给我的仅有沾衣的花絮。

【赏析】

此诗既是叹花,也是自叹,感叹自己青春已逝,也寄托了诗人身世飘零之感与幽怨之情。诗中似有所指,但不直接点出,显得扑朔迷离,令人难明真意。

凉 思

李商隐

客去波平槛①,蝉休露满枝。永怀当此节,倚立自移时。北斗兼春远②,南陵寓使迟③。天涯占梦数,疑误有新知。

【注释】

①槛：栏杆。　②北斗：指客所在之地。　③南陵：今安徽南陵县，指作者怀客之地。寓使：书的使者。

【译诗】

客人离去时，秋水高涨齐栏杆。蝉鸣停息，白露挂满树枝。此时我长久凝思，凭栏远眺，独自捱过多少时辰。客在高位如此斗，同春光一样远走。我独居在南陵，信使迟迟无音信。可怜我天涯沦落人，多次占卜问梦境，莫非客疑有新知己，竟将旧情全忘记。

【赏析】

诗人在深秋之夜，客中寂寞，更加思念远方的亲友。末二句描写用占卜问梦境，忧虑对方已把自己忘记，更显得对友情的执着。此诗以白描手法，用细腻的笔触，抒写了客中的愁思和对亲友的深切思念。

北　青　萝①

李商隐

残阳西入崦②，茅屋访孤僧。落叶人何在，寒云路几层。独敲初夜磬，闲倚一枝藤。世界微尘里，吾宁爱与憎。

【注释】

①青萝：指山。　②崦：崦嵫山，指日没的地方。

【译诗】

残阳渐渐西沉隐没，我前去寻访住在茅屋里的孤僧。只见落叶飘舞，不知人在何处。寒云缭绕小径，曲折又幽深。夜幕初降，独有磬声响，惟见孤僧斜倚着青藤杖。大千世界皆在微尘，我何必还纠缠爱憎。

【赏析】

诗人在暮色中去寻访一位山中的孤僧，通过体味山中疏淡清丽的景色、孤僧恬静闲适的生活，领悟到"大千世界，全在微尘"的佛家境界。未借悟道作结，发出不必缠结于尘世间爱与恨的感慨。

送人东游

温庭筠

荒戍落黄叶，浩然离故关。高风汉阳渡①，初日郢门山②。江上几人在，天涯孤棹还。何当重相见，樽酒慰离颜。

【注释】

①汉阳渡：在今湖北汉阳县。 ②郢门山：在今湖北江陵县，泛指江陵一带群山。

【译诗】

废弃的营垒一片荒凉，草木凋零落叶枯黄，你胸怀大志离故乡。汉阳渡口高风紧，日出即到郢门山。不知江东还有几位故人在，正盼着天涯孤舟归来。咱们何日能重相见，举杯同饮美酒，消去这离别愁颜。

【赏析】

首联点明送别的时间和地点，描绘了眼前渡头壮丽的景色。第二、三联设想友人东游路途上的情景，依依惜别之情情深而不哀。"高风汉阳渡，初日郢门山"两句境界阔大，景象萧瑟。

春 宫 怨

杜荀鹤

早被婵娟误①，欲妆临镜慵②。承恩不在貌，教妾若为容③？风暖鸟声碎，日高花影重。年年越溪女，相忆采芙蓉④。

【注释】

①婵娟：姿容美好。 ②慵：懒。 ③若：谁。 ④芙蓉：荷花。

【译诗】

早年因貌美选入宫，现在却被冷落耽误了青春，想要对镜梳妆打扮却又意态慵懒。君王宠爱不在于美丽的容貌，那教我如何还有心思去梳妆饰容。春风和煦，鸟儿啼鸣，正午艳阳高照，花影重重叠叠。每年此时我都会想起乡间的女伴，怀念当年一起采荷花的好时光。

【赏析】

这是一首很有名的宫怨诗。诗中"春天"与"宫怨"纠缠与交织，不仅表达了宫女的怨和恨，也是诗人的自况。第三联为世人称赏，宋胡仔评论说："谚云：'杜诗三百首，唯在一联中''风暖鸟声碎，日高花影重'是也。"

章台夜思①

韦　庄

清瑟怨遥夜，绕弦见雨哀。孤灯闻楚角②，残月下章台。芳草已云暮，故人殊未来。乡书不可寄，秋雁又南回。

【注释】

①章台：楚灵王的行宫。　②楚角：楚地的角声，形容角声悲凉。

【译诗】

忧怨的琴声在长夜中回荡，弦音悲切，似有凄风苦雨缭绕。孤灯下，又听见楚角声哀，清冷的残月徐徐沉下章台。芳草渐渐枯萎，已到生命尽头，亲人故友从未来过此地。家书不能寄回，鸿雁已往南飞。

【赏析】

诗的前两联写夜思，景色与声音交织，渲染出凄寂的气氛，引起愁思万千。后两联言时暮人疏，乡书难寄，种种忧思无法排遣，更感思乡之苦。

七言律诗

黄 鹤 楼①

崔 颢

昔人已乘黄鹤去②,此地空余黄鹤楼。黄鹤一去不复返,白云千载空悠悠。晴川历历汉阳树,芳草萋萋鹦鹉洲③。日暮乡关何处是?烟波江上使人愁!

【注释】

①黄鹤楼:楼名,始建于三国吴黄武二年(223年),故址在今湖北武昌黄鹄矶山。 ②昔人:传说中的仙人。 ③鹦鹉洲:地名,在今湖北省武昌县西南。

【译诗】

仙人已乘黄鹤悠悠飞去,此地仅留下空寂的黄鹤楼。黄鹤一去不复返,只有渺渺白云千年浮游在空中。晴天里遥望汉阳树,江水明朗,枝叶鲜亮。芳草郁郁葱葱,长满鹦鹉洲。日落黄昏后,独自思忖家乡在何处。江上起烟波,迷雾濛濛使人忧愁。

【赏析】

此诗由黄鹤楼的命名着想,借传说落笔,然后生发开去。仙人骑鹤,本属虚无,诗人则以无作有,说它"一去不复返",就有岁月难再现、古人不可见之憾;仙去楼空,唯余天际白云,悠悠千载,表现出世事茫茫的感慨。诗的前二联写出了那个时代登黄鹤楼的人们常有的感受,气象苍莽阔大。诗的第三联转到了面对异乡风物又生出的对故土的思念之情。诗的第四联以烟波江上日暮怀归之情作结,使诗意重归于开头那种渺茫不可见的境界,回应了前面,使整首诗显得一片苍茫,犹如倏忽而来、倏忽而去的神龙。

行经华阴

崔颢

岩峣太华俯咸京①,天外三峰②削不成。武帝祠③前云欲散,仙人掌④上雨初晴。河山北枕秦关险,驿路西连汉畤⑤平。借问路旁名利客,何如此地学长生?

【注释】

①岩峣:高峻。咸京:咸阳。 ②三峰:华山最著名的莲花、玉女、明星三座奇峰。 ③武帝祠:华山名胜之一。 ④仙人掌:仙掌崖,与日月岩、苍龙岭等五崖如掌形,为华山奇景。 ⑤汉畤:帝王祭天地、五帝时所设的高台。

【译诗】

太华山高峻雄伟,俯视着古京城咸阳。陡峭的山峰直插天外,纵是刀斧也削不成。武帝巨灵祠前,满天浓云就要散尽。仙人掌峰上,匆匆雨过天又晴。华阴地势多险隘,河山北靠函谷关。驿路向西连汉畤,交通大道渐平坦。借问路边热衷名利辛苦奔波的人们,为什么不安身在此山,静下心来学习长生术?

【赏析】

诗人描写了华阴奇险的景物,高峻的山峰,古时的祠庙,交错的驿路,变幻的风云,十分壮观。最后一联诗人发出对于奔竞名利的诘问,并表现出对学道求仙的向往。

望蓟门①

祖咏

燕台一去客心惊②,笳鼓喧喧汉将营。万里寒光生积雪,三边曙色动危旌。沙场烽火侵胡月,海畔云山拥蓟城。少小虽非投笔吏③,论功还欲请长缨④。

【注释】

①蓟门:蓟门关,在今北京市德胜门外。 ②燕台:幽州台,相传为燕昭王所建

的黄金台。　③投笔吏：指汉人班超，班超家贫，常为官府抄书以谋生，后投笔从军以功封定远侯。　④论功：论功行封。请长缨：自愿投军。

【译诗】

登上燕台，我便被眼前景象所震惊。笳鼓声喧，响彻威武的汉家营。放眼望去，积雪万里闪寒光。边关曙色中，军旗高挂迎风扬。沙场上战火熊熊，似已逼近胡地的月亮。大海边，云绕群山，簇拥护卫着蓟门关。少年时虽不像班超投笔从戎立志向，如今愿建立功勋自愿投军。

【赏析】

诗人在大雪中来到边防要塞，此时边疆烽火正浓，不禁使他心潮澎湃，顿生投笔从戎、为国效力的豪情壮志。

边地的雄壮景色与欲投笔从戎立功疆场的激情，二者互为因果。此诗写边塞之景辽阔雄伟，气概激昂。

登金陵凤凰台①

李　白

凤凰台上凤凰游，凤去台空江自流。吴宫花草埋幽径②，晋代衣冠成古丘③！三山半落青天外④，二水中分白鹭洲⑤。总为浮云能蔽日⑥，长安不见使人愁！

【注释】

①金陵：今南京。凤凰台：故址在今南京凤凰山。　②吴宫：指三国孙权所修太初、昭明二宫。　③晋代：指东晋。衣冠：当时的名门贵族。　④三山：在今江宁县西南，因三峰交列，南北相连，故名。　⑤白鹭洲：古代长江中沙洲，因多聚白鹭而得名。　⑥浮云蔽日：喻奸臣当道，障蔽贤良。

【译诗】

凤凰台上曾有凤凰游，凤去台空，只有江水依旧，汩汩自向东流。野花杂草埋幽径，那原是吴国旧宫。晋代多少名门望族，今已成荒冢古丘。三山悠远，如落青天外，江水中分，绕过白鹭洲。总有奸臣来当道，犹如浮云遮白日。长安悠远我望不见，心中郁闷长怀愁。

【赏析】

诗人受谗,被赐金放还后,仍心系长安,也希望自己能见用于世。南游金陵,登凤凰台时,见景生情。诗中既抒发了诗人被邪恶势力排斥、志不得伸的愁苦,又含蓄地表现了诗人对黑暗势力的谴责。诗的前两联写眼前之景,后两联借写山水而抒发诗人内心的忧愤。诗人在前两联着意描绘、渲染了一种荒凉破败的景象,为后两联烘托一种深沉忧郁的气氛。此诗自然奇巧,结语寓意深远。

送李少府贬峡中王少府贬长沙

高 适

嗟君此别意何如,驻马衔杯问谪居①。巫峡啼猿数行泪②,衡阳归雁几封书③。青枫江上秋帆远④,白帝城边古木疏⑤。圣代即今多雨露,暂时分手莫踌躇。

【注释】

①谪居:贬官的地方。 ②巫峡:长江三峡之一。 ③衡阳归雁:相传每年秋天,北方的南飞大雁至衡阳的回雁峰时便不再南飞。 ④青枫江:江名,在今长沙市南。 ⑤白帝城:城名,在今四川奉节县城东瞿塘峡口。

【译诗】

此次与你们相别离,大家心意茫然,只有长嗟叹。停下马来,共饮几杯酒,试问谪居之地怎样?巫峡猿啼,声声凄厉。过客听之,泪水淋淋。秋日里衡阳北雁归,一定带回几封亲友书信。青枫江水上,秋帆漂荡。白帝城边多古树,草木萧疏,深幽气寒。当今逢圣代,君王多恩泽,咱们仅是暂时分手,劝君不要踌躇。

【赏析】

这是一首很特别的送别之作。之所以说它特别,是因为它是诗人同时送给两位朋友的,他们一贬四川,一贬长沙,诗中除了有寻常的惜别之情,更有诗人对他们的安慰之语。诗中抒情写情,有分有合。首末两联合写,中间两联分写。诗人对景色进行渲染,营造出悲凉的气氛,情调凄清缠绵,既惜别又劝慰,除结句外,余皆"多脍臆语,兼有气骨"。

积雨辋川庄作

王 维

积雨空林烟火迟,蒸藜炊黍饷东菑①。漠漠水田飞白鹭,阴阴夏木啭黄鹂。山中习静观朝槿②,松下清斋折露葵。野老与人争席罢③,海鸥何事更相疑?

【注释】

①藜:草名,初生可食,这里指蔬菜。黍:饭食。饷:致送。菑:初耕地,泛指田地。 ②槿:植物名,落叶灌木,其花朝开夕谢,古人常以此物悟人生荣枯无常之理。 ③争席:争位。争席罢:即言自己隐退山林,与世无争。

【译诗】

连绵阴雨浸润着空寂的山林,袅袅炊烟从湿地缓缓升起。蒸藜煮黍,饭食送到东边田里。稻田濛濛,白鹭翩翩起舞,夏树重重,黄鹂婉转歌唱。深居山中,修养寂静的心性,面对朝槿,悟出人生无常的枯荣。松下采露葵,做我清斋的菜蔬。野老我与世无争,早已离开红尘。鸥鸟为何还疑惧,不敢飞下亲近人。

【赏析】

这首诗是王维山水诗的代表作之一,写诗人晚年的隐居生活。诗人归隐的辋川庄雨后的田风光,清静美丽,描绘得出神入化,全诗可以用一个"静"字来概括。雨后烟火、水田白鹭是静,连黄鹂啭树也是"蝉噪林逾静",表现了诗人有脱尘的心境与追求幽雅闲淡的情趣。"漠漠水田飞白鹭,阴阴夏木啭黄鹂"两句,有声有色,极尽写物之工。

蜀 相

杜 甫

丞相祠堂何处寻,锦官城外柏森森①。映阶碧草自春色,隔叶黄鹂空好音。三顾频烦天下计②,两朝开济老臣心③。出师未捷身先死,长使英雄泪满襟!

【注释】

①锦官城:成都。　②三顾:诸葛亮隐居隆中时,刘备曾三次访问,请诸葛亮出山辅佐。　③两朝:诸葛亮先后辅佐刘备、刘禅两朝。

【译诗】

丞相的祠堂去哪里寻找?锦官城外翠柏郁郁苍苍。碧绿的芳草映衬着荒弃的石阶,春光枉自明媚,祠宇只剩下空寂。树茂叶密,黄鹂婉转鸣啼,空有好音,无人赏听。想当年,先主三顾茅庐,向你询问定国安邦大计。你辅佐先主开国,扶助后主继业,老臣的耿耿忠心,佳话传古今,你率众兵出师征战,大业未竟身先亡。古今英雄无限感慨,痛切婉惜,泪流湿衣襟。

【赏析】

诗人怀着对三国时蜀相诸葛亮的无限敬意,瞻仰武侯祠,缅怀他生前的显赫功勋,在写景议论中,蕴含着诗人匡时济世的抱负和失望心情,也寄寓了诗人对于自身遭遇的深沉感叹。

客　至

杜　甫

舍南舍北皆春水,但见群鸥日日来。花径不曾缘客扫,蓬门今始为君开。盘飧市远无兼味①,樽酒家贫只旧醅②。肯与邻翁相对饮③,隔篱呼取尽余杯。

【注释】

①盘飧:泛指菜肴。飧:本指熟菜。兼味:几种味道。　②樽:酒器。旧醅:隔年的陈酒。　③肯:能否允许。

【译诗】

家舍的房南屋北都有春水环绕,日日见群鸥结队翩翩飞来。花草覆盖着小径,不曾因有来客去打扫,柴门今日特地为你敞开。街市太遥远,不能奉上丰盛美食,家境贫寒,只有用陈酒来招待。如果来客愿意与邻居老翁一起饮酒,待我隔篱呼唤他过来一起喝个痛快。

【赏析】

诗人久经离乱,安居成都后草堂落成,心里自然很高兴。前二句描写居处的景色,清丽疏淡,与山水鸥鸟为伍,显出与世相隔的心境;后面写有客来访时的欣喜以及诚恳待客,呼唤邻翁对饮的场景,表现出宾主之间无拘无束的情谊。诗人为人的诚朴厚道跃然纸上。

野　　望

杜　甫

西山白雪三城戍①,南浦清江万里桥②。海内风尘诸弟隔,天涯涕泪一身遥。惟将迟暮供多病,未有涓埃③答圣朝。跨马出郊时极目,不堪人事日萧条。

【注释】

①西山:山名,在成都西,主峰终年积雪。三城:在成都西部。指当时的松、维、保三州。　②万里桥:在成都南。　③涓埃:丝毫,微末。

【译诗】

西山上的皑皑白雪护卫着三城重镇,南浦边的清江水上横跨着万里桥。四海之内,布满战火烟尘。兄弟离散,各在异地他乡,孑然一身,漂泊天际,思念亲人,不禁涕泪涟涟。迟暮年岁,人已衰老,疾病多缠身,未有丝毫劳绩报答圣明朝廷,我羞愧难当。骑马出郊外,极目远望,世事日益萧条,令人悲伤怅惘。

【赏析】

诗人跨马出郊野,眼见一派清旖景色,不禁浮想联翩,内心顿生无限伤感。诗中把兄弟天各一方、战乱烽火不停、自己年老多病,不能实现报国理想交织在一起,忧国伤时的感情深切感人。

闻官军收河南北

杜 甫

剑外忽传收蓟北①，初闻涕泪满衣裳。却看妻子愁何在，漫卷诗书喜欲狂。白日放歌须纵酒，青春作伴好还乡。即从巴峡穿巫峡②，便下襄阳向洛阳！

【注释】

①剑外：剑门以南，这里指蜀地。蓟北：今河北北部地区，是安史之乱叛军根据地。 ②巴峡：四川东北部巴江中之峡。巫峡：长江三峡之一。

【译诗】

剑门关外忽然传来消息说，官军收复了蓟北失地。乍一听闻，又悲又喜，泣涕涟涟，泪沾衣襟。回看妻儿，愁云扫尽。收拾诗书，欣喜若狂。日头照耀，放声高歌，无拘无束，痛饮美酒，春光明媚，生机盎然，花鸟作伴，好还故乡。快快动身，起程巴峡，穿过巫峡，便下襄阳，继续前行，又向洛阳。

【赏析】

此诗中的第一句是全诗中惟一的叙事句，"忽闻"二字表现出诗人惊喜欲绝的思想感情。第二句承第一句，反跌一笔，振起全诗之势，"涕泪沾衣裳"是"初闻"时的表情，喜极下泪的情态极其逼真。第二联承第二句，着重点明"喜欲狂"，"却看妻子"与"漫卷诗书"，作携眷整装之势，暗逗下文的"还乡"。后四句写诗人急欲还乡，诗人一面顾盼妻子，一面收卷诗书，一面又纵酒高歌——诗人为国家、人民结束战乱而兴奋欲狂了！末二句，幻想顺江东下直达故乡的境界。诗人一想到"还乡"，眼前立即浮现出归途中具有代表性的四个地点，"即从""便下""穿""向"等词淋漓尽致地表现出诗人出峡情急、归心似箭的感情。

登 高

杜 甫

风急天高猿啸哀,渚清沙白鸟飞回。无边落木萧萧下,不尽长江滚滚来。万里悲秋常作客,百年多病独登台。艰难苦恨繁霜鬓,潦倒新停浊酒杯①。

【注释】

①新停:当时杜甫因患病而停酒。

【译诗】

秋风紧,天高空远。猿啼声,凄厉悲凉。清洲上白沙闪闪,鸟低飞往复盘旋。落叶萧萧下,一望无涯。长江滚滚涌来,奔流不息。漂泊万里,常为异乡客,触景生情悲秋怀愁绪。人到暮年多疾病,心忧忧独自登上高台。时世艰难,遗恨很多,霜雪鬓发,日日增长。困顿潦倒,心灰意冷,因病停酒,不能碰杯。

【赏析】

诗的前四句描绘了一幅壮阔而萧瑟的秋景,虽未点明登高,但实皆为登高闻见之景。诗的第三联写登高览景后所感,十四字之间,含有八意,但对偶又极精确。萧瑟的秋天在诗人的笔下被写得有声有色,由此引发出来的感慨更是动人心弦。诗的末联感时叹病,在此艰难时局,诗人自己又值艰难的暮年,纵欲匡时,力有不逮,故用"苦恨"二字以表现这种矛盾痛苦的心情。

登 楼

杜 甫

花近高楼伤客心,万方多难此登临。锦江春色来天地①,玉垒浮云变古今②。北极朝廷终不改,西山寇盗莫相侵。可怜后主还祠庙,日暮聊为梁甫吟③。

【注释】

①锦江：江名，岷江支流，在今四川成都附近。　②玉垒：山名，在今四川灌县西。　③梁甫吟：乐府篇名。

【译诗】

我登上高楼，望着苦难的大地。虽然眼前一片繁花似锦，可我的心却更加悲哀。锦江秀丽的春色是天地的造化，年年常新。玉垒山漂浮的白云不管岁月的流逝，依旧漂忽，依旧变化无定。圣朝的气运不会改变，就像永恒的北极星永远光耀无比。而边陲的寇盗纵然垂涎我大好河山，终归是徒劳的觊觎。可怜昏庸的刘禅误了国家、误了天下，只留下空空的祠庙。在这日暮黄昏，我只有反复吟诵高洁的《梁甫吟》来排遣我心中的幽愤。

【赏析】

诗以《登楼》为题，抒写诗人忧国爱国的情感。通过细读此诗，可以体悟诗人的内在矛盾、困惑和信念，从而感受诗人的境界和志向。全诗绘景写情，气象雄阔，委婉含讽。三四两句，对仗工整，堪称千古名句。

宿　府

杜　甫

清秋幕府井梧寒①，独宿江城蜡炬残。永夜角声悲自语，中天月色好谁看！风尘荏苒音书断，关塞萧条行路难。已忍伶俜十年事②，强移栖息一枝安。

【注释】

①井梧：井边的梧桐树。　②伶俜：流离漂零。

【译诗】

清冷的秋风吹落幕府井畔的梧桐叶，一片凄寒，只有蜡烛的残光照着孤独的我。长夜难眠，号角声声，诉说着无尽的伤感，明月高挂，谁与我同看。光阴荏苒，哪里寻觅亲人的音信？关塞一片萧条，迢迢千里路,哪里是我的故乡?我已经忍受了十年的漂零,可我还要继续漂零,漂零在一个可以栖身的地方。

【赏析】

诗的首联写"独宿"时的所闻所见,第二联对月伤怀,听角悲心,都着力表现秋夜的凄清,第三联就自然而然地写到了身世悲凉上,诗人感慨万端,末联结出了诗人目前的处境,诗中透露出诗人对自己寄人篱下、颠沛流离的怨愤。

阁 夜

杜 甫

岁暮阴阳催短景①,天涯霜雪霁寒宵②。五更鼓角声悲壮,三峡星河影动摇。野哭几家闻战伐?夷歌数处起渔樵③!卧龙跃马终黄土④,人事音书漫寂寥。

【注释】

①阴阳:日月。 ②霁:雨初晴。 ③夷歌:当地民歌。 ④跃马:指公孙述。西汉末公孙述曾占据四川,自称皇帝,后为刘秀所灭。

【译诗】

日月交替,催逼着残冬短促的白昼。霜雪初霁,寒夜笼罩着荒远的天涯。破晓时分军营中鼓角的回响声多么悲壮,碧净的夜空星光映着三峡,水流把它们的影子荡漾。是什么牵连着千家万户,牵连着荒野中揪心的痛哭?是可怕的战争,是人为的血流。是何处传来悠扬的回声?是渔夫唱起的山歌阵阵起伏。啊!英雄的业绩终是一抔黄土。我何必介意书信的稀少、人间的萧落。

【赏析】

诗人感慨很多,悲叹战争给人民带来的痛苦和灾难,悲叹人间伟业的空无,都是具体所指,十分真切动人。首联气势磅礴,境界雄壮悲凉,是杜甫名句之一。最后两句流露出强烈的感伤情绪,是诗人当时孤寂境遇的投射。

咏怀古迹（五首）

其　一

杜　甫

支离东北风尘际①，飘泊西南天地间。三峡楼台淹日月，五溪衣服共云山。羯胡事主终无赖，词客哀时且未还。庾信平生最萧瑟②，暮年诗赋动江关。

【注释】

①支离：分散流离。　②庾信：梁朝文学家。字子山，新野（今属河南）人。初仕梁，后出使北周，被留。有《哀江南赋》等作品传世。

【译诗】

支离破碎的家乡战乱骤起，我只有四处流离在天地间漂泊。我滞留在三峡两岸，不知今夕是何年。我与异族同居，整日面对重重的云山。可恨的胡虏时时觊觎我赤县神州，随时背信弃义，最是无赖。无比的悲哀，悲哀这混乱的时代，有家不能回还。庾信一生多么凄惨，他晚年的悲恸化着篇篇诗赋，震撼了江关。

【赏析】

七律组诗《咏怀古迹》共五首，在杜甫诗歌艺术创作中占有重要地位。诗人在此首中由庾信的遭遇联想起自己的境况，凸现诗人感受到漂泊、孤独、荒凉的心境，主旨十分鲜明，情感极为真挚。

其　二

杜　甫

摇落深知宋玉悲①，风流儒雅亦吾师。怅望千秋一洒泪，萧条异代不同时。江山故宅空文藻，云雨荒台岂梦思②。最是楚宫俱泯灭，舟人指点到今疑。

【注释】

①摇落：秋天草木飘零凋落。宋玉：战国时楚人，相传为屈原的弟子。　②云

雨：宋玉《高唐赋》中有"旦为行云，暮为行雨"之句。

【译诗】

你悲叹草木的凋零，来抒发自己的伤感，你风流儒雅，是我敬慕的大师。你与我同样落寞，纵使我们生长在不同的时代，怅望滔滔江水，回想往昔岁月，我只有无限悲哀。你的故居依然存在，可你却枉然留下斐然的文采，你描绘的云雨荒台，难道只是说梦，作品中蕴含的讽谏，谁能知晓与理解？感慨楚国早已泯灭，楚宫早已消逝，可至今，过往的船只上，船夫们仍在指点疑猜。

【赏析】

诗的首联从宋玉的悲秋发兴，表示对其"风流儒雅"的崇敬。"摇落"二字从宋玉的《九辩》中化出，"深知"二字，表示诗人与宋玉之心相通。颔联承上联中的"深知"而来：宋玉萧条于前代，杜甫则萧条于今代，同一萧条，故深知宋玉之悲即倾吐自心之悲。颈联叹宋玉故宅已亡，欣其文传后世；末联则以楚宫的泯灭来反衬宋玉之文藻长存。

其　三

杜　甫

千山万壑赴荆门，生长明妃尚有村①。一去紫台连朔漠②，独留青冢向黄昏③。画图省识春风面，环珮空归月夜魂④。千载琵琶作胡语，分明怨恨曲中论！

【注释】

①明妃：即王昭君。　②紫台：紫禁，这里指帝王宫殿。　③青冢：指昭君墓。　④环珮：指昭君。

【译诗】

穿过千山万壑，奔流的江水一直奔向荆门，这遥远的地方是美丽的昭君生长的村庄。可怜她离开汉宫踏入渺远的荒漠，最终只留下青冢一堆，永远永远孤独在凄凉的黄昏。糊涂的君王依据画像辨别美丑，怎不把虚假变成真实。可怜昭君遗骨塞外，只能魂魄空空，飞回故土。千百年来琵琶声声回荡在空中，分明是昭君无穷的怨恨，永恒的诉说。

【赏析】

杜甫这首诗，对昭君的命运充满深切的同情。诗的主题可以用"怨恨"二字概括：昭君远嫁、死葬塞外，死后孤独的灵魂空回故乡，无不是怨，无不是恨。正是这无比的怨恨，凸现了昭君的悲剧命运，让人感伤，让人沉痛。

其 四

杜 甫

蜀主窥吴幸三峡，崩年亦在永安宫。翠华想象空山里①，玉殿虚无野寺中。古庙杉松巢水鹤，岁时伏腊走村翁②。武侯祠屋常邻近，一体君臣祭祀同。

【注释】

①翠华：仪仗中用鸟羽作装饰的旗帜。　②伏腊：祭名。伏在六月，腊在十二月。

【译诗】

刘备出兵伐吴，驻扎在三峡，无奈战败而归，死在永安宫。昔日翠旗飘扬，空山浩浩荡荡，如今一片虚无，宏伟的殿堂变成破败的寺庙，在风雨中飘摇。古庙里杉松挺立，水鹤在杉松上栖息，村民根据传统的时令，举行隆重的祭祀。先主庙毗邻的武侯祠，一样香火缭绕，一样受到人们世世代代的供奉。

【赏析】

此诗先叙刘备进袭东吴，兵败而死于永安宫。后叹刘备的复汉大业一蹶不振，诗人对此是很遗憾的。第三联写先主庙荒废情景："古庙杉松"，多么冷落！水鹤栖息，可见荒凉不是一时半载了；庙祀稀少，惟岁时伏腊见二三村翁而已。

诗的前六句对刘备有抑有扬，无论扬、抑，目的是为了扬诸葛亮。末联赞刘备与诸葛亮君臣一体，乃是此诗意旨所在。

其 五

杜 甫

诸葛大名垂宇宙，宗臣遗像肃清高。三分割据纡筹策，万古云霄一羽毛。伯仲之间见伊吕①，指挥若定失萧曹②。运移汉祚终难复③，志决身歼军务劳。

【注释】

①伊吕：商朝的伊尹和西周的吕尚。两人均为开国名相。 ②萧曹：萧何与曹参。两人均为汉初名臣。 ③祚：帝位。

【译诗】

诸葛亮的名声名垂宇宙千古流芳，一代宗臣的清高和他伟岸的人格，至今仍让人们无比敬仰。只因他谋略高明策划精微，才形成三国鼎立三分天下的大局。他犹如展翅高翔的鸾凤自由飞舞在苍茫万古的云霄。他才华超绝与伊尹、吕尚难分高下。他从容自如地指挥千军万马，纵然萧何、曹参在世也黯然无光。汉朝的气运已经衰落，诸葛英明也难以挽回，军务繁忙疾病死亡都改变不了北伐的坚定志向。

【赏析】

此诗主题极为鲜明，字字句句表达了诗人对诸葛亮推崇备至、无限崇敬的心情，十分真挚，十分动人。其中如"垂宇宙"、"行筹策"、"失萧曹"等用字，洗炼明快，活现了诸葛亮的高大形象和超绝才华。

寄李儋元锡

韦应物

去年花里逢君别，今日花开又一年。世事茫茫难自料，春愁黯黯独成眠①。身多疾病思田里②，邑有流亡愧俸钱。闻道欲来相问讯，西楼望月几回圆？

【注释】

①黯黯：心神暗淡。 ②思田里：即想归隐。

【译诗】

去年那花开的时节，我与你依依相别，如今又是花开的时节，可我们已经分别了一年。世事渺茫，自我的命运难以预料，只有黯然的春愁伴随我孤独地存在。多病的身躯引起我对田园的思念。我愧对流亡的百姓，他们四处流亡，我却领着国家的俸钱。早听说你要来与我相见，我每晚在西楼盼望，看到的只是月亮缺了又圆，圆了又缺。

【赏析】

这首诗写得十分感人，境界上、艺术上都堪称一流。表现了诗人对友人的思念，对民众疾苦的关怀，感情真挚而深切，让人慨叹不已。特别是第六句，凸现了一位正直、善良的封建官员的高尚心魂。诗的首联自然朴素，然而却优美无比。单吟这两句，都是特有的精神享受。

同题仙游观①

韩翃

仙台初见五城楼，风物凄凄宿雨收。山色遥连秦树晚，砧声近报汉宫秋。疏松影落空坛静，细草香生小洞幽。何用别寻方外去？人间亦自有丹丘②。

【注释】

①仙游观：道观，在嵩山逍遥谷。　②丹丘：神仙居处，指仙境。

【译诗】

宿雨初收，风物凄清，我来到仙游观，看到了五城楼。远处山色与树影连绵，是捣衣的砧声划破了黄昏的宁静。秋天已经来临，松影疏落，道坛空寂，细草散发芳香，小洞多么幽深。何必寻求超越人间的世外之境，人间自有人间的仙境。

【赏析】

诗的前三联描绘了仙游观内外远近的景物：诗人第一次见到仙游观，正是宿雨初收、风物凄清的时候。暮霭中，山色与秦地的树影遥遥相连，捣衣的砧声似在报告着汉宫进入了秋天。这两句写声写色凝练开阔。诗的第三联写道观的幽静：疏疏落落的青松投下纵横的枝影，道坛上空寂宁静，细草生香，洞府幽深。这是一处远离尘嚣的所在。

诗的末联写诗人游览道观的感想：何必再动员寻找方外之地，人世间本来就有这样的仙境！整首诗有远景，有近景，着力刻画的是道观幽静的景物。

晚次鄂州[①]

卢纶

云开远见汉阳城，犹是孤帆一日程。估客昼眠知浪静[②]，舟人夜语觉潮生。三湘秋鬓逢秋色，万里归心对月明。旧业已随征战尽，更堪江上鼓鼙声[③]！

【注释】

①鄂州：州名，今湖北武昌。　②估客：商人。　③鼓鼙：军用大鼓与小鼓，此处代指战争。

【译诗】

乌云已经飘散，汉阳城依稀可见，孤独的帆船，还要有一天的路程。白天时风平浪静，只看见商人稳稳酣睡，夜晚时潮水上涨，只听见船夫窃窃私语。朦胧的秋色，三湘一片萧瑟，我悲愁的心空对着明月。我的田园、我的家业，已随着战乱毁灭，我还怎能忍受江上传来的阵阵鼓声！

【赏析】

这首诗写景真切，抒情诚挚，语极凄楚，字里行间充满了离乱漂泊的感慨。诗的第二联写眼前所见所闻，细致曲折，向为人称赞。

登柳州城楼寄漳、汀、封、连四州刺史[①]

柳宗元

城上高楼接大荒，海天愁思正茫茫。惊风乱飐芙蓉水[②]，密雨斜侵薜荔墙。岭树重遮千里目，江流曲似九回肠。共来百越文身地，犹自音书滞一乡！

【注释】

①漳：漳州，今属福建，刺史为韩泰。汀：汀州，今福建长汀，刺史为韩晔。封：封州，今广东肇庆，刺史为陈谏。连：连州，今广东连县，刺史为刘禹锡。　②飐：吹动。

【译诗】

高楼连接着四野，一片荒凉，我悲愁的心绪像大海苍天一片茫茫。狂风骤起吹皱了乱晃的荷花，密雨斜洒洒透了长满薜荔的城墙。山峦叠嶂，树木参天，挡住了我的视野，江流曲回，江水蜿蜒，犹如我九转不解的愁肠。我们都流落在荒凉的百越——这断发文身的地方，可我们却彼此滞留在一乡，连书信都不能通畅。

【赏析】

全诗由"登柳州城楼"起兴：在城楼上放眼四望，高楼连着广阔的荒原，这阔大的荒原，正如诗人茫茫无际的愁思。全诗就由这个"愁"字层层下翻，转出一重又一重令人伤心的境界。

急风骤然而至，荷花随着水波乱晃；密雨斜斜而飞，覆盖着薜荔的城墙被雨水浸透了，这二句写近景。诗人写夏日景物，不取风光明丽之时，偏择"惊风"、"密雨"之际，已透出诗人纷乱的心境。第三联写远景：山岭、林树重叠，遮住了诗人遥望千里之外的朋友的目光；江流纡曲盘绕，就如诗人曲折的愁肠。外景和内心也水乳交融。

诗的末联承转上一联的远望之意，感叹同居蛮荒之地，书信阻隔，不得互致问候。此情哀婉，令人下泪。

西塞山怀古①

刘禹锡

王濬楼船下益州②，金陵王气黯然收③。千寻铁锁沉江底，一片降幡出石头④。人世几回伤往事？山形依旧枕寒流。从今四海为家日，故垒萧萧芦荻秋。

【注释】

①西塞山：山名，在今湖北大冶县东。　②王濬：晋朝大将，益州刺史。益州：

今四川成都。　③金陵王气：金陵的帝王气象。这里指孙吴的命运气数。　④石头：石头城，今南京。

【译诗】

王濬率领浩荡的战船，从益州出发，顺流东下。显赫无比的金陵王气骤然失色。冲天的大火溶毁了百丈铁锁，一堆堆废铁沉入江底。石头城上举起了投降的旗子，宣告东吴已经灭亡。啊！人间兴亡人世盛衰，只能让后世徒劳悲叹。山岳依然高高矗立，江河依然自由奔流。看今日的世界，天下一统，四海一家。昔日的营垒，已变成一片废墟，只有芦荻在秋风中飘摇。

【赏析】

这是一首怀古名篇，表明国家统一乃人心所向，告诫人们要警惕与防止历史上分割局面的重演。诗写得含蓄、贴切、自然。

前四句，写西晋灭吴的历史，气势雄浑、跌宕有致。五六句，一写人世兴亡，一写自然永恒；变与不变，都非为人之意志转移，其深刻的哲理跃然纸上。最后两句，展现诗人的一种冷静的历史感，但不乏感慨之情。

遣悲怀（三首）

元　稹

其　一

谢公最小偏怜女①，自嫁黔娄百事乖②。顾我无衣搜荩箧③，泥他沽酒拔金钗④。野蔬充膳甘长藿⑤，落叶添薪仰古槐。今日俸钱过十万，与君营奠复营斋⑥！

【注释】

①谢公：东晋宰相谢安，这里以谢安喻诗人岳父韦夏卿。　②黔娄：春秋时齐国高士，以安贫守贱著称。　③荩箧：草编的箱子。　④泥：软语请求。　⑤长藿：豆叶。　⑥营斋：延请僧人超度。

【译诗】

我的亡妻韦丛,你多么聪敏多么贤惠,你如同谢公最小最受偏爱的女儿,嫁给我这个贫士百事不顺。你见我没有换洗的衣衫,便四处搜找不惜翻箱倒柜。你慷慨地拔下头上的金钗,满足我的恳求将酒买回。你用豆叶野蔬充饥,却吃得清香吃得甘美。你用落叶作薪、用枯枝做炊。举世难觅我生命的伴侣,如今你已离开人世,我却独自享受富贵。我只有奉献祭品,寄托我的深情,超度你的灵魂。

【赏析】

此诗回忆往事,叙述家常琐事,不加渲染,然而极为生动具体,极为感人。读此诗,诗人对亡妻情爱之深,足以让人感动不已。

其 二

昔日戏言身后意,今朝都到眼前来。衣裳已施行看尽①,针线犹存未忍开。尚想旧情怜婢仆,也曾因梦送钱财。诚知此恨人人有,贫贱夫妻百事哀!

【注释】

①行看尽:眼看不多了。行,快要。

【译诗】

还记得往日我们的戏言——我们身后的安排,如今都一一展现在眼前。你穿过的衣裳已经施舍流散得眼看不多了,你留下的针线我一直封存,不忍相看。想起过去的恩情,我对婢仆怜爱,想起过去的贫困,我梦中为你送去钱财。谁不知,夫妻永诀,人人都会伤怀。我们贫贱夫妻,百样事情都悲哀。

【赏析】

此诗以这些细微之事来表达哀悼之情。思念亡妻之情,如春蚕吐丝,丝丝缕缕,缠绕着失神的诗人。

其 三

闲坐悲君亦自悲,百年多是几多时,邓攸无子寻知命①,潘岳悼亡犹费辞②。同穴窅冥何所望③，他生缘会更难期。唯将终夜长开眼④，报答平生未展眉！

【注释】

①邓攸：字伯道，官河东太守。寻：后来。 ②潘岳悼亡：潘岳，字安仁，晋著名诗人。其妻死，作《悼亡》三首。 ③同穴：夫妻合葬。窅冥：渺茫深暗。 ④开眼：传说鳏鱼眼睛终夜不闭，故无妻者称鳏夫。

【译诗】

我闲坐时愁思不断，我悲叹你的早逝，我悲叹我的孤寂。人生短暂，人生能活几时？邓攸没有后代，自知是命运的安排，潘岳悼念亡妻，只是徒然的悲哀。夫妻合葬，多么渺茫的向往；来世结缘，多么虚幻的企望。我只能睁着双眼，整夜把你思念。用一片痴情，补偿你生前的缺憾，实现你生前的愿望。

【赏析】

元稹这三首悼亡诗，哀婉动人，真有泪尽继之以血的深恸。"唯将终夜长开眼，报答平生未展眉"一语，词苦情挚，读之令人酸鼻。后人论悼亡诗，都推此三首诗为冠，是允当的。

无　题

李商隐

昨夜星辰昨夜风，画楼西畔桂堂东。身无彩凤双飞翼，心有灵犀一点通①。隔座送钩春酒暖②，分曹射覆蜡烛红③。嗟余听鼓应官去④，走马兰台类转蓬⑤。

【注释】

①灵犀：传说犀牛角中有白纹像线一样，直通两头。 ②送钩：一种游戏，玩者用一只钩相互传递后，藏于一人手中，猜不中者罚酒。 ③射覆：把一件东西放在碗下盖住，叫人猜。 ④应官：犹如今上班办公。 ⑤兰台：秘书省。

【译诗】

那明亮的画楼，那温馨的桂堂，是星光的照耀，是春风的吹拂，昨夜多么令人难忘。没有翅膀的凤凰,不能在天空中自由飞翔,可我们的心像灵奇的犀角,永远相通。隔座行酒,美酒使我们陶醉,游戏猜谜,灯烛照红了我们的面颊。可惜美境不能常在,更鼓催人我要应差离去。我漂泊的身躯,犹如飘转的飞蓬,随风飘转在官府兰台。

【赏析】

从这首诗的意境来看,似是一首爱情诗,但对象是谁,随人去猜想。此诗历来为人称赏,尤其是第二联,更为人们所传诵,是描写恋人之间心心相印的名句。

隋　宫

李商隐

紫泉宫殿锁烟霞①,欲取芜城作帝家②。玉玺不缘归日角③,锦帆应是到天涯④。于今腐草无萤火,终古垂杨有暮鸦。地下若逢陈后主,岂宜重问后庭花?

【注释】

①紫泉:汉宫名。这里指长安隋宫。　②芜城:扬州。　③日角:这里指李渊。④锦帆:指隋炀帝的龙舟。

【译诗】

长安隋宫的殿阁弥漫着一片烟霞,艳丽的扬州行宫无比豪华。若不是李渊夺取天下,杨广的龙舟已游遍了天涯。昔日放萤的宫苑,如今已是腐草丛生萤火绝灭,当年繁华的隋堤,如今一片萧落,只有低垂的杨柳和归巢的乌鸦。如果荒淫的杨广在地下与陈后主相遇,难道还有心欣赏淫逸丧国的《后庭花》?

【赏析】

这首诗的主旨是写隋炀帝没有吸取陈后主荒淫无道而亡国的教训。此诗借形象景色发表议论,描写得含蓄流畅,并且借隋讽唐,极尽曲致。

无题（二首）

李商隐

其 一

来是空言去绝踪，月斜楼上五更钟。梦为远别啼难唤，书被催成墨未浓。蜡照半笼金翡翠①，麝薰微度绣芙蓉②。刘郎已恨蓬山远③，更隔蓬山一万重！

【注释】

①金翡翠：饰以金翠的帷帐。 ②度：透过。 ③刘郎：指刘晨。东汉时刘晨入山采药，遇二女子邀至家，半年及回乡。

【译诗】

你来了听不到你的声音，你去了没有留下你的足迹。你仿佛高楼上斜月的影子，你如同拂晓长鸣的钟声，声音渐渐远去。苦涩的分离刺痛我的心，梦中我呼唤远别的你。我已不能等待，只有用急切的书信表达急切的思念。蜡烛的微光，映出你帷帐的幽暗。芙蓉绣被依稀飘散着你淡淡的馨香。蓬山仙境多么遥远，痴迷的刘郎，只有徒然怅恨，更何况万重蓬山，阻隔在你与我之间。

【赏析】

诗人对情人的思念之情是那么重，而被思念的人是那么遥远，他们无缘会面，只能借梦中相会，但梦醒时惆怅更甚，使诗人通宵沉浸在痛苦和怨恨之中。

诗的末联写情写恨深挚，历来为人们吟诵。

其 二

飒飒东风细雨来，芙蓉塘外有轻雷。金蟾啮锁烧香入①，玉虎牵丝汲井回②。贾氏窥帘韩掾少，宓妃留枕魏王才。春心莫共花争发，一寸相思一寸灰！

【注释】

①金蟾：蟾善闭气，古人用于饰锁。　②玉虎：辘轳。

【译诗】

飒飒细雨随着飒飒东风飘落，阵阵轻雷响彻芙蓉塘外。纵然金蟾啮锁，香烟也会袅袅飘透她的闺房。即使井水再深，她牵引井绳用手摇辘轳也可把水打回。贾氏窥探窗帘，是爱恋韩寿的年少美貌；宓妃赠送玉枕，是钦慕曹植的诗才。爱情的种子呀，不要和春花争竞开放，寸寸相思只会化为寸寸的尘灰。

【赏析】

诗的首联以凄迷的春景衬托女子的愁苦和怅惘，第二联写在这迷濛的春雨中，这位女子怅然若失之情，这位女子为何这般怅然？第三联写出了缘由：贾氏暗恋韩寿，宓妃赠枕与曹植。韩寿英俊，曹植多才，女子思念的男子兼有英俊之貌和迷人之才，使她倾慕，使她相思。然而女子不能得到这位男子的爱情，她怨恨至极，悲愤地喊出：春心千万不要和春花竞相开放，寸寸相思只会化作寸寸灰烬！

这是一位女子相思无望中的呐喊，她全身心地投入这场单相思中，换来的结果却是痛苦和绝望！

筹　笔　驿①

李商隐

鱼鸟犹疑畏简书②，风云常为护储胥③。徒令上将挥神笔④，终见降王走传车⑤。管乐有才真不忝⑥，关张无命欲何如？他年锦里经祠庙，梁父吟成恨有余。

【注释】

①筹笔驿：在今四川广元县北，诸葛亮北伐时，曾在这里筹划军事。　②简书：军令。　③储胥：营外的木栅。　④上将：主帅，指诸葛亮。　⑤降王：刘禅。传车：驿车。走传车，指邓艾攻破成都，刘禅投降，被送往洛阳。　⑥忝：惭愧。

【译诗】

诸葛亮执法如山，连鱼鸟都感到畏惧。风云般神奇的力量守护着森严的军营。纵然你英明无比神机妙算，也是枉然。君不见，昏庸的后主最终成了晋军的俘虏。你的才华超凡盖世，完全比得上管仲乐毅。无奈关羽、张飞命归黄泉，你除了悲哀只有悲哀。从前我路过成都，看到你庄严的形象，敬畏之余我写下篇篇诗赋，心中有无限感慨与悲伤。

【赏析】

　　第一联写诗人见到诸葛亮军垒遗迹肃然起敬的感觉，第二联叹息诸葛亮虽然尽力筹划，但终不能使蜀汉免于败亡，留下了千古遗憾。第三联歌颂诸葛亮的雄才大略，但当诸葛亮伐魏时，关羽、张飞已死，缺少了得力的大将，致使事业不成，实在是无可奈何的事情。末联写当年诗人经过武侯庙时吟罢那首《梁父吟》，悲恨无穷，与杜甫"出师未捷身先死，长使英雄泪满襟"同一感慨。此诗也寄寓了诗人自己的身世之感，《梁父吟》写的是齐国三勇士因宰相晏婴的谗言，被设计害死的故事。诗人自己有忧谗畏讥的心情，所以吟此诗而生感慨。

无　　题

李商隐

　　相见时难别亦难，东风无力百花残。春蚕到死丝方尽，蜡炬成灰泪始干①！晓镜但愁云鬓改，夜吟应觉月光寒。蓬山此去无多路，青鸟殷勤为探看。

【注释】

　　①泪：烛油。

【译诗】

　　相见不易，离别时更是难舍难分。东风将收的暮春天气里，百花凋落，令人多么伤感。春蚕吐完最后一丝，才结束自己的生命。蜡烛要燃尽成灰时，像泪一样的蜡油才能滴干。清晨你揽镜顾影，只怕鬓发显示衰老。夜晚你在月光下吟诗，会感到寒气的侵扰。蓬山已经不远了，却无路可通，希望有青鸟一样的使者殷勤地为我去探看情人。

【赏析】

　　这首爱情诗很美，很感人。执着之爱、不渝之情、缠绵之思、凄切之苦、永恒之盼在诗中都表现得极为真切。第一句平常之中见不朽,千古流传;颔联的两句同样是古今传颂的名句。整首诗堪称第一流的杰作。

春　雨

李商隐

怅卧新春白袷衣①,白门寥落意多违②。红楼隔雨相望冷,珠箔飘灯独自归③。远路应悲春晼晚④,残宵犹得梦依稀。玉珰缄札何由达⑤?万里云罗一雁飞。

【注释】

①白袷衣:白色的夹衣。　②白门:南京宜阳门。　③珠箔:珠帘。　④晼晚:迟暮。　⑤玉珰:玉珰制耳环。缄札:即书信。

【译诗】

寒冷的初春,我满怀惆怅地和衣而卧,眼前一片寥落的景象,令我万分感伤。濛濛的细雨飘洒在她的红楼,我只看见清冷茫茫,我只有黯然归去。风依旧吹动珠帘,灯依旧依稀闪烁。凄楚的暮春,遥远的天涯,哪里可以倾诉我的悲哀。缠绵的思念化作依稀的梦,我依稀看见她的身影。我无法传递我的一片情痴,只有一只孤雁在万里长空中哀鸣。

【赏析】

这是一首情诗,是因春雨而引发出的怀思的情愫,诗中渲染了春雨迷濛的寥落境界,而无尽的情思与怅惘又倾泻其间。

从和衣而卧、寂寞难耐到夜寻红楼、带雨而归,再到情怀萦绕、梦里相见,强烈的思念,已使他难以克制了,只好修书一封,侑以玉珰一双,作为信物寄出,这是痴情者献给对方的一颗痛苦而痴绝的心啊!

无题(二首)

李商隐

其　一

凤尾香罗薄几重①?碧文圆顶夜深缝②。扇裁月魄羞难掩③,车走雷声语未通。曾是寂寥金烬暗④,断无消息石榴红⑤。斑骓只系垂杨岸⑥,何处西南待好风?

【注释】

①凤尾香罗:凤纹香罗。　②顶:帐顶。　③月魄,月亮。　④金烬:烛光。
⑤石榴红:石榴花开的季节。　⑥斑骓:黑白毛相杂的马。

【译诗】

我织的凤纹香罗多么轻柔;我缝的圆顶蚊帐青碧透亮。我在夜深人静的时候一针针地缝。他的马车匆匆走过,我与他却一语未通。只有团扇掩住了我的面容,却掩不住我的娇羞。捱过了多少寂寞、多少漫漫长夜的思念,石榴花已开得通红,但仍旧没有他的一点消息。他骑的那匹骏马一定系在杨柳岸边,但是我到哪里去寻觅能带我到他身旁的西南风呢?

【赏析】

这是一首抒写渴望爱情的情诗,两人匆匆相遇,语言未通,然而却春心发动。于是,自然长相思,由相思而惆怅,而终归是失望,但失望只是现实,可以用幻想来弥补。于是,又有最后两句真切的希冀。这首诗心理刻画细腻。最后一句,借用了曹植"愿为西南风,长逝入君怀"诗句。

其　二

重帏深下莫愁堂,卧后清宵细细长。神女生涯元是梦,小姑居处本无郎。风波不信菱枝弱,月露谁教桂叶香。直道相思了无益,未妨惆怅是清狂。

【译诗】

重重幕帐围困着深闺中的少女,漫长的夜伴着她的孤独和冥想。楚王与神女相会在往昔空幻的梦里,可怜的小姑一人独处,只因为没有心爱的情郎。柔弱的菱枝要遭到狂风的摧残,芳香的桂叶没有雨露的滋润哪来芳香?苦涩的相思只是徒然苦涩,怎能改变一片深深的情痴与惆怅。

【赏析】

这首诗描写一位女子的相思苦情。少女醒后细品梦中的情景,感到怅然若失,暗自伤怀,并表示为了得到幸福的爱情甘愿受折磨,表现其对爱情的痴迷与执着。

利州南渡[①]

温庭筠

澹然空水带斜晖[②],曲岛苍茫接翠微。波上马嘶看棹去,柳边人歇待船归。数丛沙草群鸥散,万顷江田一鹭飞。谁解乘舟寻范蠡[③],五湖烟水独忘机[④]?

【注释】

①利州:地名,今四川广元县。 ②澹然:水波漾动貌。 ③范蠡:春秋楚人,曾助越灭吴。 ④机:机心,机巧。

【译诗】

澹然空阔的水面映着斜阳的余晖。曲折的小岛连接着翠绿的群山,凸出一片茫茫苍苍。载着鸟儿的嘶鸣声,舟船渐渐离去,柳荫下歇息的人们等待远帆归来。沙草丛中群鸥四处飞散,江田上空孤鹭展翅飞翔。谁能像范蠡一样乘着小船,忘却机心,在辽阔的江湖上自由地漂荡?

【赏析】

此诗从江上景色写起,第一联将江水、岛屿、山峦、夕阳这四种气象阔大的景物统统摄取入诗,构成既有时空特征又色彩鲜明、意境开阔的图画。接着,诗人由远及近描写渡口,第二联写诗人待渡所见,写得有声有色,动静相映。诗的第三联写南渡时所见,将微小人物置于浩茫之景中,见出天地的寥廓。末联结于睹此旷远之景而生出的向往隐逸之情中,表现了诗人厌恶世俗、天然淡泊的情怀。

苏武庙

温庭筠

苏武魂销汉使前①,古祠高树两茫然。云边雁断胡天月,陇上羊归塞草烟。回日楼台非甲帐②,去时冠剑是丁年。茂陵不见封侯印③,空向秋波哭逝川。

【注释】

①苏武:字子卿。汉武帝时,出使匈奴,被扣留,并胁诱归降,苏不肯。后匈奴把他送往北海牧羊,历时十九年之久,备受艰辛。 ②甲帐:汉武帝以各种珍宝制作的幕帐。这里指汉武帝。 ③茂陵:汉武帝陵墓。

【译诗】

面对来接他回汉朝的使节,苏武的心早已死寂。往事已经过去,只留下古老的祠庙和参天的大树,一片茫然。似当年,孤独的他只有痴心地仰望明月,仰望鸿雁飞入云间,白天牧羊消解他的寂寞;夜晚归来后,荒烟中荒草连天,只剩下他一颗枯寂的心。他去时是翩翩壮年,佩带着御赐的冠剑,回时故国依旧,可甲帐已不在眼前。谁为他封侯授爵,难道是地下长眠的武帝?只有空自对着秋水悲痛,悲悼流逝的岁月。

【赏析】

苏武出使匈奴忠贞不屈的故事感动了许多人,历代都有吟咏他事迹的诗篇。此诗写苏武见到汉使的悲喜之情,构思别致,以茂陵寓示武帝已看不到他的归来,更加使人悲哀惆怅。

贫女

秦韬玉

蓬门未识绮罗香,拟托良媒亦自伤。谁爱风流高格调?共怜时世俭梳妆!敢将十指夸针巧,不把双眉斗画长。苦恨年年压金线①,为他人作嫁衣裳!

【注释】

①压金钱：指刺绣。

【译诗】

家境贫寒的人家未曾穿过华丽的衣裳，哪里去寻找寄托终身的伴侣？只有暗自感伤。谁能推崇脱俗高雅的格调，谁能欣赏简朴平常的梳妆？不愿趋附时尚把双眉绘得又细又长，只愿珍惜一双纤手绣出巧妙、绣出精良。无限的怅恨一年年，一年年地刺绣金线，到头来不过是为他人做嫁衣裳。

【赏析】

全诗以质朴的语言，写出贫女的内心自白，抒发诗人怀才不遇的忧伤。诗中感叹世人趋炎附势的庸俗，而高尚的品格却无人欣赏。诗的精彩之处在于末联，"为人作嫁衣"成为人所共称的名句。

品诗诵词

五言绝句

鹿　柴①

王　维

空山不见人，但闻人语响。返影入深林②，复照青苔上。

【注释】

①鹿柴：即鹿寨，有篱笆的别墅。　②返影：夕阳返照。

【译诗】

空空深山中看不到一个行人，只听到悠远的隐隐约约人语声。太阳下落了，余辉照进幽深的树林，一片黄昏的朦胧，远处那青苔上面是太阳投下的光影。

【赏析】

这首诗以夕照和人声来衬托深山的幽、静、空。具体而微，妙不可言。短短二十个字，既是一首幽美的诗，又是一幅生动自然的画，足见诗人捕捉印象和感觉之敏锐，之细微。

竹　里　馆

王　维

独坐幽篁里①，弹琴复长啸。深林人不知，明月来相照。

【注释】

①幽篁：竹林。

【译诗】

我独自坐在幽深的竹林中，一边弹琴一边高歌长啸。谁可以领会我的欢乐、我的情趣？只有明月在静静地照耀。

【赏析】

竹林本是清幽的,"独"坐清幽的竹林之中,这种境界何等静谧。在竹林中独坐,本来就有清爽朗然之气,何况诗人还在弹琴、长啸!琴本雅器,啸乃西晋"竹林七贤"的阮籍的象征,也是孤高的象征。在竹林中发出了这些悦耳之声,非但给本是静谧的竹林丛中增添了几分幽邃之气,也刻画出主人公风神散朗的形象。

那些碌碌于口腹之役的人自然无暇到这种清幽的地方来,即使来了,也不能真正赏会这一片清景。只有皎洁的月亮,似赞赏诗人的高洁,默默地将月光洒入林中陪伴诗人。

送 别

王 维

山中相送罢,日暮掩柴扉。春草年年绿,王孙归不归①?

【注释】

①王孙:公子。指所别者。

【译诗】

我沿着山间的小路送别友人,黄昏时分我关上柴门,将目光投向他离去的方向,春草年年吐绿,远游的朋友何时才能踏上归途?

【赏析】

这首诗,前两句叙事,后两句抒情,从形式上看,并无独特之处,属于平常之列。但从内容上看,则有意味。诗人送别友人后的惆怅,以及对友人的眷念之情,越仔细体会,越感到无比悠长。诗中"绿"字意象飞动,用得极妙。

相 思

王 维

红豆生南国,春来发几枝?愿君多采撷,此物最相思。

【译诗】

红豆生长在南国，每当春天来临时，不知会生出多少新枝。请你尽情地采摘，美丽的红豆最能表达无尽的相思之情。

【赏析】

这首诗流传很广，大凡读过的人都能背诵。此诗语言通俗朴素近乎民歌，并无精妙的警句和深邃的哲理，看起来很平常，但正是它自然的意味、隽永的格调迎得了人们的喜爱。诗人托物寄意，借咏红豆寄相思，写得含蓄蕴籍，富有韵味，抒发了对远方友人的深深思念之情。

杂　诗

王　维

君自故乡来，应知故乡事。来日绮窗前，寒梅著花未①？

【注释】

①著花未：开花没有。

【译诗】

你从故乡来，该知道故乡的事，请告诉我，你来时，我窗前的梅树是否已经开花？

【赏析】

此诗写游子对故乡来人的询问，他可以问很多很多故乡事，但却只问到那株寒梅有没有开花，和盘托出其思乡之情。黄叙灿评论说："着'绮窗前'三字含情无限。"

送　崔　九

裴　迪

归山深浅去，须尽丘壑美①。莫学武陵人，暂游桃源里。

【注释】

①丘壑：山的高平处称丘，低凹处称壑。

【译诗】

既然你归隐山林，就应该尽情享受山林的风光与幽美，可不要学武陵的渔夫，仅仅出于一时的好奇，短暂地游历美丽的桃源。

【赏析】

诗人看着崔九忽高忽低、忽上忽下地向山中走去，劝勉他隐居就真要下决心，这样才能尽情地领略丘壑林原的美妙之景，可不要像陶渊明《桃花源记》中那个打鱼的武陵人那样，在桃花源中暂游即出。此诗立意独特新颖，但却难人所难，就连诗人自己后来也出山当官去了。

终南望余雪

祖　咏

终南阴岭秀①，积雪浮云端。林表明霁色②，城中增暮寒。

【注释】

①阴岭：山北曰阴。阴岭，背向太阳的山岭。　②林表：林外。

【译诗】

高高的终南山多么秀丽，远远望去，厚厚的积雪仿佛飘浮在天边的白云，初晴的阳光洒在林梢，呈现出一片明亮，黄昏降临后，在静静的城里回荡着阵阵寒气。

【赏析】

诗题是《终南望余雪》，所以诗人起笔写终南山就从"阴岭"即背阳的山坡落笔——雪后的山岭仍很秀丽。这一句写出了终南山之高、积雪之多；积雪上游云端，可与霞光媲美。此时雪后初霁，积雪在阳光下反射出炫目的银白色，这是多么奇秀的景观！这一句就照应了第一句中的一个"秀"字。雪后天气更加阴冷，何况有阳光把雪霁后的银白色反照到长安城中，城中之人更觉有一股寒意了。

宿建德江[①]

孟浩然

移舟泊烟渚,日暮客愁新[②]。野旷天低树,江清月近人。

【注释】

①建德江:新安江。为浙江省钱塘江上游建德县附近一段。　②客愁新:旅途中新添的愁思。

【译诗】

小船停靠在烟雾迷蒙的小洲,夜幕降临,我心中一片惆怅。广袤的郊野绵延着伸向天际,远远望去,地上的大树仿佛长在天上,江水多么清澄,水中的月亮就在我小船的近旁。

【赏析】

这首诗写诗人于黄昏时泊舟唐建德城所见的景象及其所感,也流露出淡淡的羁客之愁,情景交融,含蓄蕴籍。一首小诗却写出了一个美妙的境界,这种景色人们都会见到,但因为诗人具有灵敏的艺术感觉,才能这样观察入微。

春　晓

孟浩然

春眠不觉晓,处处闻啼鸟。夜来风雨声,花落知多少?

【译诗】

在春天酣睡,不觉天色已晓,处处听到鸟雀在啼叫,夜里的声声风雨,不知吹落了多少芳香的春花。

【赏析】

诗人本是性爱山水之人,对一草一木一树一鸟莫不含情,因此,夜里诗人听着风雨声,就担心花儿会飘零,早起一看,果真如此,对此很是惋惜。风雨使花儿飘零,乃自然现象,诗人对此自然无可奈何。然而春光冉冉,又将过去,诗人担心的不仅是美丽的事物被风雨摧残,更有惜春之意,慨叹春光易过、岁月易逝之情。但诗人并不是一味伤感。春暖花开是一种风景,鸟啼落花也是一种风景,世上本无处不是风景,诗人对此残春,也仍然是满怀爱怜之情的。

夜　　思①

李　白

床前明月光,疑是地上霜。举头望明月,低头思故乡。

【注释】

①夜思:一作《静夜思》。

【译诗】

银色的月光静静地洒在我孤独的床前,好像是地上的秋霜。我抬头仰望天上的明月,不由得低头沉思,把故乡思念。

【赏析】

在所有的中国古典诗歌中,最为家喻户晓,最为人们喜爱,最为人们经久吟诵的,莫过于李白这首具有永恒魅力的五言绝句了。短短二十个字,创造出优美迷人、令人产生无限遐思的意境。这首诗,可以用"望月思乡"四个字概括,但其蕴含的意味,却无比悠长、深远。

怨　　情

李　白

美人卷珠帘,深坐颦蛾眉①。但见泪痕湿,不知心恨谁。

【注释】

①颦蛾眉:皱着眉头。

【译诗】

美人缓缓卷起珠帘,她愁蹙双眉,久久地一人独坐。只见她泪痕满面,也不知她心里在怨恨何人。

【赏析】

此诗含蓄飘远,但一个哀怨妇女的形象如在眼前。诗的结句收束得极妙,正是不知她所怨恨的是何人何事,就更加使人怅惘,让人去猜测与想象。从诗的客观效果来说,人们凭其想象便可进入诗的佳境。

登鹳雀楼①

王之涣

白日依山尽,黄河入海流。欲穷千里目,更上一层楼。

【注释】

①鹳雀楼:在今山西省永济县西南。

【译诗】

太阳渐渐落下山岗,黄河朝着大海奔流。要想遥望千里以外的景象,就必须再登上一层高楼。

【赏析】

诗人登高望远,但见西边的太阳缓缓地向下沉去。滔滔黄河滚动着、咆哮着,向东奔流而去,一泻千里,直入大海。这样一幅宏大的图景构成了此诗雄伟奔放的气势,诗人着眼于这种雄浑阔大的风景,正是其宽广胸襟的外化。后两句虚实相间,出语自然,富于人生哲理,千古传诵。

送 灵 澈①

刘长卿

苍苍竹林寺,杳杳钟声晚。荷笠带斜阳,青山独归远。

【注释】

①灵澈:本姓汤,僧人。

【译诗】

竹林寺掩映着一片苍苍,晚钟声悠悠回荡在远方。他的斗笠上披着一抹斜阳，独自沿着青山归来。

【赏析】

这是一首写灵澈将远行的送别诗，但通篇都是写景，折射出诗人不忍分离之情，表现出灵澈出外云游的飘逸之致。

弹　　琴

刘长卿

泠泠七弦上①，静听松风寒。古调虽自爱，今人多不弹。

【注释】

①泠泠：琴声清幽。

【译诗】

七弦琴声多么清冷幽静，静静地听声响，如同风吹松林。我格外喜爱那悠美的古调，可如今，已没有几人喜欢弹奏。

【赏析】

这首诗从弹古调而引起对世俗的感慨。诗人借琴自比，既叹世上无知音，又感因为自己不合时宜而失意。语浅意深，含蓄委婉，抒发了诗人孤芳自赏与怀才不遇的情怀。

送　上　人

刘长卿

孤云将野鹤，岂向人间住？莫买沃洲山①，时人已知处。

【注释】

①沃州山：在今浙江省新昌。

【译诗】

野鹤驾着孤云远远地飞向高空，它怎么肯在地上的人间停留？沃洲山热闹的名胜是人们熟知的去处，岂是你隐居的地方。

【赏析】

出家人闲云野鹤，去来无踪，不以人间俗事为累。因此，诗人此次既然是送别僧人，用"孤云野鹤"来形容其行踪乃至心态，自是十分合适的。"岂向人间住"一语强调了出家人不食人间烟火的品格。但诗人犹有话说。诗人劝僧人，既然已为僧人，索性就清静到极致。要住，就住到冷僻幽静无人踪的地方，做一个真正的高僧。

秋夜寄丘员外

韦应物

怀君属秋夜[①]，静步咏凉天。空山松子落，幽人应未眠。

【注释】

①属：在，适逢。

【译诗】

静静的夜唤起我对你的切切思念，我徘徊着吟咏这凄楚的秋天。空空的深山，松子一个个悄悄坠落，隐居的朋友，你一定和我一样也没有入眠。

【赏析】

诗题中的丘员外，是诗人丘为的兄弟丘丹，韦应物曾常与他往来。前两句写诗人秋夜散步时，怀念丘丹之情油然而起，后两句则想象此时此刻丘丹也在怀念自己，以此说明两人心心相印，感情深厚。全诗写得朴实自然，抒情真挚，诗境清幽。

听　筝[①]

李　端

鸣筝金粟柱[②]，素手玉房前。欲得周郎顾，时时误拂弦。

【注释】

①筝：拨弦乐器，十三弦。　②金粟柱：筝上拴弦的柱。

【译诗】

古筝发出优美的声音，那素手拨筝的美人坐在玉房前，为了得到所爱之人的顾盼，她故意时时错弹了音弦。

【赏析】

为了让自己所爱慕的人注意到自己，弹筝女便故意将弦拨错，其可爱的形象跃然纸上。诗中把弹筝女微妙的心理刻画得极细腻、极生动。

江　　雪

柳宗元

千山鸟飞绝，万径人踪灭。孤舟蓑笠翁①，独钓寒江雪。

【注释】

①蓑笠：蓑衣斗笠。

【译诗】

看不见飞鸟的影子，看不见行人的足印，只有一叶孤舟载着披蓑衣戴斗笠的渔翁，大雪天里在寒江中垂钓。

【赏析】

通过对景物的描写，诗人创造出一种不寻常的艺术境界，突出了诗人的抑郁心情和傲睨一切的性格。诗中语言看似朴实，其实每个词语都有很强的表现力。白雪象征着皎洁，孤舟、寒江象征着孤高、独行的品格。

行　　宫

元　稹

寥落古行宫①，宫花寂寞红。白头宫女在，闲坐说玄宗。

【注释】

①寥落：寂寞冷落。

【译诗】

当年的行宫如今已寥落，寂寞的宫花依然鲜红。宫女空空白了头，无奈地闲坐着，闲谈着唐玄宗。

【赏析】

唐玄宗"开元"至"天宝"间，为中国历史之盛世。诗人写这首诗时，早已经"安史之乱"而进入衰落，故说"寥落古行宫"。此诗抒发了诗人对历史盛衰的感慨。前两句重在寥落、寂寞四字，说明往昔的繁华已不得存在。后两句感伤溢于言表。一是对盛世的怀念，一是对宫女的同情。

语言平实，也很含蓄，很有概括力，并给人以想象的空间，历史兴亡之感，沧桑之感尽在不言之中。

问刘十九

白居易

绿蚁新醅酒①，红泥小火炉。晚来天欲雪，能饮一杯无？

【注释】

①绿蚁句：未经滤过的新酒。绿蚁，酒上浮起的绿色泡沫。醅，未滤的酒。

【译诗】

新酿的酒浮着绿色的泡沫，红泥的炉燃着亮亮的火。静静的夜里天空好像要下雪，在这惬意的时刻，你可愿意与我一同畅饮？

【赏析】

诗中说的是家常话，信手拈来便成诗句，表现了诗人与刘十九之间深厚的情谊。此诗题目的"问"字用得极妙，和结尾的"能饮一杯无"相呼应，既含蓄又满怀深情，意味隽永。

登乐游原

李商隐

向晚意不适,驱车登古原。夕阳无限好,只是近黄昏!

【译诗】

傍晚时分,马车载着我的悒郁,我登上乐游原。虽然夕阳无限美好,只可惜已接近日落的黄昏。

【赏析】

这是诗人感叹岁月易逝,功业未成的名篇。这首诗千百年来撼人心弦的原因是末两句所升华的境界,给人一种哲理的启迪。这种哲理又正是人人都会明白,都能领略到的。

寻隐者不遇

贾 岛

松下问童子,言师采药去。只在此山中,云深不知处。

【译诗】

在松树下我向书童打听你的行踪,他说你采药而去。我只有怅然,你在云雾深深的山中,我到哪里去寻觅你的身影?

【赏析】

诗以问答的形式,写出了松下问答的情景、山中林木茂密的景色,以及隐者高隐的品格。诗句平白如话,充满机智和理趣,创造出幽深高远的境界,极为空灵。

品诗诵词

七言绝句

回乡偶书

贺知章

少小离家老大回,乡音无改鬓毛衰①。
儿童相见不相识,笑问客从何处来。

【注释】

①鬓毛衰:两鬓头发已经花白稀疏。

【译诗】

我很小的时候就离开了家乡,到老了才回来,我的乡音没有改变,但我却早已鬓发斑白,家乡的儿童看见我都已不认识了,他们笑问我来自何方。

【赏析】

诗人三十七岁中进士,回乡时已八十几岁。此诗自然风趣地写出了诗人暮年归乡时的欢悦与人世沧桑的感慨。诗以白描的手法,将诗人回乡的情景绘声绘色地表现出来,充溢着亲切与温馨。

九月九日忆山东兄弟

王 维

独在异乡为异客,每逢佳节倍思亲。
遥知兄弟登高处,遍插茱萸少一人①。

【注释】

①茱萸:植物名,味香。相传重阳节时,将茱萸带在身上,可避邪秽。

【译诗】

我独自远游在他乡，作为他乡的客人，每逢佳节来临时，总引起我对你们的无限思念。遥想你们今日登高望远，遍插茱萸，却少了远方的我。

【赏析】

这首诗读起来之所以亲切，人们之所以不假思索地就对它产生强烈的同情，根本原因在于它真切地表达了常人共有的经验和情感。"每逢佳节倍思亲"一句，堪称千古绝唱，且超越历史和时代的局限，具有永久的生命力。

芙蓉楼送辛渐①

王昌龄

寒雨连江夜入吴，平明送客楚山孤。
洛阳亲友如相问，一片冰心在玉壶②。

【注释】

①芙蓉楼：在今江苏镇江西北角。　②玉壶：光明洁白意。

【译诗】

夜晚寒冷的雨泼落在大地上与江水茫茫一片，当我送别友人的时候，隐隐的孤独感徘徊在我心中。不要忘了，如果亲友探问，请转告，我依然像玉壶一样光明洁白。

【赏析】

诗的第一、二句就渲染了一种逼人的冷落气氛，"寒"字与"孤"字透出诗人在坎坷仕途中抑郁难平的悲苦心情。三、四两句从"送客"宕开，把用冰来比拟心的纯洁，用玉壶来比拟清白的意思概括成简练生动的"一片冰心在玉壶"，以此照示远方朋友——诗人是有冰清玉洁的品格和操守的，表达了自己不同流俗的抗争精神。

闺　怨

王昌龄

闺中少妇不知愁，春日凝妆上翠楼^①。
忽见陌头杨柳色，悔教夫婿觅封侯！

【注释】

①凝妆：浓妆打扮。

【译诗】

深闺中的少妇，不知愁的滋味，春日融融，浓妆的她登上了翠楼。看见条条大路杨柳飘拂，却突然愁上心头，悔恨让丈夫从军远行，辜负了大好时光，留下她一人在空闺中独守。

【赏析】

愁是什么？是一种感觉，是一种情绪，是一种心理负担。"不知愁"的少妇为一种外在的荣华富贵诱惑，故不知愁。"凝妆上翠楼"写出她不知愁的喜悦和天真。何故又悔恨不已？是她一瞬间开悟："觅封侯"的结果，只能让明媚的春光、温馨的情爱白白流逝。此诗心理刻画细微，意味悠长。

春　宫　怨

王昌龄

昨夜风开露井桃^①，未央前殿月轮高。
平阳歌舞新承宠^②，帘外春寒赐锦袍。

【注释】

①露井桃：古乐府露井，无盖的井。②平阳歌舞：平阳公主的歌女卫子夫，汉武帝见而爱之，封为皇后。

【译诗】

春风轻轻地吹开露井边的桃花，明月高高地照亮未央宫的殿堂。昨夜，平阳公主能歌善舞的歌女，赢得了天子的爱怜，赐予她华丽的锦袍，唯恐她受到春寒的侵袭。

【赏析】

题为《春宫怨》，但不明写怨意，以正衬反，是此诗的表现手法。看着别人得宠，失宠者的悲怨隐约可见。诗中写汉宫故事，实不限于汉宫，而是写一般宫人之怨。

凉 州 曲

王 翰

葡萄美酒夜光杯，欲饮琵琶马上催。
醉卧沙场君莫笑，古来征战几人回！

【译诗】

葡萄酒在精美的夜光杯中泛着夜光，正在痛饮一番时，军情紧急又催促我们上战场厮杀。为国家战死在沙场只当是喝醉了酒躺在那里，你不要见笑，古来征战，有几人能够回还？

【赏析】

此诗既表现了征战的残酷，又表现出将士们视死如归的乐观旷达精神，诗中自我嘲解的话，使人觉得悲怆而又豪壮。这首边塞诗被誉为"盛唐绝作"。

送孟浩然之广陵

李 白

故人西辞黄鹤楼，烟花三月下扬州①。
孤帆远影碧空尽，惟见长江天际流。

【注释】

①烟花三月：烟雨春花的三月，春色浓艳。

【译诗】

友人向我挥手，告别了黄鹤楼，阳光明媚的三月，百花繁茂，他要去东方的扬州远游。顺着长江的流水，他的帆影渐渐地消失在碧空中，只看见长江在天边奔流。

【赏析】

诗的第一句点明送别之地：老朋友要离开黄鹤楼了。第二句点明孟浩然漫游的时间和地方：在这繁花似锦、烟水迷离的阳春三月，他要沿长江东下去扬州漫游。这两句，用了两个地名，但丝毫不见累赘，"西辞"、"下"二词点清了诗题。诗的第三、四句写诗人送别孟浩然时眼前所见的实景，更是衬托了诗人的惜别之情——这种惜别之情，就像长江之水，滚滚不尽。此诗景色阔大雄浑，色彩明丽，别情依依。

下 江 陵①

李 白

朝辞白帝彩云间②，千里江陵一日还。
两岸猿声啼不住，轻舟已过万重山。

【注释】

①江陵：今湖北江陵县。　②白帝：白帝城，在今重庆奉节县东。

【译诗】

黎明时我告别了彩云笼罩着的白帝城，一叶轻快的小舟会把我带到千里外的江陵。两岸的猿猴不停地啼叫，小舟载着我穿过了重重险峻的高山。

【赏析】

诗人流放遇赦，马上就要回到江陵，美丽的沿途景色，愉快的心情，使全诗显得分外和谐、美妙、轻松。此诗不假思索，宛如行云流水，浑然天成，堪称千古绝唱。诗中表现出诗人自由与欢快的心情，可以窥见诗人个性、境界的一个侧面。

逢入京使

岑 参

故园东望路漫漫,双袖龙钟泪不干①,
马上相逢无纸笔,凭君传语报平安。

【注释】

①龙钟:形容老态,这里指泪湿双袖。

【译诗】

我的家乡远在迢迢千里路望不到的尽头,思乡的泪沾湿了我的双袖,模糊了我的面容。骑在马上,我与你匆匆相逢,请你转告我的家人,我依然平安无恙。

【赏析】

唐玄宗天宝八年,诗人因调任赴安西。这首诗是在赴任途中所作。诗中前两句,虽不乏思乡真情,但类似抒写,在古典诗歌中较为常见。后两句,以自然质朴的话语,说出了令人叫绝的特定的真实情感,结句尤让人觉得似含有无数辛酸。

江南逢李龟年①

杜 甫

岐王宅里寻常见,崔九堂前几度闻。
正是江南好风景,落花时节又逢君。

【译诗】

在崔九的客堂,在岐王的府第,我们曾多次相见。你绝妙的技艺震撼着我,使我刻骨铭心。落花时节的江南风景正好,想不到在此又与你相逢。

【赏析】

从此诗的写作背景以及诗人和李龟年的人生遭遇看,诗中抒发的是世事难料、人生无常的感慨。但此诗的后两句，具有超越内容限制的普遍意味，自成千古绝唱，在日常生活中被广泛引用。诗中充满沧桑之感，沦落之悲，体现了杜诗沉郁顿挫的风格。

滁州西涧①

韦应物

独怜幽草涧边生，上有黄鹂深树鸣。
春潮带雨晚来急，野渡无人舟自横①。

【注释】

①舟自横：言野渡人稀，渡船闲放。

【译诗】

我独怜爱生长在涧边的幽草，黄莺在幽深的树丛中快乐地啼叫。晚潮夹着春雨，使流淌的河水流得分外湍急，只有一只孤舟横亘在河边。

【赏析】

这首诗是诗人任滁州刺史时所写。对于滁州西涧黄昏雨中的景色，诗人有不凡的感觉和发现。此诗有动有静，风格淡远，透露出诗人闲适的心境。

枫桥夜泊

张 继

月落乌啼霜满天，江枫渔火对愁眠。
姑苏城外寒山寺，夜半钟声到客船。

【译诗】

月亮落下了，秋霜弥漫高天，一片寂静，只有乌鸦在啼叫，江边的枫叶若隐若现，江中渔火点点照着我的忧愁，我不能安眠。夜半时分，姑苏城外寒山寺的钟声，悠悠传到我的小船。

【赏析】

　　这首诗写旅途愁思，融情入景，时间、环境、心绪表现无遗，夜半古寺的钟声将人引入悠远的意境。全诗含蓄、精炼、自然、耐人寻味，是千百年来广为传诵的名作。

寒　食

韩　翃

　　春城无处不飞花，寒食东风御柳斜。
　　日暮汉宫传蜡烛，轻烟散入五侯家①。

【注释】

　　①五侯：指汉桓帝时的宦官单超、徐璜、其瑗、王瑁、唐衡。

【译诗】

　　暮春的京城，落花漫天飞舞，寒食的时节，宫柳随风飘扬。黄昏时分，汉宫分赐蜡烛，袅袅轻烟飘散在五侯家。

【赏析】

　　此诗写寒食，借汉代五侯故事讽刺当时唐代外戚宦官受宠弄权。对其特权的描写含而不露，只写"传蜡烛"的事实，对比鲜明，寓意深刻。此诗写景也很美，富有生活气息，起句非常形象，有概括力。

夜上受降城闻笛

李　益

　　回乐峰前沙似雪，受降城外月如霜。
　　不知何处吹芦管①，一夜征人尽望乡。

【注释】

　　①芦管：芦笛。

【译诗】

　　沙白似雪，白了回乐峰，月色如露，茫茫受降城。是何处响起芦笛声,唤起征人的悲伤,整夜地把家乡盼望。

【赏析】

诗中有画,沙似雪,月如霜,烘托出荒凉的边塞景象,前两句为后两句作了铺垫。悲凉的芦笛声,揪起久戍征人的思乡之情,后两句闻笛思乡,是抒情。

乌 衣 巷①

刘禹锡

朱雀桥边野草花,乌衣巷口夕阳斜。
旧时王谢堂前燕②,飞入寻常百姓家。

【注释】

①乌衣巷:街名,为东晋豪族聚居的地方。 ②王谢:指王导、谢安二家豪门大族。

【译诗】

朱雀桥边已长满杂草野花,夕阳映照着失望凄凉的乌衣巷。昔日的显赫与辉煌早已逝去,富贵豪门堂前的燕子,如今飞进了平常百姓人家。

【赏析】

这首诗与其说是诗人抒发对世代兴亡人事盛衰的感恨,不如说是诗人对社会变迁人生变化的理智思考。六朝的繁华会消逝,显赫的王谢大族会衰落,富贵荣华不能常住,这是自然的规律,是历史的无情,感伤、感情用事都无济于事。

此诗妙在不正面描写王谢家族如何衰落,而是运用曲笔,以野花、夕阳来渲染冷落荒凉的气氛,以王谢堂前燕飞入寻常百姓家来象征世事沧桑与人世变迁,令人读来产生无限感慨。

春　　词

刘禹锡

新妆宜面下朱楼①，深锁春光一院愁。
行到中庭数花朵，蜻蜓飞上玉搔头②。

【注释】

①新妆宜面：刚刚化的妆恰到好处，与面容相宜。　②玉搔头：玉簪，古时妇女的一种首饰。

【译诗】

多么匀称的脂粉，多么得体的梳妆，她缓缓地，走下红楼，空空的院庭锁住了大好春光，也锁住她的惆怅。孤寂地徘徊着，空数着花朵，无聊的时分，一只蜻蜓飞上她的玉簪。

【赏析】

这是一首写宫怨的诗。写失宠宫妃的无聊与寂寞，构思非常精巧。第四句"蜻蜓飞上玉搔头"写得很精彩，宫妃的漂亮引诱蜻蜓误把人面作桃花了，她取悦的竟是一只蜻蜓，反衬出君主的刻薄寡恩。诗中对失宠宫妃的寂寞无聊写得含蓄而又婉转。

宫　　词①

白居易

泪尽罗巾梦不成，夜深前殿按歌声。
红颜未老恩先断①，斜倚熏笼坐到明。

【注释】

①恩：指皇帝的宠幸。

【译诗】

泪水湿透了手帕，好梦已经逝去，前殿欢快的歌舞声刺激深夜的凄楚。容颜还未衰老，恩爱早已断绝，她斜倚在熏笼旁，一直呆坐到天明。

【赏析】

此诗写出了古时广大宫妃的不幸与哀怨。诗人运用对比的白描手法，直书其事，四句皆倾怀而诉，"坐到明"与"梦不成"相呼应，写尽了宫女的无穷幽怨。此诗直抒胸臆，有强烈的感染。

题金陵渡①

张　祜

金陵津渡小山楼，一宿行人自可愁。
潮落夜江斜月里，两三星火是瓜州。

【注释】

①金陵渡：指江苏镇江的西律渡。

【译诗】

金陵渡口，静静的一座小楼，夜宿的远行人，孤独的乡愁。月亮西沉的时候，江潮已经退尽，火光点点闪烁，照亮的是对岸的瓜州。

【赏析】

诗的前两句写羁旅之愁，后两句写景，对所宿的楼和所见的斜月、夜潮、两三星火的描写，极具萧瑟清冷的意味，充盈着无穷的愁绪。诗的后二句貌似写景，却纯是抒情之语。

赤　壁①

杜　牧

折戟沉沙铁未销，自将磨洗认前朝。
东风不与周郎便，铜雀春深锁二乔②。

【注释】

①赤壁：山名。即今湖北武昌县西赤矶山。　②二乔：指乔公的两个女儿，三国时著名的美人，大乔嫁孙策为妻，小乔嫁周瑜为妻。

【译诗】

一支古老的断戟沉落在江底，岁月流逝也未使它消蚀，我把它磨出铮铮亮光，认出它是三国时代的兵器。若没有东风的援助，江南已是一片废墟，美丽的二乔只有永远被锁在铜雀台里。

【赏析】

这首诗写三国时孙刘二家联合抗曹的赤壁之战。诗人通过一支断戟抒发奇想，设想与历史事实相反的结果，可谓别出心裁。全诗用语精当，气势不凡。

泊 秦 淮①

杜 牧

烟笼寒水月笼沙，夜泊秦淮近酒家。
商女不知亡国恨②，隔江犹唱后庭花。

【注释】

①秦淮：即秦淮河。 ②商女：歌女。

【译诗】

烟雾朦胧着寒江，沙洲闪烁着月光，夜晚，我将船停在秦淮河岸旁，临迈酒家。歌女怎会知道亡国的悲恨，听，对岸传来优美的歌声，是她们把《后庭花》歌唱。

【赏析】

诗人借古讽今，寄寓感慨，把讽刺的矛头指向唐朝那些买唱享乐、醉生梦死的上层人物。这首诗由于对历史沧桑、世事演变发出深沉的叹喟，思想深刻，被誉为唐人绝句中的精品。

寄扬州韩绰判官[1]

杜牧

青山隐隐水迢迢，秋尽江南草木凋。
二十四桥明月夜，玉人何处教吹箫？

【注释】

[1]判官：唐时节度使、观案使、防御使的僚属。

【译诗】

　　天边青山隐隐，绿水迢迢，秋时已尽，草木凋落。孤寂的小桥上空只有一轮明月高高映照着，是谁在倾诉心中的思念，远处传来悠扬的箫声。

【赏析】

　　诗人曾在扬州淮南节度使府任职，此诗为离扬州后作。诗中前两句写江南深秋的景物，可以入画，给人遐想。后两句问韩绰明月之夜在何处听歌女吹箫，实则表示对友人的想念。

秋　夕

杜牧

银烛秋光冷画屏，轻罗小扇扑流萤[1]。
天街夜色凉如水，卧看牵牛织女星。

【注释】

[1]流萤：夜飞的萤火虫。

【译诗】

　　微弱的银烛光映出了画屏的清冷，她拿着轻巧的小扇，扑打着闪闪的流萤。秋夜的天，夜色清凉如水，她静卧着，久久地痴望那牵牛星和织女星。

【赏析】

此诗形象逼真生动，读来使人如见其地、其人，甚至感到秋夜的凉意。其清丽素雅之景情，令人遐思。

赠别（二首）

杜 牧

其 一

娉娉袅袅十三余①，豆蔻梢头二月初②。
春风十里扬州路，卷上珠帘总不如。

【注释】

①娉娉袅袅：美好的样子。 ②豆蔻：这里喻未嫁女子。

【译诗】

她娇小轻盈的姿态，多么美好，仿佛初春的豆蔻，含苞欲放。春风吹拂的繁华扬州城，十里长街上，所有的珠帘高高卷起，有哪一个女子能比得上她的美貌。

【赏析】

此诗是《赠别》的第一首。诗中主人公是诗人在扬州青楼结识的歌妓，诗中赞扬了歌妓的美貌。

其 二

多情却似总无情，唯觉尊前笑不成。
蜡烛有心还惜别，替人垂泪到天明。

【译诗】

无限的痴情，只是默默无语，欢笑已经过去，纵然拿起酒杯，终归是无情的别离。蜡烛知道依依惜别的伤心，它一直流泪到天明。

【赏析】

诗中的第一句深刻而有意味。日常生活中常能体会出,但经诗人说出,便令人叫绝。三四两句借景物抒发情感,也很深刻,且意味悠长,值得玩味。

金谷园①

杜牧

繁华事散逐香尘,流水无情草自春。
日暮东风怨啼鸟,落花犹似坠楼人②。

【注释】

①金谷园:西晋石崇别墅。在今河南洛阳西北。 ②坠楼人:指石崇的歌妓绿珠。权臣孙秀垂涎绿珠的美貌,索要绿珠不得,设计陷害石崇,带兵来捕,绿珠跳楼自尽。石崇一家全部被杀。

【译诗】

昔日的繁华和奢丽,随着香尘的散飘都已经散尽,只有无情的江水依旧流淌,无知的芳草依旧年年吐绿。黄昏时分,东风送来啼鸟的声声哀怨,飘落的残花就像那坠楼人。

【赏析】

此诗通过描写啼鸟落花,抒发了诗人对绿珠的深切同情和悲悼,意境苍凉凄迷。诗中表达的无限感慨,集中为一个"散"字。繁华也罢,显赫也罢,最终都会散去,都会变为虚无。永恒的只是无情的流水,而不是人的欲望。

夜雨寄北

李商隐

君问归期未有期,巴山夜雨涨秋池。
何当共剪西窗烛,却话巴山夜雨时?

【译诗】

你问我何时归来，我也不知何时能归来，巴山下着绵绵的夜雨，雨水涨满了湖池。何时我们能相倚在西窗前，共同剪着美丽的烛花，向你倾吐在那巴山秋雨的夜晚，我对你的无限思念。

【赏析】

首句点明此诗为回答北方友人来信而作，第二句则点明诗人写此诗的时、地，第三四两句预想归去之后与朋友相聚的情景。诗的语言朴素流畅，特别是二、四句的重复，读来富有民歌风味，在结构上，精致曲折，宛转有味。

为　有

李商隐

为有云屏无限娇，凤城寒尽怕春宵。
无端嫁得金龟婿①，辜负香衾事早朝！

【注释】

①金龟婿：做官的丈夫。武则天时三品以上官员佩金龟。

【译诗】

华贵的屏风点缀娇妻的卧房，冬寒已经退尽，恩爱的夫妻谁不想春宵长住。只因为做官的丈夫要去早朝，辜负了这香衾的温柔。

【赏析】

此诗立意独特，构思巧妙，用"为有"头两个字标题，没有含义，等于无题。诗的基本思想是：与夫妻间内在的恩爱欢情相比，外在的荣华、富贵、显赫都不重要。

嫦　娥

李商隐

云母屏风烛影深，长河渐落晓星沉。
嫦娥应悔偷灵药①，碧海青天夜夜心。

【注释】

①嫦娥：月中仙女，传说为后羿的妻子，因偷吃了后羿从西王母处拿回家的不死药而飞到月宫。

【译诗】

烛光照着屏风，烛影洒落空屋，银河渐渐西斜，星星已经隐落。嫦娥仙子应该悔恨偷吃了成仙的灵药，从此面对碧海青天，永远孤独寂寞。

【赏析】

关于此诗的含意，历来有各种不同的理解，或认为是悼念亡妻，或认为是讽刺女道士，或认为是自伤怀才不遇。末两句写嫦娥悔偷吃灵药而成仙，但自己却夜夜孤寂，失去了爱情，可见诗人的立意是出于同情。近人也有认为是怀人之作，表现了诗人自己长夜不寐，怅惘悲凉的情绪。

贾　生

李商隐

宣室求贤访逐臣，贾生才调更无伦①。
可怜夜半虚前席，不问苍生问鬼神。

【注释】

①才调：才华与学问。

【译诗】

汉文帝思念贤才，下令召回被贬逐的贾谊，贾谊才华高绝，无人能比，他们相见恨晚，尽兴畅谈一直谈到半夜三更。可惜文帝并不关心国家大事，只是不断地把鬼神之事询问。

【赏析】

汉文帝可算在明君之列,而贾谊则是年轻志大、富有才华的政论家,此诗说汉文帝"求贤","访逐臣",看似赞扬汉文帝,实则不然,"不问苍生问鬼神"作为总结,点明了他"求贤"的动机,故有讽刺意。

瑶 瑟 怨

温庭筠

冰簟银床梦不成①,碧天如水夜云轻。
雁声远过潇湘去②,十二楼中月自明。

【注释】

①簟:竹席。　②潇湘:水名,在湖南省内。

【译诗】

心绪迷茫空对着凉席与睡床,好梦已是奢望。水一样透明澄碧的天空,云彩飘浮,鸿雁啼鸣,远远飞过潇湘飞过寂静。只有一轮明月,静静地照亮高楼。

【赏析】

这首诗写一位女子的愁闺怨情,通篇写秋闺之景,不写诗中人物弹瑟,也无一怨字,而哀怨自见。诗人在诗中营造了一种孤寂冷清的意境。

金 陵 图

韦 庄

江雨霏霏江草齐,六朝如梦鸟空啼①。
无情最是台城柳②,依旧烟笼十里堤。

【注释】

①六朝:指吴、东晋、宋、齐、梁、陈六个朝代。　②台城:在南京玄武湖边,亦称禁城。

【译诗】

淫雨霏霏洒落在江中,两岸生长着平齐的芳草。六朝的繁华早已逝去,只有鸟雀在空中鸣啼。台城的杨柳最是无情,任凭古今兴衰人事穷通,依旧年年吐绿,笼罩着十里长堤。

【赏析】

这首诗是凭吊六朝故都的名篇。诗人生在唐末乱世,他的赋凄凉之景,抒发深沉的今昔兴亡之感,凭吊六朝兴亡,实际上也是在悲叹唐朝的衰微。

陇 西 行①

陈 陶

誓扫匈奴不顾身,五千貂锦丧胡尘。
可怜无定河边骨②,犹是春闺梦里人!

【注释】

①陇西行:《乐府》旧题。 ②无定河:黄河支流,在陕西北部。

【译诗】

人人宣誓要扫荡匈奴,个个奋不顾身奋勇当先,五千名骠悍的将士,全部战死在边疆沙场。可怜呵,无定河边,尽是堆堆征人的白骨;可怜呵,远方的妻子,在梦中呼唤他们,盼望与他们相会。

【赏析】

诗的前二句写守边的将士们英勇卫国,也写出了战争的极其残酷。诗的后二句陡然一转,写丈夫已战死而他们的妻子仍在梦中与他们相见。前后两部分的陡然逆转,尤其是诗的末句有震撼人心的力量,把诗人厌战的情绪明明白白地表现了出来。

寄 人

张　泌

别梦依依到谢家，小廊回合曲阑斜。
多情只有春庭月，犹为离人照落花！

【译诗】

依依不舍的梦魂，牵引着离别后的思念，牵引着我，来到你的家园。回廊和曲栏同往昔一样，可庭院却无人，只有我和寂寞痴情的月亮；它同情的光，照见飘落的残花，永远萦绕着失望。

【赏析】

此诗构思颇巧，寄怀念之情于梦境。从梦境中，可见其对妻子的怀念之深切。此诗以梦境与现实对照，渲染离人之愁，写得婉曲多情，富于韵味。

宋词

木 兰 花

钱惟演

城上风光莺语乱,城下烟波春拍岸。绿杨芳草几时休?泪眼愁肠先已断。　　情怀渐觉成衰晚,鸾镜朱颜惊暗换。昔年多病厌芳樽,今日芳樽惟恐浅。

【译文】

城墙上到处是莺声鸟语,城墙下浩渺的春水拍打着堤岸。绿杨衬着芳草,这美景不知何时才能休止?因为景色越美,我越愁肠百转,泪眼凄迷。　　我也感觉到自己渐渐意志萎靡,对镜自照,更加吃惊不已,想不到容颜变化得竟如此迅疾。往年多病而厌烦饮酒,如今惆怅,却总怕空了酒杯。

【赏析】

此词是词人临死前不久所作,他一生仕宦显达,晚年被贬外放,自觉政治生命与人生旅途都到了尽头,因作此词,借悼惜春光来抒发他无限的迟暮之悲。词中用清丽的语言描绘了春声、春色,首句的"乱"字将春景渲染得十分生动热闹,而群莺乱啼已是暮春天气,这里也暗含春光将尽之意。词人用明丽的景色来反衬自己凄黯的心情,以及对于年华飞逝、生命无多的感伤。末二句以借酒浇愁来表现他无可奈何的心境,又隐约地显示了他对生命的留恋,是这首词的传神之笔。整首词情调极其凄惋。

渔 家 傲

范仲淹

塞下秋来风景异,衡阳雁去无留意。四面边声连角起。千嶂里,长烟落日孤城闭。　　浊酒一杯家万里,燕然未勒归无计①。羌管悠悠霜满地②。人不寐,将军白发征夫泪。

【注释】

①燕然未勒:燕然,山名,即今杭爱山,在今内蒙古自治区内。勒:刻石。后世

称战功告成曰"燕然勒石"。　②羌管：即羌笛。羌为西北民族名，笛本出羌中，故称。

【译文】

塞下的风景，秋来格外凄异；就连那南去的衡阳归雁，也没有一点留恋之意。四面风鸣马嘶声，连同军营号角阵阵响起。重峦叠嶂，逶迤绵延，上浮一抹长长云烟；云烟后是遮不住的西沉落日，落日下是一座孤寂紧闭的边塞城阙。　喝一碗边塞浑浊的酒吧，家乡远在千里万里；驱敌的战旗还未在燕然山上胜利插起，我又怎能打那回家的主意。羌笛声又悠悠吹起，寒霜又布满了无边的草地，戍边的将士再也无法入睡。寒霜映照着将军鏖战边关的白发，笛声吹落了战士思乡的泪水。

【赏析】

本词上片从听觉、视觉两方面写足了边地秋天的景象，"千嶂里，长烟落日孤城闭"与王维《使至塞上》诗："大漠孤烟直，长河落日圆"意境相类而情调迥异，王诗壮阔高远，范句则寥廓荒寒。下片抒情，表达了边地将士破敌立功的决心与思念家乡的矛盾心情，苍凉激切。"羌管悠悠霜满地"描绘了军中月夜之景，景中含情，极富典型意义。此篇词境开阔，格调悲壮，给宋初充满吟风弄月、男欢女爱的词坛吹来一股清劲的雄风，对以后的词风革新产生了积极的影响，是一首难得的佳作。

苏　幕　遮

范仲淹

碧云天，黄叶地，秋色连波，波上寒烟翠。山映斜阳天接水。芳草无情，更在斜阳处。　黯乡魂①，追旅思②。夜夜除非，好梦留人睡。明月楼高休独倚，酒入愁肠，化作相思泪。

【注释】

①黯乡魂：黯，沮丧愁苦，黯乡魂指思乡之愁苦令人黯然销魂。　②追旅思：追，追缠不休。旅思，羁旅的愁思。

【译文】

湛蓝的天空飘浮着绵绵的白云，广阔的大地铺满了枯黄的落叶；浓浓的秋色连接着浩渺的水波，水波上弥漫着清凉凄迷的淡绿烟霭。斜阳的余辉映照着秋山，秋天秋水连接一片，分不清哪是水，哪是天。只有芳草全不理会秋已来临，依然薰香芳菲，一直开放到斜阳外面。　　思乡的心魂黯淡忧伤，羁旅他乡的愁绪更是难解难缠；除非夜夜都有好梦，才会换得一时片刻安睡。切莫在月明之夜独自登上寒楼，那会使流落他乡的人倍感孤独伤悲。想借酒一舒愁肠，谁知酒入愁肠也化成滴滴相思的泪水。

【赏析】

此词以秋景写秋心，是词人目睹秋色而引起怀思之作。开篇四句借秋色苍茫以隐抒其忧国之意；"山映斜阳"三句，是词人独自对景久久怀思，情何悲苦，句中隐隐透出世道不公，小人得志之象。词的下片表达了客思乡愁带给词人的困扰，极其缠绵婉曲。

御　街　行

范仲淹

纷纷坠叶飘香砌①，夜寂静，寒声碎。真珠帘卷玉楼空，天淡银河垂地。年年今夜，月华如练②，长是人千里。　　愁肠已断无由醉③，酒未到，先成泪。残灯明灭枕头欹④，谙尽孤眠滋味⑤。都来此事，眉间心上，无计相回避。

【注释】

①香砌：砌，台阶。台阶上的落花飘香，故曰香砌。　②练：素色的绸。　③无由：无法。　④欹：同"倚"，倾斜。　⑤谙：熟悉，深知。

【译文】

夜深人静，四野寂寂，秋叶纷纷飘落在台阶上，那声音凄凉而又细碎。珍珠的帘幕高高卷起，玉楼空空无人迹。夜色清淡，烁烁闪光的银河直垂大地。年年的今夜，月光都如洁白的素练，而我所思念的人却总在千里之外。　　愁到深处，已无法靠喝酒来麻醉。酒尚未到唇边，已先化作了眼泪。一盏如豆的青灯忽明忽暗，伴我独自斜倚枕头，尝尽这孤眠的滋味。这种苦苦相思的滋味，看来无论如何也无法回避。不是在心里隐隐作痛，就是把眉头紧紧皱起。

【赏析】

此词为秋夜观月，思念家室之作。这首词上片以寒夜秋声衬托主人公环境的冷寂，突出人去楼空的落寞感，并抒发了良辰美景无人与共的愁情。词的下片淋漓尽致地写出词人长夜不寐，无由排遣思愁别恨的情景和心态。这首词虽写似水柔情，却骨力遒劲，绝不流于软媚。

千 秋 岁

张 先

数声鹈鴂①，又报芳菲歇。惜春更选残红折，雨轻风色暴，梅子青时节。永丰柳，无人尽日花飞雪。　　莫把幺弦拨②，怨极弦能说。天不老，情难绝，心似双丝网，中有千千结。夜过也，东窗未白孤灯灭。

【注释】

①鹈鴂：鸟名。　②幺弦：琵琶的第四弦，音细而声哀。

【译文】

几声杜鹃悲嗟，又预报了芳草将要凋谢。为了怜惜春光，我只好再选择几枝残红采撷，细雨虽轻柔，狂风却那么暴厉，此刻正是梅子青青的时节。可叹永丰绿柳，无人欣赏，却整日柳絮飘花似飞雪。　　不要把玄弦弹拨，哀怨极致那幺弦也会诉说。天不会老，此情难绝，心儿像双根丝缕织成网，其中有千千纽结。熬过漫长的春夜，东窗未见曙光，孤灯已熄灭。

【赏析】

《千秋岁》又名《千秋节》。这首词抒发了词人惜花伤春的情怀，同时暗寓相思之意。上片织入鹈鴂鸣叫、花残、雨轻、风狂、梅青、人静、絮飞种种景象，造成浓重的、令人感伤欲绝的氛围，逼出下片满腔幽怨的倾诉。"天不老，情难绝"化用李贺《金铜仙人辞汉歌》"天若有情天亦老"诗句，以天的无情作为反衬，表现了词人"之死矢靡它"的执着感情。

菩 萨 蛮

张　先

哀筝一弄《湘江曲》，声声写尽湘波绿①。纤指十三弦，细将幽恨传。当筵秋水慢②，玉柱斜飞雁。弹到断肠时，春山眉黛低。

【注释】

①写：描绘；抒发。　②秋水：形容美目明澈如秋水。

【译文】

用哀愁的古筝演奏《湘江曲》，在悠扬的声声音符中，似乎看到了湘江春水的绿色。纤细的手指在十三根弦上随意挥洒，将幽怨的怅恨尽情诉说。　面对酒宴，眼如秋水般明眸慢转，琵琶上的玉柱似一行斜飞的秋雁。当弹到情深意切的时候，怅惘之情慢慢地爬上她那微蹙的黛眉之间，显得更加楚楚可怜。

【赏析】

这首词描写了一位弹筝歌伎美貌和高超的技艺，并刻化了她内心深处的哀怨，表现了她丰富而美好的感情，给我们塑造了一个内在和外貌一样美好的歌女形象。全词语辞清美婉丽，情感真挚凄哀，笔触细腻传神，备受评家赞赏。

醉 垂 鞭

张　先

双蝶绣罗裙，东池宴初相见。朱粉不深匀①，闲花淡淡春。细看诸处好，人人道柳腰身，昨日乱山昏，来时衣上云。

【注释】

①朱粉：即脂粉。此句是说不在脸上浓施脂粉。

【译文】

翩翩成双的彩蝶儿绣上罗裙，东池宴上我们初次相见。胭脂和铅粉浅敷搭匀,像悠闲的花枝透出淡淡的芳春。　　细细端详她处处娇美,人人都称道她腰身如柳。昨日只觉得群山乱云迷濛,原来是她罗衣漫起了烟云。

【赏析】

这首词描绘了一位酒宴上的美丽女子。词中对人物形象和景色的描写运用了亦真亦幻的艺术手法,显得丰满而且美妙。

一　丛　花

张　先

伤高怀远几时穷?无物似情浓。离愁正引千丝乱,更东陌、飞絮濛濛①。嘶骑渐遥②,征尘不断③,何处认郎踪?　　双鸳池沼水溶溶,南北小桡通④。梯横画阁黄昏后,又还是、斜月帘栊⑤。沉恨细思,不如桃杏,犹解嫁东风。

【注释】

①陌:田间小路。濛濛:细雨迷茫的样子。此比喻杨柳花絮迷濛飘飞。　②骑:备有鞍辔的马,即坐骑。　③征尘:旅途风尘。　④桡:船桨。此处代指船。　⑤帘栊:指窗户。栊,窗棂。

【译文】

伤感怨恨不知何时才是尽头?没有什么比情浓,离愁引得千丝万绪混乱不堪,东郊田野的小路上,杨柳花絮迷濛飘飞。嘶叫的马儿已渐渐远去,旅途风尘仆仆,不知何处有你的踪迹?　　鸳鸯在池沼里嬉戏,小小船儿南来北往。遥想往昔,心上人登上楼梯,黄昏后,我们在画楼相依相偎。沉思细想,离愁竟是如此深厚,还不如桃杏,能在东风的吹拂下争妍斗艳。

【赏析】

这首诗的上片用倒叙法先着意渲染女主人公的愁绪,在这样的心理背景下,现出离别的镜头,给人十分强烈的印象。下片描绘了这女子华美而孤寂的生活环境,"又还是斜月帘栊"极其含蓄地点出她日复一日的孤单、寂寞,由此自然地生出不如桃杏嫁东风的痴想,无理而妙。末三句尤其脍炙人口。全词条理清楚,次第井然。

天 仙 子

张 先

时为嘉禾小倅①,以病眠,不赴府会。

《水调》数声持酒听,午醉醒来愁未醒。送春春去几时回?临晚镜,伤流景,往事后期空记省。　　沙上并禽池上暝,云破月来花弄影。重重帘幕密遮灯,风不定,人初静,明日落红应满径。

【注释】

①小倅:小官。倅,副职。

【译文】

乐伎弹奏着《水调》的乐曲,我端着酒杯仔细赏听。在乐曲声中,我因不胜酒力而昏昏欲睡,午睡醒来,愁却未能消解,依然觉得烦闷满胸。年年都送春归去,而春天去后几时才有归程?傍晚独自照镜,更加感伤年华如流,日后回忆和反省也是徒然。　　来到庭院之中,沙滩上,鸳禽双栖交颈,水池上一片昏暝。忽来一阵轻风,浮云被吹破,皎洁的明月露出笑容。花枝在微风中摇曳,仿佛在卖弄她的倩影。回到卧室之中,我放下帘幕,一层又一层,密密地遮住那盏小灯,人声初静,风声未定,明天清晨,一定有许多花瓣被风吹落,将会铺满院间的小径。

【赏析】

此词是词人临老伤春之作,突出一个"愁"字。词人感叹时光易逝,后期茫茫,并以沙禽与花自喻,反衬自己的孤寂。末句点出伤春题旨。"云破月来花弄影"一句,绘景生动、新鲜,广为流传,深被称道。

青门引

张　先

乍暖还轻冷①，风雨晚来方定。庭轩寂寞近清明，残花中酒②，又是去年病。　　楼头画角风吹醒③，人夜重门静。那堪更被明月，隔墙送过秋千影。

【注释】

①乍：初，刚。　②中酒：醉酒。　③画角：军中所用之号角，因外加彩绘，故称画角。这里指军乐。

【译文】

天气刚刚转暖，还有些轻轻的寒意，凄风冷雨到傍晚才停。庭院高窗一片寂寞、冷清，时节已近清明，痛惜残花，借酒解忧，以至醉酒酩酊，这又是去年种下的旧病。　　楼头上凄厉的画角，清冷的晚风，将我从沉醉中吹醒，入夜已深，重门闭锁，万籁寂静。更哪堪忍受，隔墙的秋千，被明月送过了秋千影。

【赏析】

词中写出从风雨初定的黄昏直到月明之夜，孤独的词人触景伤心的种种感受。用字非常新警，如"楼头画角风吹醒"中的"醒"字极尖利，给人以触目惊心之感。"隔墙送过秋千影"系描神之笔，它不实写打秋千的人，而借秋千影来显示他人对春残花落的无知无感和词人的多情善感，以及他人欢乐而己独伤悲的难堪情状，意味隽永。

浣溪沙

晏　殊

一曲新词酒一杯，去年天气旧亭台，夕阳西下几时回？　　无可奈何花落去，似曾相识燕归来，小园香径独徘徊①。

【注释】

①香径：散发着落花香味的小径。

【译文】

填一曲新词请人演唱,斟一杯美酒仔细品尝,时令气候依旧,亭台池榭依旧,都与去年一个模样。夕阳西下,几时才能回转再放光芒?

无可奈何,百花再次残落;似曾相识,春燕又归画堂。美好的事物即使再现,不过是似曾相识而已,想到这些怎能不令人感伤。我独自在充满花香的小径里徘徊,深切怀念逝去的春光。

【赏析】

本词为晏殊的名篇之一,抒写悼惜春残花落,好景不常的愁怀,又暗寓相思离别之情。语意十分蕴藉含蓄,通篇无一字正面表现思情别绪,人们却能从"去年天气旧亭台"、"燕归来"、"独徘徊"等句,领会到词人对景物依旧、人事全非的暗示和深深的叹恨。词中"无可奈何花落去,似曾相识燕归来"一联对语自然工丽,风韵天然,被誉为"天然奇偶"。

浣 溪 沙

晏　殊

一向年光有限身[1],等闲离别易消魂[2],酒筵歌席莫辞频。　满眼山河空念远,落花风雨更伤春,不如怜取眼前人[3]。

【注释】

①一向:即"一晌",片刻。　②等闲:平常。　③怜取眼前人:怜取,即怜悯的意思。取为语助词,无义。

【译文】

片刻的时光,有限的人生,即使是平常的离别,也让人特别销魂。还是尽情地去欢歌宴饮吧,不要嫌这样的场合太多太频。　面对着满目河山,空有怀人念远之心,花儿在风雨中飘零,更令人惜春与伤春。恋旧念远徒劳而无益,还不如去怜爱眼前这些如花似玉的美人。

【赏析】

词人在这首词中抒发了他有感于人生短暂,想借歌筵之乐来消释惜春念远、感伤时序的愁情。"不如怜取眼前人"句,表现出词人感情的浅薄。

清 平 乐

晏 殊

红笺小字,说尽平生意。鸿雁在云鱼在水,惆怅此情难寄。
斜阳独倚西楼,遥山恰对帘钩。人面不知何处,绿波依旧东流。

【译文】

精美的红格信笺写满小字,诉说尽平生的爱意。鸿雁飞翔在云端,鱼儿游戏在水里,只有我满腹惆怅,这番情意难以传寄。 斜阳里我独自倚着西楼,遥远的群山恰好正对着西楼的窗口。桃花般的人面不知去了何处,只有碧波绿水依旧向东流。

【赏析】

这首词上片抒写词人的一片深情,以及此情难寄的惆怅,语意恳挚;下片前两句显示主人公的孤独寂寞,含蓄有致,"遥山恰对帘钩"暗示心上人未至,帘钩闲挂,惟远山与自己相伴的苦况。末二句点明相思之意,"绿波依旧东流",一则说明只有景物依旧,同时又以流水的悠悠比喻作者的思情和愁绪的悠悠。

清 平 乐

晏 殊

金风细细①,叶叶梧桐坠。绿酒初尝人易醉,一枕小窗浓睡。 紫薇朱槿初残②,斜阳却照阑干。双燕欲归时节,银屏昨夜微寒③。

【注释】

①金风:秋风,古代以阴阳五行解释季节演变,秋属金,故称秋风为金风。 ②紫薇:花名,亦称紫葳,凌霄花的别名,夏秋开花。朱槿:花名,即扶桑。 ③银屏:镶银或银色的屏风,借指华美的居室。

【译文】

微微的秋风细细地吹,梧桐树叶凋零飘坠。新酿的绿酒味美香醇,初尝入口便让人陶醉，在小窗前酣眠入睡。　　紫薇花、朱槿花在秋寒里凋残，夕阳余辉正映照着楼阁栏杆。到了双燕将要南归的季节，银箔镶嵌的屏风昨夜还透着微寒。

【赏析】

这首词抒发了词人初秋时节淡淡的哀愁，语意极含蕴、极有分寸。他只从景物的变化和主人公细微的感觉着笔，而不正面写情，读来却使人品味到句句寓情、字字含愁。

木 兰 花

晏　殊

燕鸿过后莺归去，细算浮生千万绪。长于春梦几多时？散似秋云无觅处①。　　闻琴解佩神仙侣②，挽断罗衣留不住。劝君莫作独醒人，烂醉花间应有数。

【注释】

①春梦、秋云：这两句从白居易《花非花》"来如春梦不多时，去似朝云无觅处"中化出。　②闻琴解佩：闻琴，指卓文君的爱情故事，文君新寡，司马相如以琴心挑之，文君夜奔相如，结为佳偶。解佩，江妃在江月之滨遇郑交甫，解佩以赠之。

【译文】

随着春光消逝，小燕鸿雁飞过后黄莺也已归去，细推算人生好比泡沫飘浮水面，旋生旋灭，千头万绪。浮生好比春梦，再长又能有多少岁月？好似秋云倏忽散逝无处寻觅。　　愿她像闻琴夜奔的卓文君，解佩相赠的江妃二女，和我结为神仙一样的伴侣，然而即使挽断她的罗衣也阻止不了她的离去。劝君不要作独自清醒的人，清醒梦破更伤心，应该在有限的浮生里，烂醉在花间春梦中。

【赏析】

词人感叹岁月易逝、浮生短暂，人却纷纷乱乱千头万绪，而春梦一枕的美好时光却不多长；欢会难得易散，不如也烂醉花间，与世同浊皆醉。

木 兰 花

晏 殊

池塘水绿风微暖,记得玉真初见面①。重头歌韵响铮琮②,入破舞腰红乱旋③。　玉钩阑下香阶畔,醉后不知斜日晚。当时共我赏花人,点检如今无一半。

【注释】

①玉真:谓仙人,此处借指佳人。　②重头:词中上下片节拍完全相同者。铮琮:玉石碰击声。此处借喻歌声。　③入破:唐宋大曲的专用语。大曲每套有十余遍,归入散序、中序、破三大段。入破即为"破"这一段的第一遍。

【译文】

池塘的绿波荡荡漾漾,和煦的春风暖暖融融。记得正是在这样怡人的场景,我初次见到你的芳容。你的嗓音甜美而圆润,宛转响亮的歌声荡人心魂。你的舞姿婀娜优美,节奏急促时,腰肢像旋风一样旋转,所见到的只是那飘舞的红裙。　白玉钩挂着窗帘,我就斜卧在栏杆之下香阶的旁边。醉后沉睡,不知道红日西斜天已傍晚。当时与我共同赏花的人,如今盘算起来,剩下的还不到一半。

【赏析】

此词写词人在风暖水绿的池塘旧地回忆往昔初见美人欢歌曼舞的情况,而今却是时过境迁,当时赏花行乐的人也大半作古,前后对比,显出人生如梦、好景不长的悲感。全词始欢终哀,尤其最后二句,读来令人恻然心酸。

木 兰 花

晏 殊

绿杨芳草长亭路,年少抛人容易去。楼头残梦五更钟,花底离愁三月雨。　无情不似多情苦,一寸还成千万缕①。天涯地角有穷时,只有相思无尽处。

【注释】

①一寸：即寸心，区区之心。

【译文】

绿杨垂柳，芳草萋萋，沿着长亭送别的道路，年少的情侣轻易地抛下情人远去。楼头的钟声惊醒了五更的残梦，心头的离愁就像洒在花底的三月春雨。　　无情人毕竟不像多情人那样善感悲欢，一寸相思愁绪竟化作了丝缕万千。天涯地角再远也有穷尽的那一天，只有相思没有尽头。

【赏析】

词中之春景与春情，句句都很逼真。"楼头残梦五更钟"化用了唐代诗人李商隐"来是空言去绝踪，月斜楼上五更钟"的诗意，意致凄然，挈起了多情之苦来。词句中流泻出"多情者"绵绵不绝的离愁和哀伤。

踏 莎 行

晏　殊

祖席离歌①，长亭别宴②，香尘已隔犹回面③。居人匹马映林嘶，行人去棹依波转④。　　画阁魂消⑤，高楼目断⑥，斜阳只送平波远。无穷无尽是离愁，天涯地角寻思遍。

【注释】

①祖席：饯行的宴席。离歌：伤别之歌。　②长亭：古代驿路上每十里置一长亭，五里一短亭，供行人休息或送别。　③香尘：带有花香的尘埃。　④棹：船桨，代指船。　⑤画阁：彩绘的精美的楼阁。　⑥目断：一直望到看不见。

【译文】

饯行的酒席上，唱着令人销魂的伤别之歌。长亭中，我和你依依惜别。路上和着落花香气的飞尘已把我们阻隔，但你还在不断回首，我更是难分难舍。留下的人骑着马，马也在林边嘶鸣留恋，离去的游子乘着小舟，伴随着远逝的绿波。　　登上画阁，我更是愁绪万千。朝你所去的方向眺望，只见斜晖脉脉，万里云烟。无穷无尽的离别愁绪占据了我的心田，无论你走到天涯地角，我的心也会永远把你陪伴。

【赏析】

这首词抒写送别之后的依恋不舍和登高望远的无限思念，融情于景，含蕴深婉。"香尘已隔犹回面"传神地描摹了送别归去，词人步步回顾、步步留恋的情状。"斜阳只送平波远"分明怨斜阳不解留人，反随着行舟渐远，也从水面渐渐消隐，却说得极婉转。

踏 莎 行

晏 殊

小径红稀①，芳郊绿遍，高台树色阴阴见②。春风不解禁杨花③，濛濛乱扑行人面④。　　翠叶藏莺，朱帘隔燕，炉香静逐游丝转⑤。一场愁梦酒醒时，斜阳却照深深院⑥。

【注释】

①红稀：红花凋落稀疏。　②阴阴：暗暗。见：显现。　③解：知道、懂得。④濛濛：形容细雨濛濛，此外形容柳絮纷纷如细雨。　⑤游丝：蜘蛛、青虫所吐之细丝飘游于空中。　⑥却：正。

【译文】

暮春的小路上残红稀疏，郊野全都是绿绿的芳草，高耸的楼台从密树的浓荫里暗暗隐现。春风不懂得禁制杨花，反而吹得飞絮濛濛，缭乱地扑向行人的脸。　　翠绿的叶丛中隐藏着啼啭的黄莺，隔着珠帘，门窗外飞翔着春燕，袅袅炉香静静在空中游丝般飘荡流转。酣醉里做了一场愁思难解的梦，醉梦醒来时，只见金色的斜阳正照着深深的庭院。

【赏析】

这首词，上片写暮春景色，使人隐觉一丝淡淡愁思，下片写翠叶藏莺，朱帘隔燕，写静香游丝，写斜阳深院，完全是为描写内心深处的愁怨作铺垫，起到了一种静寂中愁思更加深远的烘托作用。全词语言清丽幽雅，但不雕凿，神情俱得，精微有致。如"翠叶藏莺，朱帘隔燕"二句，寓动于静；"炉香静逐游丝转"一句，动中更觉寂静，在这一派寂静中,透现出幽淡的愁思和哀情来;而"斜阳"一句,如同前首"斜阳只送平波远"一样,传神地描写了主人公深怀不露的怨愁。

蝶 恋 花

晏 殊

六曲阑干偎碧树,杨柳风轻,展尽黄金缕。谁把钿筝移玉柱①,穿帘海燕双飞去②。　满眼游丝兼落絮,红杏开时,一霎清明雨。浓睡觉来莺乱语,惊残好梦无寻处。

【注释】

①钿筝:以罗钿装饰的筝。玉柱,指弦柱。　②海燕:燕子的别称。古人认为燕子产于南方,渡海而至,故称。

【译文】

曲折的栏杆依靠着绿树,春风在轻轻飘浮着柳丝,柳枝在朝阳的映照下,仿佛变成了黄金般的丝线。是谁在拨弄装饰着罗钿的筝柱,弹奏着伤心的乐曲!一对燕子穿过珠帘双双飞去。　满天飘拂着柳丝和柳絮,红杏正在开放,清明时又下起阵阵急雨。浓睡醒来,只听见黄莺在啼叫,惊扰了我的好梦,那温馨的梦境再也无法寻觅。

【赏析】

本词抒写春日的愁思。上片写迎春之情,下片抒送春之意。词意含蓄蕴藉,只表现主人公的一种情绪。上片开头三句写初春之景,有富贵之象。后两句是主人公的活动,在意念上有倒装,他看到海燕双飞,而感伤自己的孤独,面对芳春美景而触动春愁,故弹筝以抒情。下片前三句写暮春之景,后两句化用金昌绪《春怨》诗的意境,抒发伤春的意绪。语言明丽,用意婉典。

采 桑 子

欧阳修

群芳过后西湖好,狼藉残红①,飞絮濛濛,垂柳阑干尽日风。

笙歌散尽游人去，始觉春空，垂下帘栊②，双燕归来细雨中。

【注释】

①狼藉：散乱状。　②帘栊：指窗帘。

【译文】

百花过后的暮春，西湖风景依然美好，凋残的落红，任游人踏得狼藉遍地，漫天飘飞的柳絮迷迷蒙蒙，垂柳拂着栏杆，整日里暖风融融。

喧闹的笙歌散尽，熙攘的游人离去，我才顿然发觉西湖之春的空静，垂下窗帘，却看见一双燕子穿过细雨濛濛回到了巢之中。

【赏析】

此词为《采桑子》十首咏西湖组词之四，描写了暮春西湖迷离的美，别有一番风韵。全篇精雅别致，语言清丽，风格空灵淡远，表现了词人闲适的心境，也流露出淡淡的惆怅。

诉衷情

欧阳修

清晨帘幕卷轻霜，呵手试梅妆。都缘自有离恨①，故画作远山长。思往事，惜流芳②，易成伤。拟歌先敛③，欲笑还颦④，最断人肠。

【注释】

①缘：因。　②流芳：即流年光景的意思。　③敛：敛容，以表庄重。　④颦：皱眉。

【译文】

清晨卷起帘幕，帘幕上凝结着薄薄的白霜，呵着热气暖手指，精心试作梅花妆。因心中装满了离恨别怨，所以将双眉画得像远山一样弯曲细长。　追思往日的青春风华，可惜如花岁月像春水流淌，触景观物，处处都容易引起感伤。准备唱歌却先敛容含悲，想要欢笑却又蹙眉凝愁，这情态最是令人断肠。

【赏析】

古人多以山水表示离情别意，而此词以女主人公特地将双眉画成远山模样来表现离恨,用意新巧奇警。"拟歌先敛,欲笑还颦"八个字,透露了这位靠色艺谋生的歌女不得不强颜欢笑的苦闷,曲折深沉地表现了下层歌女的痛苦生活,隐含着词人的同情,语简意深,十分传神。

踏 莎 行

欧阳修

候馆梅残,溪桥柳细,草熏风暖摇征辔。离愁渐远渐无穷,迢迢不断如春水。　　寸寸柔肠,盈盈粉泪①,楼高莫近危阑倚。平芜尽处是春山②,行人更在春山外。

【注释】

①盈盈:泪水满眼的样子。　②平芜:平坦的草地。

【译文】

馆舍庭院里的梅花已经凋残,小溪桥头的柳树上,新生的枝条迎风招展。春草散发着清香,春风和煦而又温暖。行人轻轻抖动辔头,在这美好的春天启程出行。离家渐渐遥远,我的愁绪越来越浓,如滔滔奔流的春水般连绵不断。　　寸寸柔肠,千绕百转;晶莹的泪珠流过粉妆的脸。画楼太高,且不要凭倚高栏,因为所见到的情景更令人伤感。在平坦开阔的草原的尽头,是充满春意的远山,而那位心上的人,还要在远山的那一边。

【赏析】

上片写行者在冬去梅残、草薰风暖的春天在馆舍与恋人离别。他初不经意,信马由缰,悠哉游哉;渐行渐远,离愁上心,渐远渐无穷,仿如迢迢不断的春流水,自然真实地刻画了行者离情别绪萌生渐长渐多的过程。将写行人、写景与抒情交织,并以春水喻他的离愁无穷无尽。下片手法奇妙,以行者想象居人思念行人来刻画居人望归的愁情。居人望尽平芜,望断春山,不见行者;行人还远在春山之外不知何处,居人盼归不见的绝望痛苦心情,可以想见。这首词写春景发离愁,景愈佳而愁愈深,语浅淡而情有致。此词富于诗情画意,语言清丽,情文并茂。

蝶 恋 花

欧阳修

庭院深深深几许？杨柳堆烟，帘幕无重数。玉勒雕鞍游冶处，楼高不见章台路①。　雨横风狂三月暮，门掩黄昏，无计留春住。泪眼问花花不语，乱红飞过秋千去。

【注释】

①章台路：汉代长安有条章台街，街多妓馆，后因此泛指寻欢作乐。

【译文】

庭院深深，谁知道到底有多深？杨柳笼聚着团团烟雾，一重重帘幕不计其数。华贵的车马停在王孙们寻欢作乐的地方，登楼凭高远望，却看不见繁华游乐的章台路。　暮春三月，降下了横暴狂虐的风雨，重门将黄昏景色掩闭，也无法留住春意。泪眼汪汪地问花是否知道人的心情，花儿默默不语，凌乱的落花被风吹得片片飞过秋千去。

【赏析】

词人以含蕴的笔法描写了幽居深院的少妇伤春及怀人的复杂思绪和怨情，整首词如泣如诉，凄婉动人，意境浑融，语言清丽。

蝶 恋 花

欧阳修

谁道闲情抛弃久①？每到春来，惆怅还依旧。日日花前常病酒，不辞镜里朱颜瘦。　河畔青芜堤上柳，为问新愁，何事年年有？独立小桥风满袖，平林新月人归后②。

【注释】

①闲情：闲散的愁情。　②平林：原野上的丛林。

【译文】

常有一种莫名其妙的闲愁，总想把它抛弃，可它却总萦绕我的心头。

每到新春来临之时，那种惆怅忧伤一如故旧。为了消除这种闲愁，我天天在花前月下痛饮美酒，宁可酩酊大醉，不惜身体日渐消瘦。　　河边上青草萋萋，河堤上又绿新柳。见到如此美景，我痛苦地暗问自己，为何年年都有一段新愁？我思绪万端，独立在桥头。清风徐来，吹拂着我的衣袖。游人已经归去，新月从东方升起，弯弯如钩，只有远处那一排排树木与我为伴，在暗淡的月光下影影绰绰。

【赏析】

此词抒写了一片难以指实的、浓重的感伤之情，大有"春花秋月何时了，往事知多少"的那种对于整个人生的迷惘和得不到解脱的苦闷。词中还包涵着主人公对美好事物的无限眷恋，以及他甘心为此而憔悴的执着感情。"独立小桥"两句，表现了主人公如有所待又若有所失的情状，语淡而意远。词中叙事平白如话，抒情真切，词人的内心感受跃然纸上。

蝶 恋 花

欧阳修

　　几日行云何处去？忘了归来，不道春将暮。百草千花寒食路，香车系在谁家树？　　泪眼倚楼频独语，双燕来时，陌上相逢否？撩乱春愁如柳絮，依依梦里无寻处。

【译文】

我那如天上行云来去一样的爱人，近日你飘游到了哪里？难道你竟忘了归来，没想到春光即将远去？又到了一年一度的寒食节，游人双双走在百草千花的踏青路上，你把香车宝马系在了谁家的树上？我一人多么孤独，噙着泪眼倚靠着高楼，对天上双飞的燕子喃喃自语：燕子呀燕子，在飞来的路上，可曾与我的爱人相遇？春愁如到处乱飞的柳絮，已缭乱我的心；就是在幽幽梦中，也寻找不到我的爱人。

【赏析】

此词生动地写出少妇对外出不归的丈夫的一片痴情与深切思念，满怀悲怨。"撩乱春愁如柳絮"一句，以纷飞的柳絮喻伤春之愁与相思之愁，很形象，也很感人。

木 兰 花

欧阳修

别后不知君远近，触目凄凉多少闷。渐行渐远渐无书①，水阔鱼沉知何处②？　夜深风竹敲秋韵③，万叶千声皆是恨。故欹单枕梦中寻④，梦又不成灯又烬⑤。

【注释】

①书：书信。　②鱼沉：相传鱼能传书，鱼沉即书信不传。　③秋韵：秋声。秋时西风作，草木零落，多肃杀之声，曰秋声。　④欹：斜倚。　⑤烬：火烧尽后成炭质或灰质部分。

【译文】

离别后不知你的行程远近，触目皆是凄凉景象，生出多少烦闷！你越走越远，渐渐断了书信；水面宽阔，鱼儿深藏，向何处寻问你的音讯？深夜里大风吹得竹林敲击凉秋的声韵，千万片竹叶千万种声响全是怨恨。故意斜倚着孤枕，想到梦中将你寻觅，可惜梦做不成，灯芯也化为灰烬。

【赏析】

上片描写思妇别后的孤凄苦闷和对远人深切的怀念之情。下片描写思妇秋夜难眠、独伴孤灯的愁苦，"夜深风竹敲秋韵，万叶千声皆是恨"二句，借风竹之声诉离怨别恨，很有艺术感染力，尤其"敲"字，极赋神韵，有使此二句字字敲心，声声动魂的神力。

浪 淘 沙

欧阳修

把酒祝东风，且共从容①。垂杨紫陌洛城东②，总是当时携手处，游遍芳丛。　聚散苦匆匆，此恨无穷。今年花胜去年红，可惜明年花更好，知与谁同？

【注释】

①从容：留连不去。 ②紫陌：指京城的道路。

【译文】

手把酒杯祝愿春风，且一道留连这明媚春光。沿着垂杨飘拂的京郊小路直奔洛阳城东，都是当时携手春游之处，今日要重新游遍花丛。

人生的聚散，苦也匆匆，散也匆匆，这憾恨无尽无穷。今年春花艳丽更胜过去年的花红，可惜明年的花儿开得更美，不知与谁一同享受那赏花盛景。

【赏析】

上片写邀春留连，忆旧游怀恋人。下片感叹人生聚散匆匆，好景不常，华年苦短。上片春景昔今如一，下片时序今后不同，产生物在人非、时过景迁的鲜明对比，艺术效果强烈。全词层层渐进，脉络明晰；语言流畅清丽，自然明快；言到情出，情感深沉。

青 玉 案

欧阳修

一年春事都来几①？早过了、三之二。绿暗红嫣浑可事②，绿杨庭院，暖风帘幕，有个人憔悴。 买花载酒长安市③，又争似、家山见桃李④？不枉东风吹客泪⑤，相思难表，梦魂无据，惟有归来是。

【注释】

①都：总共。 ②浑：全，都。可事：小事，寻常之事。 ③长安：此处借指京都。 ④争似：即"怎似"。家山：家乡。 ⑤不枉：不怪，难怪。

【译文】

一年春光已过去多少，算来已经过了三分之二。绿荫浓浓，红花重重，全都是寻常情景，庭院中飘拂着垂柳，帘幕里荡漾着暖风。有个人正在忧心忡忡，满面愁容。 尽管在长安市里买花载酒，富贵优荣，又怎比得上在故乡家中，看见桃李花开，绿叶衬着粉红，那又是怎样的一种心情？不怪春风吹得异乡人落泪，因为思乡的情太浓太浓。梦魂可以归去，醒来又觉无用，看来只有回到故乡，才能了却这番相思之情。

【赏析】

词人伤春即逝，尽管是绿荫红艳时节，仍深居庭院，不去游春赏花，以至人显憔悴；虽可买花载酒寻欢，却感到不如家乡平常的桃李花令人欢乐，原来是思乡之情萌发心怀。但思乡不已，梦乡不遇，最后决定唯有归去才是。反映了词人厌倦宦游，欲归乡的心情。全词语言浑成，感情真挚，动人心魂。

曲 玉 管

柳 永

陇首云飞，江边日晚，烟波满目凭阑久。一望关河萧索，千里清秋，忍凝眸①？ 杳杳神京，盈盈仙子，别来锦字终难偶。断雁无凭②，冉冉飞下汀洲③，思悠悠。 暗想当初，有多少幽欢佳会，岂知聚散难期④，翻成雨恨云愁⑤。阻追游⑥，每登山临水，惹起平生心事，一场消黯，永日无言⑦，却下层楼。

【注释】

①凝眸：注目而望。 ②断雁：失群孤雁。无凭：无所依靠。 ③冉冉：慢慢。 ④期：预料。 ⑤雨恨云愁：云雨指男女幽会。雨恨云愁指男女间的离愁别怨。 ⑥追：随。 ⑦永日：整日。

【译文】

山岭上暮云纷飞，江边处暮霭迷茫。满目烟波浩渺，我凭栏很久很久，凝神注视着远方。一眼望去，山河冷落萧条，清秋万里凄凉，真不忍心久望。 在那遥远的神京汴梁，有位美女，光彩照人如仙人一样。自从分手以后，再也无法得到她的音信，令我不胜忧伤。望断南飞的大雁，也毫无用处，只能追引我的愁思更加悠长。 暗想当初之时，有多少幽会欢娱的美好时光，谁料到聚散难以预想，当时的欢乐，却酿成今日的无限怅惘。千里阻隔，我们无从相见，只有相互思量再思量。每当登山临水，都会惹起我对往事的回想，总是暗自消魂，神情沮丧。终日里闷闷无言，独自默默地走下高楼。

【赏析】

　　第一、二片称"双拽头"（两片字句相同，比第三片短，如双双拽出第三片，故称），以写萧瑟清秋晚景为主，羁旅之愁寓于其中。忆念恋人，抒离愁别恨，寄托无穷相思。第三片忆旧欢，诉今愁惹起平生心事，令人忧郁无限，无言终日。全词以写景抒情为脉络，层层铺叙，步步深入；纵横捭阖，结构有序；言浅意丰。

雨霖铃

柳　永

　　寒蝉凄切，对长亭晚，骤雨初歇。都门帐饮无绪，留恋处、兰舟催发。执手相看泪眼，竟无语凝噎①。念去去、千里烟波，暮霭沉沉楚天阔②。　　多情自古伤离别，更那堪、冷落清秋节！今宵酒醒何处？杨柳岸、晓风残月。此去经年③，应是良辰好景虚设。便纵有千种风情④，更与何人说？

【注释】

　　①凝噎：喉咙哽咽说不出话。　②楚天：南天。楚国在江南，故称南天为楚天。　③经年：年复一年。　④风情：男女间的爱恋深情。

【译文】

　　秋蝉叫得凄凉悲切，面对着长亭的暮色，一阵骤雨刚刚停歇。都门外设帐饮别，无情无绪，留恋难舍之际，木兰舟催促着出发。手牵手相凝视两双泪眼，竟喉咙哽咽说不出话语。想这一次远远离去，千里浩渺烟波，黄昏的云霭昏漠漠，弥漫着楚天辽阔无边。　　多情人自古伤感的是离别，更哪能忍受，这冷落、凄清的三秋季节！今夜酒醒时我身在何处？杨柳垂拂的岸边，晨风清爽，残月斜悬。这一去长年累月，虽有良辰美景，但无人欣赏也是虚设成空，纵然有千种眷恋的衷情，更向何人诉说心声？

【赏析】

　　这首词是柳永著名的代表作。词中以种种凄凉、冷落的秋天景象衬托和渲染离情别绪,活画出一幅秋江别离图。词人仕途失意,不得不离开京都远行,不得不与心爱的人分手,这双重的痛苦交织在一起,使他感到格外难以忍受。他真实地描述了临别时的情景,"执手"两句,以白描手法表现情人相别的情状,言简情深,极其感人。词人又用想象的画笔,以景物点染,绘出别后及未来岁月一幅幅凄清的生活图画,使人如临其境,如感其情。整首词情景兼融,结构如行云流水般舒卷自如,时间的层次和感情的层次交叠着循序渐进,一步步将人们带入他内心世界的深处,艺术手法十分高明。

蝶 恋 花

柳 永

伫倚危楼风细细①,望极春愁,黯黯生天际。草色烟光残照里,无言谁会凭阑意? 拟把疏狂图一醉②,对酒当歌,强乐还无味③。衣带渐宽终不悔,为伊消得人憔悴。

【注释】

①危楼:高楼。 ②拟把:打算。 ③强乐:勉强作乐。

【译文】

伫立在高楼上倚着栏杆,和风细细,极目远望春愁无际,黯黯暮霭自天边涌起。夕阳斜照里,青青草色映着烟霞的光彩,凭栏无语,谁能领会我的心意? 打算疏放狂荡地图个痛快一醉,对着美酒纵情高歌,强求一乐反觉无趣味。纵然衣带渐渐宽松也不觉懊悔,为了她值得我刻骨相思人憔悴。

【赏析】

这首词又题为《凤栖梧》。上片以写景为主,景中含情,见出词人伫立望远之苦;下片以明畅淋漓的笔调抒写他"虽九死其犹未悔"的执着恋情,真挚感人。其中"衣带渐宽终不悔,为伊消得人憔悴"为传诵千古的名句。

采 莲 令

柳 永

月华收，云淡霜天曙。西征客、此时情苦。翠娥执手，送临歧、轧轧开朱户。千娇面①、盈盈伫立②，无言有泪，断肠争忍回顾③？

一叶兰舟，便恁急桨凌波去④。贪行色⑤、岂知离绪。万般方寸⑥，但饮恨、脉脉同谁语⑦？更回首、重城不见，寒江天外，隐隐两三烟树。

【注释】

①轧轧：象声词，开门声。 ②盈盈：体态轻盈的样子。 ③争：即"怎"。 ④恁：如此，这样。 ⑤行色：出行前的准备。 ⑥方寸：指心；心思、心绪。 ⑦脉脉：内心情感无法倾吐而沉默貌。

【译文】

月光消逝，淡云飘浮。满地繁霜，东方将明。即将西行的客子，此刻的心情最痛苦。随着吱扭吱扭的声音，一层层打开红色的门户。美人紧拉他的手，一直送到岔道口。她千娇百媚，难以自持，亭亭伫立在那里，没有语言，只有满脸的泪珠，那神情，令人肝肠寸断，又怎能忍心回头一顾？　　一叶扁舟，就这样紧摇桨橹凌波而去。他人只贪看旅途中的景色，岂知我此时的离情别绪，心如刀割，纷乱至极。只能暗自含恨，脉脉此情向谁倾诉？再回头望去，层层的城门早已不见，只有那充满寒意的江天之外，隐隐约约可以看到三两棵树木。

【赏析】

上片写离别时月落云收，霜天欲曙；离人去去情苦，居人依依不舍。"千娇面"至"断肠争忍回顾"几句，生动细腻地描绘了离人内心的痛苦。下片写离人别后无限惆怅和不尽的留恋；而无人可与诉说愁苦，只能恨别吞声；其哀其痛，更是不堪忍受。全词以景起兴，以景作结，景中寓情，景黯情凄；写景抒情，铺叙有致，层层渐进，语言浅淡而意深情挚。

浪淘沙慢

柳　永

　　梦觉透窗风一线，寒灯吹息。那堪酒醒，又闻空阶，夜雨频滴。嗟因循、久作天涯客。负佳人、几许盟言，便忍把、从前欢会，陡顿翻成忧戚。　　愁极，再三追思，洞房深处，几度饮散歌阑，香暖鸳鸯被。岂暂时疏散，费伊心力。殢云尤雨①，有万般千种，相怜相惜。　　恰到如今②，天长漏永，无端自家疏隔。知何时、却拥秦云态③？愿低帏昵枕，轻轻细说与，江乡夜夜，数寒更思忆。

【注释】

①殢云尤雨：恋昵不舍，形容男女相爱，欢合。　②恰：犹"却"。　③秦云：秦楼云雨。

【译文】

　　一梦醒来，一缕夜风透过窗棂吹入房中，将那灯盏吹熄。怎能忍受酒醒的愁郁，又听到空寂的台阶夜雨滴沥。只叹仕途迁延，长久在天涯客居浪迹。辜负了佳人多少山盟情意，竟忍心把从前的幽会欢娱，突然间变成了忧愁与悲戚。　　悲愁已极，追忆当年，在洞房幽深之地，多少宴饮散，歌舞歇，共眠在芳香温暖的鸳鸯被里。岂知暂时离散，便劳她耗尽心力。欢会缠绵，云情雨意，有万种柔爱，千种亲昵，互相怜爱互相痛惜。　　恰到如今，天长夜久相思苦，无奈都是自家游宦闹得情侣隔离。不知何时再相聚，重谐秦楼云雨欢情意？但愿低垂帏帐，枕前亲昵，轻轻地细细说与她，江畔乡间夜夜孤凄，数着寒夜的更声将她思忆。

【赏析】

　　这首词的特点是将相思离别之情刻画得淋漓尽致，没有半点儿含蓄，这种露骨地表达感情的方式显然受到民间俚曲的影响。词中描写情事周详细密，只是绮罗香泽之气很浓，声态颇近市民，但此词风格虽浓艳，却因直抒胸臆、感情真挚而不使人觉得浮薄轻佻。

定 风 波

柳 永

自春来、惨绿愁红,芳心是事可可①。日上花梢,莺穿柳带,犹压香衾卧。暖酥消②,腻云嚲③,终日厌厌倦梳裹④。无那⑤恨薄情一去,音书无个。　早知恁么,悔当初,不把雕鞍锁。向鸡窗⑥,只与蛮笺象管⑦,拘束教吟课⑧。镇相随,莫抛躲,针线闲拈伴伊坐。和我免使年少,光阴虚过。

【注释】

①可可:不关紧要,不在意。　②暖酥:指肌肤。　③腻云嚲:指女性头发散乱下垂。　④厌厌:精神不振貌。　⑤无那:无可奈何。　⑥鸡窗:书窗、书房。⑦蛮笺象管:指纸笔。　⑧吟课:把吟咏当作功课。

【译文】

自从入春以来,我一直闷闷不乐,即便那些红花绿叶,也令我凄惨愁绝。太阳光线已上了花梢,黄莺在柳树上穿飞跳跃。我依旧拥着薰香的锦被,终日里慵闲懒惰。云样的秀发蓬松散乱,红润的面容憔悴瘦削。终日百无聊赖,懒得梳洗打扮,搽搽抹抹。真是无可奈何。只恨薄情人一去,踪影全无,连书信也不捎回一个。　早知这样的结果,真后悔当初没把他的马鞍子紧紧上锁。把他留在家中,只让他坐在书房窗前,给他些纸张笔墨,终日苦读,温习功课。我也不用闪闪躲躲,而是手中拿着针线活,陪着他整日闲坐。说些情话,免得让美好的青春白白度过。

【赏析】

这是柳永《乐章集》俚词的代表作之一。词人用明白透彻的语言,大胆而直露地描写一位女子的相思别离之情,上片铺叙她别后百无聊赖的情态;下片纯系内心独白,写出她的一片痴心,以及对爱情生活的渴望,刻画细致入微,真实动人。

少 年 游

柳 永

长安古道马迟迟①，高柳乱蝉嘶。夕阳岛外，秋风原上，目断四天垂。　归云一去无踪迹②，何处是前期③？狎兴生疏④，酒徒萧索⑤，不似去年时。

【注释】

①迟迟：行动缓慢的样子。　②归云：这里指离去的所爱女子。　③前期：前约、预约。　④狎兴：冶游的兴致。狎：冶游。　⑤酒徒萧索：酒徒，指酒友。萧索，冷落、稀少。

【译文】

我骑马在长安古道上慢慢前行，秋蝉在高高的柳树上鸣叫，声音纷乱哀凄。夕阳在飞鸟外的远方渐渐沉落，旷野荒原上秋风习习。极目四望，没有人烟，只有旷阔的天空如幕帐般向下四垂。　往事如归去的云，一去后便再无踪迹，不知何时能再有以前的时日。如今冶游狎妓的兴致已经衰减，那些酒友也渐渐散去，一切都如虚如幻，再也不像少年时那样狂放不羁，无所顾忌。

【赏析】

这是柳永放外任，登乐游原极目远望，抒写的一首抒发宦游失意、离别之愁的小令。全词弥漫的只是一片低沉萧瑟的调和声音。上片从景象写起，而悲慨尽在言外，下片以"归云"为喻象，写一切期望之落空，最后三句以悲叹自己之落魄无成作结。景中寓情，表现了凄凉孤寂的情怀。

戚 氏

柳 永

晚秋天，一霎微雨洒庭轩①。槛菊萧疏，井梧零乱，惹残烟。凄然望江关②，飞云黯淡夕阳闲。当时宋玉悲感，向此临水与登山。远道迢递，行人凄楚，倦听陇水潺湲。正蝉鸣败叶，蛩响衰草③，相应喧喧④。孤馆度日如年。风露渐变，悄悄至更阑。长天净，绛河清浅⑤，皓月婵娟⑥，思绵绵。夜永对景，那堪屈指，暗想从前。未名未禄，绮陌红楼⑦，往往经岁迁延⑧。　　帝里风光好，当年少日，暮宴朝欢。况有狂朋怪侣，遇当歌、对酒竟留连。别来迅景如梭⑨，旧游似梦，烟水程何限⑩。念名利、憔悴长萦绊。追往事、空惨愁颜。漏箭移⑪、稍觉轻寒。渐鸣咽、画角数声残。对闲窗畔⑫，停灯向晓，抱影无眠。

【注释】

①庭轩：厅堂前檐下平台。　②江关：江河关山。　③蛩：蟋蟀。　④喧喧：喧闹声。　⑤绛河：即银河。　⑥婵娟：月色明媚的样子。　⑦绮陌红楼：绮陌，本指繁华的街道或风景美丽的郊野道路，这里指花街柳巷。红楼，泛指华美的楼房，此处指歌楼妓馆。　⑧迁延：徜徉留连，逍遥自在。　⑨迅景：飞速而过的光阴。　⑩烟水程：指水上的路程。　⑪漏箭：这里借指光阴。　⑫闲窗：这里指清冷寂寞的窗屋。

【译文】

晚秋的凉天，一阵淋沥的细雨落在厅堂前檐下的平台上。槛栏里菊花稀疏冷落，天井里梧桐黄叶零乱，残雾缭绕如烟。令人情怀凄惨，远望江河关山，飞驰的暮云昏沉沉，在夕阳的余辉中铺展。追思当年此刻，宋玉多情悲感，面对消逝的秋色，曾俯临秋水仰登青山。迢迢千里路途遥远，踽踽游子凄楚悲酸，厌烦聆听那陇水的潺湲。正值秋蝉在残败的叶丛里悲吟，蟋蟀在枯萎的草丛里低唤，秋虫儿此叫彼应地闹闹喧喧。

在驿馆里形单影只，度日如年，只觉秋风寒露渐渐变冷，愁心忧闷熬到更深夜残。辽阔的天空明净无云，一道银河晶莹清浅，一轮皓月明媚娇艳。相思绵绵，夜漫漫对景伤怜，哪忍心屈指计算，暗暗回想从前。没有功名，没享利禄，留连繁华街巷、红楼妓馆，往往是一年年浪迹迁延。　　京都里风光美好，想当时青春少年，只顾得朝朝暮暮宴乐寻欢。何况还有狂放怪诞的朋友和侣伴，遇上离歌醉酒的场面就竞相留连。离别以来，迅速流逝的光阴如梭飞穿，昔日的游乐情景而今像春夜梦幻，前面烟波无际，何处是边岸？我想全是利禄功名长久地将我纠缠，使我如此憔悴，追怀往事空自愁容惨淡。光阴如箭，稍稍感觉到天气微寒，渐渐传来画角呜呜的悲鸣，几声残留的余响在空中荡旋。对着清冷寂寞的屋窗，点一盏灯直照到曙光东现，抱着自己的孤影焦虑不眠。

【赏析】

此词可看作是词人的自叙传，它几乎概括了他一生的思想和生活状况。王灼在《碧鸡漫志》中引前人语云："《离骚》寂寞千载后，《戚氏》凄凉一曲终"，可见前人对此词评价颇高。柳永词中多以宋玉自况，继承宋玉悲秋的余绪，抒写他"贫士失职而志不平"的感慨，此词颇具代表性。全词篇幅宏阔而针线细密，首叙悲秋情绪，次述永夜幽思，末尾写出对于功名利禄的厌倦，层次分明，首尾呼应，言与意会、情与景融，语言清丽、音律谐美，"状难状之景，达难达之情，而出之以自然。"

夜 半 乐

柳 永

冻云黯淡天气①，扁舟一叶，乘兴离江渚②。渡万壑千岩，越溪深处③，怒涛渐息，樵风乍起④，更闻商旅相呼⑤。片帆高举，泛画鹢，翩翩过南浦。　　望中酒旆闪闪⑥，一簇烟村，数行霜树。残日下，渔人鸣榔归去⑦。败荷零落，衰杨掩映。岸边两两三三，浣纱游女。避行客，含羞笑相语。　　到此因念，绣阁轻抛，浪萍难驻⑧。叹后约丁宁竟何据？惨离怀、空恨岁晚归期阻。凝泪眼、杳杳神京路，断鸿声远长天暮⑨。

【注释】

①冻云：严冬的阴云。　②江渚：渚，水中小高地。这里江渚指江岸。　③越溪：即若耶溪，又名浣纱溪。这里泛指水流。　④樵风：好风，顺风。　⑤商旅：商人旅客。　⑥酒旆：酒旗，酒幌子。　⑦鸣榔：榔，用以击船舷作声的木棒。　⑧浪萍：随波飘逐的浮萍。　⑨断鸿：失群孤飞的鸿雁。

【译文】

冷云阴沉天气寒冷，我驾一叶小舟，乘着游兴离开了沙洲江岸。越过了万道深壑千道高岩，若耶溪幽深的水湾。狂涛渐渐平息，山风突然刮起，还听到商人旅客互相呼唤。一片征帆高挂，航船浮游，轻悠悠驶过南岸。　　眼望中一面酒旗飘飘闪闪，一座烟雾团簇的村落，几行树霜斑斑。夕阳残照下，归家的渔人挥棒敲响船舷。枯败的荷花零落了，晚霞透过衰残的杨柳忽隐忽现。岸边两两三三浣洗衣物的姑娘，躲避着游客的窥探，含羞带笑悄语娇憨。　　到此境引起我思念，意将绣阁闺房轻易地抛闪，像浪游的浮萍难寻立身的家园。可叹将来约会的誓言怎能为据，叮咛再三竟不知能否实现？惨淡离别的情怀，这一年又将岁暮，归期受阻，徒然恨叹。泪眼凝神远看，迢迢大路通向京都，失群的孤雁传来远远的呼唤，辽阔的长空暮色黯淡。

【赏析】

这首词分为三片。第一片写旅途经历；第二片写途中所见；第三片写流落异乡的感慨。它是词人浪迹浙江时所作，所以用了很多与浙江有关的地名和典故。全词铺叙奔放，笔法大开大合，蓄势浑厚。

玉 蝴 蝶

柳　永

　　望处雨收云断，凭阑悄悄①，目送秋光。晚景萧疏，堪动宋玉悲凉。水风轻，蘋花渐老②，月露冷，梧叶飘黄。遣情伤，故人何在？烟水茫茫。　　难忘，文期酒会③，几孤风月④，屡变星霜⑤。海阔山遥，未知何处是潇湘。念双燕、难凭远信⑥，指暮天、空识归航。黯相望，断鸿声里，立尽斜阳。

【注释】

①悄悄：行动缓慢的样子。　②蘋：一种多年生浅水草本植物，夏秋间开小白花，也称白蘋。　③文期酒会：约会在一起饮酒作诗文。　④几孤风月：孤，辜负。风月，清风明月。　⑤屡变星霜：星霜，星指岁星（木星），岁星一年一周转，霜每年遇寒而降，因以星霜指岁月。　⑥难凭：难有准信。

【译文】

　　我凭栏眺望，心中暗自忧愁。雨停云散，我目送着秋光。傍晚的景色萧条疏旷，足令宋玉一类多愁善感的文士更加悲凉。水风轻吹，蘋花渐渐枯萎，月光露气变冷，飘落的梧桐叶片片枯黄，这情景更令人感伤。故朋旧侣们，你们都在哪里？眼前所见的只是烟水茫茫。　　实在难忘，当年与朋友们在一起，或定期词赋诗作文，或饮酒放狂。如今辜负了清风明月,虚度了大好时光。山路迢迢,海面宽广,不知何处才是潇湘?我的朋友也一定在那里彷徨。想到那双小燕,难以凭它传送远信。暮色苍茫,枉自辨认那些归来的桅樯。我默默伫立,黯然神伤,在孤雁的哀鸣声中,眼看着夕阳慢慢沉没,渐渐地收起了它的余光。

【赏析】

上片写凭栏望远,晚暮中花萎叶黄,风凉露冷,一片萧疏冷落,令人悲凉情凄,顿起怀人念远之愁思。下片接写往昔文期酒会的欢乐,反衬出此时的孤寂,尤其"断鸿声里,立尽斜阳"二句,极尽黯然魂伤之情,足显柳词厚朴沉雄、清劲老辣的"骨气"。

八声甘州

柳 永

对潇潇暮雨洒江天①,一番洗清秋。渐霜风凄紧②,关河冷落③,残照当楼。是处红衰翠减④,苒苒物华休⑤。惟有长江水,无语东流。不忍登高临远,望故乡渺邈⑥,归思难收⑦。叹年来踪迹,何事苦淹留⑧?想佳人、妆楼颙望,误几回、天际识归舟。争知我⑨、倚阑干处,正恁凝愁⑩。

【注释】

①潇潇:风雨急骤的样子。 ②霜风:秋风。 ③关河:山河关隘。 ④是处:处处。 ⑤苒苒:同"冉冉",渐渐。 ⑥渺邈:遥远貌。 ⑦归思:思归的心绪。 ⑧淹留:久留。 ⑨争:怎。 ⑩恁:如此。

【译文】

伫立在江边的楼头,面对着潇潇的暮雨,那暮雨仿佛在洗涤清冷的残秋。渐渐地雨收云散,秋风一阵紧似一阵,山河冷落,落日的余辉映照着江楼。满目凄凉,到处是花残叶凋,那些美好的景色都已歇休。一切仿佛都静止了,只有楼下的长江在流动,但仿佛也在暗自伤心,默默地无语东流。 实在不忍心登高远眺,望到故乡的方向云烟渺茫,归乡的思绪便难以排遣束收。唉,真令人伤心。这几年来四处奔波,究竟是为什么才苦苦地到处滞留?思念中的那位佳人,一定天天登上江边的画楼,盼望着我的归舟。可是误认了一舟又一舟,仍不见我的身影,心里必然要充满责怪和怨忧。可你哪里知道啊,我在这里正倚楼眺望思乡,也是这么样的忧愁。

【赏析】

　　这首写别情的词,最巧妙的地方是词人思念佳人,却不直接说出,倒反过来写佳人在故乡北楼上痴等自己。上片写暮雨后萧条凄凉的秋景,下片直抒由季节变化引起的思乡之情,是景为情设、情由景出的典范。

迷 神 引

柳 永

　　一叶扁舟轻帆卷,暂泊楚江南岸。孤城暮角,引胡笳怨。水茫茫,平沙雁①,旋惊散。烟敛寒林簇,画屏展②。天际遥山小,黛眉浅③。

　　旧赏轻抛④,到此成游宦⑤。觉客程劳⑥,年光晚。异乡风物,忍萧索,当愁眼⑦。帝城赊⑧,秦楼阻,旅魂乱⑨。芳草连空阔,残照满。佳人无消息,断云远。

【注释】

　　①平沙:平旷的沙滩。　②画屏展:比喻山水风光佳美如画。　③黛眉浅:比喻山色暗淡如眉黛色。　④旧赏:如知。　⑤游宦:离家在外做官。　⑥客程:旅程。　⑦忍:不忍。当:对着。愁眼:因自己心中充满忧愁,连眼神也显得忧郁。　⑧赊:远。　⑨旅魂:羁旅的情绪。

【译文】

　　一叶小舟卷起了轻帆,暂且停泊在楚江南岸。孤城上响起黄昏的号角,像胡笳吹奏出古老的悲怨。江水茫茫,大雁落在了平展展的沙滩上,忽而惊得四散。雾霭从空中收敛,显露出一簇簇寒秋的树林,犹如画屏展现。辽阔的天边,远山那么微小,就像淡淡的黛色描出蛾眉弯弯。

　　昔日的游赏轻易抛弃,到如今为做官漂泊辗转。只觉得客游他乡,旅程劳烦,一年光阴又近岁晚。异乡的风光景物,怎么能忍心看这萧条、冷落,遮住我忧愁的双眼。京城遥远归路难,佳人远阻难相见,搅得我客旅神魂迷乱。芳草连绵,伸延到空阔的天边,夕阳残照的余辉将大地铺满。佳人音信皆无,像扯断的彩云越飘越远。

【赏析】

这首词是词人行役途中的写作。上片写晚景,下片抒愁情,全词寓情于景,情景交融,语言愁缠绵,情调清凄婉约,气韵含蓄沉郁,风格清劲浑厚,完全呈现出游宦失意的凄凉晚景。

竹 马 子

柳 永

登孤垒①,荒凉危亭旷望②,静临烟渚③。对雌霓挂雨④,雄风拂槛,微收烦暑⑤。渐觉一叶惊秋⑥,残蝉噪晚,素商时序⑦。览景想前欢,指神京、非雾非烟深处⑧。　　向此成追感,新愁易积,故人难聚⑨。凭高尽日凝伫⑩,赢得消魂无语⑪。极目霁霭霏微⑫,暝鸦零乱⑬,萧索江城暮。南楼画角,又送残阳去。

【注释】

①垒:营垒。　②危:高。旷:远。　③烟渚:烟雾弥漫的沙洲。　④雌霓:彩虹出现双环,内环色艳为雄,名虹;外环色暗为雌,名蜺,即霓。　⑤烦暑:暑夏的燥热。　⑥惊秋:惊觉秋季来临。　⑦素商:指秋季。按古代五行说法,西方属金为白,以商声配秋。故称秋季为素商。　⑧非烟非雾:指彩云。　⑨故人:即前欢。⑩凝伫:凝神伫望。　⑪消魂:极度伤神。　⑫霁:雨晴。霭:云雾。霏微:迷蒙细雨。　⑬暝:昏暗,指黄昏。

【译文】

登上孤立的营垒满目荒凉,从高耸的亭台远望,静默地俯视着沙洲笼罩着烟雾。面对着一弯虹霓挂起雨幕,一阵凶猛的大风吹拂栏槛,微微收敛了烦躁的热暑。渐渐惊觉到一片飘零的落叶送来了秋寒,几只残喘的秋蝉鸣噪着日暮的悲凉,开始了寒秋时节的冷萧。观览着寒秋景物使我想起往日的欢情,指点京都,就是那似烟非烟似雾非雾的彩云深处。

面对如此情景,遂使我追思伤感,新愁随时累积,故人难于团聚。登高凭栏整日里凝神伫立,竟赢得百感伤神默默无语。极目处雨后云开,薄雾弥漫像迷蒙的细雨,黄昏里归巢的乌鸦乱纷纷聚在一起,萧条冷落的江城已是暮色迷离。城南角楼吹响了号角，又送走一抹残阳沉入大地。

【赏析】

上片写初秋雨后微凉，残蝉噪晚，词人登高远望，览景生情，不由追忆往昔在帝京时的欢乐。下片感叹愁怀难遣，故人难聚，又值秋晚暮鸦零乱，江城萧索，眼前残阳落去，更使人伤感，孤寂凄凉情绪尽然显露。全词景凄情哀，铺叙有致；意境开阔，格调清雅，气韵浑厚；语言清丽，音律谐婉，悲楚动人。

桂 枝 香

王安石

登临送目，正故国晚秋①，天气初肃。千里澄江似练，翠峰如簇。征帆去棹斜阳里，背西风、酒旗斜矗。彩舟云淡，星河鹭起，画图难足。念往昔、繁华竞逐，叹门外楼头，悲恨相续②。千古凭高对此，漫嗟荣辱。六朝旧事随流水，但寒烟衰草凝绿。至今商女，时时犹唱，后庭遗曲。

【注释】

①故国：指金陵，三国东吴、东晋、宋、齐、梁、陈六朝旧都，在今江苏南京。
②悲恨相续：指南朝各个王朝的覆亡相继。

【译文】

登高眺望，金陵故都此时正是晚秋，天气开始冷肃。千里澄澈的长江像条白练，青翠的山峰有如箭簇。远行的船帆在斜阳里飘浮，背着西风簌簌，酒旗斜斜地高矗。画船上云烟淡淡，银河里白鹭飞舞，图画也难以将这美景绘出。　　怀念往昔在繁华的京都歌舞追逐，可陈后主门外兵临城下，楼头美人歌舞，亡国的悲恨凄楚首尾相继。自古以来多少人对此登高凭吊，空嗟叹兴亡与荣辱。六朝旧事已随着流水消逝，只有寒雾如烟，草木衰枯，凝聚着碧绿，至今那茶楼酒肆的歌女，时时还在演唱陈后主《玉树后庭花》的旧曲！

【赏析】

上片描绘金陵山河的清丽景色，大笔挥洒，气象宏阔。下片对六朝统治者竞逐繁华、亡国覆辙相蹈的可悲历史发出感叹，并寓谴责之意，又暗含伤时之慨。词中多融入前人诗句而浑化无迹。

千秋岁引

王安石

别馆寒砧①，孤城画角，一派秋声入寥廓②。东归燕从海上去，南来雁向沙头落。楚台风③，庾楼月④，宛如昨。　无奈被些名利缚，无奈被他情担阁⑤，可惜风流总闲却。当初漫留华表语，而今误我秦楼约。梦阑时⑥，酒醒后，思量着。

【注释】

①寒砧：砧，捣衣石。寒砧指寒秋时的捣衣声，形容寒秋景象的萧索冷落。②寥廓：即辽阔。这里指天空。　③楚台风：泛指清爽凉风。　④庾楼月：此处泛指秋月。　⑤担阁：即耽搁。　⑥阑：残尽。

【译文】

传入旅舍的捣衣声，应和着悲鸣的画角，响彻孤耸的城郭，一派秋声散入无边的寥廓。东归的燕儿从海上飞去，南来的大雁向沙头降落。楚王的兰台有清爽之风，庾亮的南楼有皓然之月，眼前的景物就像在昨天。　无奈我被名利束缚了，无奈我因它将真情耽搁，可惜那些风流俊雅全都丢脱。当初曾随意允诺佳人早早归家，而今误了我秦楼的誓约和承诺。睡梦醒来时，酒醉醒来后，总要深深地思索着。

【赏析】

纵观全词，词人用了虚实相间的手法。"别馆寒酸，孤城画角"泛写秋声，未必是一时一地的见闻。"楚台风"、"庾楼月"，借前人典故道出昔日风情，但也只是虚写，"华表语"、"秦楼约"写得若即若离，没有说出是何语何约。此词意是在表达词人的一种情感，写得空灵回荡，真如空中之色、镜中之像，然情意真挚，凄婉动人。

临　江　仙

晏几道

　　梦后楼台高锁，酒醒帘幕低垂。去年春恨却来时，落花人独立，微雨燕双飞。　　记得小蘋初见①，两重心字罗衣②。琵琶弦上说相思，当时明月在，曾照彩云归③。

【注释】

　　①小蘋：歌女名。　②心字：两个篆书心字结成的连环图案，象征男女心心相印。　③彩云：喻美女，指小蘋。

【译文】

　　梦醒后高高的楼台紧锁，酒醒后长长的帘幕低垂。去年春天惹起的离愁别恨，此时再次涌上心头，恰此时落花纷坠，斯人孤独伫立，细雨霏霏，燕儿翩翩双飞。　　曾记得与小蘋初次相会，她的罗衣上两重心字相配。弹拨着琵琶弦，诉说相思滋味。当时明月今犹在，曾映照妙姿倩影恰似彩云归。

【赏析】

　　上片描写人去楼空的寂寞景象，以及年年伤春伤别的凄凉怀抱。"落花"二句套用前人成句而更见出色。下片追忆初见小蘋温馨动人的一幕，末二句化用李白诗句，另造新境，表现词人对旧欢"如幻、如电、如昨梦、如前尘"的怅然之慨。

蝶　恋　花

晏几道

　　梦入江南烟水路，行尽江南，不与离人遇。睡里消魂无说处，觉来惆怅消魂误。　　欲尽此情书尺素①，浮雁沉鱼，终了无凭据。却倚缓弦歌别绪，断肠移破秦筝柱。

【注释】

　　①素：生绢。古人写书信用长一尺左右的素绢，故称书信为尺素。

【译文】

梦境里进入了烟水微茫的江南路,走遍江南也未与离别的情侣相遇。睡梦里离情消魂无处诉说,梦醒后更觉惆怅,消魂离情将人误。

为了要诉尽消魂离情写封书信,高浮的雁儿深藏的鱼,借它们传书终究无凭据。却和着舒缓的琴弦唱出离情别绪,为奏断肠悲曲,将秦筝的弦柱遍移。

【赏析】

上片写梦中行遍江南上下几千里,也不见离人,可见相见之难;"日有所思,夜有所梦",梦中犹遍寻,昼日更不待言,可见相思之深。也更不消说睡里消魂,醒来消魂的相思苦情。下片写梦寻不见,托鱼雁传书也无有准信,再去倚筝弦以寄托相思,却是抚奏遍筝柱缓弦,奏出来的都是离愁别绪的悲曲。全词不着一"愁"字,虽处处言愁。语言清朗明白,虽浅语淡言却意长有致,情厚沉挚。

蝶 恋 花

晏几道

醉别西楼醒不记,春梦秋云,聚散真容易。斜月半窗还少睡,画屏闲展吴山翠①。 衣上酒痕诗里字,点点行行,总是凄凉意。红烛自怜无好计,夜寒空替人垂泪。

【注释】

①闲展:冷落寂寞地张展。

【译文】

醉中告别西楼,醒后全无记忆,犹如春梦秋云,人生聚散实在太容易。半窗斜月微明,我还是没有睡意,彩画屏风空展出吴山翠碧。

衣上有宴酒的痕迹,聚会所赋的诗句,点点行行,总唤起一番凄凉意。红烛自悲自怜也无计解脱凄哀,寒夜里替人空垂泪滴。

【赏析】

此词回忆恋情,抒写别后惆怅。在用字方面很有特点。唐圭璋先生说:"这首词,虚字尤其传神。如'真'、'还'、'闲'等字,用得自然而深刻,'总是'、'空替',则极概括"。

鹧 鸪 天

晏几道

彩袖殷勤捧玉钟①,当年拼却醉颜红②。舞低杨柳楼心月,歌尽桃花扇底风。　　从别后,忆相逢,几回魂梦与君同。今宵剩把银釭照,犹恐相逢是梦中。

【注释】

①彩袖:代指舞女。玉钟:借指美酒。　②拼却:豁出去的意思。

【译文】

忆当年,你手捧玉钟把酒敬,殷勤多情,我甘愿痛饮拼一醉,满面通红。楼顶的明月一直舞到坠下杨柳梢,尽兴歌唱竟累得桃花扇无力扇风。　　自从离别以后,总想与你重新相逢,多少回梦魂与你形同影共。今宵更得手把银灯细照,还恐怕是相逢在梦中。

【赏析】

这首词描写了与久别佳人重逢时犹疑是梦的惊喜和追忆别后对佳人苦苦相思之情。"舞低"二句,晁补之称其词"风度闲雅,自是一家","此人必不生于三家村中者"。全词言情婉丽,文心曲妙,空灵雅致,足见小山本色。

生 查 子

晏几道

关山梦魂长,塞雁音尘少。两鬓可怜青,只为相思老。　　归梦碧纱窗,说与人人道①:"真个别离难②,不似相逢好。"

【注释】

①人人:对所爱之人的昵称。　②真个:真正。难:忧愁。

【译文】

梦魂思乡却怨关山太长,乡音杳杳却怨鱼雁太少。两鬓丝发青青,却说只为相思变老。　　做个归乡梦,回到碧纱窗前,我说给亲爱的人儿知道:"别离真是难受啊,到底不如团聚好。"

【赏析】

这首词抒写相思怀远之情,下片纯由想象生发,真实而亲切,于平淡中见韵味。

木 兰 花

晏几道

东风又做无情计,艳粉娇红吹满地①。碧楼帘影不遮愁,还似去年今日意。　　谁知错管春残事,到处登临曾费泪。此时金盏直须深②,看尽落花能几醉。

【注释】

①艳粉娇红:红粉,胭脂和铅粉,女子的化妆品,代指美人,此处借喻花朵。
②金盏:酒杯的美称。直须:就是,就是要。

【译文】

东风又作了无情的事,一夜之间就把艳粉娇红的百花片片摧残落满地。我不忍心看这惨景,独自躲在帘幕低垂的小碧楼里;但还是如同去年那样,小楼帘幕都遮不住我心中的悲伤忧愁。　　伤花残,悲春去。我何苦要管它春残花谢这些多余事!为什么我要到处登山临水追春留?还大把大把地空流悼春的泪!如今只管金杯倾尽痛饮醉——我倒要看看要喝醉多少回,才眼不见它红消香断残春归!

【赏析】

上片写东风无情,践踏粉红,实以抒怀如去年的今日苦愁。下片开首似是悔语,实为悲痛感慨春残可哀,后二句变沉痛为凄厉以致愤懑。全词语婉清劲,更显沉痛悲怆之愁怀。

木 兰 花

晏几道

秋千院落重帘幕,彩笔闲来题绣户。墙头丹杏雨余花①,门外绿杨风后絮。　　朝云信断知何处?应作襄王春梦去。紫骝认得旧游踪②,嘶过画桥东畔路。

【注释】

①丹杏:红杏。　②紫骝:古代骏马名,又名枣骝。

【译文】

秋千摇曳的院落里,重重帘帷挂在窗户上,闲暇时挥动彩笔题诗在华丽的门户。墙里佳人似出墙红杏雨后花,门外游子如绿杨飞絮随风舞。

　　朝云飘逸,音信断了,不知她在何处?就做个襄王觅神女的好梦让我归去。紫骝马还认得旧时的游踪,嘶叫着跑过了画桥东边秋千路。

【赏析】

上片写别后回想往昔闲来彩笔题诗的绣户,如今恐怕因欢尽人散,已是秋千冷落,庭院幽寂。门内之人,已如雨余红杏,香消花残;户外游子,也如风后柳絮,四处漂泊。其今非昔比之悲哀,不言可知。下片写对佳人深深怀念,以致慨然重游旧地。末二句只写紫骝认得旧踪,直过画桥东路,可谓有情,人之深意浓情,自不待言。

清 平 乐

晏几道

留人不住,醉解兰舟去①。一棹碧涛春水路,过尽晓莺啼处。　　渡头杨柳青青,枝枝叶叶离情。此后锦书休寄②,画楼云雨无凭③。

【注释】

①兰舟:船的美称。　②锦书:书信的美称。　③云雨无凭:云雨,指男女间的欢娱之情。典出楚襄王梦遇巫山神女事。无凭:没有准信。

【译文】

留人留不住,醉中解缆随着兰舟远去。一只船桨划出碧波漫漫春江路,霎时已走尽黄莺啼叫的地方。　　渡口上杨柳青青,枝枝叶叶都是离情。此地别后书信休再寄,画楼欢情已化作残云断雨虚幻无凭。

【赏析】

上片写送者留人不住,去年亦是不忍离别苦情,只好趁醉离去。"一棹"二句,大有柳永"今宵酒醒何处?杨柳岸晓风残月"之意。下片写送者如渡头杨柳,枝枝叶叶俱含离别苦情。结尾二句看是绝情语,实是多情负气语怨语。

阮 郎 归

晏几道

旧香残粉似当初①,人情恨不如。一春犹有数行书,秋来书更疏②。　　衾凤冷③,枕鸳孤④,愁肠待酒舒⑤。梦魂纵有也成虚,那堪和梦无⑥。

【注释】

①旧香残粉:指旧日残剩的香粉。香粉,女性化妆用品。　②疏:稀少。　③衾凤:绣有凤凰图纹的彩被。　④枕鸳:绣有鸳鸯图案的枕头。　⑤舒:宽解、舒畅。　⑥和:连。

【译文】

旧日用剩的香粉,芳馥似当初,人儿的情意淡了,反恨不如当初。春天时还寄来几行书信,到了秋天时书信越来稀少了。　　被子上的绣凤清冷,鸳鸯枕上的鸳鸯孤单,郁郁愁肠只待酒来宽舒。梦魂儿纵然也能相逢,梦醒后还是一场空,怎忍受连想做个虚幻的梦儿也无路。

【赏析】

尽管情人负心、改变了初衷,而且词人也怨恨人情淡薄,却依旧宁愿独抱痴情、自守寂寞。末二句陈述连梦中相会聊以自欺的慰藉都没有,其难堪、痛苦诚何以堪!言语虽浅淡,感情极沉痛。

阮 郎 归

晏几道

天边金掌露成霜，云随雁字长。绿杯红袖趁重阳①，人情似故乡。兰佩紫②，菊簪黄③，殷勤理旧狂④。欲将沉醉换悲凉，清歌莫断肠。

【注释】

①绿杯红袖：绿杯，代指美酒。红袖，代指美女。　②兰佩：以秋兰为佩饰物。③菊簪：古人有于重阳日插戴菊花之俗，谓之簪菊。　④旧狂：昔日的疏狂。

【译文】

高耸近天的仙掌上的露水，已经变成轻霜，排成字形的鸿雁正在飞翔，那随着飘飞的云朵也显得在不断拉长。红袖的倩女捧着泛绿的酒浆，殷勤地劝我趁着这金色的重阳尽情狂饮。这里的人情物色也仿佛是我的故乡。　佩上紫色的兰花，插上金色的黄菊，我尽情地重新恢复往日的轻狂。想要用沉醉来代替悲凉，请歌女们唱些欢快的乐曲，不要再唱那些缠绵的歌让人断肠。

【赏析】

词人以故作轻松的笔调描写他重阳佳节在异乡为客，因主人殷勤而产生"人情似故乡"的亲切感，但从"绿杯"句，已可见其佯狂及借酒浇愁之状，下片的"欲将沉醉换悲凉"即是此句注脚。词人又化用《离骚》句意，以佩兰簪菊来象征自己品格的高洁。词人虽贵为公子，但平生不得意，这首词真实地抒发了他的悲伤情怀。

六 幺 令

晏几道

绿荫春尽，飞絮绕香阁。晚来翠眉宫样，巧把远山学①。一寸狂心未说，已向横波觉②。画帘遮匝③，新翻曲妙，暗许闲人带偷掐。　前度书多隐语，意浅愁难答。昨夜诗有回文④，韵险还慵押。都待笙歌散了，记取留时霎。不消红蜡，闲云归后，月在庭花旧阑角。

【注释】

①远山学：即远山眉，古代妇女化妆的一种眉形。　②横波：目斜视如水波之横流。　③遮匝：四面遮护。　④回文：诗中字句，回环读之，无不成文。

【译文】

绿荫浓春色尽，闺阁上柳絮飘飞缭绕。傍晚时依照宫中样式描翠眉，只爱把远山眉巧学细描。方寸里春心狂乱虽未说，向人斜睨的秋波已让人有所察觉。宴席上画帘遮护，演奏新谱的妙曲，对情人倾心暗许，不怕听曲的闲人会顺便偷记曲谱。　　前次来信多是隐语含糊，意蕴领会肤浅，犯愁难以答复。昨夜里想和他一首回文诗，又懒押险韵怕吟思过苦。等那笙歌宴乐全都散了，请记住暂留片刻相处。不须点燃红蜡烛，闲云归散后，在庭院栏杆旧角，一轮明月照花圃。

【赏析】

这首词写一位歌女与情人的约会，题材的角度新颖，展现女主人公的内心活动，描摹相当生动。最后叮嘱约会的时间、地点，是全词里写得最生动的部分。

御街行

晏几道

街南绿树春饶絮①，雪满游春路②。树头花艳杂娇云，树底人家朱户。北楼闲上③，疏帘高卷，直见街南树。　　阑干倚尽犹慵去④，几度黄昏雨。晚春盘马踏青苔⑤，曾傍绿荫深驻。落花犹在，香屏空掩，人面知何处？

【注释】

①饶：充满，多。　②雪：这里形容白色的柳絮。　③闲：高大的样子。　④慵去：懒得离去。　⑤盘马：骑马驰骋盘旋。

【译文】

街南绿树浓荫，春天柳絮如雪飘满游春的道路。树顶上杂映着艳花交织的娇云，树荫下是居住人家的朱红门户。闲懒地登上北楼，疏散的珠帘向上高卷，一眼就看到遮护艳花朱户的城南树。　　倚遍栏杆还懒得离去，经过了几度黄昏细雨。记得暮春时，她曾骑马徘徊踏过青苔，曾靠在绿荫深处停马驻足。昔日落花今犹在，华美的屏风却空掩，谁知桃花人面在何处？

【赏析】

此词是故地重游时怀人感旧之作，表达了词人惆怅落寞的心情。上片的开头与结句数字重复，颇为别致。细玩词意，方才发现前四句与后三句乃是倒装，重复处恰是衔接的标志。全词铺叙有序，结构巧妙；以崔护诗意作结，意味尽犹未尽，回味无穷。

虞　美　人

晏几道

曲阑干外天如水，昨夜还曾倚。初将明月比佳期，长向月圆时候、望人归。　　罗衣著破前香在①，旧意谁教改。一春离恨懒调弦，犹有两行闲泪②、宝筝前。

【注释】

①前香：指衣服主人留下的体香。　②闲泪：闲愁之泪。

【译文】

回廊上的栏杆曲曲弯弯，外面的天色像水一样清澈湛蓝。昨天晚上，我也曾在这里凭依栏杆。人们都把明月比作佳期，认为月满时人也会团圆。因此我每天都在这里倚栏眺望，盼望心上人早日回到我的身边。

绫罗的衣服虽已穿坏，但以前的余情尚在，令我缅怀留恋。可是不知旅行在外的游子，是谁让他把初衷改变。一春以来，因为离愁别恨而满怀愁怨，也懒得抚筝调弦。还有那两行因闲愁而伤心的眼泪，滴落在那宝筝的前面。

【赏析】

此词虽为怀人怨别的传统题材，但在刻画女主人公的行动心态时，却很有艺术特色。上片起首二句将思妇望人归来的思情淡淡提起，而接下二句将情调转深：离人去时言明月满时即是相会佳期，使得闺中人常在月圆时望其归来，思妇盼归的痴情，可怜可叹。下片写思妇情深，虽罗衣著破，仍留前香；可是离人情薄，早已将旧意更改。"谁教"二字，可见思妇怨恨之深。结尾几句，将思妇内心痛苦以泪洒筝前表达，更显深沉。此词语言平易自然，却意境含蓄深远。其痴情怨绪，摇动人心。

留 春 令

晏几道

画屏天畔，梦回依约，十洲云水①。手捻红笺寄人书，写无限、伤春事。　　别浦高楼曾漫倚，对江南千里。楼下分流水声中，有当日、凭高泪。

【注释】

①十洲：神仙之所居，在八方巨海之中。汉东方朔有《十洲记》谓祖洲、瀛洲、玄洲、炎洲、长洲、元洲、流洲、生洲、凤麟洲、聚窟洲。

【译文】

屏风上展现的画景好像远在天边，梦醒初回，隐隐约约，仿佛还记得十洲仙境的烟云碧水。手捻着红格笺纸想寄一封书信，句句写着无限滋味，伤春情事。　　登上高楼曾无聊地凭倚，俯视分别的小道，眺望着江南千里之际。楼下东西分流的水声里，还有当时登高送别的泪滴。

【赏析】

此词写与意中人别后的怀思，落笔便出奇想：画屏中的风景，仿佛远在天边；残梦初回，依稀见那十洲的行云流水。我手执着红笺，那是准备寄给她的书信，上边写有无限的伤春心事。下阕写往事的回忆：我也曾无聊地独倚高楼——正是两人分别的水边——面对着辽阔的千里江南之地。最后两句进一步写倚楼时的怀思。

思 远 人

晏几道

红叶黄花秋意晚①,千里念行客。飞云过尽,归鸿无信②,何处寄书得? 泪弹不尽临窗滴,就砚旋研墨。渐写到别来,此情深处,红笺为无色。

【注释】

①红叶黄花:红叶,枫叶。枫叶秋来色红,故称。黄花,菊花。 ②归鸿:归去的大雁。

【译文】

树叶红,菊花黄,暮秋寒意深,思念千里远行人。飘飞的浮云已然过尽,南归的大雁杳无音信,哪里才能寄出我的书信? 泪水弹洒不尽,任它临窗滴落,就是砚石研成泪墨。渐渐写到离别凄楚,离别情深处,那红笺纸竟也黯然失色。

【赏析】

此词妙在写"泪"。词中先写相思之苦,感悲落泪,泪滴砚池,继写和泪研墨作情书,巧用孟郊诗意,不说红笺因泪水泅湿褪颜色,却说是情深而使红笺无色,用笔新巧。语浅意浓,言近情深,是此词最大的特色。

水 调 歌 头

苏 轼

丙辰中秋①,欢饮达旦,作此篇兼怀子由②。

明月几时有?把酒问青天。不知天上宫阙,今夕是何年。我欲乘风归去,又恐琼楼玉宇,高处不胜寒。起舞弄清影,何似在人间。 转朱阁,低绮户③,照无眠。不应有恨,何事长向别时圆?人有悲欢离合,月有阴晴圆缺,此事古难全。但愿人长久,千里共婵娟④。

【注释】

①丙辰：宋神宗熙宁九年（公元1076年）。　②子由：苏轼弟，名辙，字子由。
③绮户：绣户。　④婵娟：美丽的月光。

【译文】

明月何时才有？手持酒杯来询问青天。不知道天上宫殿，今夜是哪年。我想要乘御清风归返，又恐怕返回月宫的琼楼玉宇，受不住高耸九天的冷落与风寒。还不如起舞翩翩玩赏着月下清影，归返月宫怎比得上在人间！　转过朱红楼阁，月光低洒在雕花的门窗前，照着床上人惆怅无眠。明月不该有什么怨恨，却为何总在亲人离别的时候才圆？人有悲欢离合的变迁，月有阴晴圆缺的转换，这种事自古来难以周全。但愿离人能长久康健，远隔千里共享明媚的月色。

【赏析】

词人运用形象描绘的手法，勾勒出一种皓月当空、美人千里、孤高旷远的境界氛围，把自己遗世独立的意绪和往昔的神话传说融合在一起，在月的阴晴圆缺当中，渗进浓厚的哲学意味，可以说是一首将自然和社会高度契合的感喟作品。此词通篇咏月，却处处关合人事。上片借明月自喻孤高，下片用圆月衬托别情，缠绵悱恻之思愈转愈曲，愈曲愈深，它构思奇特，想象瑰丽，极富浪漫主义色彩。

水　龙　吟

苏　轼

次韵章质夫《杨花词》①

似花还似非花，也无人惜从教坠②。抛家傍路，思量却是，无情有思③。萦损柔肠④，困酣娇眼，欲开还闭。梦随风万里，寻郎去处，又还被、莺呼起。　不恨此花飞尽，恨西园、落红难缀⑤。晓来雨过，遗踪何在？一池萍碎。春色三分，二分尘土，一分流水。细看来，不是杨花，点点是、离人泪。

【注释】

①次韵：指依照一首诗词原韵所和之诗词，称次韵。章质夫：字质夫，与苏轼同官京师。杨花词：章质夫咏杨花的名作。杨花：指柳絮。　②惜：爱惜。从教坠：任凭杨花飘坠。　③有思：有情意。　④萦：缠绕。　⑤缀：连缀。

【译文】

像花又好像不是花，也无人怜惜任凭它飘落坠地。它抛离家乡倚在路旁，细思量仿佛无情，却是含有深情。受伤的柔肠宛曲，困倦的娇眼昏迷，欲开又闭。梦魂随风飘万里，追寻情郎的去处，却又被黄莺儿叫醒。　不恨此花飘飞落尽，却恨西园，满地落红枯萎，难再把旧枝重缀。清晨淋过阵雨，何处有落花的遗踪？它飘入池中，化成一池细碎浮萍。三分春色姿容，二分化作尘土，一分坠入流水无踪影。细看来，那不是杨花，点点飘絮是离人的眼泪！

【赏析】

此词构思巧妙，刻画细致，咏物与拟人浑成一体：柔肠、娇眼的想象已是出神入化，随风万里寻郎，更是将杨花的精魂和思妇的形象处理得不即不离、若即若离，表现出极其缠绵悱恻的情思，达到物与神游的境界。此词遗貌取神，空灵婉转，精妙绝伦，压倒古今，为咏物词的极品。

念 奴 娇

苏 轼

赤壁怀古①

大江东去，浪淘尽，千古风流人物。故垒西边，人道是，三国周郎赤壁②。乱石穿空，惊涛拍岸，卷起千堆雪。江山如画，一时多少豪杰。　遥想公瑾当年③，小乔初嫁了④，雄姿英发。羽扇纶巾，谈笑间，强橹灰飞烟灭。故国神游，多情应笑我，早生华发。人生如梦，一樽还酹江月。

【注释】

①赤壁：赤壁之说不一，实际上三国时周瑜击败曹操大军的赤壁是在湖北薄圻县西北、长江南岸。　②周郎：即周瑜。　③公瑾：周瑜字公瑾。　④小乔：周瑜妻。

【译文】

　　大江滚滚向东流，波浪中淘尽千古风流人物。那遗弃了的旧营垒西边，人说是三国时周瑜击败曹公的赤壁。四面石乱山高，两岸悬崖峭壁耸入云霄；惊涛骇浪汹涌澎湃，日夜拍打着江岸；水波翻滚腾跃，好似卷扬起千堆白雪。江山如画，一时引出多少英雄豪杰！　　遥想当年周郎公瑾，那时乔家小女初嫁归门；他英姿雄健睿智卓越，风度翩翩神采照人。手执羽扇，头著纶巾；从容潇洒，笑谈间，八十万曹军如灰飞烟灭。如今我身临古战场，神游往昔浮想万千。可笑我如此多怀古幽情，竟未老先衰鬓发斑白。啊，人生如一场梦，还是举起酒杯，奠祭这万古长存的大江明月吧。

【赏析】

　　这首词是苏词豪放风格的代表作。他以赤壁怀古为主题，将奔腾浩荡的大江波涛、波澜壮阔的历史风云和千古而来的风流人物，酣畅淋漓地泼墨挥写于大笔之下，抒发了他宏伟的政治抱负和豪迈的英雄气概。词中也流露出壮志未酬的感慨和人生如梦、岁月流逝的遗憾，但这种感慨和遗憾并非失望和颓废。它向人们揭示：千古风流人物身名俱灭，但江山长在，江月长留，当举酒相酹。

永　遇　乐

苏　轼

彭城夜宿燕子楼，梦盼盼，因作此词。

　　明月如霜，好风如水，清景无限①。曲港跳鱼，圆荷泻露，寂寞无人见。纮如三鼓②，铿然一叶③，黯黯梦云惊断。夜茫茫、重寻无处，觉来小园行遍。　　天涯倦客，山中归路，望断故园心眼。燕子楼空，佳人何在？空锁楼中燕。古今如梦，何曾梦觉？但有旧欢新怨。异时对黄楼夜景，为余浩叹。

【注释】

①清景：清光。　②纵如：鼓声沉闷的样子。　③铿然：形容树叶坠地之声如金石声。

【译文】

明月皎洁如霜，好风凉爽如水，清光夜景美无限。环曲的港湾鱼儿跳出水面，圆圆的荷叶露珠儿晶莹流转，天地寂寞无人见。三更鼓响砰然，飘零一叶铿锵，黯然神伤，梦里倩影突然惊散。夜色茫茫，无处重寻梦里悲欢，醒来后走遍小园心怅然。　客游天涯已感到厌倦，欲寻山林路径找个归宿，费尽心思也望不见故园。燕子楼已空，佳人如今在什么地方？空锁了楼中梁上燕。古往今来如梦幻，何人曾梦中醒转，只因有旧欢新怨缠绵不断。他年后人面对着黄楼的清夜景观，也会像我面对着燕子楼一样感慨怅然，为我发出人事变迁的浩然长叹！

【赏析】

这首词上片描写明月清风，鱼翻露泻的清冷夜景。此时人从梦中醒来，独自徘小园，更显寂寞。下片联想佳人已去，眼前楼空，因而感叹人生如梦，转眼皆为虚无，反映了词人失意时思念故乡的伤感之情。全词写景景如图画，抒情情思缠绵；叙事得纲领，用典不泥涩；遣辞用字精炼，意境清丽优美，很有艺术魅力。

洞　仙　歌

苏　轼

余七岁时，见眉州老尼，姓朱，忘其名，年九十岁。自言尝随其师入蜀主孟昶宫中。一日大热，蜀主与花蕊夫人夜纳凉摩诃池上，作一词。朱具能记之。今四十年，朱已死久矣，人无知此词者，但记其首两句。暇日寻味，岂《洞仙歌令》乎？乃为足之云。

冰肌玉骨，自清凉无汗。水殿风来暗香满。绣帘开、一点明月窥人，人未寝、欹枕钗横鬓乱。　起来携素手，庭户无声，时见疏星渡河汉。

试问夜如何？夜已三更，金波淡、玉绳低转①。但屈指、西风几时来，又不道、流年暗中偷换。

【注释】

①金波：月光。玉绳：两星名，在北斗第五星玉衡的北面。

【译文】

肌骨像冰玉般莹洁、温润，本自清凉无汗。晚风吹来，水殿里丝丝暗香弥漫。绣帘撩开，明月一点，偷窥着佳人，佳人尚未睡着，倚在枕边，金钗横堕鬓发乱。　　牵着白净的玉手，起来漫步在寂静的庭院，时而可见稀疏的流星渡过银河岸。试问夜色如何？三更已过，月波淡淡，玉绳星随着北斗低旋。屈指算来，秋风什么时候把寒冬送来，又不知不觉，流水年华在暗暗变换。

【赏析】

上片记人物、环境之清凉，人物是"冰肌玉骨"，具不同风度凡响的神仙资质，环境是水殿、清风、暗香、月光，如置身月宫瑶台的清虚之境。"绣帘开"几句绘闺房情景宛然如见，"一点明月窥人"句中的"一点"与"窥"字灵动奇妙，为此词增添许多情致。下片描写蜀主孟昶和花蕊夫人留连月下纳凉所见以及因纳凉而思秋风，因思秋风而感念流光飞逝的怅惋之情，其间融入词人对人生易逝的感叹。

卜　算　子

苏　轼

黄州定惠院寓居作

缺月挂疏桐，漏断人初静①。谁见幽人独往来②，缥缈孤鸿影。惊起却回头，有恨无人省③。拣尽寒枝不肯栖，寂寞沙洲冷。

【注释】

①漏断：指夜深。漏，古代计时器。以铜壶盛水，水从壶中漏出，壶中箭上刻度显出时辰。夜深时，漏壶水少，不闻滴漏声，称"漏断"。　②幽人：被谪幽居的人。这是作者自指。　③省：理解；了解。

【译文】

残月高挂在稀疏的梧桐树梢,滴漏声断了,人们开始安静下来。谁能见幽居人独自往来徘徊?惟有那缥缈高飞的孤雁身影。　　它突然惊起又回首匆匆,心里有恨却无人能懂。它拣遍了寒冷的树枝不肯栖息,却宁愿忍受寂寞,栖身于寒冷的沙洲。

【赏析】

此为苏轼被贬黄州时,充满幽独孤愤之思,月下独步,静院徘徊,偶见孤鸿掠影而写的词。上片写贬所环境清幽凄冷,以残缺之月,疏落之梧桐,断尽之滴漏,层层渲染他身无所寄,"只有名花苦幽独"的心境。下片咏鸿托意,托鸿以见人,抒发他不与世俗同流的孤高情怀。风格清奇冷隽,似不食人间烟火之语。

青玉案

苏　轼

送伯固归吴中

三年枕上吴中路,遣黄犬①,随君去。若到松江呼小渡,莫惊鸳鹭,四桥尽是、老子经行处。　　辋川图上看春暮②,常记高人右丞句。作个归期天定许,春衫犹是,小蛮针线③,曾湿西湖雨。

【注释】

①黄犬:狗名。　②辋川图:唐王维于蓝田清凉寺壁上曾画《辋川图》。　③小蛮:歌妓名,此指苏轼的爱妾朝云。

【译文】

三年间卧枕上梦魂总飞向吴中故园路,我送只传信的黄犬,随你返回故土。如果你到松江呼唤小舟摆渡,千万别惊吓了鸥鸟白鹭。吴中四桥的河湾渡口,当年都是我的常游之处。　　品鉴、研摩辋川图,仿佛看到吴中暮春景物,常常记起高士王右丞的诗句。定个还乡的归期天公已应许,身上的春衫还是小蛮细针密线缝的,它曾浸湿了西湖依依的泪雨。

【赏析】

上片抒写词人对苏坚归吴的羡慕和自己对吴中旧游的系念之情。下片使用虚笔,以王维诗画赞美吴中山水,抒发自己欲归不得的惜惋,间接地表现他对宦海浮沉的厌倦,笔致极委婉清丽,令人爱不忍释。

临 江 仙

苏 轼

夜饮东坡醒复醉,归来仿佛三更。家童鼻息已雷鸣。敲门都不应,倚杖听江声。 长恨此身非我有,何时忘却营营①!夜阑风静縠纹平②。小舟从此逝,江海寄余生。

【注释】

①营营:周旋,忙碌,内心躁急之状,形容为利禄竞逐钻营。 ②夜阑:夜尽。縠纹:比喻水波细纹。縠,绉纱。

【译文】

夜晚到东坡雪堂饮酒,酒醒又酒醉,醉后归来好像已将近三更。家童全都睡着了,鼾声如雷鸣。任你怎么敲门总也叫不应,我只好倚着竹杖倾听江浪声。 长恨这形骸不归我所有,何时才能忘却为利禄功名奔走钻营。夜将尽,风静水波平。一叶小舟从此去,寄身江海了残生。

【赏析】

词的上片着意渲染其醉态,下片写酒醒时的思想活动。这首词做到了情、景、理的巧妙结合。据说此词翌日传出,社会上传说苏东坡已縠舟长啸而去,郡守闻之惊且惧,以为州失罪人,闹出一场虚惊,可见此词影响之大。

定 风 波

苏 轼

三月七日，沙湖道中遇雨，雨具先去，同行皆狼狈，余独不觉。已而遂晴，故作此。

莫听穿林打叶声，何妨吟啸且徐行。竹杖芒鞋轻胜马①，谁怕？一蓑烟雨任平生②。　料峭春风吹酒醒③，微冷，山头斜照却相迎。回首向来萧瑟处④，归去，也无风雨也无晴。

【注释】

①芒鞋：草鞋。　②一蓑：蓑衣，用棕制成的雨披。　③料峭：微寒的样子。④萧瑟：风雨拍打树叶声。

【译文】

不要听那穿林风雨拍打树叶声，不妨低吟长啸且从容慢行。拄竹杖，曳草鞋，轻便自在胜过骑马，有什么可怕的？披一袭蓑衣任凭我湖海烟雨度平生。　料峭的春风把酒意吹醒，微微感到寒冷，山头上雨过斜阳正来相迎。回首来程风雨潇潇的情景，归去吧，不管它是风雨还是放晴。

【赏析】

这首词写作者途中遇大雨仍吟啸徐行的经历和感受，表现了他任凭政治风云变幻，屡遭挫折也无所畏惧的倔强性格。这实际上也是苏轼政治上不得志后，追求精神上的自我解脱的安宁，也是其对现实社会的一种无力的思想反抗。

江 城 子

苏 轼

乙卯正月二十日夜记梦

十年生死两茫茫①，不思量，自难忘。千里孤坟②，无处话凄凉。纵使相逢应不识,尘满面、鬓如霜。　　夜来幽梦忽还乡,小轩窗,正梳妆。相顾无言,惟有泪千行。料得年年肠断处,明月夜、短松冈。

【注释】

①十年:苏轼妻王氏去世十年。　②千里孤坟:王氏去逝后葬在四川。

【译文】

十年漫漫,生死隔绝两茫茫,不用去细思量,你的形影我已难以忘怀。千里之外的孤坟,竟无处向你倾诉满腹凄凉。即使是夫妻再相逢,你也许已认不出我来了,灰尘满面,两鬓如霜!　　夜里做了个渺茫的梦,忽然返回故乡。她正在小屋窗口梳妆。相对惨然不语,只有淋漓热泪洒千行。料想得到,她为思念我年年痛断柔肠的地方,就在明月的夜晚,矮松的山冈。

【赏析】

这是首悼亡词,悼念前妻王氏所作。用词悼亡是苏轼首创。这首词运用分合顿挫、虚实结合以及叙述白描等多种艺术方法,来表达其怀念亡妻的感情,在对亡妻的哀思中又揉进对自己身世的感慨,因而将夫妻之间的感情表达得深婉而执着。

贺　新　郎

苏　轼

乳燕飞华屋①。悄无人、桐阴转午②,晚凉新浴。手弄生绡白团扇③,扇手一时似玉④。渐困倚、孤眠清熟⑤。帘外谁来推绣户?枉教人、梦断瑶台曲⑥,又却是,风敲竹。　　石榴半吐红巾蹙⑦。待浮花、浪蕊都尽⑧,伴君幽独⑨。□艳一枝细看取⑩,芳意千重似束。又恐被、西风惊绿⑪,若待得君来向此,花前对酒不忍触。共粉泪,两簌簌⑫。

【注释】

①乳燕:雏燕儿。　②桐阴:梧桐树阴影。　③生绡:未漂煮过的生丝织物,即丝绢。白团扇:白色丝绢制作的圆形小扇。　④扇手:白团扇与素手。一时:一并、一齐。　⑤清熟:安稳熟睡。　⑥枉:空、白。瑶台:美玉砌成的楼台,传说中的昆仑山仙境。曲:深曲之处。　⑦蹙:皱叠的样子。　⑧浮花、浪蕊:指浮艳争春的花

朵。　⑨幽独：幽僻、孤独。　⑩□艳：茂盛而鲜艳。　⑪惊绿：形容秋风吹得榴花凋谢，仿佛惊恐得只剩下绿叶。　⑫两簌簌：指落花与粉泪簌簌同落的样子。

【译文】

雏燕儿穿飞在华丽的房屋。悄然无人，梧桐树阴转向正午，晚间凉爽，美人刚刚汤沐。手里摇弄着白绢团扇，团扇与素手似白玉凝酥。渐渐困倦斜倚，独自睡得香熟。帘外是谁来推响彩绣的门户？白白地叫人惊散瑶台仙梦，原来是翠竹被夜风敲响了。　半开的石榴花像红巾叠簇。等浮浪的花朵零落尽，它就来陪伴美人的孤独。取一枝鲜艳榴花细细看，千重花瓣儿正像美人的芳心情深自束。又恐怕被那西风骤起，惊得只剩下一树空绿，若等得美人来此处，残花之前对酒，竟不忍触目。凭借残花与粉泪，零落两簌簌。

【赏析】

上片描写在清幽环境中的一位美人，她高洁绝尘，又十分孤独寂寞。"帘外谁来推绣户"几句，如梦似幻，动而愈静，极其宛曲地表现了女主人公的孤寂。下片转而咏榴花，这不与"浮花浪蕊"为伍的榴花，也即是女主人公的象征。最后四句描写美人和榴花的迟暮之叹。这首词意象清隽，托意高远，隐约地抒写了词人怀才不遇的抑郁情怀。

望　海　潮

秦　观

梅英疏淡①，冰澌溶泄②，东风暗换年华。金谷俊游，铜驼巷陌，新晴细履平沙。长记误随车，正絮翻蝶舞，芳思交加③。柳下桃蹊④，乱分春色到人家。　西园夜饮鸣笳⑤，有华灯碍月，飞盖妨花⑥。兰苑未空⑦，行人渐老，重来是事堪嗟。烟暝酒旗斜⑧。但倚楼极目，时见栖鸦。无奈归心，暗随流水到天涯。

【注释】

①梅英：梅花。　②冰澌：冰块流融。溶泄：溶解流泄。　③芳思：春天引起的情思。　④桃蹊：桃树下的小路。　⑤西园：宋代王诜在汴京所筑之园。笳：胡笳，古代古北少数民族的一种管乐器。　⑥飞盖：飞驰车辆上的伞盖。　⑦兰苑：美丽的

园林,亦指西园。 ⑧烟暝:烟霭弥漫的黄昏。

【译文】

枝头梅花稀疏淡雅,冰雪不断消解融化,春风吹拂,暗暗换了年华。回想起昔日金谷胜游的情景,铜驼街巷的繁华,趁新晴漫步在雨后平沙。总记得曾误追了人家香车,正是柳絮翻飞蝴蝶翩舞时,引得春思撩乱交加。柳荫下桃花小径,乱纷纷将春色送到万户千家。　　西园雅集夜饮,吹奏起胡笳,缤纷高挂的华灯遮掩了月色,飞驰的车盖碰损了繁花。花园里的花尚未凋残,游子却渐生白发,重来旧地事事感慨吁嗟。暮霭里一面酒旗斜挂。独自倚着空楼纵目远眺,时而看见栖树归鸦。我归心难奈呵,已暗自随着流水奔到天涯。

【赏析】

此词抒写今昔之慨,由今感昔,又由昔慨今,错综交织,而以怀旧为主。词中极力铺叙过去的欢乐,句法丽密,而目前的凄清,只以稀疏几笔借景物点染,形成强烈对照,感人至深。词中"柳下桃蹊"几句,把绚烂的春色、无处不在的春光渲染得十分真切动人,充满了生意。整首词典雅清丽,温婉平和而意脉不断、气骨不衰,是出色的长调。

八 六 子

秦 观

倚危亭①。恨如芳草,萋萋刬尽还生。念柳外青骢别后,水边红袂分时,怆然暗惊。　　无端天与娉婷。夜月一帘幽梦,春风十里柔情。怎奈向、欢娱渐随流水,素弦声断,翠绡香减②,那堪片片飞花弄晚,濛濛残雨笼晴。正销凝③。黄鹂又啼数声。

【注释】

①危亭:高耸的楼亭。 ②翠绡:碧丝纱巾。 ③销凝:销魂凝魄,极度伤神之意。

【译文】

我倚着高耸的楼亭,离恨如芳草绵绵,青翠茂密的草铲尽了还会复生。回想起柳树外青骢马离别匆匆,流水边红袖女分手依依,不禁悲怆痛楚暗自心惊。　　天公不会无端赠与她娇美姿容。帷帘透出夜月银辉,笼罩了幽梦欢情,柔情融融仿佛沐浴着十里春风。怎奈何,爱悦欢情渐渐随着流水消逝,琴弦声音已断,碧丝纱巾芳香消减,怎么能够忍受飞花片片,逗引着暮色昏暗,残雨濛濛笼罩着晚晴。正在凄然伤神的时候,黄莺儿又啼叫了几声。

【赏析】

起句为神来之笔,见景物而引起离恨,以铲尽还生的芳草比喻剪不断的离情,变故为新,用笔空灵含蓄。"念柳外"至"十里柔情"六句,回忆分别情景及往日欢娱,缠绵婉曲,意味无穷。以下几句再叙离恨,并融情入景,以飞花、残雨、黄鹂等幽美意象,衬托凄迷的感情,形容处虽无刻肌入骨之语,却于清淳中见沉着。此词清丽精美,音律柔曼和谐,是情韵兼胜的佳作。

满　庭　芳

秦　观

山抹微云,天粘衰草,画角声断谯门。暂停征棹①,聊共引离樽②。多少蓬莱旧事,空回首、烟霭纷纷。斜阳外,寒鸦数点,流水绕孤村。　　销魂,当此际,香囊暗解③,罗带轻分④。漫赢得青楼,薄倖名存。此去何时见也?襟袖上、空惹啼痕。伤情处,高城望断,灯火已黄昏。

【注释】

①征棹:棹,船的大桨,借代指船。征棹指远行的船。　②引离樽:端起离别时的酒杯。引,举起,端起。　③香囊暗解:谓男女情连。　④罗带轻分:古人结罗带以象征相爱,罗带轻分表示离别。

【译文】

远山抹着淡淡的浮云,碧天连着枯黄的衰草,城楼上的画角断了号音。远行的船桨暂时停下,共举这离别的酒杯。蓬莱阁多少往事,而今空自回首,已是纷纷迷乱的烟云。斜阳夕照外,寒空里乌鸦万点,潺潺的流水绕过孤村。　　凄绝伤神呵!当此时暗暗解下香囊,将罗带轻易离分。空自赢得个混迹青楼妓馆,风流薄倖的名声苟且生存。此一去何时相见呵?我衣襟双袖上,白白染上了啼泪残痕。令人伤情痛楚,那高城已从远望的视线中消隐,惟见一片灯火闪烁的黄昏。

【赏析】

这首词描写男女恋人离别时的哀愁之情,以寄托自己仕途蹭蹬不遇的感怀,即周济《宋四家词选》所言:"将身世之感,打并入艳情,又是一法。"风格和笔法接近柳永体,即情调伤感缠绵,气格低沉不举。

满 庭 芳

秦 观

晓色云开,春随人意,骤雨才过还晴。古台芳榭①,飞燕蹴红英②。舞困榆钱自落,秋千外、绿水桥平。东风里,朱门映柳,低按小秦筝③。

多情,行乐处,珠钿翠盖④,玉辔红缨⑤。渐酒空金榼⑥,花困蓬瀛。豆蔻梢头旧恨,十年梦、屈指堪惊。凭阑久,疏烟淡日,寂寞下芜城⑦。

【注释】

①芳榭:华丽的水边楼台。 ②蹴:踢,蹬踏。 ③秦筝:似瑟的弦乐器,相传为秦时蒙恬所造,故称。 ④珠钿翠盖:以珠宝镶嵌的车身,以翠羽装饰的车篷盖。此处泛指华贵的车子。 ⑤玉辔红缨:用玉装饰的马笼头,上系红缨结。泛指华丽的骏马。 ⑥金榼:金制的饮酒器。 ⑦芜城:指扬州城。

【译文】

在拂晓的曙色中云雾散净,好春光随人意兴,骤雨刚刚才过去,天色就转晴了。古老的亭台,华丽的水榭,飞燕穿花踩落了片片红英。榆钱儿像是舞得困乏了,自然地缓缓飘零,秋千摇荡的院墙外,漫涨的绿水与桥齐平。融融的春风里杨柳垂荫朱门掩映,传出低低弹奏小秦筝的乐声。 回忆起往日多情人,一同遨游行乐的胜景,她乘着翠羽伞盖的香车,珠玉头饰簪发顶,我骑着装饰华丽的骏马。金杯里美酒渐空,如花美人厌倦了蓬瀛仙境。原本豆蔻年华的青春少女呵,往日同我有多少别恨离情,十年间浑然大梦,屈指算令人堪惊。凭倚着栏杆久久眺望,但见烟雾稀疏,落日昏蒙,寂寞地沉入了扬州城。

【赏析】

这首词从天气景物写到人事,又从人相会写到离别,表达了"真个别离难,不似相逢好"的主旨;结尾"疏烟淡日"二句,与起首反衬照应,更显出离散后的愁难。全词章法绵绵,意旨深远,语辞清丽自然又精炼工妙,情调婉约忧伤;写景状物细腻,生动地表现出景物中人的思想情怀。

减字木兰花

秦 观

天涯旧恨,独自凄凉人不问。欲见回肠①,断尽金炉小篆香②。黛娥长敛③,任是春风吹不展。困倚危楼,过尽飞鸿字字愁。

【注释】

①回肠:形容心中忧愁不安。 ②小篆:盘香,状似回肠。此处借喻断肠之苦。 ③黛娥:黛画的蛾眉,指美眉。

【译文】

远隔天涯的旧恨,独自品味着凄凉无人过问。想要看我九曲回肠,就像铜香炉里一寸寸烧断的小篆香。　　她总是紧紧蹙敛青黛蛾眉,即使是温煦的春风也吹不开,困怠地独倚高楼,过尽了高飞的鸿雁行行字字皆是愁。

【赏析】

上片起着写怀远人之愁怨和孤寂凄凉,接下以金炉香烟以喻哀愁回肠,状物写情,极为形象。下片描写愁眉万般不展,见雁群也觉字字是愁,写景抒情,极为深刻。全词情调凄哀,意境含蓄,得南唐词风范;而语辞清丽隽永,气格情韵深远,则是秦词本色。

浣 溪 沙

秦 观

漠漠轻寒上小楼①,晓阴无赖似穷秋②,淡烟流水画屏幽。
自在飞花轻似梦,无边丝雨细如愁,宝帘闲挂小银钩。

【注释】

①漠漠:朦胧弥漫的样子。 ②无赖:无心思、无意趣。

【译文】

　　无边无际的寒意悄悄地爬上小楼,拂晓时阴云惨淡,好像是荒凉的暮秋。彩色屏风上画着淡烟笼罩的流水,也是一片迷濛隐幽。　　悠闲自在地飞着的杨花,好像梦境般虚幻飘悠,丝丝不断的细雨,如同我排遣不掉的忧愁。万般无奈,我把精美的帘幕挂起,倚在窗前独自凝眸。

【赏析】

　　这首词以清丽优美的语言描绘了一位相思女子的精致的阁楼和她闲淡的精神世界,这两者全容纳在寥寥三十几字的小令之中,却作得仿佛一件精美玲珑的艺术盆景,或如一块琢磨剔透的美玉,令人久久欣赏把玩,爱不释手。

阮 郎 归

秦 观

湘天风雨破寒初,深沉庭院虚,丽谯吹罢小单于①,迢迢清夜徂②。
乡梦断,旅魂孤,峥嵘岁又除③。衡阳犹有雁传书,郴阳和雁无。

【注释】

①丽谯:城门上的更鼓楼。小单于:唐代曲名。 ②徂:过去,消逝。 ③峥嵘:形容岁月逝去。

【译文】

　　严冬的寒气开始被湘天的一阵风雨冲破,深沉沉的庭院一片空虚。

城门的高楼上吹奏完《小单于》乐曲,漫漫的清冷长夜即将过去。怀乡之梦已断,羁旅之魂孤寂,不平凡的岁月又过去一年。衡阳还有鸿雁替人传递书信,郴县这里却连鸿雁也无踪迹。

【赏析】

上片写春寒之夜,庭院深沉空寂,楼头画角声哀,清夜漫长人孤凄,反映出羁居贬所的凄凉困境。下片接写思乡苦情,羁旅悲伤孤独的愁绪,已到了度日如年的境地。最后两句,真实地写出了作者身在贬所,举目无亲,孤凄无援,呼天抢地凄声哀号的惨情。全词景凄情哀,意境黯然;语辞哀婉,韵调低沉凄楚。

绿 头 鸭

晁元礼

晚云收,淡天一片琉璃。烂银盘、来从海底,皓色千里澄辉。莹无尘、素娥淡伫,静可数、丹桂参差①。玉露初零,金风未凛②,一年无似此佳时。露坐久、疏萤时度,乌鹊正南飞。瑶台冷③,阑干凭暖,欲下迟迟④。　念佳人、音尘别后,对此应解相思。最关情、漏声正永,暗断肠、花影偷移。料得来宵,清光未减,阴晴天气又争知。共凝恋、如今别后⑤,还是隔年期。人强健,有清尊素影,长愿相随。

【注释】

①丹桂:传说月中有桂树,高五百丈。　②玉露:秋露。零,指雨露及泪水等降落掉下。金风,秋风。　③瑶台:美玉砌的楼台。此泛指华丽的楼台。　④迟迟:眷恋貌。　⑤凝恋:深切思念。

【译文】

傍晚浮云收敛,淡净的蓝天像一片澄碧的琉璃。银灿灿的圆盘,从海底升起,皓洁的月色洒下澄澈的银辉,笼罩千里。晶莹莹纤尘不染,月宫中嫦娥淡装伫立,明净净历历可数,那丹桂的枝叶参差不齐。露珠儿开始涓滴,凉爽宜人的秋风尚未凛冽,一年中再没有如此美好的秋夕。露天下久坐仰望,疏落的流萤时时闪过,惊起的乌鸦向南飞去。登上冰冷的瑶台,将栏杆倚暖,打算走下台阶却迟迟疑疑。　我想那佳人,自从离别就断了消息,当此夜月也应寄情千里缓解相思愁绪。最能牵动情怀的是那铜漏的水声不断滴沥;暗自伤心悲惨,是那婆娑的花影偷偷转移。料想来日的夜晚,皎洁的月光依然清丽,但天气是阴是晴又怎能预知呢?我们倾心爱恋,如今离别后,又期望着隔年的相遇。但愿人身体强健,清醇的美酒,淡素的月影,永远相随相伴。

【赏析】

这首词描写中秋之夜的佳美月色,抒发了无尽的怀人情思。全词层次清楚,铺叙精当;气脉连络贯串,前后纵收自如;意境清新,格调和婉;言辞清丽,情致绵绵。

蝶 恋 花

赵令畤

欲减罗衣寒未去,不卷珠帘,人在深深处。红杏枝头花几许?啼痕止恨清明雨①。　　尽日沉烟香一缕②,宿酒醒迟,恼破春情绪③。飞燕又将归信误,小屏风上西江路④。

【注释】

①止:犹"只"。　②沉烟:点燃的沉香。　③恼破:恼煞。　④西江:古诗词中常泛称江河为西江。

【译文】

想要减掉罗衣,可是春寒尚未退去。珠帘也无心卷起,一个人在深闺中闲居独处。红杏枝头的花不知还剩几许,美丽的面庞尚有啼痕,只是怨恨清明时这无情的风风雨雨。　　终日无聊地闷坐,看着沉香的轻烟一缕一缕。昨夜因喝闷酒而大醉,今早醒来得太迟。被惜春的情怀所困,心中充满了愁绪,飞回的燕子又耽误了带来回信,我泪眼凄迷,呆呆地望着小屏风,那上面画的是遥远的西江的小路。

【赏析】

上片借杏花以写伤春悲情,下片借飞燕以抒怀远愁绪。语言婉约清丽,情致柔和缠绵,意境蕴藉含蓄;结尾余韵不尽,神味久远,深得好评。

蝶 恋 花

赵令畤

卷絮风头寒欲尽,坠粉飘香,日日红成阵。新酒又添残酒困,今春不减前春恨。　蝶去莺飞无处问,隔水高楼,望断双鱼信①。恼乱横波秋一寸②,斜阳只与黄昏近。

【注释】

①双鱼信:传说鱼能传书信,后因此称书信为鱼书、鱼信。　②恼乱:撩乱。横波:喻女子眼波流动,如水横流。

【译文】

柳絮随风飘飞,春寒即将退尽,花在凋零,香气在飘散,眼看着每天落红一阵又一阵。残酒未醒又斟满新酒,使我更加慵懒倦困。今年春天的怨恨,比去年春天的更甚。　蝴蝶翩翩离去,黄莺叫着飞走,我无处可以问讯。只能注目楼前的流水,望眼欲穿也收不到来信。使我更加烦恼愁苦的是,太阳已经西斜,黄昏又要临近。

【赏析】

全词清婉圆转,言短而意长,上片以惜花托出别恨,下片悬想佳人倚楼望己,人杳信无,曲写词人对心中人的相思之苦。结尾"斜阳只与黄昏近"一句,淋漓尽致地勾画出思妇孤独寂寞,难耐黄昏晚暮的心情。

水 龙 吟

晁补之

次韵林圣予惜春

问春何苦匆匆,带风陪雨如驰骤。幽葩细萼①,小园低槛,壅培未就②。吹尽繁红,占春长久,不如垂柳。算春长不老,人愁春愁,愁只是、人间有。　春恨十常八九,忍轻孤、芳醪经口③。那知自是、桃花结子,不因春瘦。世上功名,老来风味④,春归时候。最多情犹有,尊前青眼,相逢依旧。

【注释】

①葩:花。　②壅:用土肥堆积护住植物根部。　③孤,同"辜",辜负。芳醑:美酒。　④风味:风度,风采。

【译文】

试问春天何苦行色匆匆,带着风伴着雨奔驰急骤。绿萼纤细香花清幽,小园里栏槛低矮,刚刚壅土培苗,花枝尚未挺秀。春风吹尽了繁花艳红,占有春光却不能长久,繁红不如垂柳。算起来春光常在永不衰老,然而人却为春色消逝而愁春光衰老,这份愁只是善感愁怀的人间才有。

世间失意的春恨十常八九,每当见到风雨摧花,我怎忍轻易辜负(舍弃),那入口芳醇的美酒。哪知,原来是桃花由于结子才零落,并非为了春去才消瘦。世上功名无成,老来风操未就,已到春归时候。纵然是痛饮美酒,依旧像昔日那样狂歌,相逢时豪情依旧。

【赏析】

这首词将写景、抒情、明理三者相融,浑然一体。写春景中小园幽葩细萼壅培未就,经不住风吹雨打,繁红落尽,不如垂柳占春长久,流露出惜春之情,以抒发自己的愁思春恨。但同时阐明花落不是因春归去,而是因结子自瘦,这如同人老自知世态功名,不为它失败而颓恨不休;最可宽慰的是,尚有多情好友尊前相对,欢情依旧。全词语辞凝炼流畅,言简意深;情感沉郁,但胸次豁达。

忆　少　年

晁补之

别　历　下①

无穷官柳②,无情画舸③,无根行客④。南山尚相送,只高城人隔。罨画园林溪绀碧⑤,算重来,尽成陈迹。刘郎鬓如此,况桃花颜色。

【注释】

①历下:今山东济南。　②官柳:大道旁的柳树。　③画舸:画船。　④无根:

形容四处飘游、行踪无定。　⑤毷画：色彩鲜明的绘画。

【译文】

大道旁的柳树无穷无尽一望无边，无情的画船载着到处漂泊的游子，挂起远航的征帆。南山尚有情分，似乎也来相送，只是高城处的佳人，却被阻隔了视线。　园林溪水一片深碧，仿佛色彩鲜明的绘画，就算能重新再来，也已是物是人非，如同陈迹一般。刘郎的鬓发已花白如斑，何况是那些最易飘零的桃花，又怎能不凋残？

【赏析】

这首词上片描写行客离别时的愁绪和恋恋不舍的心情，下片感叹好景不常、华年空过、有情人无缘聚首的遗憾。全词语辞清丽婉雅而不绮艳，情意缠绵真挚而不媚软，韵味久耐咀嚼。

洞仙歌

晁补之

泗州中秋作①

青烟幂处②，碧海飞金镜。永夜闲阶卧桂影③。露凉时，零乱多少寒螀④，神京远⑤，惟有蓝桥路近。　水晶帘不下，云母屏开⑥，冷浸佳人淡脂粉。待都将许多明，付与金尊，投晓共流霞倾尽。更携取胡床上南楼⑦，看玉做人间，素秋千顷。

【注释】

①泗州：在今安徽泗县。　②幂：遮掩、覆盖。　③永夜：长夜。闲：空。④寒螀：秋蝉。　⑤神京：京都汴都。　⑥云母屏：以透明似玻璃的云母制成的屏风。　⑦胡床：一种可折叠的坐具，又称交椅、绳床。南楼：在湖北鄂城县南。

【译文】

青色的烟云遮住了月影，从碧海般的晴空里飞出一轮金灿的明镜。桂树的斜影卧在长夜的空阶上。夜露渐凉之时，多少秋蝉零乱地噪鸣，思念京都路远，要说路近只有月宫仙境。　高卷起水晶帘儿，展开云母屏风，美人的淡淡脂粉浸润了夜月的清冷。待我将许多月色澄辉倾入金樽，直到拂晓连同流霞全都倾尽。再携带一张胡床登上南楼，看白玉铺成的人间，领略素白澄洁的千顷清秋。

【赏析】

此词为中秋赏月抒怀之作。黄蓼园在《蓼园词选》中评此词云："前段从无月看到有月，后段从有月看到月满，层次井井，而词致奇杰。各段俱有新警语，自觉冰魂玉魄，气象万千，兴乃不浅。"

虞美人

舒　亶

芙蓉落尽天涵水①，日暮沧波起。背飞双燕贴云寒，独向小楼东畔倚阑看。　　浮生只合樽前老，雪满长安道。故人早晚上高台，寄我江南春色一枝梅。

【注释】

①芙蓉：荷花。天涵水：水天混涵。

【译文】

荷花落尽，天连着水，日色黄昏，绿波又被风吹起。相背而飞的双燕，紧贴着秋云，带着寒意，我独自在小楼的东侧，凭倚栏杆向远处望去。　　浮生有无穷无尽的烦恼，只应在醉乡中苦苦煎熬。时光过得真快，白雪又落满了长安道。早早晚晚之间，我的老朋友也会登高远眺，并会寄上一枝早梅，把江南的春意同时寄到。

【赏析】

全篇由夏秋写到冬春，气佳景新；写双燕背飞，抒写离别愁思；借江南一枝春梅，寄托对友人无限怀念之情。全词语言清婉雅丽，气韵咀之味长。堪称佳作。

谢 池 春

李之仪

残寒消尽，疏雨过、清明后。花径敛余红①，风沼萦新皱。乳燕穿庭户，飞絮沾襟袖。正佳时仍晚昼，著人滋味②，真个浓如酒。　　频移带眼③，空只恁厌厌瘦④。不见又思量，见了还依旧，为问频相见，何似长相守。天不老，人未偶。且将此恨，分付庭前柳。

【注释】

①敛：缓，慢。　②著：同着，感受。　③频移带眼：皮带老是移孔。形容日渐消瘦。　④恁：这样，如此。厌厌：同"恹恹"，精神不振的样子。

【译文】

冬日的残寒散尽，下过稀疏的春雨已过了清明时候。花间的小径聚敛着残余的落红，微风吹过池沼萦绕起新的波纹。小燕子在庭院门窗间穿飞，飘飞的柳絮沾上了衣襟两袖。正是美妙时辰，夜晚连着白昼。令人感到滋味深厚，真个是浓似醇酒。　　频繁地移动腰带的空眼，只是那么眼看着病恹恹地消瘦。见不到她却又相思，见了她却还是分离，相思依旧。为此要问与其频频相见，还不如永远亲密厮守？天公无情天不老，人有情却落得孤独无偶。这份相思别恨谁能理解，姑且将它交托给庭前的垂柳。

【赏析】

这首词上片着重写景，词人描绘了种种美好动人的春光，同时也抒发了好景不属的伤感。下片触景生情，抒发了他回肠百转地思念意中人，相思极苦。哀怨别恨，以频移腰带空眼、日渐消瘦的典故来形容，令人不忍多听。

卜 算 子

李之仪

我住长江头，君住长江尾，日日思君不见君，共饮长江水。　　此水几时休，此恨何时已。只愿君心似我心，定不负相思意。

【译文】

我住长江源头，君住长江末尾。天天思念你呵不见你，却又共饮着一条长江水。　　这条江水何时止，这份离恨何时息？只愿你心像我心，我定不会辜负你的相思意。

【赏析】

这是一首脍炙人口的通俗小词。词人采用平白质朴、近乎民歌的语言，以女性的"我"直抒胸臆，极写两地相隔之远、相思之深，借长江之水进行抒情，意新语妙。全词处处是情，层层递进而又回环往复，短短数句却感情起伏。质朴清新中又曲折委婉，含蓄而深沉。

瑞　龙　吟

周邦彦

　　章台路①，还见褪粉梅梢，试花桃树，愔愔坊陌人家②，定巢燕子，归来旧处。　　黯凝伫，因念个人痴小，乍窥门户③。侵晨浅约宫黄④，障风映袖，盈盈笑语。　　前度刘郎重到，访邻寻里，同时歌舞，惟有旧家秋娘⑤，声价如故。吟笺赋笔，犹记燕台句。知谁伴，名园露饮⑥，东城闲步？事与孤鸿去，探春尽是，伤离绪。官柳低金缕，归骑晚⑦，纤纤池塘飞雨。断肠院落，一帘风絮。

【注释】

①章台路：借指歌妓聚居的地方。　②愔愔：安静的样子。坊陌人家：即坊曲人家，唐时常指歌妓所居的教坊。　③乍窥门户：指姑娘刚开始倚门卖笑。　④宫黄：宫女用来涂抹的黄色。　⑤秋娘：泛称歌妓。　⑥露饮：脱帽饮酒，表示豪放不羁。　⑦骑：一人一马。

【译文】

　　漫步章台路，又见梅树梢头褪了红粉，初绽的桃花缀上了桃树。繁华街巷歌舞人家一片寂静，往年筑巢定居的燕子，返回到旧日居处。

　　黯然凝神伫足，怀念起痴憨娇小的那人，乍见她窥探门户。大清早浅浅涂了额黄，扬起挡风的红袖，轻盈盈笑语如珠。　　前次来访的刘郎今又重到，寻访邻里，同时歌舞的姐妹，惟有从前的秋娘，众人称颂声价犹如当初。我吟诗撰文，犹记她知音倾慕。而今不知她陪伴着谁，到名园露天饮酒，东城闲游漫步。往昔乐事已随着孤雁远去。探寻春色满目都是伤心离别的意绪。官道绿柳低垂着金色丝缕。天色已晚骑马归去，池塘里落下纤纤的飞雨。那座令人相思断肠的院落呵，满帘是随风扑飞的柳絮。

【赏析】

这首词是周邦彦词中最有代表性的作品，历来被视为压卷之作。写他旧地重游、追怀往事，面对美好春光，思念旧情，并由此触发难以排遣的"伤离意绪"。将抒情、写景、怀人、叙事融为一体。全词今今昔昔，往复回环，离合顺逆相间，虚虚实实，动静结合，足见结构的缜密，叙事的曲折精妙，与所抒缠绵而沉郁的复杂感情达到至臻完美的和谐境界。

风 流 子

周邦彦

新绿小池塘，风帘动、碎影舞斜阳。羡金屋去来①，旧时巢燕；土花缭绕，前度莓墙②。绣阁里、凤帏深几许？听得理丝簧③。欲说又休，虑乖芳信；未歌先噎，愁近清觞④。　　遥知新妆了，开朱户、应自待月西厢。最苦梦魂，今宵不到伊行⑤。问甚时说与，佳音密耗，寄将秦镜，偷换韩香？天便教人，霎时厮见何妨！

【注释】

①金屋：原是金屋藏娇中的金屋，这里指闺阁。　②土花：苔藓。莓墙：长满青苔的墙。　③丝簧：借代管弦乐器。　④清觞：清酒。觞，盛有酒的杯子。　⑤伊行：她那里。

【译文】

清新的绿波涨满小池塘。风儿吹得帷帘摇晃，细碎的帘影舞动映着斜阳。羡慕那在华丽闺房飞去飞来的燕子，旧日的归燕筑巢在屋梁；绿色苔藓又伸延缭绕着以前长过霉苔的高墙。远望她那闺房里，深深的地方必是绣凤的帏帐，听得到她吹奏丝簧。幽怨满怀，似乎欲言又止，怕误了佳音芳信；未唱歌先已抽咽，连清酒也厌入愁肠。　　远远知道她梳理了新妆，推开了红窗，该是期待明月照西厢。最苦的是我咫尺天涯，梦中魂灵儿，今夜也不能到她身旁。问何时才能向她倾诉衷肠，互通情意，互订密约，寄与她明镜，偷换她的异香。天公呵与人行个方便，叫人霎时间相见又有何妨！

【赏析】

上片写春日黄昏的景色和对深闺中那情人可望而不可及的忧伤。首两句有冯延巳《谒金门》中"风乍起，吹皱一池春水"的影子和寓意。接着以"羡"字领起四句成八字对偶，写心头的凄苦，一字见深情。后两句情更切，能听到熟悉的琴声，却见不到她的倩影。只一帘相隔，如关山万迭，令人痛苦。下片是想象中的情人，她如何大胆出来与自己幽会偷情。前两句引崔莺莺为例希望她有此大胆。接着两句又写自己知其不能的惆怅。然后一"问"字又领四句，再含两典，表达了热切的期望。最后在无可奈何中呼告苍天。相思之情层层推进，抒发得淋漓酣畅。虽大胆却又不直露，虽荒唐却又觉纯正情深。

兰　陵　王

周邦彦

　　柳阴直，烟里丝丝弄碧。隋堤上、曾见几番，拂水飘绵送行色。登临望故园，谁识、京华倦客？长亭路、年去岁来，应折柔条过千尺。

　　闲寻旧踪迹，又酒趁哀弦，灯照离席，梨花榆火催寒食。愁一箭风快，半篙波暖，回头迢递便数驿。望人在天北。　　凄恻，恨堆积。渐别浦萦回①，津堠岑寂②，斜阳冉冉春无极。念月榭携手，露桥闻笛。沉思前事，似梦里，泪暗滴。

【注释】

①别浦：原指银河，这里借指分别的水路。　②津：渡口。堠：古代瞭望敌情的土堡。津堠，指码头上可供守候、住宿的处所。

【译文】

　　杨柳的阴影绵延笔直，烟雾里丝丝垂条拨弄着碧绿。隋堤上，曾经几次看过，它垂拂着流水飘绵飞絮，送别那些行色匆匆的旅客。登高遥望杭州故乡，谁能理解我厌倦客居京城繁华的苦涩？十里长亭的道路，年去年来送行者，算起来攀折柳条寄别情总该有千尺多了。　　闲来寻思旧日踪迹，曾趁着凄凉的弦音举杯敬酒，华灯照着离别的宴席。梨花雪白，预示着换用榆柳新火，催促着寒食节的到来。离愁萦怀呵，航船像一只飞箭顺风而驰，半竿竹篙劈开了温暖的波面，回头顾盼之间便远远地驶过了几座驿站。望一眼送行的人就在正北的天边。　　凄哀悲凉呵，愁恨在心中堆积。渐渐地人已离去，送别的河岸弯弯曲曲，津渡的土堡一片静寂。斜阳渐渐地沉落，晚霞映照得春色绚丽，一望无际。不禁想起明月下，水榭边，携手欢愉，还在夜露凝结的桥头倾听明亮的笛曲。深沉地思念那往事，恰似在梦里，暗暗洒下泪滴。

【赏析】

此词名为咏柳，实则借柳伤别，与一般咏物之作不同。此词分三片，一片托柳起兴，以柳色来铺写别情；二片写离别与惜别之情；三片写别后相思。全篇构思严谨工巧，萦回曲折，似浅实深，有吐不尽的心事流荡其中，耐人寻味。"登临望故国，谁识京华倦容？"反映出久客京师的厌倦与怅惘，无人理解的苦恼，沉郁顿挫，感慨深沉，陈廷焯称之为"一篇之主"。

琐窗寒

周邦彦

暗柳啼鸦，单衣伫立，小帘朱户。桐花半亩，静锁一庭愁雨。洒空阶、夜阑未休，故人剪烛西窗语。似楚江暝宿，风灯零乱，少年羁旅。

迟暮，嬉游处，正店舍无烟，禁城百五。旗亭唤酒，付与高阳俦侣①。想东园、桃李自春，小唇秀靥今在否？到归时、定有残英，待客携尊俎②。

【注释】

①高阳俦侣：好饮酒而狂放不羁的人。　②尊俎：古代盛酒肉的器皿。尊，也作"樽"，酒器。俎，祭祀时盛放牛羊等祭品的器具。

【译文】

浓暗的柳荫里乌鸦噪啼,身穿单衣的我孤独伫立,那小小窗帘朱红门户令我魂牵梦系。白桐花覆盖了半亩浓荫,静静地闭锁了满院的愁雨。愁雨淋洒着空阶,夜色将尽还在淅淅沥沥下个不停,何时故人重逢,该聚首西窗,剪着烛花,倾诉知心话语。你漂泊楚江夜宿,江舟灯火在风雨中凌乱地点点闪闪,自少年时代便羁旅艰难。　　而今年迈已到暮年,眼下的嬉游胜览,还有商店旅舍正禁火无烟,京城里迎来寒食三天。旗亭的呼酒放纵,都付与高阳酒徒们去豪饮狂欢。我只想念那座东园,春风桃李自然是一派繁花绚烂,不知那樱唇小巧、酒窝秀美的丽人而今是否康健?到我归去时,一定还有残春未落的花瓣,她也会携来美酒佳肴款待远方的归客,重温青春的欢悦和温暖。

【赏析】

上片写客居的凄清。"由户而庭,由昏而夜,一步一境,总趋归故人剪烛一句。'楚江暝宿,少年羁旅'又似一境。"(陈洵《海绡说词》)感情随景物层层推进,极至凄清。下片以"迟暮"钩转,转入抒发罹故园春色的深挚感情。先从自己迟暮角度写,嬉游处已"老人不宜",更何况客舍无烟;旗亭呼酒,又是高阳酒徒的事,还留着干什么?接着又从家园角度看,那边桃李竞艳,更有昔日使自己倾心的姑娘,少小朋友,花季未尽,为什么还不回去?全词情景反复铺写,感情有点微妙。

六　　丑

周邦彦

蔷薇谢后作

正单衣试酒①,怅客里、光阴虚掷。愿春暂留,春归如过翼②,一去无迹。为问花何在?夜来风雨,葬楚宫倾国③。钗钿堕处遗香泽,乱点桃蹊,轻翻柳陌。多情更谁追惜?但蜂媒蝶使,时叩窗槅④。　　东园岑寂,渐蒙笼暗碧,静绕珍丛底,成叹息。长条故惹行客,似牵衣待话,别情无极。残英小,强簪巾帻⑤,终不似、一朵钗头颤袅,向人欹侧⑥。漂流处、莫趁潮汐。恐断红、尚有相思字⑦,何由见得?

【注释】

①试酒：宋朝在农历三月末或四月初有尝新酒的习惯。　②过翼：飞鸟。　③楚宫倾国：楚王宫中美人。倾国，容貌绝代的佳人，这里比拟蔷薇花。　④窗槅：窗户。槅，窗上用木条做成的格子。　⑤巾帻：布帽。　⑥欹侧：倾斜。　⑦断红：落花。

【译文】

正是换单衣尝新酒的时节，只恨客居异地，光阴白白地过去。祈求春天暂留片刻，春天匆匆归去就像鸟儿飞离，一去无痕迹。试问蔷薇花儿今何在？夜里一场急风骤雨，埋葬了南楚倾国的佳丽。花瓣儿像美人的钗钿堕地，散发着残留的香气，凌乱地点缀着桃花小路，轻轻地在杨柳街巷翻飞。多情人有谁来替落花惋惜？只有蜂儿蝶儿像媒人使者，时时叩击着窗槅来传递情意。　　东园一片静寂，渐渐地草木繁盛茂密，绿荫幽暗青碧。环绕着珍贵的蔷薇花丛静静徘徊，不断地哀声叹气。蔷薇伸着长枝条，故意钩着行人的衣裳，仿佛牵着衣襟期待着倾吐话语，表现出无限的离情别意。拾一朵小小的残花，在头巾上勉强簪起。终究不像一朵鲜花戴在美人钗头上颤动、摇曳，向人俏媚地斜倚。漂流的花儿呵，切莫随着潮水远远逝去。恐怕那破碎的花儿，还写着寄托相思的字句，一旦随流水逝去，还如何能够得知相思情意？

【赏析】

此词借落花以写怀抱，深婉沉郁，笔墨奇幻。词人对花的爱怜、留恋，其实是对时光、年华的留恋。这首词层次分明，比喻、拟人手法运用得自然妥帖，真个是"抚写物态，曲尽其妙"，感情婉转缠绵，使人一读三叹。

夜　飞　鹊

周邦彦

河桥送人处，凉夜何其①。斜月远、堕余辉，铜盘烛泪已流尽，霏霏凉露沾衣②。相将散离会，探风前津鼓③，树杪参旗④。花骢会意⑤，纵扬鞭，亦自行迟。　　迢递路回清野，人语渐无闻，空带愁归。何意重经前地，遗钿不见，斜径都迷。兔葵燕麦⑥，向斜阳、影与人齐。但徘徊班草⑦，欷歔酹酒⑧，极望天西。

【注释】

①凉夜何其：指深夜。凉，也作"良"。 ②霏霏：原指雨雪之密，这里形容露水浓重。 ③津鼓：古时渡口开船，击鼓为号。 ④树杪：树梢。参旗：星辰名，初秋时于黎明前出现。 ⑤花骢：毛色斑驳的马。 ⑥兔葵：草名。兔，也作"菟"。燕麦：野麦。 ⑦班草：把草铺开，坐在地上。 ⑧欷歔：叹气声，抽泣声。酹酒：洒酒于地表示祭奠或立誓。这里有祝祷意。

【译文】

河桥送别情人的地方，深夜里弥漫着凉意。残月曳着余辉远远地向西斜坠。青铜的烛盘里已流尽了蜡泪，征人的衣裳湿淋淋沾了冰凉的露水。离别的宴席将散，互相携手难舍难离，顺风探听，前方津渡传来鼓声，远远地望见树梢上挂着参旗九星。花骢马仿佛领会我的伤别意，即使扬鞭催促，它还是慢慢前行。前路迢迢，在清旷的原野上弯弯曲曲，行人的话语渐渐归于静寂，空虚地带着忧愁归去。谁料想重经前日送别之地，她遗落的钿钗首饰不见了踪迹，偏斜的小径也是昏暗迷离。低照的斜阳映照着兔葵、燕麦，长长的影子仿佛与人相齐。在往日铺坐的草堆前徘徊，斟酒泼地，伤心抽泣，极目远望着西边的天宇。

【赏析】

上片用倒叙法写昨夜与情人聚首至凌晨送远的情景。先交代送别的地点与时间，已见凄清。斜月三句，虽景物清美，但情境凄切。"沾衣"一词暗写依恋难舍。"探"字进一层渲染不得不行的无奈。花骢二句是神来之笔，马犹如此，何况人呢！下片写送客归来的思念。起首三句，将上面所叙情事"尽化烟云"（周济《宋四家词选》），由"愁归"引入怀念离人。"何意重经前地，遗钿不见，斜径都迷"也有物在人去的怅恨。梁启超称此词"兔葵燕麦"二语，与柳屯田之"晓风残月"可称送别词中双绝，皆融情入景也。

满 庭 芳

周邦彦

夏日溧水无想山作

风老莺雏,雨肥梅子,午阴嘉树清圆。地卑山近,衣润费炉烟。人静乌鸢自乐①,小桥外,新绿溅溅。凭阑久,黄芦苦竹,拟泛九江船。

年年,如社燕②,飘流瀚海③,来寄修椽④。且莫思身外,长近尊前。憔悴江南倦客,不堪听,急管繁弦。歌筵畔,先安簟枕,容我醉时眠。

【注释】

①乌鸢:乌鸦和老鹰。这里泛指飞禽。 ②社燕:燕子春社时飞来,秋社时归去,故称。 ③瀚海:沙漠。这里泛指遥远、荒僻的地方。 ④修椽:长的椽子。

【译文】

暖风吹得莺雏羽翼强健,夏雨润得梅子果肉鲜圆,正午茂密的绿树洒下圆形的阴凉笼罩着地面。地势低洼靠近山,衣服潮湿总是要费炉火烘干。人家寂静飞鸟无惊无忧自乐翩翩,小桥外边,新涨的绿水湍流激溅。久久凭靠栏杆,遍地黄芦苦竹,竟仿佛我自己像遭贬的白居易一样泛舟九江边。　　年复一年。犹如春来秋去的社燕,从遥远的地方,来寄居在长长的屋檐。且不去想那身外的功名业绩,还是怡心畅神,常坐酒尊前。我这疲倦、憔悴的江南游子,再也不忍听激越、繁复的管弦。就在歌宴边,先安放一套席枕,让我酒醉时随意安眠。

【赏析】

上片写江南初春景色。首三句美如花鸟屏幅,但在"老"、"肥"中却见春光已去的怅惘。次二句却有不满情意,"费"字包含了对环境许多厌恶。"人静"三句又见诗情画意,令人赏心悦目。可最后的场景却是白居易式的遭遇,深含许多哀怨。下片感叹身世,抒发长年漂泊的苦闷心境。先以社燕自况,一是年年漂泊无定,二是还得寄居檐下"为五斗米折腰,拳拳事乡里小人"。作为文人,也只有借酒消愁以求解脱。可一近歌酒,心便又烦躁,不能忍受,于是又想"长醉不愿醒"。这样起起伏伏的情景变化,贯穿全词,反映了词人无法排遣的苦闷。以回肠九折的叙写,诉说心中的不平。

花　犯

周邦彦

粉墙低,梅花照眼,依然旧风味。露痕轻缀,疑净洗铅华,无限佳丽。去年胜赏曾孤倚,冰盘同燕喜①。更可惜,雪中高树,香篝熏素被②。今年对花最匆匆,相逢似有恨,依依愁悴。吟望久,青苔上,旋看飞坠。相将见,翠丸荐酒③,人正在,空江烟浪里。但梦想,一枝潇洒,黄昏斜照水。

【注释】

①冰盘同燕喜:指以青梅佐酒。冰盘,指玉盘。燕喜,宴饮喜悦。燕,同"宴"。　②香篝:焚香的熏笼。　③翠丸:即梅子。荐酒:佐酒。

【译文】

粉白的矮墙边,清艳的梅花映照人眼,旧时的风味依然。露水的痕迹轻轻缀上花瓣,好像美人洗净脂粉后,显现出无限美丽的容颜。去年游赏梅花的胜景时,我曾独自斜倚栏杆,与冰盘似的月亮同宴欢欣。更可爱怜那蒙盖着白雪的高高的梅树,像一床白色的锦被将熏香笼覆盖。

今年品赏梅花最是行色匆匆,相逢时只觉得梅花似含恨怨,依依眷恋憔悴的愁颜。久久地沉吟伫望,青苔上,花瓣儿旋舞着飞落地面。不久将会看见,青翠的梅子献上酒宴;而我却正在乘船驶过烟波浩阔的江天。只能靠梦中幻想,有一枝潇洒脱俗的梅花,在黄昏里斜映着水面。

【赏析】

此词结构颇有特色,时空跨度大,情景跳跃,云断山连,浑然无迹。上片先从眼前所见写起,梅花艳美,花光夺目,风情依旧,忆及去年赏梅时的情景;下片词境又由去年回到今年,人将远行,梅花亦似惜别而坠落。再跳至未来,待到梅子熟时,身在江上只能梦中遥想潇洒扶疏的梅影。全词句句紧扣梅花,写了花光、花香、花容、花之愁情,也句句紧扣自己,人与梅花融为一体,自我表述了现在、过去、未来的处境与踪迹，委婉地透露了自己寂寞的情怀。

解 语 花

周邦彦

上 元

风消绛蜡，露浥红莲①，灯市光相射。桂华流瓦②，纤云散、耿耿素娥欲下③。衣裳淡雅，看楚女纤腰一把。箫鼓喧、人影参差，满路飘香麝④。　因念帝城放夜，望千门如昼⑤，嬉笑游冶。钿车罗帕，相逢处，自有暗尘随马。年光是也，惟只见、旧情衰谢。清漏移、飞盖归来，从舞休歌罢。

【注释】

①绛蜡：红烛。浥：沾湿。红莲：指荷花灯。　②桂华：月光。传说月中有桂树，故有以桂代月。　③耿耿：光明貌。素娥：月中嫦娥。　④香麝：即麝香。麝似鹿而小，雄性脐部有香腺，可作香料。　⑤放夜：开放夜禁。千门：指皇宫深沉，千门万户。

【译文】

春风吹得红蜡烛光焰飘摇，烛泪融消，露水浸湿了荷花灯的笼罩，花市彩灯纷繁光焰映照。桂月的光华流溢于屋瓦。淡淡的云缕消散，天宇空明，嫦娥翩然欲下。衣裳是多么淡雅，看南国的娇娃，腰肢苗条恰好一把。风箫锣鼓喧杂，往来的人景杂沓，麝香的气息从满街上女人的红袖中散发。　因而想起每年元宵节京城开放夜禁，远望皇宫千门彩灯辉煌如同白昼，仕女们嬉笑遨游。装饰金花的彩车里香帕传情。多情人相逢，自然会扬起尘埃跟在她们的马后。今年光景想必依旧，但只是我旧日的豪情已然衰朽。清晰的滴漏标志着夜色渐深，飞驰着车盖返回我的小楼，任凭人们纵情地歌舞直到罢休！

【赏析】

上片写荆州元宵灯节，荆州花市光映，楚女纤腰，尽情游赏的盛况。而"风消绛蜡"中的一个"消"字，暗含词人内心与眼前的光明之景不和谐的凄凉之感。下片追念汴京元宵节,灯山上彩,金碧相射,锦绣交辉,马逐香车,人拾罗帕的嬉笑游冶生活,以"年光"数句反笔写自身羁宦荆州,倍感孤寂无聊,一词写出两地元宵胜赏和两种不同体验,历来为人赞赏不已。

蝶 恋 花

周邦彦

月皎惊乌栖不定,更漏将阑①,辘轳牵金井②。唤起两眸清炯炯,泪花落枕红绵冷。　执手霜风吹鬓影。去意徊徨,别语愁难听。楼上阑干横斗柄③,露寒人远鸡相应。

【注释】

①更漏:古代夜间以铜壶滴水计时,一夜分五更,故称。阑:尽。　②辘轳:象声词,井上汲水器绞动的声音。　③阑干:横斜的样子。斗柄:北斗星的第五至第七的三颗星形似斗柄,故称。

【译文】

月光皎洁,受惊的乌鸦栖息不定。更声将止,滴漏将尽,井台传来辘轳汲水声。唤起她,双眸清亮晶莹,泪花流湿了红棉枕斑斑冰冷。

执手相看,霜冷的秋风吹动她的鬓影。临去时意绪彷徨,告别的话语愁深重,令人不忍听。回头望她的楼上是横斜的北斗星的斗柄,料想她伫望着寒露中的离人消逝于远方,传来阵阵呼应的鸡鸣声。

【赏析】

首三句写送行时间。"月皎惊乌",何尝不惊离人!数更漏直到天明。别前之景凄婉动人。"唤起"二句写浅睡假寐被唤起,不是睡眼惺忪,却是满眼晶莹,由于一夜辗转反侧,以致泪湿红绵,别前之情凄切。下片写送别,"执手相看泪眼"已够伤心了,再加上凄凄的秋风催行。传神妙语还在"别语愁难听",情状刻划得十分细腻,原想互相安慰,却愁上加愁不忍再听,抒写真切,缠绵动人。最后两句写送别之后,独上西楼,四周满目凄清,北斗横斜,伊人已上旅途。尾句也是以景结情,使人倍觉凄凉。

解 连 环

周邦彦

怨怀无托,嗟情人断绝,信音辽邈。纵妙手、能解连环①,似风散雨收,雾轻云薄。燕子楼空②,暗尘锁、一床弦索③。想移根换叶,尽是旧时,手种红药。 汀洲渐渐生杜若④,料舟依岸曲,人在天角。漫记得、当时音书,把闲语闲言,待总烧却。水驿春回,望寄我、江南梅萼。拼今生⑤、对花对酒,为伊泪落。

【注释】

①解连环:此处借喻情怀难解。 ②燕子楼空:关盼盼是唐张愔的爱妓,张死后,盼盼念旧情而不嫁,一直空守燕子楼。这里指人去楼空。 ③床:放琴的架子。 ④杜若:香草名。 ⑤拼:舍弃,不顾惜。

【译文】

幽怨的情怀无所寄托,哀叹情人天涯远隔,音信渺茫无着落。纵然有妙手,能解开连环套索,摆脱感情纠葛,双方的情意也会冷漠,像风雨一样消散,像云雾一样轻薄。佳人居住的燕子楼已成空舍,灰暗的尘埃封锁了满床的琵琶琴瑟。楼前花圃根叶全已换过,以前都是她亲手所种的红芍药。 江中的沙洲渐渐长了杜若。料想她沿着弯曲的河岸划动小舟,人儿在天涯海角飘泊。空记得,当时情话绵绵,还有音信寄我,而今那些闲言闲语令我睹物愁苦,倒不如待我把它们全都烧成灰末。春天又回到水边驿舍,希望她还能寄给我一枝江南的梅萼。我将舍弃此生,对花把酒,为她热泪洒落。

【赏析】

上片叹人去楼空情义断绝的怨恨。首句挚领全文,是主题所在。"嗟"字领下二句,是"怨怀"之因。"纵"字三句是由"断绝"滋生的怨,巧用了"解连环"典故,但情味不一。最后三句的感叹,不仅仅是物在人亡的怅惘,还在"移根换叶"的悲哀上,暗喻难言之隐痛。下片写对情人的怀念与希望。开句由上片红药引起杜若,它本也是折赠情人的信物,但伊人已在远方,于是产生联想,她已"移根换叶",旧花新发。怨恨之情勾起"漫记得"的醒悟，决心回去烧掉她骗人的情书。但当眼前"水驿春回"时，却又想旧情重续。最后还决心"拼今生"为她泪落。痴情凝重，几近"壮怀激烈"。

全词多用"纵"、"想"、"料"、"望"等领字，表达无法解脱的复杂情怀，抒情逐层推进，由怨恨之深始至爱恋之极致，曲折回荡，写痴情淋漓酣畅。

拜 星 月 慢

周邦彦

夜色催更，清尘收露，小曲幽坊月暗。竹槛灯窗，识秋娘庭院①。笑相遇，似觉琼枝玉树相倚②，暖日明霞光烂。水盼兰情③，总平生稀见。

画图中、旧识春风面④。谁知道，自到瑶台畔⑤。眷恋雨润云温，苦惊风吹散。念荒寒、寄宿无人馆。重门闭，败壁秋虫叹。怎奈何⑥、一缕相思，隔溪山不断。

【注释】

①秋娘：唐宋时对歌妓的一般称呼。　②琼枝玉树：比喻人姿容秀美。　③水盼：指眼波。盼：眼睛黑白分明的样子。　④春风面：指容貌美丽。　⑤瑶台：原指仙人居住的地方，这里借指伊人住处。　⑥怎奈何：怎么办？何，语助词。

【译文】

夜色深沉催动着更鼓频传，轻尘吸收了露水，露水清洁了路面，狭小幽静的曲坊月色朦胧昏暗。青竹围扎的栏槛，灯光透过了窗帘，我认出那是秋娘居住的庭院。她笑盈盈地与我相见，只觉得她如玉树与琼枝依倚委婉，像暖日与明霞光辉灿烂。水灵灵的眼睛幽兰一样芬芳的情感，总是我一生所罕见。　　从图画上，往日曾认识她那青春艳丽的容颜。谁料想得到，自从到瑶台边与她幽会，那温润缠绵的欢爱令人眷恋，痛苦的是一阵惊风将鸳鸯吹散。想我落得个荒凉凄寒，寄居在无人的驿馆，重门紧闭，破墙壁里秋虫儿声声哀叹。无可奈何，一缕相思情绵绵，远隔着山川也不断。

【赏析】

上片回忆初识伊人令自己销魂的情景。首三句先创造了初会的幽静环境，次二句由坊入庭，更以"竹槛灯窗"，创造了静谧的气氛。"笑相遇"之后，那神采照人的感觉不可言喻，就连用两个比喻，简直扫除了月色灯光的昏暗。"惊艳"的感受写得含蓄而深刻。在无法言喻中，主人公对她的美貌和柔顺的性情，只好说"平生稀见"一言蔽之了。下片写今日相思之情的深重。第一句是上片的延伸，反复渲染她的美貌和自己的幸运，以及相会的甜蜜。"苦惊风"一转，结束了对昔日情爱的追忆。"念"字领起现今的感叹，处处与昔日情景对比。"怎奈何"又推进一层，虽怨怀难释，但此情坚贞不移，此一往情深，伊人未必知，令人感动。

关 河 令

周邦彦

秋阴时晴渐向暝，变一庭凄冷。伫听寒声①，云深无雁影。
更深人去寂静，但照壁、孤灯相映。酒已都醒，如何消夜永？

【注释】

①寒声：即秋声，指秋天凄凉的风雨声，落叶和虫鸣声。

【译文】

秋日的阴霾散开，时而见晴，又渐渐转向日暮，整个庭院变得一片凄冷。伫立着听到寒空中传来雁鸣，只见厚厚的云层却不见飞雁的踪影。

更深人散夜寂静，只有照着墙壁的一盏孤灯和我形影相映。饮酒的醉意已全醒，如何消磨这漫漫长夜直到天明？

【赏析】

上片写眼前萧瑟的秋天景象。下片写孤馆灯长夜难消的愁闷。从上片的黄昏伫立庭外，到屋内孤身单影，愁苦在递进。白天清冷到连大雁都不见，深夜里也仍只是独对孤灯。原来曾借酒浇愁，到深夜酒意已尽，怎么挨到天亮呢？时间越来越长，然苦越来越深，情和景同时推进，篇幅虽短，仍见构思的严谨。

绮寮怨

周邦彦

上马人扶残醉,晓风吹未醒。映水曲、翠瓦朱檐,垂杨里、乍见津亭。当时曾题败壁,蛛丝罩、淡墨苔晕青。念去来、岁月如流,徘徊久、叹息愁思盈。　　去去倦寻路程,江陵旧事,何曾再向杨琼。旧曲凄清,敛愁黛、与谁听?尊前故人如在,想念我、最关情。何须渭城,歌声未尽处,先泪零。

【译文】

被人扶上马时,我还残醉朦胧,凉爽的晨风吹着我,依旧酣然未醒。弯曲的河畔,倒映着绿瓦红檐,垂杨掩映里,突然看见津渡的长亭。当时我曾在残破的墙壁上题诗寄兴,而今蜘蛛丝网笼罩着,淡淡墨迹上的青苔晕影。想去去来来的进退升沉,岁月如湍水奔流不停,久久徘徊,叹息声声,愁思盈盈。　　走呵走,已厌倦寻觅前进的路程。荆州往年听歌的旧事最难忘,自此后再没有能够重访歌妓杨琼。她唱着旧日的歌曲声韵凄清,她紧锁着愁眉,谁是用心来听?酒尊前的故友倘若健在,一定会想念我,最是关怀动情。何必唱朋友送别的《渭城曲》,她那歌声尚未唱完,我的热泪先自飘零!

【赏析】

上片描写自己残醉中走向渡口的情景。首句说是残醉,晨风却"吹未醒",以醉深喻愁深。"映水"二句,写渡口依然秀丽。而紧接着"当时"二句却是人事俱非,这里暗用魏野故事,表现了不得志的苦闷情怀。之后一"念"二句,对时移事去、岁月匆匆发出深深感叹。下片抒写了对旧欢、前程均感失望的颓唐心情。首三句的"倦问"与"何曾"写对官场、情场的厌倦。即便如此,主人公仍难忘旧情。因此,对着酒杯又想起故人旧事。但又想,即使故人为自己送行,怕也禁受不了离别的凄清,因为昔非今比,愁已到了极限,无以复加了。

尉 迟 杯

周邦彦

隋堤路,渐日晚、密霭生深树。阴阴淡月笼沙,还宿河桥深处。无情画舸①,都不管、烟波隔前浦。等行人、醉拥重衾,载将离恨归去。

因思旧客京华,长偎傍、疏林小槛欢聚。冶叶倡条俱相识②,仍惯见、珠歌翠舞。如今向、渔村水驿,夜如岁、焚香独自语。有何人、念我无聊,梦魂凝想鸳侣。

【注释】

①画舸:采绘的大船。浦,水滨。 ②冶叶倡条:指歌妓舞女。

【译文】

一条隋堤的水路,渐渐昏黄日落,浓密的雾霭从茂盛的树林里涌出。阴沉沉的夜幕,淡朦朦的月色笼罩着沙滩,我还是泊舟在河桥深处夜宿。无情的画船呵,全不管浩渺的烟波阻隔了南浦。只等行人沉醉地拥被酣眠,便载着行人与离恨上了归途。　　因而回想起往年我客居京都时,经常依靠着稀疏的林木,围着矮小的栏槛欢畅会晤。歌妓舞女全都相识相熟,依然是看惯了,珠光宝气的华丽歌舞。如今我却乘船转向渔家的水路驿站,度夜如年,辗转反侧,焚起一柱香,孤独地自言自语。有哪个人挂念我的无聊凄寂,而我的梦魂却专一地凝思着鸳鸯情侣。

【赏析】

上片写系缆处的凄迷景色和离愁。首二句交代时间,十一个字勾勒出一幅"长堤烟树"的美妙画卷。次二句交代系舟独宿,"还"字说明已非首次了。"无情"二句,借以表达前程的迷茫,写得深沉。末二句直说满船全是载"别恨"而见主题。下片抚今追昔,写旅途的寂寞凄清。"因思"总领以下五句,追忆客居京华的繁华与欢乐,目的是与下面"如今"二句的独宿渔村作对比,映衬现今的落寞。最后作无可奈何的幻想,以自我慰藉。

西　河

周邦彦

金　陵　怀　古

佳丽地，南朝盛事谁记？山围故国绕清江，髻鬟对起。怒涛寂寞打孤城，风樯遥度天际。　　断崖树、犹倒倚，莫愁艇子曾系。空余旧迹郁苍苍，雾沉半垒。夜深月过女墙来①，伤心东望淮水②。　　酒旗戏鼓甚处市？想依稀、王谢邻里。燕子不知何世，向寻常、巷陌人家，相对如说兴亡，斜阳里。

【注释】

①女墙：城上的小墙。　②淮水：秦淮河水。

【译文】

好一处佳丽胜地，可南朝时的繁荣景象，如今还有谁曾记忆？青山依旧环绕着故都，江畔有美人发鬟般的双峰对峙而立。怒涛拍打着寂寞的孤城，高高的船帆正在驶向遥远的天际。　　枯木老枝，还倒挂在悬崖峭壁。昔年莫愁女的游艇，曾在这里拴系。空留下许多遗迹，苍苍郁郁，半壁古营垒沉睡在浓雾里。夜深时，月光越过城上的小墙，望着东流的淮水，令人感伤不已。　　热闹繁盛的酒楼戏馆，当年是什么地方？大约是王、谢的邻里。燕子也不知什么时代，飞进寻常百姓的家里。它们在斜阳里呢喃细语，仿佛在叙说历史的兴衰更替。

【赏析】

第一片首两句是全词怀古的主题所在，有无限苍凉之感。以下四句化用刘禹锡《石头城》诗意，写金陵的壮丽景色。第二片写历史古迹。先叙莫愁的美丽传说，次写半截营垒的悲凉，今昔对比强烈。最后写明月伤心秦淮的今不如昔。第三片写眼前景物。最后用拟人手法，写燕子也在说兴亡，真是鸟兽如此，人何以堪！全词主要隐括刘禹锡二诗的诗意，却不弄典故，依然写自己目见耳闻之感。情和景、历史和现实、他诗和己词，全部有机融合浑然天成。

夜 游 宫

周邦彦

叶下斜阳照水,卷轻浪、沉沉千里。桥上酸风射眸子①。立多时,看黄昏,灯火市。　　古屋寒窗底,听几片、井桐飞坠。不恋单衾再三起,有谁知,为萧娘②,书一纸?

【注释】

①酸风:凄凉的风。吹人眼酸流泪,故称。　②萧娘:女子的泛称。

【译文】

斜阳的余辉透过树叶映照着水面,水面上细浪轻轻卷起,一直流向沉沉千里。桥头上刺眼的风吹得我双眸酸极。久久伫立,看着黄昏里,街市的灯火点点燃起。　　走进破旧的房屋,坐在寒窗下心劳意悲,听到几片梧桐叶在天井里飘飞、凋坠的声响。不留恋单被孤眠的滋味,再三地掀被坐起,可有谁理会,只是为了萧娘能寄我一封书信,搅得我辗转不寐。

【赏析】

上片写秋日黄昏景色。落叶、夕阳、流水,是盛后衰败、一去不回的典型事物,在暗淡的景物中看流水沉沉,心情定当忧伤。下片写长夜不眠的孤寂凄清。"古屋寒窗"写凄凉;"井桐飞坠"写萧索。一个"听"字把不眠的愁思写得活灵活现。全词没有正面直接地写相思愁苦,而是通过典型环境,用主人公传神的细节来表现的。特别是傍晚桥上的翘首企待和若有所失的复杂感情,都能得到形象而含蓄的表露。末句一语双关,既是因为萧娘寄来的书信,又是因为自己有无限情思要向萧娘倾诉,为此而"再三起",尽供读者想象,这是此词艺术独到之处。

青 玉 案

贺　铸

凌波不过横塘路,但目送、芳尘去。锦瑟年华谁与度?月桥花院,琐窗朱户①,只有春知处。　　飞云冉冉蘅皋暮②,彩笔新题断肠句。试问闲愁都几许?一川烟草,满城风絮,梅子黄时雨。

【注释】

①琐窗:雕成连锁形花纹的窗。　②冉冉:流动的样子。蘅皋:长着杜蘅的水边高地。杜蘅,香草名。

【译文】

你那轻盈的步履不肯来到横塘,我依旧伫立凝望,目送你带走了芬芳。不知你与谁相伴,共度这锦瑟般美好的时光。在那修着偃月桥的繁花锦簇的院子里,朱红色的小门映着花格的琐窗。可这只能是我的想象,只有春风才能知道你生活的地方。　　满天碧云轻轻飘扬,长满杜蘅的小洲已暮色苍茫。佳人一去而不复返,我用彩笔写下这伤心的诗行。如果要问我的伤心多深多长,就像这烟雨笼罩的一种青草,就像这满城随风飘转的柳絮沸沸扬扬,就像梅子黄时的雨水,无边无际,迷迷茫茫。

【赏析】

上片写眷恋和怀想。开头突兀,既是心目中人,却"不过",自己也只是"目送"。怕是有无端阻隔,情意难通了。接下去又别出心裁,去猜想她与谁在一起共度华光。继而四处神寻,落得无限怅惘。下片写相思的愁苦。在美好的夜晚,在充满幽情的水滨,恋情激发了诗情。想自己飞扬的文词可能打破种种阻隔,赢得她的芳心。可笔未提纸未铺,却是"愁都几许"。连用三个比喻,只能说"愁无穷尽"了。那么,全词是否借罹美人而不见,愁思缠绵而无穷,还另有意味呢?值得玩味。

感 皇 恩

贺　铸

兰芷满汀洲①,游丝横路。罗袜尘生步迎顾。整鬟颦黛,脉脉两情难语。细风吹柳絮、人南渡。　　回首旧游,山无重数。花底深、朱户何处?半黄梅子,向晚一帘疏雨。断魂分付与、春将去。

【注释】

①兰芷:香兰、白芷,都是香草。汀洲:汀,水边平地。洲,水中陆地。

【译文】

香兰白芷长满汀洲，飘转的游丝在路上荡荡悠悠。她迈着轻盈的脚步，前来把我迎候。顾盼之间，她用纤手撩着秀发，并把那双美丽的蛾眉轻皱。我们相互对视，似有深情却无法倾诉。细风吹得柳絮漫天飞舞，她默默无语地乘船南去。　　回头再也望不到昔时的同游之处，只有山峦无数。在那百花锦簇的地方，哪里才是她居住的金屋？梅子已经一半黄熟，傍晚时又下了濛濛疏雨。春天啊，你要走就走吧，并请把我的烦恼伤心也一并捎去。

【赏析】

上片写两人乍见又别的情景。首两句写景，汀洲虽美，但突然飘来的游丝却横路阻挡，已暗示着爱情被意外飞来的变故所阻。虽然伊人仍是热情迎候，但之后便"整鬟颦黛"表现出一副尴尬的姿态和满腹的心事。结果是"人南渡"，她又飘然回去。下片写相思的愁苦。"回首"二句，写旧地重游。汀洲不见了兰芷，却"山无重数"，写隔绝之深。"朱户何处？"花事将尽，春光不多，可她杳无踪影。在迷惘中，又一场疏雨，更增添了失恋的凄楚，结句也是一种无可奈何的自我了结。全词不仅借景抒情，情景交融，而且景物深化了情思。

石 州 慢

贺　铸

薄雨收寒，斜照弄晴，春意空阔。长亭柳色才黄，倚马何人先折？烟横水漫，映带几点归鸿，平沙消尽龙荒雪①。犹记出关来，恰如今时节。　　将发，画楼芳酒，红泪清歌②，便成轻别。回首经年，杳杳音尘都绝。欲知方寸，共有几许新愁？芭蕉不展丁香结。憔悴一天涯，两厌厌风月。

【注释】

①平沙：广漠的沙漠。龙荒：指塞外荒漠。　②红泪：指妇女的眼泪。

【译文】

一场小雨初停，寒气渐渐散去，斜阳普照晴空。天地间到处是春意盎然。长亭畔，柳树嫩黄，刚刚泛青，不知何人倚马，先折柳枝以送远行？春水漫漫，暮霭濛濛，映带着远天的几点归鸿。广阔平坦的荒塞上，春雪已完全消融。我还清楚地记得，我出关时也是这样的情景。

想当初我要出发时，你在画楼上备好酒宴为我饯行，你流着伤心的泪水，为我唱上一曲哀怨的歌声。从此我们便轻易分别，千里阻隔书信难通。回首往事已经过去一年，音信杳杳见不到你的芳容。你要知道我的心里，该有多少新的愁情？就像那芭蕉叶卷曲难展开，就像那丁香花打结重重。远隔天涯一样憔悴，两地苦苦相思，空自对着风清月明。

【赏析】

上片写早春初晴的黄昏景色。开头三句，先是雨收初寒，再是天气放晴，最后春意空阔。然后移景至长亭，早春不见折柳人。继而再延至塞外，景由关内至关外，由大地春回而至龙荒羁旅，情景逐层推进。"犹记"二句，触景生情，引入下片出关前的回忆和如今音尘都绝的悲叹。开头直叙"将发"的情景。最后写愁比较别致：一用"欲知"设问，等于说"只有自己知道"；二化用李商隐"芭蕉不展丁香结，同向春风各自愁"，当不言自明；三用想象中事作证，手法不同一般。

蝶 恋 花

贺　铸

几许伤春春复暮，杨柳清阴，偏碍游丝度。天际小山桃叶步①，白蘋花满湔裙处②。　　竟日微吟长短句，帘影灯昏，心寄胡琴语。数点雨声风约住，朦胧淡月云来去。

【注释】

①桃叶：晋王献之妾。这里借指恋人。　②湔：洗。

【译文】

春天又到了迟暮，多少伤春的愁情涌出。杨柳清凉的浓荫，偏偏妨碍蜘蛛、树虫的游丝横度。遥远天边的小山遍布着桃叶，白蘋花丛生的水边是妇女洗裙之处。　　我终日里低吟着长短句，灯光昏暗地映着帘影，借着胡琴一曲寄托心意。淅沥沥几点雨声被风止住，朦胧的月色暗淡，浮云飘来飘去。

【赏析】

上片写伤春。首句是明告伤春主旨，但不写莺老花落，只是"春复暮"，多了几分无奈。次二句写柳荫游丝，是惜春的俗套。妙在末二句。遥望天际小山，那是她的住处，便想象她在那里散步，再把思绪拉回，低头近处，水边白蘋花开，又自然联想起她在此地洗涤衣裙的情景。下片写自己日后的思念和孤寂的凄苦。"竟日微吟"全因寄情。灯下操琴，也为吐心曲。两个细节代替了无数思念的辞密语和忧伤语。最后借雨滴风声、淡月藻云来暗示心中的迷惘和空虚。全词曲笔写伤春和相思，语淡情深。

天 香

贺 铸

烟络横林，山沉远照，迤逦黄昏钟鼓①。烛映帘栊，蛩催机杼②，共苦深秋风露。不眠思妇，齐应和、几声砧杵③。惊动天涯倦宦，骎骎岁华行暮④。 当年酒狂自负，谓东君、以春相付。流浪征骖北道，客樯南浦，幽恨无人晤语⑤。赖明月、曾知旧游处，好伴云来，还将梦去。

【注释】

①迤逦：曲折连绵。 ②蛩：蟋蟀。机杼：指织布机。 ③砧杵：古代洗衣用具。砧，捣衣石；杵，槌棒。一般在河边洗涤。 ④骎骎：马速行的样子。也可用来比喻时光飞逝。 ⑤骖：一车驾三马。这里泛指马。浦，水溪，泛指送别处。晤语：面谈。

【译文】

横展的树林被烟雾笼罩着，远山的夕阳正在徐徐落下，断断续续地传来黄昏的钟鼓。烛光映照着窗户，蟋蟀哀鸣，似乎在催促人们赶快制作衣服。我们都怨恨这清秋的风露。不眠的那些思妇，正在忙忙碌碌，在风声虫声中，又送来声声砧杵。这声音惊动了我这漂泊天涯的倦客，这才发现又已经到了岁末。 当年我曾以酒狂自负，以为春神对我特别的照顾，把三春的美景都向我交付。想不到终年流浪四方，或乘马车奔波在北路,或乘征船离开南浦,满腔幽思也无人可以倾诉。只好仰赖明月,曾经知道我们交流相好的去处,可以陪伴着彩云来到这里,把我的梦魂带进美人的绣户。

【赏析】

上片写客居的所见所感。首三句写郊外黄昏,有声有色,但凄清而迷茫。"烛映"三句,由外入内,写秋夜不眠的愁苦。继而又借思妇的不眠和砧杵声烘托。一烘托夜的孤寂凄清;二映衬自身沦落的悲凉。这一联想,便"惊动"自己,感慨风月的无情。情随景随时序的变换而层层加深。下片追忆往事,抒发浪迹天涯、壮志成空的情怀,开头追忆当年,是顺着上片惊叹而来。结构跳脱而情意绵密。先写自己当年的盛气和壮志,次写多年的漂泊,从对比中抒发不平的抑郁。全词写景笔墨不多,却能抓住特征,显其凄清悲凉,融情便一无矫饰之嫌。

望 湘 人

贺 铸

厌莺声到枕,花气动帘,醉魂愁梦相半。被惜余熏,带惊剩眼①,几许伤春春晚。泪竹痕鲜②,佩兰香老,湘天浓暖。记小江风月佳时,屡约非烟游伴③。　　须信鸾弦易断④,奈云和再鼓,曲中人远⑤。认罗袜无踪,旧处弄波清浅。青翰棹舣⑥,白蘋洲畔,尽目临皋飞观。不解寄、一字相思,幸有归来双燕。

【注释】

①带惊剩眼:比喻人消瘦得很快。眼,腰带上的扣眼。　②泪竹:传说舜死于苍梧,其妃娥皇和女英思念不已,泪下沾行,悉成斑痕。故斑竹也称泪竹。　③非烟:唐武公业之妾,姓步,这里借指似非烟般的情人。　④鸾弦:后世称续娶为"续胶"或"续弦"。这里借指爱情。　⑤云和:山名,以产琴瑟著称,因此也用来指代琴瑟琵琶等乐器。曲中,也作"曲终"。　⑥青翰:船名。因船身有青色的鸟形刻饰,故称。舣,船靠岸。

【译文】

婉转的莺啼声传到了枕畔,鲜花的香气浮进帘间。这美妙的声音,这淡淡的香气,却只能令我心烦。因为我不是在醉中苦熬,就是在梦中萦绕。醉酒做梦各占去我时间的一半。鸳被上还有她熏的余香,令我非常爱怜,又害怕为她消瘦得太快。连续多少次伤春,今年的春天又已迟晚。斑竹上湘妃的泪痕似乎未干,屈子曾佩过的幽兰香消翠减,湘地的天气湿润而又温暖。记得在清风明月的良辰,多次相约非烟似的美人,作为游赏玩乐的侣伴。　　应该相信鸾弦易断,任凭我再三演奏琴弦,乐曲终了,美人依然不见。她的踪迹无处可寻,昔日同游的地方,只有微风吹拂江面,江波清又浅。我登上岸边高高的楼观,终日里凝神眺看,有条画着青鸟的航船,停靠在白蘋洲的岸边。她竟不知寄给我一句相思的语言,幸亏有双双飞来的归燕,多少能慰藉一下我的心田。

【赏析】

上片写触景生情,引起对昔日心中人的怀念。冠上一个"厌"字,则注入了人的感情,因物是人非,而触景伤情。下片由情入景,抒发相思的苦情。首句反用"鸾弦"的典故,写尽相思之深,更见痴情之绝。通篇不着一个"愁"字,而处处见愁。全词抒情委婉细腻,含而不露,悲而不哀,读之别有风味。

绿　头　鸭

贺　铸

玉人家,画楼珠箔临津。托微风、彩箫流怨,断肠马上曾闻。宴堂开、艳妆丛里,调琴思、认歌颦。麝蜡烟浓,玉莲漏短,更衣不待酒初醺。绣屏掩、枕鸳相就,香气渐暾暾[1]。回廊影,疏钟淡月,几许消魂?翠钗分[2]、银笺封泪,舞鞋从此生尘。任兰舟、载将离恨,转南浦、背西曛[3]。记取明年,蔷薇谢后,佳期应未误行云。凤城远[4]、楚梅香嫩,先寄一枝春。青门外[5],只凭芳草,寻访郎君。

【注释】

①暾暾:原指日光明亮,这里指香气浓郁。　②翠钗分:古时以分钗各执一股作为离别纪念。翠钗,以翡翠装饰的宝钗。　③曛:落日的余光。　④凤城:相传秦穆公之女弄玉,吹箫引凤,凤凰降于京城,故称丹凤城。后因称京都为凤城。　⑤青门:汉长安城东南门。本名霸城门,因门色青,便称青门。这里借指北宋都城汴京。

【译文】

美人之家，一座门垂珠帘的彩楼俯临着渡口。借着微风，彩箫发出流荡的幽怨哀音，我在马上奔波时也曾听闻。宴席在厅堂摆开，丽人们艳妆成群，她调弄着琴韵，我认出她微蹙黛眉的歌吟。麝香配制的蜡烛烟雾氤氲，手把荷叶杯饮酒，时间苦短，当有些微微醉意的时候，便去更衣就寝。掩闭了彩绣屏风，枕上鸳鸯互相偎依亲近，芳香的气息越来越浓烈。环绕着回廊阴影，淡淡的月色里传来稀疏的钟声，欢爱中有多少消魂情景。　　自从玉钗离分，她寄来银色的信笺，笺纸上保存着伤愁的泪痕，跳舞的绣鞋从此蒙起灰尘。任随那木兰舟，载着离愁别恨，辗转过了南浦，背着夕阳西下的余辉远远消逝。请记住明年，当蔷薇花凋谢之后，别误了有情人欢会的佳期良辰。长安已经遥远，南楚梅花刚绽出香嫩，请你便先折一枝梅花寄于芳春。到长安城东门之外，只凭着芳草引路，去寻访郎君。

【赏析】

上片写一见钟情，歌女以身相许。开头写先写她住处的华贵，可见身份不凡，次句写她的才艺。"宴堂"二句写邂逅相遇，彼此一见钟情，歌女马上借琴寄心，眉目传情，可见那女子的多情和热烈。"麝蜡"五句不惜繁笔铺陈，细细刻划两人的对饮，写他们的云雨之情。末三句又作概括：欢度良宵。下片写离别后的情景和相约的誓盟。开头写歌女，从"泪封"、"生尘"中表现她对爱情的专一。而自己虽转而又背，却始终载着离恨，也可见男主人公一往情深。既然两人心心相印，便有了"记取"的密约。最后写寄梅报春，等待春的消息。可见爱得深挚而热烈。

石　州　慢

张元干

寒水依痕，春意渐回，沙际烟阔。溪梅晴照生香，冷蕊数枝争发。天涯旧恨，试看几许消魂？长亭门外山重叠。不尽眼中青，是愁来时节。

情切，画楼深闭，想见东风，暗消肌雪①。孤负枕前云雨②，尊前花月。心期切处，更有多少凄凉，殷勤留与归时说。到得再相逢，恰经年离别。

【注释】

①肌雪：指人的皮肤洁白如雪。　②孤负：同"辜负"。

【译文】

寒水缓缓消退，岸边留下一线沙痕。春意渐渐来临，空阔的沙洲烟霭纷纷。晴日朗照，溪边的新梅香气氤氲。数枝梅花争相吐蕊，装点着新春。我独在天涯满腔怨恨，试想我现在是何等的悲怆伤神？长亭门外，群山重叠，望不断的远山遥岑，正是令人忧愁的时节。　　遥想深闺中的你，一定也是思绪纷纭。画楼的层门紧闭，春风暗暗地使你的容颜消瘦。我真是对不起你啊，让你独守空闺冷衾。辜负了多少樽前花月的美景，浪费了大好的青春。你可知道，我也是归心似箭，恨不得一步跨进闺门。更有多少酸甜苦辣，留着回去向你诉说详尽。可等到我们再度相逢，恐怕又要过一年光阴。

【赏析】

上片写春回大地的美景，抒发漂泊天涯的离愁。首三句色调淡雅，意境旷远，给人以静穆而有活力的美感。次二句抓住早春的特征，特写溪边的"数枝梅"，"生"、"争"写出春天的蓬勃生机。下片写对亲人的思念和久别的感慨。"情切"承上启下。"画楼"三句是想象中亲人深闺独居的凄清，想得真切。"孤负"二句则是设想，应有而未有，这才令人怅恨。"心期"以下五句是写希望。"切处"，足见思念之久、之深、之极。但即便重见，也已是"经年离别"了，失去的永远无法弥补，这才叫真正的离恨。

兰　陵　王

张元干

卷珠箔，朝雨轻阴乍阁①。阑干外、烟柳弄晴，芳草侵阶映红药。东风妒花恶，吹落梢头嫩萼。屏山掩、沉水倦熏，中酒心情怕杯勺。寻思旧京洛，正年少疏狂，歌笑迷著。障泥油壁催梳掠②，曾驰道同载③，上林携手，灯夜初过早共约，又争信飘泊？　　寂寞，念行乐。甚粉淡衣襟，音断弦索，琼枝璧月春如昨。怅别后华表，那回双鹤。相思除是，向醉里、暂忘却。

【注释】

①箔：竹帘。阁：同"搁"，停止。 ②障泥：挂在马腹两边，用来遮挡尘土的马具。这里指代马。油壁：用油漆涂饰车壁的华丽车辆。 ③驰道：秦代专供帝王行驶车马的道路。这里指代京城的大道。

【译文】

卷起珠帘，朝雨轻阴初停。栏杆外，轻雾蒸腾，柳条随风轻拂，仿佛在欢喜新晴。芳草的碧色映绿了台阶，新开的芍药花分外鲜红。可恶的东风嫉妒花朵，将梢头上嫩萼吹落在空中。我把屏风紧掩，沉水香也懒得再熏。因喝酒则醉，所以有点怕看见酒盅。　　回想从前在洛阳汴京，风华正茂满腔豪情。纵情欢乐狂放尽兴，也曾迷恋于歌舞名星。常常准备好华丽的车马，催促美人快些打扮起程。曾经同乘一辆马车奔驰在宽广的大街上，也曾携手在上林苑里并肩而行。刚刚过完热闹的元宵佳节，又早早约定何日再度约会重逢。又怎能想今日会到处漂泊宛如飞蓬？　　寂寞啊寂寞，更加思念当日共同行乐的情人。恐怕她衣上的香粉已经消淡，琴弦上也落满了灰尘。自从和她分别之后，至今没有音信，也不知她的月貌花容是否还和以前一样出众超群。怅恨分别之后，一切都在变化，万事如过眼烟云，不知何时能化作仙鹤，飞回到日思夜想的故乡园林。我的相思之情怎么也无法忘却，只有在酒醉的时候，才能暂时忘却秒秒分分。

【赏析】

上片写春日美丽的景色和自己的烦恼。前四句极力铺陈春光大好。"东风"二句陡转，用虚笔暗示，似有"江山变色"的触目惊心。后二句写怕见落花，怕酒醉的心理，包含着深沉的忧恨。中片写追忆京洛昔日的欢娱。头一句承上启下。于是"寻思"以下七句又一次渲染铺叙，写京洛游冶之欢乐。末句又陡然跌落，"又争信"马上返回现实，形成极乐极哀的鲜明对照，给人以恍若隔世的沉痛感。下片写别后的寂寞与相思。"寂寞"紧承上面"漂泊"，"念行乐"又勾连上片中"正年少"的描写。"甚"字领起三句，似写离别日久，往事不堪回首，实则是南渡之后，有"故国不堪回首月明中"的怅恨。词藻温丽而感情悲切，最后抒发了词人心中的万般无奈与无法排遣的忧愤。

贺　新　郎

叶梦得

　　睡起流莺语，掩苍苔、房栊向晚，乱红无数。吹尽残花无人见，惟有垂杨自舞。渐暖霭、初回轻暑。宝扇重寻明月影，暗尘侵、上有乘鸾女。惊旧恨，遽如许。　　江南梦断横江渚，浪粘天、葡萄涨绿，半空烟雨。无限楼前沧波意，谁采蘋花寄取？但怅望、兰舟容与①。万里云帆何时到？送孤鸿、目断千山阻。谁为我，唱金缕？

【注释】

①兰舟：用木兰树做的船。容与：这里是犹豫不进的样子。

【译文】

　　睡醒起来听到黄莺儿细语流转珠圆，落花掩盖了青苔，窗棂昏暗已是傍晚时分，地上无数凋零的花瓣一片凌乱。风儿吹尽了枝梢的残花，还不见那赏花人回来，惟有垂杨孤自飘舞翩然。雾霭渐渐转暖，原来是初夏的轻暑回归天地间。我重寻明月般的团扇，扇影儿圆圆，覆盖了暗淡的尘埃，那乘着鸾凤的月宫里的仙女还依稀可见。它惊醒我往日的恨怨，竟如此急切、突然。　　梦到江南却隔断在横江的沙洲。只见长江大浪粘连着天宇，涨涌的江涛像葡萄般碧绿，从半空洒下烟雾般的细雨。在楼前倚望烟波浩渺引起无限相思意，采一朵白蘋花有谁能托他寄去？两地相思只能怅然空望，那木兰舟犹豫不前。飘泊万里的云帆何时才能归来？目送离群的归雁飞入群山里，视线被群山遮蔽。此刻谁能为我歌唱一曲《金缕衣》。

【赏析】

　　上片写暮春景色，抒发了寂寞凄清的离愁。"渐"时间又有递进。初夏不见景，只写寻扇一细节，勾起了对伊人的思念，更触发惊心动魄的回忆。下片写江边凝伫，等待归舟，盼望团聚，结果蘋花难寄，兰舟容与，云帆不到，千山阻隔，全是怅恨。最后寄情于《金缕》，不要说歌声难到，连唱的人都在远方。全词以愁起，以恨终。

虞 美 人

叶梦得

雨后同干誉、才卿置酒来禽花下作

落花已作风前舞,又送黄昏雨。晓来庭院半残红,惟有游丝,千丈袅晴空。　殷勤花下同携手,更尽杯中酒。美人不用敛蛾眉,我亦多情,无奈酒阑时。

【译文】

落花已在风前飞舞,再一次送走黄昏时的风雨。清晨以来,庭院里半是残落的红花,只有悠悠荡荡的游丝,在晴空中荡来荡去。　我们曾在花前携手同游,尽情地饮干杯中的酒。美人不要因伤春惜别而敛眉愁苦。在这酒尽之时,我也无可奈何,满怀愁绪。

【赏析】

上片写惜春,"落花"二句抓住暮春的景物特点,"已作"是怜,"送"是惜。"晓来"句虽多伤春的忧伤,但"惟有游丝"却骤然一扬,起感情于低谷;"千丈袅晴空",意境高远,心胸豁然开朗,抒情哀而不伤。下片写惜别,"美人不用敛蛾眉,我亦多情,无奈酒阑时",慰人慰己,一往情深。唐圭璋评之曰:"此首风格高骞,极似东坡。"

汉 宫 春

李 邴

潇洒江梅,向竹梢疏处,横两三枝。东君也不爱惜,雪压霜欺。无情燕子,怕春寒、轻失花期。却是有、年年塞雁①,归来曾见开时。清浅小溪如练,问玉堂何似②,茅舍疏篱?伤心故人去后,冷落新诗。微云淡月,对江天、分付他谁。空自忆、清香未减,风流不在人知。

【注释】

①塞雁:塞外的雁。雁是候鸟,秋季到南方过冬,春季又飞回北方,决不失期。

②玉堂：豪贵的宅第。

【译文】

江边的梅树俊逸、清雅，向着稀疏的竹梢，横斜出两三枝梅花。春神也不懂将它爱惜，听凭冰雪寒霜将它欺压。那无情的燕子，也害怕早春的寒气，总轻易地误了江梅绽放的花期。却只有年年往返关塞的大雁，归来时曾见到梅花开得如此艳逸。　　清浅的小溪像一条白练，问那金玉辉煌的豪门宅第哪里像这稀疏篱笆围绕的茅舍草堂？故人离去后令我心伤，歌咏梅花的新诗被冷落一旁。稀薄的云影，淡淡的月光，面对江天浩渺的美景，委托谁来赋诗章？我独自记忆，江梅依旧清香，自持风流雅洁不向世人张扬。

【赏析】

上片写红梅的潇洒风姿，用拟人的笔法写活了梅花的人格。下片再渲染梅花的孤傲，它不稀罕玉堂，只求宁静和朴实。"伤心"以后由梅入人。可以觉察到词人在把梅人格化的同时，也把自己梅"化"了。无论写梅写人，都寄寓了词人的深情。全词写景清丽，抒情婉曲。

临 江 仙

陈与义

高咏楚辞酬午日①，天涯节序匆匆。榴花不似舞裙红，无人知此意，歌罢满帘风。　　万事一身伤老矣，戎葵凝笑墙东②。酒杯深浅去年同，试浇桥水下，今夕到湘中。

【注释】

①楚辞：骚体类文章的总集。西汉刘向辑，收有屈原、宋玉、景差等赋。因为选楚地的文学、方言声韵、风土色彩，故名。午日，端午节，即阴历五月初五，屈原投江的日子。　②戎葵：即蜀葵，俗称一丈红。

【译文】

高声歌咏起《楚辞》敬祝端午佳节，流迹天涯只觉时节过得匆匆。石榴花比不上舞女的裙裳鲜红。没有人理解我此刻心情。歌罢楚辞只觉满帘扑风。　　万物纷扰集于我一身，伤心的是我已年迈，蜀葵花凝神含笑站在墙东。斟杯清酒深浅与去年相同,将酒浇洒在桥下的流水中,今晚就流到湘江之中。

【赏析】

上片写在端午节读《楚辞》的活动与感受。下片感叹自己身处江湖、老大无用。全词抒写心中悲愤曲折回荡,借凭吊屈原寄爱国忧愤,词风峭拔沉郁。

临 江 仙

陈与义

夜登小阁忆洛中旧游

忆昔午桥桥上饮①,坐中多是豪英。长沟流月去无声,杏花疏影里,吹笛到天明。　　二十余年成一梦,此身虽在堪惊。闲登小阁看新晴,古今多少事,渔唱起三更②。

【注释】

①午桥:桥名,在洛阳南十里处。　②渔唱:打渔人的歌儿。

【译文】

回忆昔日在洛阳午桥聚会宴饮时,在座的大多是豪杰英雄。长长的河沟倒映着明月,随水流逝悄然无声。在杏林稀疏的花影里,吹奏着笛子直到天明。　　二十多年岁月犹如一梦,此身躯虽然健在,人生坎坷,转瞬却成空,也够令人心惊的。闲来登上小小楼阁,观看雨后新晴。古往今来多少兴亡悲欢事,听,半夜三更传出了打渔人的歌声!

【赏析】

上片写"忆洛中旧游"的欢乐生活。洛阳是词人的故乡,南面的午桥是他呼朋唤友宴饮游乐的地方,如今沦落异族,座中那些"豪英"呢?抚今追昔怎不令诗人伤感。当然追忆中的往事是美好的。于是还有"长沟流月"仙境般的明净和幽寂环境,有"杏花疏影"似诗如画的携友良辰美景,有"吹笛到天明"的闲情雅兴。谈之令人愉悦而爽朗。末二句承"忆昔"而启下片"一梦"。下片写如今的感叹往昔。首句概括词人从踏上仕途所经历的颠沛流离和国破家亡的痛苦生活。回顾起来当然"堪惊"。末三句是以谈语写哀,"闲"是自我调侃语,从与上片对比看,以乐事写哀的用意明显,昔非今比,今不如昔之叹沉郁哀婉;故作旷达的无可奈何,更令人扼腕。

苏 武 慢

蔡 伸

雁落平沙,烟笼寒水,古垒鸣笳声断。青山隐隐,败叶萧萧,天际瞑鸦零乱。楼上黄昏,片帆千里归程,年华将晚,望碧云空暮,佳人何处?梦魂俱远。 忆旧游、邃馆朱扉,小园香径,尚想桃花人面。书盈锦轴①,恨满金徽②,难写寸心幽怨。两地离愁,一樽芳酒凄凉,危阑倚遍。尽迟留、凭仗西风,吹干泪眼。

【注释】

①书盈锦轴:这里暗用前秦秦州刺史窦滔妻苏氏织锦为回文旋图诗以寄的故事。后称妻寄夫书为"锦字"。 ②金徽:金饰的琴徽。徽,系弦之绳,后以琴面分辨音节的标志之称。

【译文】

大雁飞落在平广的沙滩上,烟雾笼罩着凄寒的水面,古老的军垒吹响胡笳声悠然而断。远望隐隐约约的青山,满山是萧萧的败叶,天边昏暮之中群鸦一片零乱。楼头上降临了黄昏,迢迢千里返回了一片孤帆,岁月将羁旅的我推向老年。仰望碧云飘浮的天空暮色渐浓,我心中的美人倩影杳然,想在梦中寻她,竟连梦魂也离得那么遥远。 回忆往日的游乐,在深院红门的馆舍里共枕同宿,在花香铺路的小园里携手漫步,还能想象她的容貌像桃花般艳丽、媚妩。情书卷成锦轴,别恨溢满了琴弦,难写尽心中幽深的怨楚。两地的离愁难诉,斟一杯芳香的美酒,浇不尽凄凉愁苦,顺着高高的栏杆遍倚。总是迟迟地留连不返,凭借着西风,吹干流淌热泪的双眼。

【赏析】

上片以写景为主,描绘了秋江黄昏的凄凉景色,及对佳人的思念。

品诗诵词

开头三句背景寥廓，色彩灰暗、声音悲凉，是抒离愁的典型环境，是近观水边。"败叶"、"瞑鸦"注入更多的凄凉之感，暗喻了离乱后的凄凉身世。"楼上"三句，写有家难归之叹，而又"年华将晚"，时不我待。词人的忧国怀乡之情全在"片帆千里"之中了。最后三句直抒胸臆，引入对佳人的怀念。下片写回忆过去相聚的欢乐，与眼前的漂泊凄苦形成鲜明对照。"忆"字三句，写出昔日的欢乐。"书盈"三句是想象离别后佳人因思念自己而愁苦，写得更加凄婉。最后照应开头处，"楼上"的眺望，又拽回了思绪，感情变得悲凉凄切。

柳 梢 青

蔡 伸

数声鶗鴃①，可怜又是、春归时节。满院东风，海棠铺绣，梨花飘雪。　　丁香露泣残枝，算未比、愁肠寸结。自是休文②，多情多感，不干风月。

【注释】

①鶗鴃：古书上指杜鹃鸟。　②休文：南朝梁代诗人沈约字休文，仕宋及齐，以不得重用，郁郁成病，消瘦异常。

【译文】

几声杜鹃的悲啼，令人怜惜呵，又到了春光归去的季节。满院的东风嬉戏，海棠花铺了一地锦绣，梨花漫空飘舞好像飘起了白雪。　　残枝上丁香花缀着哭泣的露水，算来也比上我这样寸寸肝肠里的悲愁郁结。本来就像沈休文那样多情善感，我的悲愁感伤却与清风明月不相干。

【赏析】

上片描绘暮春既美丽而又凄凉的景色。开头"几声"鶗鴃，使人联想到蜀帝杜宇死后化作杜鹃的故事，令人伤感，奠定了全词的基调。"可怜"直叙因曲，是伤感春又归去。然后抓住海棠铺绣、梨花飘雪的特点，寄托既陶醉美景又伤心年华消逝的复杂情感。下片抒发主人公愁肠百结、胸怀难露的苦闷心绪。开头"丁香"承上，"泣"领下，用得巧妙，自然地把上片侧景的描绘过渡到以下侧情的抒发。即使丁香因"残"而能泣，也"未比"得上自己柔肠寸断的怨愁,是以物比人,最后二句又起波澜,说"不干风月",把无法排遣的郁闷归结于自身多情多感,又把真情藏起。

鹧鸪天

周紫芝

一点残釭欲尽时①,乍凉秋气满屏帏。梧桐叶上三更雨,叶叶声声是别离。　调宝瑟,拨金猊②,那时同唱鹧鸪词。如今风雨西楼夜,不听清歌也泪垂。

【注释】

①釭:灯。　②金猊:香炉。镀金的猊(suān)猊,狮子形香炉,香燃于腹中,烟自口出。

【译文】

油灯将要燃尽残余的一点光焰,骤然间秋气寒凉充满画屏和帷帘。夜半三更的秋雨打着梧桐叶滴滴点点,一叶叶一声声全是别离的嗟叹。

她弹奏锦瑟调弄琴弦,我为她拨动着香炉中的炉炭。那时候她与我将那《鹧鸪词》唱得情意绵绵。如今在这风雨交加的西楼夜晚,即使听不见她凄清的歌声也会垂泪涟涟。

【赏析】

上片写秋夜听雨。首两句从视觉、感觉写秋夜的寂寞凄清。"梧桐"二句从听觉上写凄清,末了点明"别离",离愁别恨全融合于景物之中,不见一点痕迹。下片写追忆当年与情人欢聚的幸福与欢乐,抒发离别的悲情。开头三句是从上片秋夜不眠引出。调、拨、唱三个细节动作,写尽了无限甜蜜与温馨,与秋夜听雨的寂寞凄凉形成鲜明对比。结末两句再拽回思绪,又回到风雨凄凄的现实。昔与今,乐与哀反差强烈,便见情意深切。"不听"句呼应上片末句,再现抒情的婉曲与缠绵。

品诗诵词

踏莎行

周紫芝

情似游丝,人如飞絮,泪珠阁定空相觑。一溪烟柳万丝垂,无因系得兰舟住。　雁过斜阳,草迷烟渚,如今已是愁无数。明朝且做莫思量,如何过得今宵去!

【译文】

离情撩乱好似漫空飘浮的游丝,离人飘泊如同随风飞舞的柳絮。离别时凝定了泪眼空自相觑。整条河溪烟雾弥漫,杨柳树万丝千缕,却无法将那木兰舟维系。　在夕阳的斜照下大雁向远方迁徙,烟雾覆盖了沙洲,草树迷离。到如今离愁郁积,多得不可胜计。姑且不要思量明天如何,就是今夜如何熬得过去?

【赏析】

上片写送别时的情景。开头两个比喻,把人与物、情与景合写。"游丝"写神思恍惚,心绪不定,离情缠绵;"飞絮"写旅人身不由己,漂泊无定,别恨悠长。"泪珠"一句描绘离别情状,"空"字见情,包含了许多无奈和怅惘。"一溪"又回到景物,出奇的是不落俗套的折柳赠别,而想借柳丝系住情人离去的兰舟,一丝幻想终被"无因"的现实击得粉碎,于是留下的仍是愁苦。下片写别后相思,仍承上片"一溪"景色,但时序更替,已到秋天了。景色的迷茫正是心绪的迷茫,"烟"笼罩着情人归去处的沙渚,也笼罩在自己的心头,情与景的自然融合,情渲染了景,景烘托了情,用笔精妙。最后明朝今宵的设想,反复催动离情。感情层层推进如波澜起伏,真挚而婉曲。

满江红

岳 飞

怒发冲冠,凭阑处、潇潇雨歇。抬望眼、仰天长啸,壮怀激烈。三十功名尘与土,八千里路云和月。莫等闲、白了少年头,空悲切。靖康耻①,犹未雪;臣子恨,何时灭。驾长车、踏破贺兰山缺②。壮志饥餐胡虏肉，笑谈渴饮匈奴血。待从头、收拾旧山河，朝天阙③。

【注释】

①靖康耻：指钦宗靖康二年（1127）京师和中原沦落，徽钦二宗被掳往金国的奇耻大辱。　②贺兰山：在宁夏与内蒙古交界处。这里借指金国的核心地。③天阙：皇宫，朝廷。

【译文】

由于愤怒，头发根根竖立直冲冠帽，凭靠在栏杆旁，那潇潇的骤雨刚刚停歇。抬头放眼四望，仰首苍天长声怒啸，充满壮志的情怀慷慨激烈。人生三十而立，建立的功名宛似尘灰与土泥，转战八千余里，未来的征程还有浮云与明月。切莫轻易地虚度年华，苍白了少年青发，空自悔恨悲切。　　靖康年汴京沦亡的奇耻，还未洗雪，臣子的报国杀敌的仇恨，何时能熄灭！我愿驾御着战车，踏破贺兰山的敌人营垒，一片残缺。壮志同仇，饿了恨不得要吃那敌人的肉，笑谈蔑敌，渴了恨不得喝那敌人的血。我将要重新收复、重整旧日的河山，朝拜故都京阙。

【赏析】

上片抒发词人为国立功满腔忠义奋发的豪气。起句突兀，一"怒"字气壮山河，奠定了全词昂扬的基调。"抬望眼"承"雨歇"而来，词人俯仰天地，一腔热血激荡浩气迸发，全从"长啸"中见。"三十"二句写自己的宏誓和决心。"莫等闲"二语已成为千古箴铭，结句自勉勉人，爱国之情溢于言表。下片抒写了他重整山河的决心和报效君王的耿耿忠心。开头四个短句，三字一顿，一锤一声，裂石崩云，这种以天下为己任的崇高胸怀，令人扼腕。"驾长车"一句豪气直冲云霄。"饥餐"、"渴饮"虽系夸张，却表现了词人足以震慑敌人的民族的英雄主义气概。最后二句语调陡转平和，表达了他报效朝廷的一片赤诚之心。全词如江河直泻，曲折回荡。

水　龙　吟

程　垓

夜来风雨匆匆，故园定是花无几。愁多怨极，等闲孤负，一年芳意。

柳困桃慵，杏青梅小，对人容易。算好春常在，好花长见，原只是、人憔悴。　　回首池南旧事①，恨星星②、不堪重记。如今但有，看花老眼，伤时清泪。不怕逢花瘦，只愁怕、老来风味。待繁红乱处，留云借月③，也须拼醉。

【注释】

①池南：泛指故园某地。　②星星：指两鬓花白。　③留云借月：意即抓住美好时光，及时行乐。

【译文】

夜里风骤雨急，故园里的鲜花一定所剩无几。我愁苦怨恨至极，就这样轻易地辜负了大好的春日。倦怠的桃花，懒洋洋的柳絮，杏子青又青，梅子小而绿，春光就这样随意地飞逝了。就算美好的春天年年重来，盛开的鲜花年年芬芳艳丽，只是人的心情已经憔悴。　　可恨两鬓已经斑白，池南欢乐的旧事，更是不堪回首重忆。如今只有一双观花的老眼，感时伤世而常常流下清泪。我如今并不怕花儿瘦损，只发愁自己的身心衰老困怠。趁着这繁花烂漫之时，我算豁了出去，留下彩云和月光相伴陪，尽情地喝个酩酊大醉。

【赏析】

首句写一场急风暴雨，把故园的花儿摧折得七零八落，与常人都写"见"不同，他只是"定"的料想。上片几乎全是抒情性的叹论：一叹自己辜负了大好春光；二叹春光轻易地抛弃了自己；三叹真正不能永葆美好的不是春和花，而是人的身心。种种愁怨全从首句而来。上片是借春光写人事。下片是自叹老大，借酒浇愁。无限的沉痛与伤春惜春的迟暮之感贯注于全词。全词凄婉绵丽，耐人寻味。

六州歌头

张孝祥

长淮望断①，关塞莽然平。征尘暗，霜风劲，悄边声，黯销凝。追想当年事，殆天数，非人力；洙泗上，弦歌地，亦膻腥。隔水毡乡，落日牛羊下，区脱纵横②。看名王宵猎，骑火一川明，笳鼓悲鸣，遣人惊。

念腰间箭，匣中剑，空埃蠹，竟何成！时易失，心徒壮，岁将零，渺神京。干羽方怀远，静烽燧③，且休兵。冠盖使，纷驰骛，若为情。闻道中原遗老，常南望，翠葆霓旌④。使行人到此，忠愤气填膺，有泪如倾。

【注释】

①长淮：指淮河，当时为宋金的分界线。 ②区脱：匈奴语称边境屯戍或守望的土堡为区脱。 ③烽燧：报警传讯的烽烟。白天举烟为燧，夜里燃火曰烽。 ④翠葆霓旌：指皇帝的仪仗。

【译文】

在漫长的淮河岸边极目望远，关塞上野草丛生是平阔的荒原。北伐的征尘已暗淡，寒冷的秋风在使劲地吹，边塞上静寂悄然。我凝神伫望，心情黯淡。追想当年的中原沦陷，恐怕是天意运数，并非人力可扭转；孔门弟子求学的洙泗水边，弦歌交奏的礼乐之邦，也已变作膻腥一片。隔河相望是敌军的毡帐，黄昏落日时牛羊返回圈栏，纵横布置了敌军的前哨据点。看金兵将领夜间出猎，骑兵手持火把照亮了整片平川，胡笳鼓角发出悲壮的声音，令人胆战心惊。 想我腰间弓箭，匣中宝剑，空自遭了蠹虫尘埃的侵蚀和污染，满怀壮志竟不得施展。时机轻易流失，壮心徒自雄健，岁暮将残，光复汴京的希望更加渺远。朝廷正在对敌妥协求和，边境烽烟宁静，敌我暂且休兵。冠服乘车的议和使者，纷纷地来回奔走，实在让人羞愧难为情。传说留在中原的父老，常常盼望朝廷，盼望皇帝仪仗，翠盖车队彩旗蔽空。使得行人来到此地，一腔忠愤，怒气填膺，热泪倾洒前胸。

【赏析】

上片写词人在淮河边之所见所感。采用景物对比，来揭露和斥责朝廷的不思抵抗。首二句的景状触目惊心，朝廷撤了边防，野草与关塞一样平了，而敌方却"区脱纵横"；我方"悄边声"，敌方却"征尘暗"、"笳鼓悲鸣"；敌方"名王宵猎"，我方呢？妙在不说之中。中间"追想"的插入也属对比，具有强烈的讽刺意味。"殆天数"看似作解释，实则是在斥责。下片慨叹报国无门的忠愤。"念"字一领七句，是回顾，更是现象。"渺神京"是必然的结果，也是词人爱国主义感情无依的深深叹惜。

品诗诵词

"干羽"三句是讽刺朝廷主和投降的政策。"冠盖"三句则是斥责求和的行为丑态。"闻道"三句则从中原遗民角度斥责。最后三句从行人角度斥责。

念 奴 娇

张孝祥

洞庭青草，近中秋、更无一点风色。玉鉴琼田三万顷，着我扁舟一叶。素月分辉，银河共影，表里俱澄澈。怡然心会，妙处难与君说。

应念岭海经年①，孤光自照，肝胆皆冰雪。短发萧骚襟袖冷，稳泛沧浪空阔。尽挹西江②，细斟北斗，万象为宾客。扣舷独啸，不知今夕何夕。

【注释】

①岭海：指两广，其北有五岭，南有南海，故称。　②挹：舀，把液体盛出来。西江，指长江，长江自西来，故称。

【译文】

洞庭湖和青草湖，临近中秋时节时，湖面上没有一点风浪。三万顷湖面像玉镜一样晶莹，我驾着一叶小舟自由地飘荡。明月分洒着辉芒，银河与湖面光影相望。水天一色，澄澈清旷。悠然安闲地心领神会，难以向你说清这美妙的景象。　应会想到在岭南任职的一年中，有寒月的孤光照在我心间，肝胆都如冰雪般晶莹。满头稀疏的短发，两袖清冷，在空阔的沧浪里稳坐孤舟顺流飘动。将西来的长江水作为美酒舀净，将美酒慢慢斟满了北斗的酒盅，将宇宙万物作为饮酒的宾客来邀请。扣击着船舷独自发出啸声，不知道今夕何夕，竟会有如此美妙空灵的胜境。

【赏析】

上片写洞庭月色的空明澄澈。首三句交代洞庭湖与青草湖在中秋月夜"无一点风色"，便更见水月辉映的明朗。"玉鉴"一句在空明中更见坦荡寥廓；一叶扁舟置其间，不为显示渺小，而是要映衬洞庭的"胸怀"。"素月"三句写天光水色通明澄澈的清奇壮美，妙在"表里俱澄澈"一句。这里不仅水天俱清，更有词人的表里俱清，审美的主体与客体浑然一体。这样坦荡的人生、玉洁冰清的人格，三万顷似的宽广胸襟也便上升到一个极纯净的境界。末句点明"妙处难与君说"的其中奥妙，是一种最理智的人生真谛。下片抒发自己心似洞庭的澄澈之情。"应念"二句概括了这段遭遇。和"肝胆皆冰雪"的心志相比，"一片冰心在玉壶"有更多的孤傲和自恃。"短发"一句写打击后的落魄，"稳泛"句表现宠辱皆忘、超然物外的豁达人生。"尽挹"三句，有李白似的超脱和豪放。最后化用苏轼文句回应中秋开头，以深沉的设问给人无限回味。

六州歌头

韩元吉

东风著意，先上小桃枝。红粉腻，娇如醉，倚朱扉。记年时，隐映新妆现，临水岸，春将半，云日暖，斜桥转，夹城西。草软莎平，跛马垂杨渡①，玉勒争嘶②。认蛾眉，凝笑脸，薄拂燕脂，绣户曾窥，恨依依。

共携手处，香如雾，红随步，怨春迟。消瘦损，凭谁问？只花知，泪空垂。旧日堂前燕，和烟雨，又双飞。人自老，春长好，梦佳期。前度刘郎，几许风流地，花也应悲。但茫茫暮霭，目断武陵溪，往事难追。

【注释】

①跛马：勒马使之回转。　②玉勒：玉制的马衔，也泛指马。

【译文】

东风带着情意，先朝小小的桃枝上飞。美人红粉细腻，娇艳如痴如醉，斜倚着朱红的门扉。记得去年时，她新妆衬着芙蓉面，隐隐与桃花相映争艳，临水自怜。春天过去了一半，云日暖融融，顺着斜桥回转，直到夹城西边。绿草柔软平展，驰马奔腾，渡口上垂柳翩翩，玉勒的骏马嘶鸣着驰跃争先。我认出她秀美的蛾眉，凝神一瞥的笑脸，面颊上敷得淡淡的胭脂。绣窗前曾偷偷窥面的佳人今日不复见，依依相思愁恨绵绵不断。　当年携手共游之处，桃花依旧芳香如雾，满地落红随着步履旋舞，怨恨春光到了迟暮。惜春人也消魂瘦损，又有谁来慰问？只有桃花知心，空将清泪垂淋。旧日堂前筑巢的燕子，随着烟雾迷蒙的春雨，又双双飞回旧居。惜春人空自衰老，年年更新的春光永远美好，但愿如梦的佳期跟着春天重新来到。前度刘郎今又到，昔日风流之地旧迹还剩多少？桃花见此也会悲哀伤恼。只见黄昏时云霭茫茫一片，武陵溪已然看不见，往事已难以追回。

【赏析】

上片睹物思人，回忆与她初遇情景，以及寻访无着的怅恨。首二句点"桃花"题。次三句花人合写。"记年时"以下由见花引入思人。其间将崔护"人面桃花"的故事与自己经历的现实混写，以增添诗情。下片起首"共携手处"陡然跃进。此前当有一段终于相见相恋的欢乐情景，词人却未作描述。由此而下，直抒今日情怀。先三句写景物依旧；"消瘦"以下四句则叹人事俱非。再用"旧日"的刘禹锡诗意叹惜人不如燕。继而以"人自老"三句感叹人生短暂；"前度刘郎"三句表示自己命运不济，好梦难再的悲哀。最后借武陵人深深叹惜那永不再有的欢乐。全诗以桃花始，以桃花终，处处紧扣桃花形神，借用桃花故事，由此生发出一段情事，一段叹喟，语言妩媚秀丽，情意婉曲缠绵，哀婉动人。

卜　算　子

陆　游

咏　梅

驿外断桥边，寂寞开无主。已是黄昏独自愁，更著风和雨。无意苦争春，一任群芳妒①。零落成泥碾作尘，只有香如故。

【注释】

①群芳妒：借指打击词人的奸佞之徒。

【译文】

驿馆外面断桥的旁边，有一株开放的梅花寂寞而孤独，既无人欣赏也无人保护。已到了黄昏日暮，她仿佛在独自感伤愁苦，更何况又有凄风苦雨。　　她也没有心思苦苦地争占春光，任凭那些凡花俗卉去中伤嫉妒。高洁芳芬是她天生的秉赋，纵然片片零落被碾成泥土，那淡淡的清香却依然如故。

【赏析】

上片写梅花的遭遇。首句写开放在荒野，似受到排挤；次句写"寂寞",似政治上的被孤立。"已是"二句写处境的艰难,不仅被孤立排挤,还受到风风雨雨的打击,这正是词人坎坷人生的写照。下片写梅花的品格。"无意"可见其光明磊落;"一任"更见其坦荡胸怀,铮铮傲骨。最后二句写其孤芳清高、节操自持,绝不同流合污的高风亮节。无疑是他在连遭打击下,孤高品性的象征和不怕挫折、决不屈服的倔强精神。

水 龙 吟

陈 亮

闹花深处层楼,画帘半卷东风软。春归翠陌,平莎茸嫩,垂杨金浅。迟日催花①,淡云阁雨,轻寒轻暖。恨芳菲世界,游人未赏,都付与,莺和燕。 寂寞凭高念远,向南楼一声归雁。金钗斗草,青丝勒马②,风流云散。罗绶分香③,翠绡封泪,几多幽怨?正消魂又是,疏烟淡月,子规声断。

【注释】

①迟日:天日长。 ②青丝勒马:用青丝绳做的马络头控制马。勒:拉缰止马。 ③罗绶分香:借指离别。绶:丝带,用来系帏幕或印环。古代常用不同颜色的丝带,标志官吏的身份和等级。

【译文】

高楼掩映在繁花深处,春风温和柔软,画帘半卷。春风染绿了道路,平野上嫩草一望无边,垂柳的柳条黄色轻浅。迟迟的丽日催促着花儿开放,淡淡的云彩留住春天的雨点,天气轻寒或轻暖,温和宜人。只恨如此美好芳芬的景色,游人未曾欣赏,却全都付给了黄莺和飞燕。寂寞时凭栏念远,听南楼传来一声声归雁。不禁回忆起欢乐的从前,你拔下金钗去斗百草,我牵着青丝缰绳的宝马,笑着在一旁欣赏观看,但这一切风流美好的生活都烟消云散。赠与熏香的罗带当作留念,翠色的丝巾上还有你的泪痕,那里包含着你多少幽怨。正当我极度伤心的时候,又传来几声子规的悲啼,满目尽是淡月疏烟。

【赏析】

上片写春日美好的景象和游人未赏的憾恨。前五句极力铺陈春天景色的秀丽迷人。由近及远层层展开，创造了令人怡然自乐的环境。"迟日"三句由景及人，楼中人正因此而感到惬意。下面"恨"字骤然一顿，涌起无限遗恨。下片写"恨"。首三句是逻辑上的倒置，大雁春日北回，这一声哀鸣，便引起词人的"寂寞"之感和"凭高念远"之思。"念远"是全词的文眼。以下念的全是昔日欢乐春天，"风流云散"则是对比现实，"念"的结果则是"几多幽怨"的设问。最后以景作结。一腔壮怀激烈，全在这淡淡的景物之中，写得沉郁悲凉。

忆 秦 娥

范成大

楼阴缺，阑干影卧东厢月。东厢月，一天风露，杏花如雪。

隔烟催漏金虬咽①，罗帏暗淡灯花结②。灯花结，片时春梦，江南天阔。

【注释】

①金虬：铜制的龙装在漏壶上计时用。 ②灯花：油灯灯芯的余烬，爆成花形，古人以为吉利。

【译文】

楼阁在树荫的遮蔽下露出一角，一轮明月映照着东厢，楼栏杆的阴影斜卧在地面上。东厢明月照四方，满天飘洒风露寒，如雪的杏花绽放着芳香。　　隔着熏炉的烟气朦胧，计时的铜龙鸣咽着催促滴漏的水声，纱罗的帏帐暗淡，灯芯已烧成花形。灯光焦凝，我进入短暂美妙的香梦，梦见了江南辽阔的晴空。

【赏析】

上片描写春天月夜景色。静谧的月夜，情调非常温馨。女主人公深夜不眠，独在月下痴情思念。下片写回到楼内闺房的情景。首句的"催"和"咽"以及上片的"风"都是以动衬静，但多了暗暗的愁恨。"灯花结"，在"暗淡"的氛围中为之一振，于是有了后面梦到江南的慰藉，以夜月实景起，以春梦虚境止。静谧和温馨掩盖了淡淡的离愁，确别有风味。

眼 儿 媚

范成大

萍乡道中乍晴,卧舆中困甚,小憩柳塘。

酣酣日脚紫烟浮①,妍暖破轻裘。困人天色,醉人花气,午梦扶头②。春慵恰似春塘水,一片縠纹愁③。溶溶曳曳④,东风无力,欲皱还休。

【注释】

①酣酣:艳丽旺盛的样子。 日脚,穿过云隙下射的日光。 ②扶头:酒名,指易醉的酒。这里指花醉如酒。 ③縠纹:绉纹,多指喻水的波纹 ④溶溶曳曳:荡漾的样子。

【译文】

温暖的阳光穿过飘浮的云隙落到平地上,景色美天气暖,敞开了轻轻的皮衣。令人困倦的天气,令人陶醉的花香,正午酣梦时花醉如酒。

春日的慵懒恰似池塘里静静的春水,水面上一片涟漪就像春愁泛起。碧水缓缓波荡,东风柔软无力,水面像要皱起微波又将微波抹去。

【赏析】

这首词写春浓景色及困人天色,醉人花气。全词构思新颖,贴切生动,细腻柔和,工巧精美。沈际飞评此词:"字字软温,着其气息即醉"。

霜 天 晓 角

范成大

晚晴风歇,一夜春威折①。脉脉花疏天淡,云来去,数枝雪。
胜绝②,愁亦绝,此情谁共说。惟有两行低雁,知人倚、画楼月。

【注释】

①春威:春寒的威力。 ②胜绝:美景超绝。

【译文】

夜晚天晴风也停歇了,一夜春寒将梅花摧折。淡淡的云天下,稀疏的花枝依然含情脉脉，浮云飘来飘去，数枝梅梢好像还带着雪。

胜景超绝，触起悲愁也苦极，此情向谁倾诉呢？只有两行低飞的鸿雁，知道有个人将栏杆凭倚，在画楼上仰望明月。

【赏析】

上片写早春寒梅，词人用疏笔淡墨写梅花的多情，天公以淡青的素雅色彩为其陪衬。明月皎浩，碧海青天中悠悠飘过几片浮云，与地面几枝白梅以幽情遥相呼应，真是妙不可言的良辰美景。下片以"胜绝"开端，承上赞叹作结；"愁亦绝"启下，突然出现赏梅人来。景与情落差千丈，用笔跌宕多姿。"共谁说"，一见"亦绝"，二见孤独，是愁亦绝的原委。"惟有"二句都撇下愁去写过楼的大雁。这一笔又荡得很远，抛开了题目中的"梅"，已由梅及人。这样，梅的胜绝，人的愁绝，便给人留下充分的想象余地。

贺　新　郎

辛弃疾

别茂嘉十二弟

绿树听鹈鴂①，更那堪、鹧鸪声住②，杜鹃声切。啼到春归无寻处，苦恨芳菲都歇③。算未抵人间离别。马上琵琶关塞黑，更长门、翠辇辞金阙，看燕燕，送归妾。　　将军百战身名裂，向河梁、回头万里，故人长绝。易水萧萧西风冷，满座衣冠似雪。正壮士、悲歌未彻④。啼鸟还知如许恨，料不啼清泪长啼血，谁共我，醉明月。

【注释】

①鹈鴂：鸟名，鸣于暮春。　②鹧鸪：鸟名，鸣声凄切。　③芳菲：芳香的花草。　④未彻：未完。

【译文】

听着绿树荫里鹈鴂叫得凄惨，更如何忍受，鹧鸪鸟的啼叫刚住，杜鹃又发出悲切的号呼。一直啼到春天归去再无寻觅处，芬芳的百花都已枯萎，实在令人愁恨、痛苦。算起来这桩桩件件也抵不上人间生离死别的痛楚。汉代王昭君骑在马上弹着琵琶,奔向黑沉沉的关塞荒野,更有陈皇后阿娇失宠幽居长门宫,坐着翠碧的宫辇辞别皇宫金阙。春秋时卫国庄姜望着燕子双飞,远送休弃去国的归妾。　　汉代名将李陵身经百战,兵败归降匈奴后身败名裂。到河边桥头送别苏武时,回头遥望故国远隔万里,与故友永远诀别。还有荆轲冒着萧瑟的秋风,易水的寒冽,送别的宾客素衣素冠像一片白雪。正是勇士壮别去国,慷慨悲歌无尽无歇。啼鸟若知人间有如此多的悲恨痛切,料想它不会再悲啼清泪,而是悲啼鲜血了。如今嘉茂弟远别,还有谁与我饮酒共醉赏明月?

【赏析】

开头三句列举三鸟啼鸣悲切起来,哀叹大好春光的消失。"算未抵"一笔转过,对比人间离恨。上片举汉王昭君出塞,陈皇后被贬,戴妫归国,三位女子红颜薄命的恨事。下片又接写李陵、荆轲两位失败英雄的悲剧。引用历史人物的故事,暗讽南宋朝廷对敌妥协的政策,寄寓自己壮志难酬的凄怆。这首"贺新郎"的内容与众不同,内容上本应是送别,却专门罗列古来"别恨"之事,铺叙人间别恨,形式上与词的上、下片分层达意的惯例不同,全词打破了上下片的界限,章法绝妙,语语都有境界,功力非凡。

念　奴　娇

辛弃疾

书东流村壁

野棠花落①,又匆匆过了,清明时节。刬地东风欺客梦②,一枕云屏寒怯。曲岸持觞③,垂杨系马,此地曾轻别。楼空人去,旧游飞燕能说。　　闻道绮陌东头④,行人曾见,帘底纤纤月⑤。旧恨春江流不尽,新恨云山千叠。料得明朝,尊前重见,镜里花难折。也应惊问,近来多少华发?

【注释】

①野棠:野生的棠梨。　②刬地:无端,只是。　③曲岸持觞:即曲水流觞。　④绮陌:原指纵横交错的道路,宋人亦用以指花街柳巷。　⑤纤纤月:这里借代

指人。

【译诗】

野外棠梨花纷乱凋零,时光又匆匆过了清明。东风无端地欺扰远客的美梦,枕上心怯难眠,寒气侵透了云母屏风。在弯曲的河岸分手,举杯凄凉,将马儿系在垂杨柳旁,难忘当年此地曾经离别的景象。而今楼阁已空,人去无影,只有飞燕能诉说旧日的游踪。 传说繁华的街道东头,行人曾经窥见,只有帘下秀足如弯月纤纤。旧恨如一江春水流不断,新恨又千重万叠如云海群山。料想今后,筵席前重逢相见,她会像镜中的花难以折攀。她也会吃惊地问我:近来又平添了多少白发?

【赏析】

上片写旅途的凄寂和对往事的回忆。前二句点明季节,那本是恋情骤发的时光。次二句抒发孤馆的寂寞,由此回忆起刚才经过的地方,那时正是"曲岸持觞"的节日,自己"垂杨系马",有了一段欢乐的旧事。现在人去楼空,倍增孤馆的凄情。下片写对旧日恋人的思念及寻觅不见的惆怅。"闻道"三句写传闻中女子的身份。次二句写今日的怅恨。旧恨由于轻别而不能长久;新恨由于人去楼空,往事不堪回首。"料得"以下,全是无可奈何中的幻想,聊以自慰而已。最后以平添的白发作结,给人以无限伤感。全词将所见、所闻、所思、所盼交错抒写,形成浓重的怅恨氛围,显示了辛词婉约而沉郁的风格。

汉 宫 春

辛弃疾

立 春

春已归来,看美人头上,袅袅春幡。无端风雨,未肯收尽余寒。年时燕子,料今宵梦到西园①。浑未办,黄柑荐酒,更传青韭堆盘。 却笑东风,从此便熏梅染柳,更没些闲。闲时又来镜里,转变朱颜。清愁不断,问何人会解连环?生怕见花开花落,朝来塞雁先还。

【注释】

①西园:这里借指京都园林。

【译文】

春天已重归大地,看美人的头上鬓边,摇摇颤颤插戴着春燕形状的彩幡。无端地一阵风雨,还不肯收尽残冬的余寒。去年的燕子,我料想它今晚定然在梦中回到故都西园。我今天还没有备办黄柑酿制的美酒,更别说向亲友馈送青韭堆盘。 我却感到可笑,那东风从此就要忙碌着将梅、柳熏染装扮,再没有一些空闲。待到空闲时又跑到镜子里,转变青春,衰老了红颜。凄清的忧愁缠绵不断,试问有什么人能解开郁结在心中的九曲连环?实在害怕看见花开花落春光残景,清早时关塞的大雁已先我返回了中原。

【赏析】

从春已归来,设想春已归去,从个人的愁情引出国难家仇。迎春、恋春,反复回旋,深沉委曲,是这首诗的艺术构思特点。

上片写立春的景象和今不如昔的感慨。开头三句点题,立春很欢乐。次二句"无端"递转,"未肯"似在说,别忘了余寒未收。"年时"二句以燕子的遭遇,指明汴京陷落的现象。末二句从立春的无心绪和凄苦生活的角度,抒发春怨的两重主题。下片再推进一层,"都笑东风"忙于梅柳,讥讽更加形象而明朗。"清愁"则是写自己报国无门的悲哀。最后写大雁先我回归北方而自叹,感情凄怆沉咽。

贺 新 郎

辛弃疾

赋 琵 琶

凤尾龙香拨,自开元、霓裳曲罢,几番风月。最苦浔阳江头客,画舸亭亭待发。记出塞、黄云堆雪。马上离愁三万里,望昭阳、宫殿孤鸿没。弦解语,恨难说。 辽阳驿使音尘绝,琐窗寒、轻拢慢捻[①],泪珠盈睫。推手含情还却手,一抹梁州哀彻。千古事、云飞烟灭。贺老定场无消息,想沉香亭北繁华歇,弹到此,为呜咽。

【译文】

凤尾形的琵琶龙香柏的弦拨,自从开元盛世过罢,《霓裳羽衣曲》又经历了多少代风清月白?最愁苦当数白居易浔阳江头夜送客,为听琵琶妙曲,等待出发的高高画船在江边停泊。记得王昭君出塞和亲,天上黄云遮蔽,马前冰雪堆积。她在马上弹着琵琶诉离愁,去国别家三万里,遥望昭阳宫殿的方向,离群的孤雁隐没了踪迹。琵琶弦善解人意,昭君恨难以尽叙。　　北方传递音信的辽阳驿使已经断绝,雕花窗透入了寒气,她轻拢慢捻地弹奏琵琶,泪珠儿盈满双睫。含情脉脉地在丝弦推手又却手,抹一曲《梁州》哀痛欲绝。千古兴亡多少事,都如浮云飞散烟尘灭。贺怀智那样压场的琵琶名手已杳无消息,沉香亭北的歌舞繁华也已停歇。弹曲到这里,听者皆呜咽。

【赏析】

上片用三个有关琵琶的典故来议论和抒情。杨贵妃的琵琶弹走了盛唐的繁华,从此国运衰微。白居易听琵琶,感受被迁谪的悲凉。王昭君手抱琵琶出塞是朝廷的屈辱。结句恨难说,表达了家事、国事,身前、身后事,不知从何说起的感情。下片借思妇弹琵琶表达对辽阳人的思念,抒发对北国的怀念。首先暗喻辽阳的陷落,引起思妇的哀怨。最后以回忆唐朝琵琶高手贺老和沉香亭中玄宗与贵妃玩赏的故事作结,供以"呜咽"宋朝的衰亡。

此词从《霓裳曲》谈到许多有关琵琶的故事,用事最多,然而圆转流丽,不为事所使,确是妙手,词人心中有泪,笔下无一字不呜咽,是辛弃疾咏物词的佳作。

水 龙 吟

辛弃疾

登建康赏心亭

楚天千里清秋,水随天去秋无际。遥岑远目,献愁供恨,玉簪螺髻。落日楼头,断鸿声里,江南游子。把吴钩看了①,阑干拍遍,无人会、登临意。　　休说鲈鱼堪脍,尽西风、季鹰归未?求田问舍,怕应羞见,刘郎才气。可惜流年，忧愁风雨，树犹如此。倩何人唤取，红巾翠袖②，揾英雄泪③。

【注释】

①吴钩：一种弯形的刀。　②红巾翠袖：指歌女。　③揾：擦拭。

【译文】

南楚碧天千里辽阔，一派凄清的秋色，长江水随着碧天远去，秋色无边无际。极目眺望着遥远的山峰簇聚，传说着愁恨冤屈，有的如碧玉发簪高耸，有的像螺形发髻层叠盘簇。落日斜挂楼头，离群孤雁悲啼声里，我这江南游子悲愤压抑。看着吴钩宝剑把玩不已，拍遍了九曲栏杆走来走去，没有人理会我登楼临眺的心意。

别提家乡的鲈鱼脍肉细味美，尽管秋风又吹，我不会像张季鹰那样贪爱佳肴弃官而归。若像许汜只顾置地买房谋私利，恐怕见到才气雄大的刘备，应该会感到羞耻惭愧。可怕虚耗了大好时光如流水，令人忧愁的国势如飘摇风雨，桓温北伐时感慨小柳树已长成十围，树犹如此，人又怎会不老呢？凭靠谁，唤来红巾翠袖的歌女，揩去英雄失志伤时的热泪！

【赏析】

上片写景，高远寥廓；景中寓情，沉郁悲壮。首二句写秋意高远开阔，创造抒情的博大背景。次二句写山河之美反引起愁怀，点明愁恨的原因：它已沦陷异族了。"落日"六句意境悲凉，似心平气和却壮怀激烈、悲愤填膺。下片由写景抒情转到言志与悲叹。接连用了三个典故：引季鹰故事，表明自己早已以身许国；引许汜故事，表明自己不屑为个人利益而不顾国家风雨飘摇；"树犹如此"是桓温北伐路上对流光飞逝之叹，词人亦引以表达自己功业未建年华虚度的感慨，抒情述志曲折而坚定。最后悲愤之情无法压抑，只能作英雄末路之叹。

全词慷慨悲壮，又含蓄委婉，写情抒情与议论浑然一体，写景气象阔大，由远及近，抒情议论则深厚广博，活用典故，清人谭仲修誉之有"裂竹之声"，是千古绝妙的好词。

摸鱼儿

辛弃疾

淳熙己亥，自湖北漕移湖南①，同官王正之置酒小山亭，为赋。

更能消、几番风雨，匆匆春又归去。惜春长怕花开早，何况落红无数。春且住，见说道、天涯芳草无归路。怨春不语，算只有殷勤，画檐蛛网，尽日惹飞絮。　　长门事，准拟佳期又误，蛾眉曾有人妒。千金纵买相如赋，脉脉此情谁诉？君莫舞！君不见、玉环飞燕皆尘土。闲愁最苦，休去倚危栏，斜阳正在，烟柳断肠处。

【注释】

①漕：漕司，即转运使，管钱、粮的官员。

【译文】

　　还能经受住几次风雨的侵袭，急匆匆春天又将归去。怜惜那短暂的春光明媚，总怕花儿开得过早，更何况此时已是落花遍地。春光暂且停住！听说芳草铺到天涯，阻隔了春光的归路。怨恨春光总是默默不语，算来只有彩画屋檐上的蜘蛛网情意殷勤，终日沾惹着飘飞的柳絮。

　　陈阿娇别居长门宫，期待皇帝的预定佳期一再耽误。因为她容貌美丽竟遭人嫉妒。纵然以千金重资买来司马相如的《长门赋》，这一份脉脉深情向谁倾诉？劝君得意休狂舞，那杨玉环、赵飞燕得宠忘形都化作了尘土。无聊的愁情最苦，不要再倚着高高的栏杆四下张望纵目，那夕阳余辉，正斜照着令人断肠的暮烟迷蒙的柳荫处。

【赏析】

　　上片写暮春景色，借以抒发自己对国事的忧愤和年华虚度的悲哀之情。开头一句推出暮春衰败景象，让人暗暗感觉这春光已去，像风雨飘摇的南宋政局。"惜春"写得细腻，词人此时年岁已晚，能报效国家日子也不多了，所以十分留恋珍惜，"春且住"的呼唤令人触目惊心，"算只有"更是心力交瘁。运用托物、比兴的手法，写得形象而深沉。下片抒发心中被压抑的苦闷和对执政者的幽愤。先用陈皇后的故事，表达自己被排挤遭打击的悲愤。再引用杨玉环、赵飞燕的故事，警告朝中小人不可得意忘形。最后以"斜阳烟柳"来比拟国家前途的惨淡。

这首词哀婉缠绵，深切感人。梁启超说它："荡气回肠，至于此极；前无古人，后无来者"，评价极高。

永　遇　乐

辛弃疾

京口北固亭怀古

千古江山，英雄无觅、孙仲谋处①。舞榭歌台，风流总被、雨打风吹去。斜阳草树，寻常巷陌，人道寄奴曾住②。想当年，金戈铁马，气吞万里如虎。　　元嘉草草，封狼居胥，赢得仓皇北顾。四十三年，望中犹记、烽火扬州路。可堪回首，佛狸祠下，一片神鸦社鼓。凭谁问，廉颇老矣，尚能饭否？

【注释】

①孙仲谋：孙权，三国时东吴国主。　②寄奴：宋武帝刘裕的小名。

【译文】

千古江山依旧，却无处觅求像孙仲谋一流的英雄豪杰。昔日繁华的歌舞台榭，英雄的业绩风流，总被历史的风雨吹得化为乌有。一抹斜阳映着丛密的草树，平常的街巷，人们说刘裕曾在这里寄住过。想当年，他指挥着金戈铁骑，气吞万里，威猛如虎。

元嘉年间刘义隆草草出兵北伐中原，梦想如霍去病那样在狼居胥山封坛祭天，作为全胜的纪念，却不料只落得惨败狼狈逃窜。我遥望中原，四十三年前扬州路上烽火杀敌的情景历历如在眼前。哪堪回首，而今侵掠中原的拓跋焘祠庙香火盛烧，一片神鸦鸣噪，社鼓喧闹！有谁能问候我一声：将军年老，饭量可好？

【赏析】

上片赞扬在京口建立霸业的孙权和率军北伐、气吞胡虏的刘裕。而在"英雄无觅"与"雨打风吹去"的叹惜中，不仅见词人对他们的仰慕，而且也隐含自己也想如孙、刘一样挥戈北伐的救国心情。下片借讽刺刘义隆表明自己坚决主张抗金,但反对冒进误国的立场和态度。最后还借廉颇自况,抒发未能实现自己怀抱的感慨。这是一首千古传诵的杰作,写得悲壮沉痛,语言精炼深刻,虽然用典很多,但关合时事,用得十分贴切,发端便欲涕落,后段一气奔注,以廉颇自拟,慷慨壮怀,如闻其声,艺术感染力很强,是辛弃疾的代表作之一。

木兰花慢

辛弃疾

滁州送范倅

老来情味减,对别酒,怯流年。况屈指中秋,十分好月,不照人圆。无情水都不管,共西风、只管送归船。秋晚莼鲈江上,夜深儿女灯前。

征衫,便好去朝天,玉殿正思贤。想夜半承明①,留教视草②,却遣筹边。长安故人问我:道愁肠殢酒只依然③。目断秋霄落雁,醉来时响空弦。

【注释】

①承明:汉代宫中有承明庐,是侍臣轮流值班时住宿的地方。 ②视草:为皇帝拟制诏书之稿。 ③殢酒:沉溺于酒。

【译文】

我感到人生衰老,早年的情怀、趣味全都有减,面对着送别酒,怯惧年华流逝。何况屈指算来中秋佳节将至,那一轮美好的圆月,偏不照人的团圆。无情的流水全不管离人的眷恋,与西风推波助澜,只管将归舟送归。祝愿你在这晚秋的江南,能将莼菜羹、鲈鱼脍品尝,回家后与儿女团聚在夜深的灯前。 趁旅途的征衫未换,正好去朝见天子,而今朝廷正思贤访贤。料想在深夜的承明庐,留下来教你检视翰林院草拟的文件,还派遣筹划边防军务。长安故友倘若问到我,只说我依然是愁肠满腹,借酒浇愁。遥望秋天的云霄里一只落雁消逝不见,我在沉醉中也能时时听到有人奏响了空弦!

【赏析】

上片写词人与范昂的惜别之情和流光虚度之叹。下片转写对他的期望和壮志未酬的苦闷。先以想象抒怀，羡慕范昂能到朝廷辅佐君王，做许多实事，是寄托也是勉励。最后用典收笔出人意料，更令人心酸。全词运用对比的手法寄托情怀，从"怯"开始，到"况"一进，再"只管"一恨；到下片"便好"到"问我"到"醉来"，层层相催，逼人欷歔叹惋。即使是抒离情也气势豪放。

祝英台近

辛弃疾

宝钗分①，桃叶渡②，烟柳暗南浦③。怕上层楼，十日九风雨。断肠片片飞红，都无人管，更谁劝啼莺声住？

鬓边觑，试把花卜归期，才簪又重数。罗帐灯昏，哽咽梦中语：是他春带愁来，春归何处？却不解带将愁去。

【注释】

①宝钗分：将金钗分开各执一半，以作离别纪念，是唐宋时情人分别时的习俗。
②桃叶渡：在南京秦淮河与青溪合流处。借指情人相会或分别之处。　③南浦：泛指送别处。

【译文】

将宝钗分为两截，离别在桃叶渡口，南浦暗淡凄凉，烟雾笼罩着垂柳。我怕登上层层的高楼，十天里有九天风号雨骤。片片飘飞的花瓣令人断肠悲愁，风雨摧花全都没人来救，更有谁来劝那黄莺儿将啼声止住。

　　瞧瞧簪在鬓边的花簇，算算花瓣数目将离人归期预卜，才簪上花簇又摘下重数。昏暗的灯光映照着罗帐，梦中悲泣着哽咽难诉：是他春天的到来给我带来忧愁，而今春天又归向何处？却不懂得将忧愁带走。

【赏析】

词的上片写伤春伤别。首三句写离别时的凄迷景象，能融合如今思念时的怅惘情怀。次二句写不忍登高远望，因为总是失望，而失望当更

313

添愁恨。又以"十日九风雨"烘托离人的凄苦。"断肠"三句,一波三折,寄情于景物。下片写对恋人的盼望和怨春的情绪。首三句写其盼归细节,十分细腻动人。下面梦呓怨春亦很缠绵。全词塑造了闺中女子的栩栩形象:她多愁善感,娇媚深情,又天真单纯。

青玉案

辛弃疾

元 夕

东风夜放花千树,更吹落、星如雨。宝马雕车香满路,凤箫吹动,玉壶光转①,一夜鱼龙舞。　蛾儿雪柳黄金缕,笑语盈盈暗香去②。众里寻她千百度,蓦然回首③,那人却在,灯火阑珊处④。

【注释】

①玉壶:指月亮,也指玉制的灯。　②盈盈:形容女子仪态美好。暗香,借指美人。　③蓦然:突然。　④阑珊:零落、将尽。

【译文】

一夜春风吹开了繁花千树,更吹落了满天星斗晶莹似雨。华贵的马车香风芳馥弥漫一路。凤箫声韵悠扬,明月清光流转,整夜里鱼龙灯盏随风飘舞。　妇女们满头插着蛾儿、雪柳、黄金缕,欢声笑语,体态轻盈,带着一缕暗香远去。在熙攘的人群里,我千百遍寻觅她的踪迹,忽然间回首一瞥,那人却在灯火稀疏、冷落的地方伫立。

【赏析】

此词独标风韵,起两句赋色奇异,收处和婉,不但写出了元宵佳节的满城灯火、欢歌曼舞的场面,而且想象奇特,意蕴深刻,创造了有永恒审美意义的意境。"众里"一句方始出现主人公活动,而他仅是个线索人物,最后要写的人却只有末了两句。奇怪的是"那人"赏灯却独立在"灯火阑珊处"。全词用的是对比和以宾衬主的手法,烘云托月地推出这位超俗的女子形象:孤高幽独、淡泊自持、自甘寂寞、不同流俗。

鹧鸪天

辛弃疾

鹅湖归病起作

枕簟溪堂冷欲秋①，断云依水晚来收。红莲相倚浑如醉，白鸟无言定自愁。　书咄咄，且休休，一丘一壑也风流。不知筋力衰多少，但觉新来懒上楼。

【注释】

①簟：竹席。溪堂：水边的楼台亭阁。

【译文】

躺在水边阁楼的竹席上，清冷冷好似凉秋，片片的浮云顺水悠悠，黄昏的暮色将它们渐渐敛收。红艳艳的莲花互相倚靠，简直像姑娘喝醉了酒，羽毛雪白的水鸟安闲静默，定然是独自在发愁。　与其像殷浩空书"咄咄怪事"来发泄怨气，倒不如像司空图寻觅美好的山林安闲自在地去隐居，一座山丘，一条谷壑，也是风流潇洒多逸趣。我不知而今衰损了多少筋力，只觉得近来上楼懒于登梯。

【赏析】

上片写词人病休中所见盛夏景色。可起句一派秋凉，有心如止水的况味。后二句宽对，红莲、白鸟本应色彩鲜艳相映衬，但因他病体无力，愁绪似醉，于是红莲也便似醉；自己两鬓发白，独自无言，僵卧溪堂，于是鸥鹭也会白羽如发，伫立愁苦，以此比拟自己的境况自然则贴切，意象清丽而生动。下片写病后所感。先用殷浩和司空图两个典故，意在对比后取舍，是该积极抗争，还是消极隐退？结果违心地选取了后者。但末二句"不知"一转，却否定了前面的取舍。原来只是无奈中的自嘲，是貌似豁达而实愤懑。而真意只在末二句。

陈廷焯评此词：信笔写去，格调自苍劲，意味自深厚，不必剑拔弩张，洞穿已过七孔，斯为绝技。

菩萨蛮

辛弃疾

书江西造口壁

郁孤台下清江水①,中间多少行人泪。西北望长安,可怜无数山。青山遮不住,毕竟东流去。江晚正愁余,山深闻鹧鸪。

【注释】

①郁孤台:当时的名胜地,在今江西赣州市南。

【译文】

郁孤台下奔涌着赣江水,中间流淌着多少逃难灾民的血泪。向西北遥望着汴京都,可怜无数的青山将视线遮住。　　大江东流赴海无可拦阻,青山遮也遮不住。然而江上正暮色苍茫使我愁苦,又从群山深处听到鹧鸪的鸣叫声。

【赏析】

起首两句起笔突兀,不同凡响,典型地概括了民族的生死存亡和人民颠沛流离的苦难生活,表现了词人对金人统治的强烈不满,可谓一腔衷情,满腹忧怨。下片即景抒情,突出青山之遮与江水东去的对立和冲突,表现了词人报国雪耻的坚强决心。最后以鹧鸪声增添他的沮丧情绪,愁上加愁,而益见他的爱国情怀。

鹧鸪天

姜夔

元夕有所梦

肥水东流无尽期,当初不合种相思。梦中未比丹青见①,暗里忽惊山鸟啼。　　春未绿,鬓先丝,人间别久不成悲。谁教岁岁红莲夜②,两处沉吟各自知。

【注释】

①丹青：指画像。　②红莲：一种花灯，此为泛指元宵夜的彩灯。

【译文】

肥水滚滚东流，永远没有终止的时候，当时真不该一见你便埋下相思的情意。今夜在梦境里见到你，虽然比不上画像神貌清晰，可惜暗地里一阵山鸟悲啼，突然间将我从梦中惊醒。　　早春尚有寒意，草木未绿，我年纪不大白发却已染白鬓角，人间别恨积累太久，过度的痛苦反而使人淡漠了悲愁！谁在年年元宵佳节，让红莲照亮了黑夜？两地佳节触景生情时，你我默默相思各自知。

【赏析】

这是一首怀人词，词人在合肥曾有美人之遇。上片写夜梦者思念恋人，下片写久别的相思之苦，叙事与抒情相结合，极富情致。词人一生坎坷，饱经创痛，然于笔墨之事，未尝稍懈。这种执着，这种"岁岁红莲夜"式的九死不悔，其柔情中隐隐透出的清刚之气，实非平常词人所及。

庆　宫　春

姜　夔

绍熙辛亥除夕，余别石湖归吴兴，雪后夜过垂虹①，尝赋诗云："笠泽茫茫雁影微，玉峰重叠护云衣；长桥寂寞春夜寒，只有诗人一舸归。"后五年冬，复与俞商卿、张平甫、钴朴翁自封、禺同载，诣梁溪②。道经吴松，山寒天迥，云浪四合，中夕相呼步垂虹，星斗下垂，错杂渔火，朔吹凛凛，厄酒不能支。朴翁以衾自缠，犹相与行吟，因赋此阕，盖过旬，涂稿乃定。朴翁咎余无益，然意所耽，不能自己也。平甫、商卿、朴翁皆工于诗，所出奇诡；余亦强追逐之，此行既归，各得五十余解。

双桨莼波，一蓑松雨，暮愁渐满空阔。呼我盟鸥，翩翩欲下，背人还过木末。那回归去，荡云雪、孤舟夜发。伤心重见，依约眉山，黛痕低压。　　采香径里春寒，老子婆娑。自歌谁答？垂虹西望，飘然引去，此兴平生难遇。酒醒波远，正凝想、明珰素袜。如今安在？惟有阑干，伴人一霎。

【注释】

①垂虹：即垂虹桥，在今江苏吴江，因桥上有亭曰垂虹，故名。 ②封、禺：皆山名，在今浙江德清。梁溪，今江苏无锡。

【译文】

双桨划过长满莼菜的水波，蓑衣淋着松林的密雨，暮霭生愁渐渐充满空阔的天地。呼唤鸥鸟我愿与它结盟隐逸，它翩翩飞舞似欲降下，却又背人转身掠过树梢远去。那次归返吴兴，荡开云雾寒雪，乘着孤舟连夜启程。伤心往事今又重见，依稀隐约的是秀眉一样连绵的山峰，像青色黛痕低压着双眸脉脉含情。

采香径里正是早春寒冷，老夫我婆娑起舞，独自放歌谁来回应？在垂虹桥头向西遥望，孤舟御风引领我飘然远行，这真是平生难以遏止的豪情逸兴！待我酒醒顺波舟行已渐远，我正凝神思念，她耳戴明珠闪闪，足裹素袜纤纤，如今美人何在？惟有倚眺的栏杆，伴人徘徊片刻。

【赏析】

首二句中"双桨"与"一蓑"、"莼波"与"松雨"，对仗工整而又滞重，不免有些压抑，需要空间的拓展，故有"暮愁"句；需要轻灵的天使，故有"呼我"句；需要时间的伸延，故有"那回"二句。然而这种种挣扎皆归为虚无，过片以"伤心"三句作收束，"低压"二字即是对现况的凝炼概括，自此引出下片。"老子婆娑，自歌谁答"令人想起《论语》中"浴乎沂，风乎舞雩，咏而归"的动人情景，词人不仅有"暮愁"便呼"盟鸥"，"春寒"亦能"自歌"的洒落超逸情怀，而且更有"重见"时的"伤心"、"酒醒"后的"凝想"，这种时代赋予他的忧郁感，虽然深刻而又持久，却正在其一张一弛、一儒一道的天才笔法中得到了缓冲和稀释。

扬 州 慢

姜　夔

　　淳熙丙申至日，余过维扬。夜雪初霁，荠麦弥望。入其城则四顾萧条，寒水自碧，暮色渐起，戍角悲吟。余怀怆然，感慨今昔，因自度此曲。千岩老人以为有"黍离"之悲也。

　　淮左名都，竹西佳处，解鞍少驻初程。过春风十里，尽荠麦青青。自胡马窥江去后，废池乔木，犹厌言兵。渐黄昏，清角吹寒，都在空城。
　　杜郎俊赏，算而今，重到须惊。纵豆蔻词工，青楼梦好，难赋深情。二十四桥仍在，波心荡、冷月无声。念桥边红药，年年知为谁生？

【译文】

　　扬州是淮南东路的著名都城，竹西亭是扬州的风景名胜，初次到扬州，在此解鞍下马，稍作留停。经过昔日春风骀荡的十里繁华旧境，到处长了野麦满目青青。自从金兵窥犯长江之后，毁废的城池和高大的树木，仿佛都厌恶说到战火刀兵。天色渐渐黄昏，凄清的号角吹送着寒冷，传遍了整座空城。　　杜牧歌咏扬州的诗章，表现出杰出的鉴赏水平，料想他现在如果重新到扬州也会感到震惊。纵有赞美"豆蔻"芳华的精工词采，纵有歌咏青楼一梦的绝妙才能，也难以抒写此刻深沉、悲怆的感情。二十四桥依然在，桥下波心荡漾，只有一弯冷月寂寞无声。想那桥边红芍药，年年花叶茂盛，却不知有谁欣赏为谁而生。

【赏析】

　　这首词层次清晰，语意含蓄，言有尽而意无穷。既控诉了金朝统治者发动掠夺战争所造成的灾难，又对南宋王朝的偏安政策有所谴责，它有一定的积极意义。陈廷焯云："犹厌言兵"四字，包括无限伤乱语，他人累千百言，亦无此韵味。

长亭怨慢

姜 夔

　　余颇喜自制曲。初率意为长短句,然后协以律,故前后阕多不同。桓大司马云:"昔年种柳,依依汉南,今看摇落,凄怆江潭;树犹如此,人何以堪?"此语余深爱之。

　　渐吹尽,枝头香絮,是处人家,绿深门户。远浦萦回,暮帆零乱,向何许?阅人多矣,谁得似长亭树?树若有情时,不会得青青如此!
　　日暮,望高城不见,只见乱山无数。韦郎去也,怎忘得玉环分付。第一是早早归来,怕红萼无人为主。算空有并刀,难剪离愁千缕。

【译文】

　　东风渐渐吹尽了枝梢上淡香的柳絮,到处人家,柳树浓深的绿荫将门户遮蔽。船儿顺着弯曲回绕的河浦远远离去,暮色里云帆零乱,匆忙往返,究竟要奔向归处?看人间离别多矣,谁能比长亭的柳树悄然冷寂?柳树若是有情时,定不会长得如此青翠碧绿。

　　落日昏暮,高耸的城郭已望不见,只见乱岩层叠的群山无数。韦郎这一走,怎能忘记你交付给我的玉环信物。最要紧是记住早早归来,我是红萼孤独无人为我作主。即使有并州制造的锋快剪刀也是枉然,难以剪断万缕离愁别苦。

【赏析】

　　上片借咏柳抒离怀,下片写离后情思。在词中柳树的角色是频频转换的,前六句写别时别地,就时而言,正是"渐吹尽"时节,柳絮代表着无情流逝的时光。就地而言,绿荫深深,遮掩着门户,作为人与现实世界之间的一道屏障,可面对"青青如此"的长亭树,词人又一次隐入了困境,"望高城不见"的主人公显然已被深深的孤独感所包围,他希望树亦有情,可这只是空幻人生的一个空幻的要求。全词写景、寄兴、抒情,用笔宛转曲折,极写相思别恨之深,颇耐品味。

淡 黄 柳

姜 夔

客居合肥南城赤阑桥之西，巷陌凄凉，与江左异①，惟柳色夹道，依依可怜。因度此曲，以纾客怀②。

空城晓角，吹入垂杨陌。马上单衣寒恻恻③。看尽鹅黄嫩绿④，都是江南旧相识。　正岑寂，明朝又寒食。强携酒，小桥宅⑤，怕梨花落尽成秋色。燕燕飞来，问春何在？惟有池塘自碧。

【注释】

①江左：泛指江南。　②纾：宽解。　③恻恻：凄寒。　④鹅黄：形容柳芽初绽，叶色嫩黄。　⑤小桥宅：指合肥住处。

【译文】

拂晓的号角在空城里响起，随风吹入街巷，垂柳依依。身穿单衣骑在马上，身上寒冷心凄凄。早春的柳色，满眼是鹅黄、嫩绿。全都是我江南的旧日相识，夹道伫立。　正冷落，孤寂时，天又到了寒食节气。我勉强携带了酒，到小桥旁的宅院与情人相聚，只怕梨花如雪片落尽，变成衰秋的颜色狼藉遍地。成双的燕子飞来，探问着春色在哪里？只有池塘依然是清波碧绿。

【赏析】

柳树梨花都已"看尽"、"落尽"，小桥池塘也是"自碧"，主人公似乎永远走不进眼前的世界，永难与异乡异景相融为一，最后都归于一个"空"字，而这恰恰又是全词的首字，可见人生这一徒劳的循环，小序中标明"以纾客怀"，也许这才是逆旅中匆匆过客的真实情怀。

暗　香

姜 夔

辛亥之冬，余载雪诣石湖①。止既月，授简索句，且征新声，作此两曲，石湖把玩不已，使工妓肄习之②，音节谐婉，乃名之曰《暗香》、《疏影》。

旧时月色，算几番照我，梅边吹笛？唤起玉人，不管清寒与攀摘。何逊而今渐老，都忘却、春风词笔。但怪得、竹外疏花，香冷入瑶席。

江国，正寂寂，叹寄与路遥，夜雪初积。翠尊易泣，红萼无言耿相忆。长记曾携手处，千树压、西湖寒碧。又片片、吹尽也，几时见得？

【注释】

①石湖：范成大晚年自号石湖居士。　②肄习：学习

【译文】

昔日的月色，曾经多少次映照着我，对着梅花吹得玉笛声韵谐和。笛声唤起了美丽的佳人，跟我一道攀折梅花，不顾清冷寒瑟。而今我像何逊已渐渐衰老，往日春风般绚丽的辞采和文笔，全都已经忘记。但是令我惊讶不已的是，竹林外稀疏的梅花，竟将清冷的幽香散入华丽的宴席。　江南水乡，正是一片静寂。想折枝梅花寄托相思情意，可叹路途遥遥，夜晚一场积雪又遮盖了大地。手捧起翠玉酒杯，禁不住留下伤心的泪滴，面对着红梅默默无语，昔日折梅的美人便浮现在我的记忆里。总记得曾经携手游赏之地，千株梅林压满了绽放的红梅，西湖上泛着寒波一片澄碧。此刻梅花又一片片飘离，被风吹得凋落无余，何时才能重见梅花的幽丽？

【赏析】

此词在写法上有虚多实少的特点，词人的神思总是飞越了时空，"落笔得'旧时月色'四字，便欲使千古作者，皆出其下"，首四字定下了全词梦幻般的基调，玉人攀摘。只是在旧时月下笛声中，携手西湖之乐，也唯有"无言耿相忆"，就是此时此地者，也要推开一段距离至"竹外"，还说"但怪得"。梅花在词中代表着遥远的甜梦，辉煌的往事，词人却永远无法走入其中。

疏　　影

姜　夔

苔枝缀玉①，有翠禽小小，枝上同宿。客里相逢，篱角黄昏，无言自倚修竹。昭君不惯胡沙远，但暗忆、江南江北。想佩环月夜归来，化作此花幽独。　　犹记深宫旧事，那人正睡里，飞近蛾绿。莫似春风，不管盈盈，早与安排金屋。还教一片随波去，又却怨玉龙哀曲②。等恁时，重觅幽香，已入小窗横幅。

【注释】

①苔枝：苔梅，梅的一种，因枝长苔藓，故名。　②玉龙：笛名。哀曲，指古笛曲《梅花落》。

【译文】

苔梅的枝梢缀着如玉般晶莹的梅花，两只小小的翠鸟儿，栖宿在梅花丛。在客旅他乡时见到她的倩影，像佳人站在夕阳斜映篱笆的黄昏中，独自无语，倚着修长的翠竹，就像王昭君远嫁匈奴，不习惯北方的荒漠，只是暗暗地怀念着江南江北的故土。我想她戴着环佩，趁着月夜归来，化作了梅花的一缕幽魂，缥渺、孤独。　　我还记得旧日后宫里传说的事情，寿阳公主她正沉眠于梦境，梅花飘飘飞落她的蛾眉上，点染出梅花妆容。莫要像吹落残花的春风，不顾梅花的娇嫩轻盈，要学会及早惜花护花，应该像汉武帝刘彻那样金屋藏娇，小心呵护。终究是护花无力，还是教苔梅凋谢了花片，随波飘零，更怨恨那玉龙笛吹奏出《梅花落》的哀声。待到梅花落尽时，再寻觅她的幽香，她已经映入小窗，像一条横幅画着梅花的疏影。

【赏析】

开头三句，虽写梅花之形貌，可其中后二句分明是用了罗浮之梦一典，从这里开始，梅已不光是梅。天寒日暮时巧遇的素妆女子，很自然地引出了"客里"三句，"日暮倚竹"的空谷佳人身上暗暗地融入了美好事物的普遍性遭际，而这也很容易使人联想到"独留青冢向黄昏"的明妃。之所以选用明妃，显然是身世和流品使然，只有幽独之魂月夜归来，才能化作幽独的梅花。在下片中,词人由叹息转入期望,期望落空,便起无端的埋怨,借用了美人、哀曲,极其吞吐难言之苦,结拍"等怎时"二句,幽香亦已难觅,几乎是明言所有努力的失败。

翠 楼 吟

姜 夔

淳熙丙午冬①,武昌安远楼成,与刘去非诸友落之,度曲见志。余去武昌十年,故人有泊舟鹦鹉洲者,闻小姬歌此词,问之,颇能道其事;还吴,为余言之,兴怀昔游,且伤今之离索也。

月冷龙沙②,尘清虎落③。今年汉酺初赐④。新翻胡部曲,听毡幕元戎歌吹。层楼高峙,看槛曲萦红,檐牙飞翠。人姝丽,粉香吹下,夜寒风细。　　此地宜有词仙,拥素云黄鹤,与君游戏。玉梯凝望久,叹芳草萋萋千里。天涯情味,仗酒祓清愁⑤,花消英气。西山外,晚来还卷,一帘秋霁。

【注释】

①淳熙丙午:淳熙十三年(1186年)。　②龙沙:原指塞外荒漠之地,此言与金对峙的南宋前沿地带。　③虎落:护营的竹篱障碍。　④汉酺初赐:秦汉时禁民聚饮,朝廷有庆祝典礼时方准许,称"赐酺"。　⑤祓(fú):除去。

【译文】

明月的冷光映照着寒冷的边塞沙漠,围护城堡四周的竹篱战尘静寂,今年朝廷开始赏赐臣民饮酒欢聚。弹奏起塞北新颖的乐曲,听到元帅的军帐里歌吹荡激。安远楼层层耸立,看它那红色栏杆萦绕环曲,楼檐飞展着翠碧。那位女子容貌艳丽,从她身上吹下阵阵粉香,寒夜里风儿习习。　　就在此地,正该有俊雅的词友,像拥揽白云乘御黄鹤一样飘然高举,同登楼观瞻的朋友尽兴游戏。登上高楼久久地凝神望远,可叹芳草萋萋,绵绵千里。飘泊天涯的游子情怀凄寂,借着酒力消除愁绪,借着赏花消磨志气。此刻西山之外,黄昏时又卷起一帘秋雨过后的晴丽。

【赏析】

上片一开始便将高楼暂搁一旁,而将战地风光描写了一番。然后写安远楼的壮观景象和欢庆场面,"月冷龙沙"五句,题前一层,即为题后铺叙,笔法古拙,却沉着稳健,可谓又拙又重。至下片,写"此人宜得人才,而人才不可得"。唯有玉梯凝望,但见"芳草萋萋千里",意境亦是深远阔大。"天涯"三句,则由迷惘变为凄厉,清丽变为悲壮,以景结情,又与篇首冷寂的静景相应,突出了此词登高沉思的高调。

杏 花 天 影

姜 夔

丙午之冬,发沔口①。丁未正月二日,道金陵,北望淮、楚,风日清淑,小舟挂席,容与波上。

绿丝低拂鸳鸯浦,想桃叶,当时唤渡。又将愁眼与春风,待去。倚兰桡、更少驻。　　金陵路,莺吟燕舞。算潮水知人最苦。满汀芳草不成归,日暮,更移舟、向甚处?

【注释】

①沔口:汉水入长江处,即今湖北汉口。

【译文】

绿柳丝条低垂飘拂的鸳鸯浦口,我想起桃叶,她曾呼唤小舟摆渡。杨柳又将含愁的柳眼送与春风,我正待扬帆启程。倚着木兰船桨,又泊舟稍作停驻。　　金陵城的道路,处处有莺歌燕舞。我想那无情的潮水,知道我的心情最苦。芳草长满了沙洲,归返合肥的打算尚未成行,此刻已黄昏日暮。重新移舟飘泊,何处才是归宿?

【赏析】

起句借柳托兴,撩起怀人之思,又借桃叶隐喻合肥恋人,以秦淮莺歌燕舞的乐景反衬词人羁旅怀人的愁绪。此词格调特立清新、造句奇丽,是以健笔写柔情,托意隐微,意蕴深婉。

一萼红

姜夔

丙午人日①，余客长沙别驾之观政堂，堂下曲沼，沼西负古垣，有卢桔幽篁，一径深曲。穿径而南，官梅数十株，如椒如菽，或红破白露，枝影扶疏。著屐苍苔细石间，野兴横生，亟命驾登定王台②，乱湘流，入麓山，湘云低昂，湘波容与，兴尽悲来，醉吟成调。

古城阴，有官梅几许，红萼未宜簪。池面冰胶，墙腰雪老，云意还又沉沉。翠藤共、闲穿径竹，渐笑语、惊起卧沙禽。野老林泉，故王台榭，呼唤登临。　　南去北来何事，荡湘云楚水，目极伤心。朱户粘鸡，金盘簇燕，空叹时序侵寻③。记曾共、西楼雅集，想垂柳、还袅万丝金。待得归鞍到时，只怕春深。

【注释】

①人日：三月初七日。　②定王台：在今长沙城东，汉长沙定王所筑。　③侵寻：侵淫，渐进。

【译文】

在长沙城北，有几十株官梅迎来早春，初吐花蕾的红梅还不适宜簪戴发鬓。池面上覆盖着初融似胶的冰层，残雪在墙垣中间印着融痕，彤云依然透出寒意，昏暗沉沉。同友人闲游小径穿过翠绿的藤蔓和竹林，渐渐笑语欢欣，惊起了栖卧沙滩的野禽。我们这些流连于山间的老人，有心去问候故王的台榭回廊。　　我为何四处飘泊？游荡在湘云楚水之间，纵目所望令人伤心。家家户户剪彩吉祥的画鸡贴上了红门，铜盘上拼簇了生菜雕刻的玉燕迎春，陡然感叹时序的悄然流逝。我还清楚地记得当初与恋人相聚的幸福时光，我想那垂拂的杨柳，还摇曳着万缕丝金。等到乘马归去的时分，只怕春色已深，一切一去不回头。

【赏析】

词的上片写官梅迎春，词人与朋友们野兴横生，登定王台、岳麓山提寻早春风光。下片写"兴尽悲来，为孤身羁游，功业无成，旧欢难继"，而深忧隐痛，全词写景融情，造句新奇，展现了宋代一幅绚丽的人日风俗画。

唐多令

刘过

安远楼小集，侑觞歌板之姬黄其姓者，乞词于龙洲道人，为赋此。同柳阜之、刘去非、石民瞻、周嘉仲、陈孟参、孟容，时八月五日也。

芦叶满汀洲，寒沙带浅流。二十年重过南楼。柳下系船犹未稳，能几日，又中秋。　　黄鹤断矶头①，故人曾到否？旧江山浑是新愁。欲买桂花同载酒，终不似，少年游。

【注释】

①黄鹤、矶头：武昌西有黄鹤矶，上有黄鹤楼。

【译文】

芦苇的落叶布满了小洲，寒冷的沙滩萦绕着清浅的水流。二十年后我重又来到武昌南楼。柳树下还系着动荡不稳的孤舟，还有几天，又到中秋。　　黄鹤楼高耸在黄鹤山断崖之上，昔日聚会的故友可曾到否？江山风物依旧，心里翻涌的却全是新愁。想买来桂花携同朋友载酒畅游，终究比不上少年时代的豪游！

【赏析】

首二句写景，即营造了凄迷的氛围。"满"是特定心绪下的幻觉，"带"则有被迫、无奈之意。"二十年"这一醒目的字眼，即是对前二句的注解，又是一声五味俱全的悲叹。"柳下"句承上，以"犹"、"能"、"又"三字连缀，声悲调苦，所谓"词家意欲层深"，于此可见。换头借名楼名诗，感怀昔游，以问句出之，词意凄怆。至结尾，词人已文情难抑，便直抒其怀，佳节美酒易得，少年豪兴难再。在一个否定式的论断下，全词划上了一个沉痛的句号。

绮罗香

史达祖

咏春雨

做冷欺花,将烟困柳,千里偷催春暮。尽日冥迷,愁里欲飞还住。惊粉重、蝶宿西园,喜泥润、燕归南浦。最妨他、佳约风流,钿车不到杜陵路。　　沉沉江上望极,还被春潮晚急,难寻官渡。隐约遥峰,和泪谢娘眉妩。临断岸、新绿生时,是落红、带愁流处。记当日、门掩梨花,剪灯深夜语。

【译文】

春雨挟着冷气,欺凌早开的花朵,烟缕弥漫着雾气,垂拂的柳树也感到疲倦,千里烟雨暗暗地催促着晚春的迟暮。整日里昏暗迷蒙,像忧愁满腹,想要飘飞又忽然停住。惊飞的蝴蝶似乎感到粉翅湿重,落在了西园栖宿。燕子喜爱湿润的泥土,衔泥筑巢,翩翩地飞归南浦。最无奈,遍地泥泞妨碍了他与风流丽人的约会,华丽的车辆连杜陵路都到不了。

极目远望,江面上笼罩了沉沉雨雾,傍晚时,春潮涨起了急流,看不见渡口在何处。隐隐约约看见遥远的山峰,像含泪的谢娘秀眉微蹙。她俯瞰着峭崖,草木繁生出新绿,正是红花凋落,带着愁苦随水飘流之处。记得当时,朱门紧闭,梨花带雨,佳人时时剪着灯花,深夜里绵绵细语。

【赏析】

这首词咏春雨,以工丽见长,一向被推为咏物的佳作。它从不同的侧面描写着雨迷蒙的情状,抒发怀人情思,上片摹写春雨,蕴藏着情思,下片抒发怀人情思,又紧扣春雨。层层烘托,咏物而不滞于物,情景交融,颇具特色。

双 双 燕

史达祖

咏 燕

过春社了①,度帘幕中间,去年尘冷。差池欲住②,试入旧巢相并。还相雕梁藻井③,又软语商量不定。飘然快拂花梢,翠尾分开红影。芳径,芹泥雨润④,爱贴地争飞,竞夸轻俊。红楼归晚,看足柳昏花暝。应自栖香正稳,便忘了天涯芳信。愁损翠黛双蛾,日日画栏独凭。

【注释】

①春社:社有春秋之别,春社在春分前后。 ②差池:燕飞时尾翼舒张不齐貌。③相:察看。井,即承尘,用木架成井形,俗称天花板。藻井:彩绘或画饰的天花板。 ④芹泥:水边长芹草的泥土。

【译文】

过了春社日,燕子在楼阁的帘幕之中穿飞,屋梁上落满了旧日的灰尘,冷冷清清。双燕翩翩翅儿参差不齐,想要飞走却又停住,试着钻入旧巢双栖并颈。它还张望着雕梁和藻井,又呢喃软语,商量不停。倏然间快速掠过花梢,如剪的燕尾分开了鲜红的花影。 芳香弥漫小径间,春雨将芹泥浸润。燕儿喜爱贴着地面争逐飞纵,仿佛竞相夸耀着自己轻俊的身形。傍晚时飞回红楼,看够了昏暗中的柳枝花影。燕儿该是自顾在香巢栖息得正稳,便忘了捎回天涯游子的芳信。只愁得闺中憔悴的佳人,天天独倚着画楼栏杆期盼意中人。

【赏析】

此词为史达祖的代表作,前人对此称誉有加。它以白描手法,并擅于捕捉传神的细节,作细腻的刻画,语言凝炼,形神兼备。全词虽无一"燕"字,但句句写燕。全词以大量的"归"之喜,衬结处的"不归"之愁,难说不是自我解嘲。

东风第一枝

史达祖

春　雪

巧沁兰心，偷粘草甲①，东风欲障新暖②。漫疑碧瓦难留，信知暮寒犹浅。行天入镜，做弄出、轻松纤软。料故园，不卷重帘，误了乍来双燕。　　青未了，柳回白眼，红欲断，杏开素面。旧游忆着山阴，后盟遂妨上苑。寒炉重暖，便放慢春衫针线。怕凤靴挑菜归来，万一灞桥相见。

【注释】

①甲：草木萌芽时的外皮。　②障：阻挡。

【译文】

雪花儿巧妙地沁入兰心，悄悄地粘上草甲，仿佛想要阻挡住春风刚刚送来的微暖。雪花漫布在琉璃碧瓦上很快融化，难于久留，确实感到了暮雪的寒意已浅。在桥面上行走好像漫步在明净的天空，俯视池沼就像映入莹澈的镜面，雪花就特意播弄，那么轻松纤软。我料想故乡也一定下起了雪，天气变冷，重重帘幕未卷，错阻了初归的双燕。　　积雪消融，杨柳青色无边，回顾着挂雪的白色柳眼，杏花红色欲残，绽放出蒙雪的素净娇颜。我回忆起山阴的王徽之雪夜拜访戴逵，兴尽而返，梁王约聚宾客，司马相如迟赴了赏雪兔园。降雪天寒，闲置的熏香炉又重新点燃，便放慢了缝制春衫的针线。只担心穿着凤鞋到郊外挑菜归来，万一在灞桥又遇到不期而降的春雪。

【赏析】

这首咏雪，为全章精粹，所咏之物了然在目，且不留滞于物。词中以自然物象与人事典故相映衬，叙写春雪种种情态，展现出江浙之地的民俗风情。

喜 迁 莺

史达祖

月波疑滴,望玉壶天近①,了无尘隔。翠眼圈花②,冰丝织练,黄道宝光相直③。自怜诗酒瘦,难应接许多春色。最无赖,是随香趁烛,曾伴狂客。　　踪迹,漫记忆,老了杜郎,忍听东风笛。柳院灯疏,梅厅雪在,谁与细倾春碧④?旧情拘未定,犹自学当年游历。怕万一,误玉人寒夜,窗际帘隙。

【注释】

①玉壶:指月亮。　②翠眼圈花:极言花灯之华美精巧。　③黄道:古人认为太阳绕地而行。黄道为太阳绕地的轨道。此处指彩灯满街,堪与黄道之光相比。　④春碧:春日新酿的美酒。

【译文】

月波融融,真担心它会下滴,仰望明月澄澈的天幕近在眼前,没有一丝的尘埃阻隔视线。旋转的花灯像翠绿的柳眼,丝织的彩灯射出冰丝般的光练,满街的彩灯与月光恰好相遇交映,争辉斗艳。可怜我自己为饮酒赋诗而瘦损衰残,再难去应接那许多春色。最无聊的,是追逐欣赏那蜡烛点燃的元宵彩灯,竟陪着一些少年狂客醉酒留连。　　往日踪迹,隐约还有些记忆。岁月催老了杜郎,怎能忍心听东风里的长笛。垂柳依依的庭院灯火稀疏,寒梅俏立的厅堂残雪尚在,谁为我缓缓斟满新酿的美酒?旧日的豪情尚未拘止,我还要学着重寻当年游历。只怕万一耽误了寒夜里的美人,在窗边帘缝间的约会。

【赏析】

上片先写上元望月赏灯,接着便是感慨身世。文如人,词如人生,人生充满了矛盾,词亦吞吐难言,前言后语大异其趣。此词起处,一派参禅悟道之辞,令人有飘然仙去的感觉,但自"自怜诗酒瘦"句始,叹老嗟卑,词情局促难展,如此悲苦之调,实在失蕴藉醇雅之旨,想来词人有其用心,抑或世情本该如此。

八 归

史达祖

秋江带雨,寒沙萦水,人瞰画阁愁独。烟蓑散响惊诗思,还被乱鸥飞去,秀句难续。冷眼尽归图画上,认隔岸、微茫云屋。想半属、渔市樵村,欲暮竞然竹①。　　须信风流未老,凭持樽酒,慰此凄凉心目。一鞭南陌,几篙官渡,赖有歌眉舒绿②。只匆匆残照,早觉闲愁挂乔木。应难奈故人天际,望彻淮山,相思无雁足。

【注释】

①然:同"燃"。　②舒绿:即舒眉,古以黛绿画眉,故云。

【译文】

秋日的江流挟带着秋雨,寒冷的沙滩萦绕着水湾,登上画阁俯瞰,令人感到愁痛孤独。烟雨迷濛,披蓑撒网的声响惊动了我的诗思,却又被飞去的乱鸥搅得我佳句难续。冷眼尽望,汇入一幅图画之中,辨认着隔岸隐约如云的房屋。我猜想它多半是渔市樵村,在黄昏暮色里竞相燃起了枯竹。　　自信我风流尚未衰老,只能靠着持杯饮酒,抚慰我触目惊心的悲凉凄苦。从南陌一声鞭响,经过了几座津渡,幸亏赖有歌女开怀,使我眉展心舒。仅向远方匆匆眺望,已觉得忧愁挂上高树。竟难忍,故人远隔天边,望尽淮山,相思情无由藉雁足传书。

【赏析】

上片写词人登画阁远眺秋江景物,写景入画而凄艳。下片写羁旅怀人,抒情沉郁而深婉,暗寓故国兴亡的悲怨。"画阁愁独","秋江"、"寒沙"、"隔岸"、"云屋"、皆为远景,令人郁塞的胸怀顿开。"烟蓑"、"乱鸥"是远俗之物,"渔市"、"樵村"是遁世之处,故有下片"须信"六句,词人何等放达。自"只匆匆"二句起,文情逆转,却自然、通脱。

生 查 子

刘克庄

元夕戏陈敬叟

繁灯夺霁华①,戏鼓侵明发②。物色旧时同,情味中年别。　　浅画镜中眉,深拜楼中月。人散市声收,渐入愁时节。

【注释】

①霁华:指明朗的月光。　②明发:天明。

【译文】

繁多明亮的灯光,遮蔽了明朗的月光。笙箫戏鼓直到拂晓还在喧响。节物风情与旧时没什么两样,只是人到中年,情味有些凄凉。　　像汉朝的张敞,对着明镜为佳人描画新的眉样,共同在楼台上深情地向月亮礼拜。欢乐的人们渐渐散去,街市上恢复寂静一如往常,我的心情却渐渐感到有些忧伤烦愁。

【赏析】

这首词写元宵之夜的情景与感怀,首二句便以极有特色的典型意象,描画出元宵之夜灯火通明,使繁星、明月黯然失色,鼓乐喧天,直到天色将晓仍乐奏不停。下片"浅画镜中眉,深拜楼中月"是戏谑之笔,通观全词,是以元宵夜的热闹盛况反衬词人自己内心的愁苦与孤寂。

贺 新 郎

刘克庄

端　午

深院榴花吐,画帘开、纻衣纨扇①,午风清暑。儿女纷纷夸结束,新样钗符艾虎②。早已有、游人欢渡。老大逢场慵作戏,任陌头、年少争旗鼓,溪雨急,浪花舞。　　灵均标致高如许,忆生平、既纫兰佩,更怀椒醑③。谁信骚魂千载后,波底垂涎角黍,又说是、蛟馋龙怒。把似而今醒到了④,料当年,醉死差无苦,聊一笑,吊千古。

【注释】

①练衣:粗布衣服。 ②钗符艾虎:皆为端午节头饰,艾虎还可作门饰。 ③椒醑:椒,香物,用来降神。醑,美酒,用来祭神。 ④把似:与其,假如。

【译文】

深深的庭院里石榴花芳艳绽吐,彩绘的帷帘敞开,人们身穿粗麻衣服,手中扑着丝绢扇子,中午的清风驱散了热暑。儿女们纷纷夸耀着自己的装束,鬓边插着钗头彩符,身上佩着艾草扎成的老虎。早已有游人到江边观看龙舟竞渡。我人已老大懒得跟着逢场作戏,任凭那些街头年轻人摇旗擂鼓,船桨起伏,搅得溪流飞溅如急雨,浪花翻卷飞舞。

屈原有那么崇高的风致,追忆他的生平作为,既喜爱佩戴连缀的秋兰以修身香馥,又虔敬地手拢着香椒和美酒以娱神祈福,真是离群脱俗。谁料想千载以后,他的诗魂引得江底蛟龙贪食包成角状的米黍。还说是为了保护沉江的屈原,使蛟龙解馋不发怒。假如而今屈原醒过来,定会觉得当年醉死,比现在更少痛苦。姑且开个玩笑,凭吊千古!

【赏析】

此词为端午录趣、凭吊屈原之作。上片从院内写到陌头,是一幅端午风俗图,下片凭吊屈原,提出一反民俗传统的观点,词语谐谑,良言警世。黄蓼园认为此词"非为灵均雪耻,实为无识者下一针砭,思想超超,意在笔墨之外"。

贺 新 郎

刘克庄

九 日

湛湛长空黑①,更那堪、斜风细雨,乱愁如织。老眼平生空四海,赖有高楼百尺。看浩荡、千崖秋色。白发书生神州泪,尽凄凉、不向牛山滴②。追往事,去无迹。

少年自负凌云笔，到而今、春华落尽，满怀萧瑟。常恨世人新意少，爱说南朝狂客，把破帽、年年拈出。若对黄花孤负酒③，怕黄花、也笑人岑寂。鸿北去，日西匿。

【注释】

①湛湛：本为水深貌，此处形容黑色之深。　②牛山滴：指恋生惧死。牛山，在今山东临淄南。　③孤负：辜负。

【译文】

寥廓的天空一片昏黑，而且实在令人难以忍受的是还交织着斜风细雨。我的心中纷乱如麻，万缕愁思如织。我平生就喜欢登高临远眺望四海，幸亏如今高楼百尺。放眼望去，千山万壑尽在秋色里，我胸襟浩大满怀意绪。虽然只是白发书生，却总是为着神州大地流洒热泪，绝不像登临牛山的古人，为自己的生命短暂而悲泣。追念以往的盛衰兴废，一切都杳无踪迹。　　少年时我气冲斗牛，自负有凌云健笔。如今才华已经耗尽，只剩下满怀萧条寂寞的心绪。常恨世人新意太少，只爱说南朝文人的疏狂旧事。每当重阳吟咏诗句，动不动就把孟嘉落帽的趣事提起，让人感到有些厌腻。如果对着菊花而不饮酒，恐怕菊花也要嘲笑人太孤寂。只见鸿雁向北飞去，斜阳也向西隐匿。

【赏析】

九日登高抒怀，前人名作颇多，但词人却能自出机杼，另立新意，竟发出"常恨世人新意少"的感慨，这是此词的超人之处。另外，此词也并非一味地率直酣畅、豪情满纸，而是粗细结合，疏密有致，既有"斜风细雨，乱愁如织"，又有"看浩荡、千崖秋色"，结尾以"鸿北去，日西匿"作收，更是意余言外，令人寻味不尽。全词写景寓情，用典贴切而寓于新意，既豪放又宛曲，是其抒情词的名篇。

木兰花

刘克庄

戏林推①

年年跃马长安市②,客舍似家家似寄。青钱换酒日无何③,红烛呼卢宵不寐④。　　易挑锦妇机中字,难得玉人心下事。男儿西北有神州,莫滴水西桥畔泪⑤。

【注释】

①林推:姓林的推官。　②长安:借指南宋都城临安。　③无何:没别的事。④呼卢:古时赌具有五木,类似骰子,五子全黑称为"卢",掷得"卢"便获全胜,所以赌徒们连连呼"卢"。　⑤水西桥畔:泛指妓女居处。

【译文】

年年骑着马在京城东跑西颠,旅舍像家园,家园倒好似寄宿的旅店。挥霍青铜换酒买醉,无所事事一天混到晚,点亮了红烛掷骰赌博,竟玩得个通宵不眠。　　对妻子所织出的锦字回文诗心有灵犀,容易理解,却难以猜透美丽的妓女内心的情感。男儿要心向西北神州故园,莫为花巷中的丽人泪洒水西桥畔。

【赏析】

首句写其"年年跃马",便画出了一个七尺男儿的雄姿,好男儿志在四方,故"客舍似家家似寄"也无可厚非,但"青钱"二句极写其纵情游乐,表现出词人的惋惜,甚至痛心、责备。过片更从"锦妇"、"玉人"下手,与"西北有神州"作对比,虽一近一远,却是一轻一重,最后明确告以"莫滴水西桥畔泪",委婉而又严厉。

夜 合 花

吴文英

白鹤江入京①，泊莳门②，有感

柳暝河桥，莺清台苑，短策频惹春香③。当时夜泊，温柔便入深乡。词韵窄，酒杯长，剪烛花、壶箭催忙④。共追游处，凌波翠陌，连棹横塘。　十年一梦凄凉，似西湖燕去，吴馆巢荒⑤。重来万感，依前唤酒银罂⑥。溪雨急，岸花狂，趁残鸦飞过苍茫。故人楼上，凭谁指与，芳草斜阳？

【注释】

①白鹤江：在今江苏武进，与运河相通。　②莳门：在今苏州东南角。　③策：马鞭。　④壶箭：古以铜壶盛水，壶中立箭以计时。　⑤吴馆：春秋时吴王夫差为西施建造的"馆娃宫"，在苏州灵岩山，此指诗人旧居。　⑥银罂：一种大腹小口的酒器。

【译文】

浓密的柳荫把河桥遮藏，亭苑中黄鹂的叫声格外清亮，我曾多少次骑马到此处与你共度春光。还记得那次与你曾在这里夜泊，我们相依相偎共入温柔之乡。我的词才显得笨拙，只顾与你共饮美酒佳酿，共剪蜡烛结成的灯花，只嫌漏壶的滴声太快太忙。更难忘，我们终日在一起嬉戏游玩，在绿树成荫的大路上散步谈心，在横塘的水面上泛舟逐浪。

十年光阴恍如一梦，我感到无限凄凉。仿佛是西湖的旅燕远远飞翔，吴国馆娃宫里的旧巢也空空荡荡。重游故地时我感慨万千，和往常一样，呼人连连把美酒斟上。山雨迅急而来，岸上的落花轻狂，伴随着几只归巢的乌鸦，飞向昏暮苍茫。如果再次登到与故人同宿过的楼上，还有谁能与我共同凭栏，指点评说着芳草与斜阳？

【赏析】

此词的"有感"，即是感其苏州小姬而作。上片从姑苏风光落笔，以"短策频惹"交代频频出游，"惹"字不光是惹动春香，更是揭开了回忆的序幕。过片惊醒,倍觉凄凉。"溪雨急"三句,虽是及目所见,但与其说是词境,不如说是心境。此篇虽是悲感万种之作,却选用响亮、飞扬的词韵,借此表现词人急狂、苍茫的失落无依之情。

霜 叶 飞

吴文英

重 九

断烟离绪。关心事,斜阳红隐霜树。半壶秋水荐黄花①,香喋西风雨②。纵玉勒、轻飞迅羽,凄凉谁吊荒台古③。记醉踏南屏④,彩扇咽寒蝉,倦梦不知蛮素⑤。　　聊对旧节传杯,尘笺蠹管,断阕经岁慵赋。小蟾斜影转东篱⑥,夜冷残蛩语。早白发、缘愁万缕,惊飙从卷乌纱去,漫细将、茱萸看,但约明年,翠微高处。

【注释】

①荐:献上祭品,祭奠。　②喋:含在口中水的喷出。　③荒台:即彭城(今江苏徐州)戏马台,为项羽阅兵处。南朝宋武帝刘裕曾于此大会众宾僚。　④南屏:杭州西湖南有南屏山,且有"西湖十景"之一"南屏晚钟"。　⑤蛮素:代指爱妾。　⑥小蟾:小月。

【译文】

残断的云烟激发出我的离愁别苦,更令我情怀关切的,是那斜阳映射的一片残红,渐渐隐没于经霜的林木。提了半壶秋水,插上黄色的秋菊以便将她祭奠,在秋风冷雨之中,菊花依然香气喷溢。纵然放开勒辔驰马飞奔,像翔鸟般轻飞迅疾,又有谁有心去凭吊凄凉、荒败的古台遗迹?记得曾经醉态朦胧,踏歌南屏,挥舞彩扇,寒蝉悲咽,我倦怠醉梦竟将身边的小蛮和樊素忘记。　　姑且在重九佳节传杯畅饮,无奈尘埃封闭了信笺,蠹虫蛀蚀了毛笔,一首残断的词章,经过一年也懒得将它续完。初月映着东篱的斜影暗暗转移,夜晚冷凄,残剩的蟋蟀发出悲啼。我早早便生了白发,只因愁思万缕,任随惊起的狂风将我的乌纱帽卷去。随意地将茱萸观看仔细,只愿定下明年今日的约期,登到翠雾弥漫的山顶高处舒怀畅意。

【赏析】

重五为思亲之日，此词所思显然是曾经一起"醉踏南屏"之人。上片"断烟"一句定下全词基调，次句写斜阳，虽然"红"为暖色，只因隐于"霜树"而倍觉清冷。"半壶"二句关合时节，"半"字貌似无心，实已暗含蚕素既去，词人亦身若不全之意。"纵玉勒"二句情绪激荡，过片"慵"字承上片"倦"字而来，"残蛩"亦与"寒蝉"相应，只是夜深更见时久。末"但约"二句，仅为无望之望而已。

宴 清 都

吴文英

连理海棠

绣幄鸳鸯柱，红情密、腻云低护秦树。芳根兼倚，花梢钿合①，锦屏人妒。东风睡足交枝，正梦枕瑶钗燕股②。障滟蜡、满照欢丛，嫠蟾冷落羞度③。　　人间万感幽单，华清惯浴④，春盎风露⑤。连鬟并暖⑥，同心共结，向承恩处。凭谁为歌长恨⑦？暗殿锁、秋灯夜语。叙旧期、不负春盟，红朝翠暮。

【注释】

①钿合：即钿盒，有上下两扇。　②燕股：钗有两股如燕尾。　③嫠蟾：无夫的嫦娥。嫠，寡妇。　④华清：即华清池。　⑤盎：池水盈溢。　⑥连鬟：古时女人所梳双髻，叫同心结。　⑦长恨：指白居易《长恨歌》。

【译文】

一双连理的树干如相依的鸳鸯，支撑出锦绣的篷帐。红花浓密繁茂，情意绵长，绿叶如碧云低垂，护卫着连理的海棠。美丽的树根交相倚护，柔嫩的花梢如钿盒相互依傍，引惹得锦屏中的美人嫉妒感伤。和煦的春风中，海棠花如美人熟睡，双双倚卧在相交的花枝上，如同情人进入甜蜜的梦境，玉簪金钗遗落枕旁。多情的人高举着红烛，用手把风来遮挡，遍照美丽的海棠，尽情地细心观赏。月宫中的嫦娥见此情景，更加幽怨哀伤。　　人世间千千万万的人都感到孤单凄凉，有几人能像杨贵妃那样赐浴华清池,尽情地享受皇帝的雨露春光。他们在温暖的芙蓉帐里,同心共结,鬓发相傍。指天为誓,愿世世代代成伴成双。可为什么生离死别两茫茫,凭谁创作长恨歌,把绵绵此恨永久传唱?幽暗的宫门紧关紧锁,秋夜孤栖多么漫长!对着一盏青灯,只能独自暗伤。盼望着伊人归来,把旧日的盟约践偿。双双化作这连理的海棠,朝朝暮暮,花叶相依相傍,永远成对成双。

【赏析】

上片写乐景美态,令美人又妒又羞,下片"华清"五句承上,仍写连鬓同心,然而"凭谁"句转折一落千丈,直至歇拍。按此,则此词先写乐,后写哀,条理井然。词人一开始虽极写树姿花态,并借助典故牵入李、杨情事,但言外之意并不限于笔墨之内,"锦屏人妒"等句便是暗示,可见词人写作目的更深更远,可谓措词委折,"其中所存者厚"。

齐 天 乐

吴文英

烟波桃叶西陵路,十年断魂潮尾。古柳重攀,轻鸥聚别,陈迹危亭独倚。凉飔乍起①,渺烟碛飞帆②,暮山横翠。但有江花,共临秋镜照憔悴③。　　华堂烛暗送客,眼波回盼处,芳艳流水。素骨凝冰,柔葱蘸雪④,犹忆分瓜深意。清尊未洗,梦不湿行云,漫沾残泪。可惜秋宵,乱蛩疏雨里。

【注释】

①飔:凉风。　②碛:沙洲,沙岸。　③秋镜:指秋水如镜。　④柔葱蘸雪:形容白皙的纤手。

【译文】

烟波凄迷,我又来到与她分手的渡口西陵路上,十年间的离魂缥缈像随着潮水落去。古老的杨柳如今又重新攀折,轻迅飘忽的鸥鸟一会儿聚在一起,一会儿又忽地离散,我独倚高亭追寻着往日登临的旧迹。凉风骤起,渺茫的烟雾弥漫沙洲,船帆似鸟翼飞起,暮色中的远山横着一道翠碧。只有江边的野花,同我共对着明镜般的秋水,映照着我的憔悴的面容。

在灯烛暗淡的华堂里送客,她眼波回转,顾盼生辉,犹如芳艳澄澈的流水。她天生丽质,有着嫩葱一样雪白的纤指、凝冰一样素洁的玉臂,还记得跟她一道分瓜品尝的深意。当年她用过的酒杯,我原封保存不忍清洗,空入梦乡,漫洒零落的泪滴,却不见相思爱恋的云雨。可惜在这秋天的寒夜里,只有稀疏的秋雨和蟋蟀杂乱的悲啼伴我度过这孤独的长夜。

【赏析】

首句提到西陵路,有注家指实为西湖一桥名,如据此论,则此词当为怀念杭姬而作。篇首以邂逅之地提起,"十年"句一跌,"古柳"二句先今后昔,"陈迹"句歇步。"冰飔乍起",转身;"渺烟碛飞帆,暮山横翠",空际出力;"但有江花,共临秋镜照憔悴",收合。换头开始追叙,至"清尊"句煞上,末以凄景作结,倍觉伤感。陈廷焯评此词:伤今感昔,凭眺流连,一片感喟,情深语至。

花　　犯

吴文英

郭希道送水仙索赋

小娉婷、清铅素靥①,蜂黄暗偷晕②,翠翘欹鬓③。昨夜冷中庭,月下相认,睡浓更苦凄风紧。惊回心未稳,送晓色、一壶葱茜④,才知花梦准。　　湘娥化作此幽芳,凌波路,古岸云沙遗恨。临砌影,寒香乱、冻梅藏韵。熏炉畔、旋移傍枕,还又见,玉人垂绀鬒⑤。料唤赏、清华池馆,台杯须满引⑥。

【注释】

①靥:酒窝。　②蜂黄:形容水仙黄蕊。　③翠翘:翡翠头饰。　④葱茜:青翠色。　⑤绀鬒:美发。　⑥台杯:大小杯重叠成套。

【译文】

雪白的花瓣带着浅浅的笑纹,如同娇小秀美的仙女。蜂黄色的花蕊暗自含羞而微带红晕。碧叶如翡翠的头饰斜在两鬓。昨夜的空庭中寒风凄紧，在朦胧的月光下忽然把你相认。北风凄紧，一阵凉意把我从睡梦中惊醒，我的心久久不能平静。刚刚送走拂晓的晨风，友人便送来一盆碧绿的水仙，这才惊诧花梦的准确。

是湘水水神化成此花的淡香鲜新，似乎凌波走过很远的水路，还带有古岸荒云的遗恨。在台阶前如果出现你的身影，淡淡的香气芬芳氤氲，连那经冬耐寒的冬梅，也要悄悄收藏起她的神韵。把你放置在熏炉的旁边，忽儿又移放靠着精美的绣枕，以便我可以时刻欣赏美人的丝丝秀发。料想友人也和我一样，对你格外喜爱关心，在清华池馆畔里与你朝夕相守，为你而把清酒连连满斟。

【赏析】

水仙清纯娇美，词人将它写得似人似神，空灵轻婉。上片词不离花，又关合词题，叙事富于戏剧性。"湘娥"数句点出"水仙"之"仙"。全首将花、人、神有机地杂糅在一起，笔法奇幻，又有人情味。

浣 溪 沙

吴文英

门隔花深梦旧游，夕阳无语燕归愁，玉纤香动小帘钩。　　落絮无声春堕泪，行云有影月含羞，东风临夜冷于秋。

【译文】

那道门隔着深深的花丛，我的梦魂总是旧梦中寻游，夕阳默默无语地渐渐西下，归来的燕子仿佛带着忧愁，一股幽香浮动，她那纤纤玉指扯起了小小的帘钩。　　坠落的柳絮静静无声，春天的泪滴在飘零，浮云投下了暗影，明月含着羞容，东风降临此夜，竟觉得比秋风还冷！

【赏析】

此词为感梦之作。从张马澄"别梦依依到谢家"一诗化出，游思飘渺，缠绵往复。结句"东风临夜冷于秋"，一个"冷"字，耐人寻味。词中先有"无语"，后又有"无声"，绝非疏忽之笔，无言落泪，不知是人类自古及今的实相，还是词人一生渗透的禅机。

浣 溪 沙

吴文英

波面铜花冷不收①,玉人垂钓理纤钩②,月明池阁夜来秋。
江燕话归成晓别,水花红减似春休,西风梧井叶先愁。

【注释】

①波面铜花:指水面清澈如镜。古代有些铜镜刻有花纹,故称铜花。 ②纤钩:月影。

【译文】

水波清澈的西湖像一面菱花铜镜,好像谁将它丢在冷夜里不来收回,哪位美人理出钓竿,将一弯纤细的月影垂钓在湖中,月色澄明映池阁,夜来池阁秋风冷。 当年像双燕呢喃话归,清晨时劳燕分飞,各自西东,仿佛随着春意终结,水面上莲荷凋谢了艳红,瑟瑟西风吹过天井的梧桐,最先感到春尽悲愁的叶子先自飘零。

【赏析】

此词描绘了西湖秋夜景色,上片绘景寓情,下片追忆离别,生动地写出如梦如幻的情思。末句以景结情,表达了词人对所恋的杭州爱姬的深深怀念。

点 绛 唇

吴文英

试灯夜初晴①

卷尽愁云,素娥临夜新梳洗。暗尘不起,酥润凌波地。 辇路重来②,仿佛灯前事。情如水。小楼熏被,春梦笙歌里。

【注释】

①试灯:元宵节张灯结彩,正月十四日为试灯日。 ②辇路:帝王车驾径行之路。此泛指京城大道。

【译文】

天空澄碧,暗沉的浮云散尽,刚刚梳洗过的嫦娥正从夜空向人间俯临。灰尘纤毫不起,美人游春,凌波无痕,月波洒地,溶溶酥润。

再次游览京城大道,昔日灯前情事依稀犹记在心。难忘她柔情似水呵,独自回到小楼里薰香拥被,春梦里恍惚听到笙歌乐音。

【赏析】

此词起句言"卷尽愁云",实为反话,与"无银三百两"同类,其实平为不平之平,怨气已暗藏,"暗尘"句言"不起",亦是不起之起,"凌波地"三字已机关初露,故曰"辇路重来"来得不突然。结句"春梦笙歌里",与前"临夜新梳洗"对照,是老人、废人悲语。

祝英台近

吴文英

春日客龟溪游废园①

采幽香,巡古苑,竹冷翠微路。斗草溪根,沙印小莲步。自怜两鬓清霜,一年寒食,又身在、云山深处。　昼闲度。因甚天也悭春②,轻阴便成雨。绿暗长亭,归梦趁飞絮。有情花影阑干,莺声门径,解留我、霎时凝伫。

【注释】

①龟溪:水名,在今浙江德清。　②悭:吝啬。

【译文】

采摘了满把幽香,在荒废的古苑巡访,清冷的竹林,一条小路翠雾迷茫。小溪旁斗草嬉戏,小小的莲瓣足迹印在沙地上。可怜我两鬓已染上秋霜,遇上一年的寒食节,却又远在云山深处孤身惆怅。　白昼里等闲虚度,为什么天也吝啬春光,淡淡的阴云便化成了霡雨凄凉。柳树的绿荫遮暗了长亭,缠绵的归梦追逐着风中的柳絮轻扬。含情的花影纵横交错,从门内路径传来黄莺的吟唱,它也懂得将我挽留,让我在片刻间驻足凝望。

【赏析】

词人在寒食日正飘泊异乡，于是伤漂泊，念故土，叹时序，百感交集。但这首词并没有写得悲抑孤凄、不能自拔，是以艺术家特有的品味，组缀了一系列自然景物、当地风情，笔致轻灵柔婉。"废园"已废，本不能赏心悦目，"天也悭春"，亦本无春色可玩，但久尝苦味之人会觉得苦中有甜，或许会断定苦味人生才是真面目。

祝英台近

吴文英

除夜立春

剪红情，裁绿意，花信上钗股。残日东风，不放岁华去。有人添烛西窗，不眠侵晓，笑声转、新年莺语。　　旧尊俎，玉纤曾擘黄柑，柔香系幽素①。归梦湖边，还迷镜中路②。可怜千点吴霜③，寒消不尽，又相对、落梅如雨。

【注释】

①幽素：幽情素心　②镜中路：指湖面如镜。　③吴霜：指白发。

【译文】

剪出了含情的红花，裁出了有意的绿叶，应着花期而来的春风吹得钗股上花叶葱郁。除夕的残日恋恋不舍地坠落，吹来了带着春意的东风，仿佛不愿放那岁末的年华归去。有些守岁的人西窗夜话，添烛点灯，彻夜不眠，直到天明，在连绵不断的笑声中，传来了元旦黄莺的啼鸣。

回想旧日除夕的宴席，伊人的纤纤玉手曾剖开黄柑荐酒，那温柔的香气朦胧，至今萦系着我的心灵。我回到那湖边的梦境，那湖水如镜，留连忘返，我又朦胧迷失了路径。可怜吴地白霜染得鬓发点点如星，仿佛春风也不能将寒霜消融，更何况斑斑鬓发对着落梅如雨雪飘零。

【赏析】

上片极写人家守岁之乐，下片追忆昔日立春，借欢情反衬悲怀，意境幽深。此篇词笔奇幻,"兼有天下之巧"。

澡 兰 香

吴文英

淮安重午①

盘丝系腕②,巧篆垂簪③,玉隐绀纱睡觉④。银瓶露井⑤,彩箑云窗⑥,往事少年依约。为当时曾写榴裙,伤心红绡褪萼。黍梦光阴⑦,渐老汀洲烟蒻⑧。　　莫唱江南古调,怨抑难招,楚江沉魄⑨。熏风燕乳,暗雨梅黄,午镜澡兰帘幕。念秦楼,也拟人归,应剪菖蒲自酌。但怅望一缕新蟾,随人天角。

【注释】

①淮安:今江苏淮安。　②盘丝系腕:腕上系五色丝以辟邪。　③巧篆:簪上插精巧纸花。　④绀:稍微带红的黑色。　⑤银瓶:酒器,此代指酒宴。　⑥彩箑:彩扇。云窗:雕饰云纹的窗子。　⑦黍梦:黄梁梦。　⑧蒻:柔嫩的蒲草。　⑨楚江沉魄:指屈原自沉。

【译文】

玉人手腕上系着彩色丝绒盘结的绳带,发簪上垂着精巧制作的符篆,在天青色纱账中,她睡得格外香甜。银瓶酒宴,露井生桃,彩扇翩翩,云窗华艳,往日的美景依稀如在眼前。当时我曾在她石榴裙上题写诗篇,如今见眼前红绡裙般的石榴花红消萼残,不禁伤心。人生光阴迅逝竟如黄梁一梦,沙洲上烟水迷蒙的嫩蒲转眼便已衰残。　　莫要唱江南旧调,那音韵抑郁哀怨,难以安慰自沉汨罗江的屈原。暖风中新生了雏燕,梅子黄熟季节迷蒙蒙细雨纤纤,家家帘幕低垂,沐浴兰汤,想那伊人定然也午镜高悬,兰汤浴艳。我想秦楼伊人,也在盘算着我何时才能归返,于是剪碎菖蒲泡酒自斟自饮,孤独无伴。两地分离呵,只能怅然遥望,那一缕如眉的新月,随着人在天涯海角那一边。

【赏析】

此词满目都是精密的意象,但不管这些意象本身作为叙事结构中不可或缺的环节,还是只起些装饰性的效果,它们在全词中都是有意味的组成部分。上片以应时服饰写起,难分今昔,直至六句才点明时间,并以尊褪、蒻老寄寥梦之慨。换头虽是空中设景,却仍紧扣端午,"熏风"三句,写家中节物,一则以幽密的意象暗示思念之深曲,二则以此引出"念秦楼"二句。末句的"一缕新蟾",乃初五之月,更见其运意深远。

惜黄花慢

吴文英

次吴江,小泊。夜饮僧窗惜别。邦人赵簿携小妓侑尊①,连歌数阕,皆清真词。酒尽已四鼓,赋此词饯尹梅津②。

送客吴皋,正试霜夜冷③,枫落长桥。望天不尽,背城渐杳,离亭黯黯,恨水迢迢。翠香零落红衣老④。暮愁锁,残柳眉梢。念瘦腰、沈郎旧日,曾系兰桡。　　仙人凤咽琼箫,怅断魂送远,《九辩》难招⑤。醉鬟留盼⑥,小窗剪烛,歌云载恨,飞上银霄。素秋不解随船去,败红趁一叶寒涛。梦翠翘,怨鸿料过南谯⑦。

【注释】

①赵簿:赵主簿,名字及生平未详。　②尹梅津:名焕,字惟晓,山阴人,嘉定十年(1217年)进士,曾为《梦窗词》作序。　③试霜:霜初降如试。　④红衣:指荷花。　⑤《九辩》:楚辞篇名,屈原弟子宋玉作。　⑥醉鬟:指伊人昔日的神貌。　⑦谯:谯楼,指建在城门上用以瞭望的高楼。

【译文】

送客在吴江岸,正是寒霜初凝的夜晚,枫叶凋谢飘落长桥边。遥望远天看不到尽头,背后的城廓渐渐渺远,送别的长亭暮色暗淡,满含离恨的流水悠悠漫漫。翠碧的荷叶零落香消,红艳的莲花憔悴衰残,暮色里残柳的眉梢紧锁了离愁别怨。思念腰肢消瘦的沈郎,旧日也曾经系舟江边。　　歌女吹奏起凤鸣凄咽的琼玉箫管,怅恨的离魂送别故友,即使唱起《九辩》的悲歌也难以解开这离情。含醉的歌女留恋顾盼,在小窗剪烛的离宴上,她的歌声婉转,载着离恨响遏云天,飞上月色如银的霄汉。凄清的秋色不懂得随船远去,只有残花落红在寒涛中追逐着一叶小船。夜梦中见到她鬓插翠翘,料想那传递怨情的鸿雁已飞过楼南。

【赏析】

上片实叙送别,起处点明时间和地点,并以景融情,渲染了一种凄清愁苦的送别气氛,下片写僧窗夜饮,又用楚辞中招魂之典,借"仙人凤咽琼箫",遣自身之郁怀。"素秋"二句想象奇特,却又不离江边小泊实事实景,笔法细婉。末以梦作结,明寄怀归之情。

高 阳 台

吴文英

宫粉雕痕,仙云堕影,无人野水荒湾。古石埋香,金沙锁骨连环。南楼不恨吹横笛,恨晓风、千里关山。半飘零、庭上黄昏,月冷阑干①。

寿阳空理愁鸾②,问谁调玉髓,暗补香瘢?细雨归鸿,孤山无限春寒③。离魂难倩招清些,梦缟衣④、解佩溪边。最愁人、啼鸟清明,叶底清圆。

【注释】

①阑干:横斜貌。 ②愁鸾:代指镜子。 ③孤山:在杭州西湖,为林逋隐居处,"梅妻鹤子"即出于此。 ④缟衣:白衣。

【译文】

宫中粉黛雕刻的残痕,云间仙子飘坠的倩影,沦落在荒野无人的水湾。古石下埋着她的芳香,金沙滩葬着她的连环琐骨。不恨南楼的横笛吹奏起《梅花落》笛曲,只恨晓风掠过关山千里。梅花多半都已飘零,黄昏笼罩了庭院,月光幽冷映照着栏杆。　　寿阳公主空自愁对鸾镜梳妆打扮。试问有谁调匀玉髓,来悄悄修补香艳的痕斑?潇潇细雨中归鸿渐渐飞远,孤山梅花弥漫着无限春寒。凄清的离魂呵难以招还,梦境里白衣美人像仙女解佩溪边。最叫人愁烦的,是雨后晴明鸟儿啼叫不断,从叶底传出的叫声清脆圆转。

【赏析】

上片开头即写落梅,首二句工整凝炼,并以"无人野水荒湾"慨叹,寄情沉痛。次二句承上,"南楼"二句一正一反,其实这种对举亦是并举,但显得笔法灵动有致,结处从山野回到庭中。下片连用寿阳公主及孤山等故事,紧扣落梅,又以溪边解佩来对应上片宫粉、仙云诸语,歇柏树边啼鸟作结。全词虚实结合,今昔真幻交融一片。

高 阳 台

吴文英

丰乐楼分韵得"如"字

修竹凝妆①,垂杨驻马,凭栏浅画成图。山色谁题?楼前有雁斜书。东风紧送斜阳下,弄旧寒、晚酒醒余。自消凝,能几花前,顿老相如②?

伤春不在高楼上,在灯前欹枕,雨外熏炉。怕舣游船③,临流可奈清臞④?飞红若到西湖底,搅翠澜、总是愁鱼。莫重来,吹尽香绵,泪满平芜。

【注释】

①凝妆:盛妆。 ②相如:司马相如,汉武帝时文学家,所作有《子虚》、《上林》等赋。 ③舣:停船靠岸。 ④清臞:清瘦。

【译文】

修长的翠竹就像佳人精心梳妆,把马儿系在垂杨下驻足,登楼倚栏眺望,湖光山色如淡墨勾描的画图。这淡彩不知出自哪家的手笔,楼前斜飞的旅雁,就好像画面上题款的楷书。东风紧骤,催送着斜阳西下,播弄着春寒,使我从晚醉的酒意中复苏。我独自黯然伤神,还能有多少次花前游赏漫步的机会呢,想到我的衰老竟是这样的迅速,就像愁病交加的司马相如?伤春的情怀并不在于高楼纵目,而在于孤灯前倚卧着枕褥,帘外春雨潇潇,室内独对着熏香铜炉。我害怕游船泊岸,俯临清流,照出清瘦的面目,怎奈我辛酸凄楚?飘飞的落花若沉到西湖底,鱼儿也都会悲愁,搅得翠波翻覆。再也不要重来此处,吹尽了飘绵的柳絮,点点杨花像泪滴洒满了平芜。

【赏析】

上片以描绘楼外美景始,语调愈紧,辞情亦愈凄黯。换头处将辞意推开。"飞红"以下数句,悲楚凝咽,几乎难以自持。即席分韵之词,寄情如此,实为罕见。可知词人已是触处皆痛,真情自溢。

三 姝 媚

吴文英

过都城旧居有感

湖山经醉惯,渍春衫①,啼痕酒痕无限。又客长安,叹襟襟零袂②,浣尘谁浣③。紫曲门荒④,沿败井、风摇青蔓。对语东邻,犹是曾巢,谢堂双燕。　　春梦人间须断,但怪得当年,梦缘能短⑤。绣屋秦筝,傍海棠偏爱,夜深开宴。舞歇歌沉,花未减、红颜先变。伫久河桥欲去,斜阳泪满。

【注释】

①渍:染。 ②袂:衣袖。 ③浣:污染。 ④紫:歌楼聚集的热闹街巷。 ⑤能:这么,那么。

【译文】

杭州的湖光山色,在醉里往来我早已习惯,浸湿了春衫的是那无数的泪痕和酒斑。今日重又客居京都临安,可叹襟袖飘零残断,风尘污染,有谁替我将它洗浣?京都繁华的街巷已门庭荒凉,沿着残败的井栏,青青蔓草在风中摇颤。曾在豪门筑巢的一双春燕现在却成了呢喃对语的东邻。　　人间欢乐有如春梦终须断,只是奇怪当年的情缘,竟像梦一样短暂。绣屋里她曾弹奏秦筝,夜深时特别喜爱在海棠旁边摆开欢宴。如今舞姿消歇歌声沉寂,海棠花依旧娇艳,赏花人的青春容颜却先凋残。久久伫立在河桥畔,将要离去,斜阳的余辉映照着我泪流满面。

【赏析】

词题中的"都城"即为临安,此词当为怀念亡姬之作。上片先写自身羁旅苦况,接着描绘荒凉的旧景,感叹人事沧桑,以刘禹锡《乌衣巷》诗意过渡到下片。换头之后,作短暂的追忆,即痛惜"舞歇歌沉,花未减,红颜先变",末以欲去未去,斜阳泪满收束全篇,陈洵认为本词"过旧居,思故国也"(《海绡说词》),虽然实据不足,但字里行间,凭吊兴亡,已暗露家国之慨。

八声甘州

吴文英

灵岩①陪庾幕②诸公游

渺空烟四远,是何年、青天坠长星?幻卷崖云树,名娃金屋③,残霸宫城④。箭径酸风射眼,腻水染花腥。时靸双鸳响⑤,廊叶秋声⑥。 宫里吴王沉醉,倩五湖倦客⑦,独钓醒醒。问苍波无语,华发奈山青。水涵空、阑干高处,送乱鸦,斜日落渔汀。连呼酒,上琴台去⑧,秋与云平。

【注释】

①灵岩:山名,在今苏州市西,上有春秋时吴国的遗迹。 ②庾幕:仓幕,仓台幕府。 ③名娃金屋:名娃,指西施。金屋,原指汉武帝少时要给阿娇住的华贵房屋。此指吴王为西施所建的馆娃宫。 ④残霸:吴王夫差一度称霸,后为越王勾践所灭,故云。 ⑤靸:拖鞋,此作动词用。 ⑥廊:指响屧廊。相传吴王令西施辈步屧,廊虚而响,故名。 ⑦五湖倦客:指范蠡。 ⑧琴台:在灵岩山上。

【译文】

缥缈的长空,烟云向遥远的四方飘逸,是在哪一年,从青天坠下长星?幻化出这座苍翠的山崖,云树葱茏,上面有残灭的春秋霸主吴王夫差的宫城,美人西施就藏在馆娃宫。采香径一条水溪直如箭矢,阵阵秋风刺人眼睛,当年美人丢弃的脂粉水污腻了溪流,染得花草都染带了红色。宫女们脚拖一双鸳鸯木屐在走廊里时时回响,而今旧日走廊落叶飘零,发出飒飒秋声。 当年吴王夫差沉醉吴宫,让越王勾践乘机战胜,那厌倦仕途的范蠡隐退于五湖,独钓江流,头脑清醒呵清醒!问苍茫的烟波无语无声,我已满头斑白华发,奈何面对着山色清清。登到高处凭倚栏杆远望,五湖水虚涵着碧空,目送乌鸦乱飞,斜日渐渐沉落在渔钓的沙汀。连连呼朋饮酒,登上琴台的高顶,眺望烟云平阔,秋色凄清。

【赏析】

以长句提问，"渺空烟"虽为目接，实乃神遇，"是何年"亦类似屈子"天问"，立意高远。"幻"字领出下文，直至换头处"独钓醒醒"句，貌观之，皆前尘故事，却因陈迹残存，虚实相间，真幻难分。"问苍天"句又一致意，却折回自身，悲叹青山依旧，韶华远逝，接着以"水涵空"二句借疏笔景语顿宕，结句再次振起，"秋与云平"四字更是语新调远，不同凡响。

这首诗意境阔大，对象交错，奇情壮采，篇中隐隐透出词人的豪旷气概。

踏莎行

吴文英

润玉笼绡①，檀樱倚扇②。绣圈犹带脂香浅③。榴心空叠舞裙红，艾枝应压愁鬟乱④。　　午梦千山，窗阴一箭，香瘢⑤新褪红丝腕。隔江人在雨声中，晚风菰叶生秋怨。

【注释】

①笼绡：穿着薄纱。　②檀樱：浅红色的樱桃小口。　③绣圈：绣花圈饰。　④艾枝：端午是以艾为虎形，或剪彩为小虎，粘艾叶以戴。　⑤香瘢：指手腕上的印痕。

【译文】

柔润似玉的肌肤穿着轻纱，檀红的樱唇靠着歌扇，脖颈上围着还有淡淡脂香的绣花圈饰。石榴花心空自叠印在红艳的舞裙，艾草枝儿该压得她带愁的鬟发撩乱。　　正午梦入千山，窗前光阴似箭，手腕上红丝绒带勒出的香斑刚刚褪掉。隔着江面，那人在淅沥的雨声中，晚风吹得菰叶簌簌，仿佛生出了凉秋的悲哀。

【赏析】

上片虽能为梦境所见，却几疑真见其人，至过片才点明"午梦"，这也是词人感梦词惯用手法，只是惊醒之后，竟又补一句"香瘢新褪红丝腕"，更使词境摇曳多姿。"隔江"二句写雨声、风声、落叶声，意境空灵，又如梦一般飘忽。

瑞 鹤 仙

吴文英

晴丝牵绪乱，对沧江斜日，花飞人远。垂杨暗吴苑，正旗亭烟冷①，河桥风暖。兰情蕙盼②，惹相思、春根酒畔。又争知、吟骨萦消，渐把旧衫重剪。　　凄断。流红千浪，缺月孤楼，总难留燕。歌尘凝扇，待凭信，拚分钿③。试挑灯欲写，还依不忍，笺幅偷和泪卷。寄残云、剩雨蓬莱④，也应梦见。

【注释】

①旗亭：酒楼。　②兰情蕙盼：指顾盼时深含着雅情厚意。　③拚：同"拌"，情愿，不惜。　④蓬莱：仙山，此指思人居处。

【译文】

晴日里游丝牵动我思绪纷乱，面对着青碧的吴江和西斜的落日，伴着残花飘飞，那人亦已离得遥远。垂杨绿荫遮暗了吴宫旧苑，酒旗飘摇的楼亭正烟雾清冷，河桥上的东风吹得温暖。在春末时分的酒宴间，那种兰蕙般的深情顾盼，惹人相思呵。又怎能料到，苦吟诗篇的我竟瘦骨消残，渐渐把旧衫重新裁剪。　　凄伤魂断。顺流的落花卷起千层波浪，残缺的夜月悬映在孤楼上面，总是难以留住远山的飞燕。灰尘积满了歌扇，欲待凭借一封书信，拼着给他分出钿盒一半从此情义绝断。我试着挑灯想写，却依旧不忍，偷偷地含泪卷起铺开的信笺。但愿寄托那残云剩雨到蓬莱仙境，想她也应在梦中相见。

【赏析】

此词起句总括心绪缭乱，兴中含比，以一"牵"字扯动今昔悲欢之情。由情、人两方面墨写相思，千回百折。"应梦见"，尚不管梦见也，含思凄婉，低徊不尽，深得词评家赞赏。

鹧鸪天

吴文英

化度寺作

池上红衣伴倚阑,栖鸦常带夕阳还。殷云度雨疏桐落,明月生凉宝扇闲。　乡梦窄,水天宽,小窗愁黛淡秋山。吴鸿好为传归信,杨柳闾门屋数间。

【译文】

池塘上红艳的荷花陪伴着我斜倚栏杆,栖息寺院的乌鸦常常伴着夕阳飞还。阴暗的云送来秋雨,梧桐叶落稀疏,明月透出凉意,宝扇闲置一边。　归乡的梦过于短暂,茫茫水天又太遥远,小窗前含愁的眉黛就像淡淡的秋山。吴地的鸿雁,请替我好好传寄思归的音信,送到杨柳掩映的苏州西门,那里有房屋数间,令我每时每刻都在思念。

【赏析】

上片四句写景,由荷池倚栏落笔,暗寓客居他乡孤独无聊之况,从夕阳写到明月,时移景变,一句一画,异地虽美,仍不忘故园,思情更见深挚。"小窗"句或许以愁黛暗指伊人,故引出末二句,"杨柳闾门屋数间"与上片秀丽景色相映衬,浓淡搭配,可见词人词笔婉细。

夜游宫

吴文英

人去西楼雁杳,叙别梦,扬州一觉。云淡星疏楚山晓,听啼鸟,立河桥,话未了。　雨外蛩声早,细织就、霜丝多少[①]?说与萧娘未知道[②],向长安,对秋灯,几人老[③]?

【注释】

[①]霜丝:指白发。　[②]萧娘:女子泛称。　[③]几:多么,感叹副词。

【译文】

人儿从西楼离去,就像飞雁杳然无形,梦中诉说离别的相思情意,竟如杜牧"十年一觉扬州梦",落得个春梦无踪。浮云淡淡星光稀,楚山已披上拂晓晨曦。听那乌鹊悲啼,在河桥上伫立相依,说不尽难别难舍的话语。　　潇潇雨声之外传来蟋蟀的早鸣,像织机发出细细穿梭声,多少白霜般的发丝被它织成?说与萧娘听,她未必能够体会到我现在的心情。遥望着临安故居,面对秋夜的孤灯,人怎么会不老?

【赏析】

上片写梦境,忆往事,追忆昔日与情人在西湖欢会。下片写梦后之离愁。全词柔情似水,委婉细腻。陈洵评之曰:"词则沉朴浑厚,直是清真后身。"

贺　新　郎

吴文英

陪履斋先生①沧浪②看梅

乔木生云气,访中兴、英雄陈迹。暗追前事。战舰东风悭借便③,梦断神州故里。旋小筑、吴宫闲地。华表月明归夜鹤,叹当时、华竹今如此。枝上露,溅清泪。　　遨头小簇行春队④,步苍苔、寻幽别墅,问梅开未?重唱梅边新度曲,催发寒梢冻蕊。此心与、东君同意⑤。后不知今今非昔,两无言,相对沧浪水。怀此恨,寄残醉。

【注释】

①履斋先生:吴潜,字毅夫,号履斋。　②沧浪:亭名,在今苏州市南。五代十国时曾为吴越广陵王钱元璙的池馆,后废为寺,寺后又废。北宋诗人苏舜钦在苏州买水石,作沧浪亭于丘上,后为韩世忠别墅。　③战舰东风:指高宗建炎四年(1134年)韩世忠黄天荡大捷。　④遨头:指太守。　⑤东君:原指春神,此指吴履斋。

【译文】

高大的树木上翻涌着云气,我们来寻访大宋中兴英雄韩世忠将军的故居,面对沧浪亭暗暗追思往日的事迹。吝啬的东风不肯给战船乘风破敌的便利，恢复神州河山、中原故里的梦想已残灭沉寂。韩将军返回故里，就在吴越王故宫的闲寂旧地建起一座小筑。月夜下飞归的仙鹤落在华表上，一定会感叹当时繁华翠竹的故苑，而今变得如此清寂。树梢上洒落点点露水，仿佛淌下清冷的泪滴。　　吴太守聚集了小小的游春队，踏过绿苔，一片青碧，到别墅小园去寻访暗香幽菲，探问梅花是否绽放花蕊。在梅林旁，反复地唱起新谱的歌曲，催放着寒冷枝梢上凝冻的花蕾。这份痴心，跟春神东君的情意吻合不悖，料想今后不如现在，现在不如往昔，我们默默无言地面对着沧浪江的流水。怀着这种悲恨，寄托于借酒消愁谋一残醉。

【赏析】

词题写"沧浪看梅"，词中便紧扣于此，"前阕沧浪起，看梅结；后阕看梅起，沧浪结，章法一丝不走"。是别具一格的悲歌慷慨之作。"沧浪"之所以能与"看梅"相融于同一题旨，在于亭与梅在底蕴精髓的相通。

高 阳 台

周 密

送陈君衡被召①

照野旌旗，朝天车马②，平沙万里天低。宝带金章，尊前茸帽风欹③。秦关汴水经行地，想登临、都付新诗。纵英游、叠鼓清笳，骏马名姬。

酒酣应对燕山雪，正冰河月冻，晓陇云飞。投老残年，江南谁念方回？东风渐绿西湖岸，雁已还、人未南归。最关情、折尽梅花，难寄相思。

【注释】

①陈君衡：名允平，一字衡仲，号西麓。宋亡后，应元王朝征召至大都。有词集《日湖渔唱》。　②朝天：朝见天子。　③茸帽：皮帽。

【译文】

映照着旷野的旌旗，随着朝见京都天子的车马，平沙万里，伸向远方低垂的天际。你佩戴着金章宝带，送别的酒席前，皮帽被风吹得歪斜了。秦关、汴水是你北上必经之地，我想你定会登临观览，赋新诗吟唱山河胜迹。你将在北国尽情地豪放游玩，鼓声密密，笳音凄厉，驰驱骏马，携伴名姬。　　酒宴上应对酬答，正是燕山飞雪、冰河封冻的冬月，拂晓的飞云在陇头飘曳。到了衰残的老年，有谁惦念江南的故友在断肠悲咽？东风将西湖垂柳渐渐吹绿，待大雁已经归去，北上朝京的人尚无南归之期。最使人关切动情的是折尽了梅花，也难以寄托相思深意。

【赏析】

上片从送别场景的描写开始，又以拟想之辞写友人在秦汴水经行地如何纵情游乐，换头承上，至"投老"句，念及自身，但仍从双方着眼，末结以折梅寄相思之情。全词描写相间，既抒发自己的故国之思，又透露出词人对陈君衡出仕元朝的不满，隐含微讽之意。

瑶 花 慢

周 密

后土之花，天下无二本，方其初开，帅臣以金瓶飞骑，进之天上，间亦分致贵邸。余客辇下，有以一枝……

朱钿宝玦[①]，天上飞琼[②]，比人间有春别。江南江北，曾未见，漫拟梨云梅雪。淮山春晚，问谁识，芳心高洁？消几番，花落花开，老了玉关豪杰[③]。　　金壶剪送琼枝，看一骑红尘，香度瑶阙。韶华正好，应自喜、初识长安蜂蝶。杜郎老矣，想旧事、花须能说。记少年、一梦扬州，二十四桥明月。

【注释】

①玦：佩玉名，半环形，有缺口。　②飞琼：许飞琼，传说中西王母的侍女。
③玉关：即玉门关，此泛指边关。

【译文】

缀着朱红的首饰珍贵的玉佩，仙女许飞琼自天上翩然而来，她的美丽比人间的春色更具风采。江南江北，竟然没有人曾经目睹过她的美态，便随意地虚想成一枝带云雨的梨花或是雪片般的梅花。正当淮山春暮时节，请问谁理解，她芳心的高洁？只消几次的花开花谢，便衰老了戍守边关的豪杰。　　剪好了琼枝插入金壶传送，看那一匹快马加鞭，红尘弥漫，花香随着尘埃传进玉殿。琼花正好芳华吐艳，定然会欣欣自喜，使临安城的蜜蜂、蝴蝶开始忙乱。诗人杜牧已经老矣，我想，琼花必定对那扬州的繁华与衰亡的往事还有记忆，能够说出那些事迹。而今我追忆少年豪游，扬州美景似一梦转瞬逝去，只有二十四桥的明月时时还在眼前浮起。

【赏析】

此词为咏琼花词，关于创作意图，由于原有一百五十余字的长序，今缺大半，故难知其全貌，但字里行间，故国旧君之思，讽谕讥刺之意不言自明。在词中，琼花已成了历史的见证人，写得形象生动，"一意盘旋，毫无渣滓"。

玉　京　秋

周　密

长安独客①，又见西风、素月、丹枫，凄然其为秋也，因调夹钟羽一解。

烟水阔，高林弄残照，晚蜩凄切②。碧砧度韵，银床飘叶③。衣湿桐阴露冷，采凉花时赋秋雪④，叹轻别，一襟幽事，砌虫能说。　　客思吟商还怯，怨歌长、琼壶暗缺。翠扇恩疏，红衣香褪，翻成消歇。玉骨西风，恨最恨、闲却新凉时节。楚箫咽，谁倚西楼淡月。

【注释】

①长安：借指临安。　②蜩：蝉。　③床：井栏。　④秋雪：指芦花。

【译文】

轻烟笼罩着广阔的湖水，一缕夕阳的余辉在林梢处暂歇，宛如在玩弄暮色。晚蝉的叫声悲凉呜咽。画角声中吹来阵阵寒意，捣衣砧敲出闺妇的相思之切。井栏周围飘下梧桐的枯叶。我站在梧桐树下，任凭凉露沾湿我的衣鞋,采来一枝芦花,不时吟咏这白茫茫的芦花似雪。我感叹与她轻易的离别,台阶下的蟋蟀仿佛在替我低声述说,满腔的幽怨和哀痛。　　客居中吟咏着秋天,只觉得心情寒怯。我长歌当哭,暗中竟把玉壶敲缺。如同夏日的团扇已被捐弃抛撤,如同鲜艳的荷花枯萎凋谢,一切芳景都已消歇。我在萧瑟的秋风中傲然独立,心中无比怨恨,白白虚度了这清凉的时节。远处传来萧声悲咽,是谁在凭倚西楼侧耳倾听,身上披着一层淡月?

【赏析】

上片写景,能将声色融成一炉,"叹轻别"三句,则又转入直接抒情。换头以"客思吟商"点题,将悲秋、相思、投闲诸愁怀穿插写来,末以景作结,余韵高远。陈廷焯评:"此词精金百炼,既雄秀,又婉雅,几欲空绝古今,一'暗'字,其恨在骨。"

花　　犯

周　密

水　仙　花

楚江湄[①],湘娥再见,无言洒清泪,淡然春意。空独倚东风,芳思谁寄?凌波路冷秋无际,香云随步起。漫记得、汉宫仙掌,亭亭明月底。

冰丝写怨更多情,骚人恨,枉赋芳兰幽芷。春思远,谁叹赏、国香风味[②]?相将共、岁寒伴侣。小窗静,沉烟熏翠被。幽梦觉、涓涓清露,一枝灯影里。

【注释】

①湄:岸边,水草交接处。　②国香:兰为国香。此处谓水仙为国香。

【译文】

仿佛在楚江边,湘妃女神骤然出现,她默默无言洒下清泪点点,透出春意清新淡然,空自独倚着东风,向谁寄托她满怀芳春的情愿?她恍若凌虚踏波的洛神,一路上秋色凄冷,茫茫无边。芳香的云雾随着她的步履弥漫。我隐约记得,她还像伫立汉宫的金铜仙子那样,在明月下亭亭玉立地高捧着承露仙盘。我仿佛听到她弹奏起琴瑟冰弦，更多情地抒写着心中的哀怨，楚国诗人屈原抒发牢骚愤恨，徒劳地将芳香的兰草幽洁的白芷歌叹，竟然忽略了多情的水仙。她春思深长悠远，然而那国色天香的风韵，有谁来欣赏称赞？我将把水仙作为岁寒之友结成友伴。小窗明净，盖着用沉香熏暖的被子安然入睡。从幽深的梦境中一觉醒来，但见水仙花叶露珠儿清晶点点，一枝独秀挺立在灯影中间。

【赏析】

词的上片写花，以湘妃女神相喻，遗貌取神，着重写其清逸脱俗的流品，孤独幽怨的心情以及亭亭飘飞的神韵。下片写赏花，从湘灵鼓瑟一典申述其出尘远世的超然情怀，并为其无人叹赏而愤愤不平，最后折回自身，以人与花相对相赏作结，境清意远，余味无穷。

瑞 鹤 仙

蒋 捷

乡城见月

绀烟迷雁迹①，渐碎鼓零钟，街喧初息。风檠背寒壁②，放冰蟾，飞到蛛丝帘隙。琼瑰暗泣。念乡关、霜华似织。漫将身化鹤归来，忘却旧游端的。　　欢极蓬壶蒻浸，花院梨溶，醉连春夕。柯云罢弈，樱桃在，梦难觅。劝清光、乍可幽窗相照，休照红楼夜笛。怕人间换谱《伊》、《凉》③，素娥未识。

【注释】

①绀：深青带红的颜色，天青色。　②檠：灯架，亦指灯。　③《伊》、《凉》：唐曲调名，即伊州、凉州二曲，此泛指北方曲调。

【译文】

青红色的烟雾凄迷，遮断了飞雁的踪迹，渐渐听到鼓声钟鸣余音断续，街市里的喧哗刚刚歇息。风灯背靠着寒冷的墙壁不停地摇曳。冰晶般的明月放射着清光，一丝丝飞入细密的帘帷缝隙。倩魂暗暗哭泣。料想我的家乡也定然是月光如织，霜华铺地。像丁令威随意将自身化为白鹤归来，却已忘却故乡旧游之地究竟在哪里。　　往日的旧游欢乐无比，恍若蓬壶仙境朵朵红莲倒映水面，梨花盛开的庭院，花月溶溶皎艳，一连几个春宵醉酒狂欢。像王质梦里观棋直到一棋局结束，醒来时斧柄已烂，像裴元裕随从有人梦见邻女吃樱桃，醒来樱桃坠在枕边，那奇妙的梦境再也难寻见。我劝那清晶的月光，只可与我幽窗相照为伴，不要去夜晚吹笛的红楼映照留连。只怕人间的笛谱换成了《伊州》、《凉州》这样凄厉的北方旧曲，嫦娥不懂得人事沧桑的相思情怨。

【赏析】

词中曲折地反映了词人怀恋旧游美梦，宁愿独守幽窗，长与明月为伴的高风亮节。月寒人静时暗暗自伤，哽咽无声。下片写旧梦难觅，这实际是词人情志的曲折表现，是他与新王朝誓不合作的心声。

贺　新　郎

蒋　捷

梦冷黄金屋，叹秦筝斜鸿阵里，素弦尘扑。化作娇莺飞归去，犹认纱窗旧绿。正过雨、荆桃如菽。此恨难平君知否？似琼台、涌起弹棋局①。消瘦影，嫌明烛。　　鸳楼碎泻东西玉，问芳踪、何时再展？翠钗难卜。待把宫眉横云样，描上生绡画幅，怕不是新来妆束。彩扇红牙今都在，恨无人、解听开元曲。空掩袖，倚寒竹。

【注释】

①弹棋局：弹棋，古游戏，此言世事变幻如棋局。

【译文】

梦中的黄金屋已然凄冷，可叹秦筝上斜排的弦柱似大雁列阵飞行，洁白的筝弦被灰尘覆蒙。她化作娇莺飞回去，还能辨认出纱窗旧日的绿色青葱。窗外正吹过细雨濛濛，樱桃如红豆般圆润。这相思愁恨难以平静，君可知情？它就像琼玉棋枰，弹棋局起伏不定。孤灯相伴映出我消瘦的身影，总嫌那烛光太明亮。　　鸳鸯楼上碰杯饮酒，玉杯碰碎美酒洒。试问她的芳踪，何时再能相逢？实在难以寻到头簪翠钗的丽影。欲把宫眉成纤云式样，生绡的画幅描上她的秀容，只怕不是时兴的新妆。

歌舞的彩扇、牙板如今都在，只恨无人，能听懂大唐隆盛的乐曲。空虚地掩袖拭泪，独倚着翠竹寂寞寒冷！

【赏析】

上片首句以"黄金屋"暗点女主人公的身份、经历，接着写室内器物，抓住秦筝素弦，以抒发身世不幸之感。又以棋枰起伏比喻心中难平之恨，同时又借用"人生一盘棋"之意，寄不尽的沧桑悲慨。换头句写酒泻玉碎，似有覆亡之意，接着表达了对伊人芳踪的热切关注，末因"无人解听开元曲"而失望，故惟有洁身自好，表达了遗老孤臣幽独悲郁的情怀。造语精巧瑰丽，意境冷寂凄迷。

女 冠 子

蒋 捷

元 夕

蕙花香也，雪晴池馆如画。春风飞到，宝钗楼上，一片笙箫，琉璃光射①。而今灯漫挂，不是暗尘明月，那时元夜。况年来，心懒意怯，羞与蛾儿争耍。　　江城人悄初更打，问繁华谁解，再向天公借？剔残红烂②，但梦里隐隐，钿车罗帕。吴笺银粉砑③，待把旧家风景，写成闲话。笑绿鬟邻女，倚窗犹唱，夕阳西下。

【注释】

①琉璃：指灯。　②烂：残余的烛灰。　③银粉砑：光洁的银粉纸。砑，光洁。

【译文】

多么芳香的蕙兰花呵！雪后的晴空辉映着池沼馆阁，犹如画中的风光。春风吹到酒楼歌馆之上，一片笙管箫笛的乐音繁响，琉璃灯盏放射着光芒。而今灯盏冷落，胡乱地悬挂着。再不是昔日仕女杂沓，彩灯映红了尘埃迷天漫地，遮暗了明月的光华，那时的元宵盛况已化作消逝的烟霞。更何况近年来，心灰意冷，懒散疲乏，害怕跟头簪闹蛾的女孩们争耍。　　夜晚的江城人声悄寂，初更的更声打罢。请问有谁知道，如何才能向天公借回大宋昔日的繁华？我将残烛的灰烬剔下，只在梦境里隐隐约约，看见了熙攘的彩车里挥动着传情的罗帕。我铺开精美的吴笺，用闪烁的银粉磨压，想把故乡的元宵风景记下，写成一笔闲情漫话。我笑那邻家梳着绿鬟的姑娘，竟凭倚窗栏还在唱着"夕阳西下"！

【赏析】

此词为元夕感怀之作。元夜赏灯是古时一年之中最热闹的时候，正月为一年之首，元夕又是月亮第一次满圆，人们以此象征团圆美满，吉祥如意。但当江山易主，故园难回的年代，在元宵佳节，人们的感喟难免异于寻常。下片"问繁华"一句，直截有力，末以邻女犹唱作无言的苦笑，倍觉伤感。在上下片中穿插着今昔对比，且夹叙议，情与理互为因果地将亡国之恨深寓其中。

高 阳 台

张　炎

西湖春感

接叶巢莺，平波卷絮，断桥斜日归船①。能几番游？看花又是明年。东风且伴蔷薇住，到蔷薇、春已堪怜。更凄然，万绿西泠，一抹荒烟。

当年燕子知何处？但苔深韦曲②，草暗斜川。见说新愁，如今也到鸥边。无心再续笙歌梦，掩重门、浅醉闲眠。莫开帘，怕见飞花，怕听啼鹃。

【注释】

①断桥：杭州西湖十景有"断桥残雪"。断桥在孤山侧。　②韦曲：在长安南皇子陂西，唐代诸韦世居此地，故名韦曲。

【译文】

筑巢的黄莺栖息在密叶交接的柳丛里，平静的湖波将杨花柳絮漂卷，远处能望到断桥、斜日、归船。西湖的春光短暂，还能够来游玩几次？想看春光绚烂，还要等到明年。东风呵请你暂且陪伴蔷薇再做留连，待到蔷薇花开了，已是残春景色实在可怜。更加凄凉的是，万绿青葱的西泠桥畔，只剩下一抹荒草寒烟。　　谁知道当年巢居的燕子飞向了哪里？但只见那贵族府邸聚集的地区青苔深碧，隐士闲居的川原也草色暗绿。听说新生的愁绪，如今也已经沾惹到白鸥的翅羽。笙歌欢娱的旧梦我已无心再续，带着轻微的醉意掩闭了重重门户，悠闲地酣眠休息。不要把帷帘掀起，怕看见飘飞的落花，怕听见杜鹃的悲啼。

【赏析】

此词为一首眷念故国的哀歌，借西湖感春抒发自己的亡国哀痛。上片起描写实景，景密意淡，接着以问句叫起陡转，悲叹盛景无常，"东风"句作一痴妄之想，下句"到蔷薇、春已堪怜"则从上句转出，意更深远。下片再以问句振起词气，又以"但"字领起，借苔深草暗寓繁华都尽，接着从鸥愁写人愁，从闲眠写难眠，末以两"怕"字表露词人内心深藏的悲痛。全词情调凄凉怨，郁之至，厚之至。

渡 江 云

张　炎

久客山阴，王菊存问予近作，书以寄之。

山空天入海，倚楼望极，风急暮潮初。一帘鸠外雨，几处闲田，隔水动春锄。新烟禁柳，想如今、绿到西湖。犹记得、当年深隐，门掩两三株。　　愁余，荒洲古溆①，断梗疏萍②，更漂流何处？空自觉、围羞带减，影怯烟孤。长疑即见桃花面，甚近来、翻致无书。书纵远，如何梦也都无？

【注释】

①溆：水边。　②断梗、疏萍：皆为飘泊无定意。

【译文】

远山随着空阔的长天没入了大海，我倚着高楼遥望海天无际，大风急剧地刮着，黄昏的潮水刚刚涌起。帘外斑鸠啼叫，周围一片细雨，几处闲置的冬田，隔河对岸趁着春雨开始春耕锄地。嫩叶如烟雾缭绕着的柳梢泛出新绿，想如今，这如烟的新绿染得西湖翠碧。我还记得当年在湖山深处隐居，柴门被两三株杨柳掩闭。　　这春色使我愁烦，荒芜的沙洲古老的江岸，枝梗断折、浮萍疏散，还要漂流到何处？我自己依然感到，腰围只怕衣带减短，孤灯会照得身影瘦怯孤单。我常常疑惑自己很快能见到她那桃花般美艳的容颜，为什么她近来反而连书信都已绝断。纵然说书信遥远，为何连梦也都不见？

【赏析】

此词为伤离念远的怀旧词。上片写山阴风景，抒故国之恩。下片抒怀忆友。全词清远蕴藉，凄怆缠绵，抒情沉挚，宛转曲折。为词林艺苑的一首佳作。

八声甘州

张 炎

辛卯岁，沈尧道同余北归，各处杭、越。逾岁，尧道来问寂寞，语笑数日，又复别去。赋此曲，并寄赵学舟。

记玉关、踏雪事清游，寒气脆貂裘。傍枯林古道，长河饮马，此意悠悠。短梦依然江表，老泪洒西州①。一字无题处，落叶都愁。　载取白云归去，问谁留楚佩，弄影中洲？折芦花赠远，零落一身秋。向寻常、野桥流水，待招来，不是旧沙鸥。空怀感，有斜阳处，却怕登楼。

【注释】

①西州：古城名，在今南京市西。此代指故国旧都。

【译文】

记得在北方的边关，去踏雪漫游，寒气冻硬了貂裘。沿着荒枯的树林古老的大道行走，到漫长的黄河边饮马暂且休息，这内心的情意好像河水悠悠。北方之游如一场短梦，梦醒后此身依然在江南漂流，禁不住老泪纵横，洒落在故都杭州。想借红叶题诗，却连一个字也无题写之处，那飘落的片片红叶已写满了忧愁。　你载着一船的白云归去，试问谁将玉佩相留，顾盼水中倒影于中洲？折一枝芦花寄赠远方的故友，零落的芦花透出一身的寒秋。顺着寻常的野桥流水漫步，待招来的已不是旧日熟识的沙鸥。空怀着无限情感，在斜阳夕照的时候，我却害怕登上高楼。

【赏析】

词中追记与老友北游的往事，抒今日别离之情和亡国之恸，百感横生，淋漓感慨。纵观全词，起得劲峭，结得悠远，一气旋折，是词人的力作。

解 连 环

张 炎

孤 雁

楚江空晚，怅离群万里，恍然惊散①。自顾影，却下寒塘，正沙净草枯，水平天远。写不成书，只寄得、相思一点。料因循误了②，残毡拥雪，故人心眼。　　谁怜旅愁荏苒③，漫长门夜悄，锦筝弹怨。想伴侣，犹宿芦花，也曾念春前，去程应转。暮雨相呼，怕蓦地、玉关重见。未羞他、双燕归来，画帘半卷。

【注释】

①恍："恍"的异体字，失意貌。　②因循：随便。　③荏苒：谓旅愁如日月之渐增。

【译文】

在楚江空阔的暮色中，只恨脱离了雁群已经有万里那么遥远，失神落魄的样子像是遭到惊恐而离散。独自孤影顾盼，想要飞下寒塘夜晚入眠，那正荒枯的野草白净的沙滩，江水平阔伸向辽远的天边。群雁能排成人字，雁阵却不能写成书信，只能传寄一点相思。料想是由于拖延，而耽误了为北方吞残毡拥雪而眠的故人，传达赤诚的期望和心愿。

谁哀怜羁旅愁思迁延不断？枉然地在长门的静夜忧伤辛酸，弹奏起锦筝抒写哀怨。料想自己的侣伴，还栖宿在芦花密丛之间，也曾想到在春天到来之前，该从旧路上折返。在暮雨潇潇中与侣伴相呼，只怕骤然间，竟在边关荒野里相见。就算在这边关荒野相见也惊喜万千。当双燕归来，栖息于画帘半卷的楼檐时，也不觉得羞惭。

【赏析】

这首咏孤雁词最为有名，寄意深微，体物细腻，构思奇巧，用曲亦妥贴自然，浑比无迹，实为精品佳作。上片先以空阔凄寒的环境衬托雁之孤单，"写不成书"以下五句从雁影不成字只能成点生发开来，再与苏武故事结合，柔情与壮怀融合无间。下片借长门事兼用杜牧《早雁》诗意，再巧设拟想之辞，新警而又婉转，咏雁而不滞于雁，清空一气，自然如活。

月下笛

张炎

孤游万竹山中①，闲门落叶，愁思黯然，因动黍离之感。时寓居甬东积翠山舍。

万里孤云，清游渐远，故人何处？寒窗梦里，犹记经行旧时路。连昌约略无多柳②，第一是、难听夜雨。漫惊回凄悄，相看烛影，拥衾谁语？　张绪③，归何暮？半零落依依，断桥鸥鹭。天涯倦旅，此时心事良苦。只愁重洒西州泪，问杜曲人家在否④？恐翠袖、正天寒，犹倚梅花那树。

【注释】

①万竹山：在今浙江天台。　②连昌：唐代行宫名。约略，大约。　③张绪：少有文才，风姿清雅。此处为词人自比。　④杜曲：指故国家园。

【译文】

万里长空飘荡着一片孤云，清寂地浮游着渐渐远去，不知在何处才能将故人寻见？在寒窗里酣然入梦，还能记忆起旧时曾经走过的道路。连昌宫的杨柳大概已所剩无几，最叫我难过的是，听着淅淅沥沥的夜雨。梦回惊醒，无端地感到忧伤凄寂，面对着烛影摇曳，拥被孤眠谁与我倾心话语？　丰姿清雅的张绪为何迟迟不归去？断桥边鸥鹭相盟的伴侣，半已零落却仍然眷恋依依。我疲倦地颠簸于天涯羁旅，此时的心事的确痛苦悲凄。只怕重返临安故地，又重洒愁苦的泪滴，试问杭州故居的旧时人家,而今是否依旧在那里?恐怕她翠袖单薄,正当天寒日暮之际,还在梅花树旁斜倚。

【赏析】

落叶为萧索景物,既引发身世飘零之痛,又象征国亡家破,有铜驼荆棘之意,但词中却不提落叶,而以秋夜凄寒之景来渲染词人的凄苦之情。上片写梦及梦醒后独自发呆之态,形象传神。下片以"只愁重洒西州泪"寓"故国不堪回首月明中"的遗老沉痛幽怨的情绪,末以"天寒倚那树"明志,增加词篇的感染力。

眉　妩

王沂孙

新　月

渐新痕悬柳,淡彩穿花,依约破初暝。便有团圆意,深深拜①,相逢谁在香径?画眉未稳,料素娥,犹带离恨。最堪爱,一曲银钩小,宝帘挂秋冷。　　千古盈亏休问,叹慢磨玉斧②,难补金镜③。太液池犹在,凄凉处、何人重赋清景?故山夜永,试待他、窥户端正④。看云外山河,还老尽,桂花影。

【注释】

①拜:古时有妇女拜新月之习俗。　②玉斧:传说中以为月中有吴刚以玉斧砍桂一事。　③金镜:喻月亮。　④端正:指月圆。

【译文】

渐渐升起的新月在柳梢头悬上了眉痕,淡净的月彩从花树间透过,朦胧的光华将初降的暮色划破。新月明艳便使人生出团圆的意愿,闺中佳人深深拜月祈盼,昔日是谁在花香弥漫的小路散步,如今在何处能重逢相见?一弯新月就像两道没有画完的美人的秀眉,我猜想月里的嫦娥,还带着离恨别怨。最堪怜爱,这一弯小小的银钩,在冷冷的高空中挂起秋夜的宝帘。　　休问那明月千古以来的盈亏演变。只可叹空磨玉斧,难以使破镜般的残月补圆。长安故都的太液池依然还在,但到处是荒凉凄寂，谁能重新描写昔日清丽的湖山？故园长夜漫漫，试等他重窥门户，明月重圆。再看云外辽阔而残缺的河山，面对着明月，桂花的身影也会变得衰老缺残。

【赏析】

上片侧重写新月形状和色光，起首以"渐"字领起，描绘新月初上时的动态夜景，细腻工致。又以人间拜月期盼团圆，想到嫦娥的离恨，过片突出金瓯长缺的悲叹。太液池赋诗一典，感慨犹深，言"何人重赋"，其实纵有人赋，故土却已难复，也是徒然，"试待他，窥户端正"，虽寄予热望，末句却又是无望的长叹。全词辞工意曲，体物入微，热肠一片更使词作韵味深厚

长亭怨慢

王沂孙

重过中庵故园

泛孤艇，东皋过遍。尚记当日，绿阴门掩。屐齿莓苔，酒痕罗袖事何限。欲寻前迹，空惆怅，成秋苑。自约赏花人，别后总、风流云散。

水远，怎知流水外，却是乱山尤远。天涯梦短，想忘了，绮疏雕槛①。望不尽，冉冉斜阳，抚乔木、年华将晚。但数点红英，犹识西园凄婉。

【注释】

①绮疏：镂花的窗格。

【译文】

漂荡的孤舟将东面的水边游遍，还记得当时，绿荫将园门遍掩。长着青苔的台阶踩出了木屐的齿印，和美人的赏心乐事无限。畅饮狂欢将罗袖洒溅了酒痕斑斑。想追寻往日的踪迹，空自惆怅凄然，已变成梨花零落的秋苑。自从相约赏花的故人，离别后全都风一样流逝，云一样地消散了。　　流水悠悠远远，怎知道那流水之外，还有乱山更加遥远。故人远在天涯，可惜归梦却太短，想必他已经忘了，故园的花窗雕槛。

一眼望不尽,那斜阳西下渐渐地没入天边,手抚着昔日幼树而今已高大参天,空叹年华将晚,感慨树犹如此,人何以堪!只有残存的红花零星几点,还能从西园的凄婉中体会到今昔盛衰的变迁。

【赏析】

此词即景抒怀,语淡情真,用典极少。上片起笔真叙其事,交代自己一人泛舟,遍寻友人故居,接着便转入相邀出游、纵情欢乐的往事追忆,又感叹前迹成秋苑,旧事故人皆风流云散。下片换头以"水远"三句,通过空间的层层递进,表达对远隔天涯的友人的怀念。"想忘了"三字,着语沉痛。"抚乔木"句,则直接抒发了故国之思,最后故意以"数点红英"的暖色作结,因其坠落西园,故也是暖中之冷,令人更觉清冷。

凤凰台上忆吹箫

李清照

香冷金猊①,被翻红浪,起来慵自梳头。任宝奁尘满,日上帘钩。生怕离怀别苦,多少事、欲说还休。新来瘦,非干病酒,不是悲秋。休休,者回去也②,千万遍阳关③,也则难留。念武陵人远④,烟锁秦楼⑤。惟有楼前流水,应念我、终日凝眸。凝眸处,从今又添,一段新愁。

【注释】

①金猊:狮子形的铜香炉。 ②者:同"这"。 ③阳关:即《阳光三叠》,为送别乐曲。 ④武陵人远:原指陶渊明《桃花源记》中渔人,此处借指在远方的爱人。 ⑤秦楼:即凤台,相传是秦穆公女弄玉与其夫箫史乘凤飞升之前的住所。

【译文】

狮子造型的铜炉里的熏香已经冷透,床上的锦被胡乱堆着,好像翻卷起红浪,清晨起来,浑身慵懒尚未梳头。任随华贵的镜匣蒙满尘垢,红日悬上了门窗的帘钩。生怕离别时感伤痛苦,多少心事想要诉说又没敢张口。近来身体日渐消瘦,倒并非饮酒过量伤身,也不是因为触景悲秋。　　罢了,罢了!这回离别一走呵,千万遍地唱起《阳关三叠》,也还是难以挽留。想那武陵人远去之后,烟雾笼锁了我的妆楼。只有楼前的流水，该怜念我，终日里倚窗远望凝眸。在我凝眸痴望之处，从今又平添了一段新的离愁。

【赏析】

上片起首三句写彻宵不眠、晨起慵懒的无聊。次二句随时间推移，进一步写女主人公的心绪不宁。"生怕"由情态入情思，愁苦似乎不仅在"离怀"，为什么呢？"欲说还休"。末三句说"瘦"，又"非干"、"不是"，又是为什么呢？吞吞吐吐，似说未说，极尽宛曲蕴藉之妙。下片用叠词强调感叹，了结前段离别的思念，转入对远人的怀念。连用二典反映了女主人公内心的迷惘。"惟有"后五句，反复渲染自己的愁恨，一唱三迭，抒尽痴心痴情。全词按生活的逻辑自然展开，情意又随叙事的进展脉脉流淌；叙事抒情曲折跌宕，表现了女主人公丰富而又复杂的内心世界。

醉　花　阴

李清照

薄雾浓云愁永昼，瑞脑消金兽①。佳节又重阳，玉枕纱厨，半夜凉初透。　　东篱把酒黄昏后，有暗香盈袖②。莫道不消魂，帘卷西风，人比黄花瘦。

【注释】

①瑞脑：一种叫龙脑的香料。金兽，兽形的铜香炉。　　②暗香：幽香。

【译文】

薄雾浓云遮蔽了漫长的白昼，忧愁压抑着我的心头，龙瑞脑在兽形的铜炉里燃烧消耗。又是重阳佳节来到，半夜的凉气开始将玉枕纱帐浸透。　　黄昏之后，在东篱手把美酒，有阵阵暗香溢满我的双袖。不要说不凄然伤神，当西风将帷帘卷起的时候，人会比菊花还要消瘦。

【赏析】

上片开头写节日的无聊与闲愁，连香炉里的香料也懒得添加，让它消尽。一个"愁"字奠定了全词的基调。后二句写佳节重阳的夜晚。一句"凉初透",全无热烈气氛,反给人以凄清寂寞的况味。下片写独自对酒赏菊以及内心的愁绪。开头二句似乎写得闲雅洒脱,能自得其乐,但因酒前花下少了一个人,于是有了下面的凄凉意境。"莫道"是突兀而来,三个句子三个层次:不销魂承上逆转,引出下句"西风",使重阳佳节带上萧索的凄凉;最后推出"人比黄花瘦"的警句来,是重阳"愁"的归结。"瘦"是全词词眼,主题所在。以愁字起,以瘦字止,情思绵绵。后三句是传世名句。

声声慢

李清照

　　寻寻觅觅,冷冷清清,凄凄惨惨戚戚。乍暖还寒时候,最难将息①。三杯两盏淡酒,怎敌他、晚来风急。雁过也,正伤心,却是旧时相识。
　　满地黄花堆积,憔悴损、如今有谁堪摘。守着窗儿,独自怎生得黑②?梧桐更兼细雨,到黄昏、点点滴滴。这次第③,怎一个愁字了得?

【注释】

①将息:休息,保养。 ②怎生:怎么。 ③这次第:这一连串的情况。

【译文】

　　茫然失落呵寻寻觅觅,时时处处呵冷冷清清,情怀悲苦呵凄凄惨惨戚戚。正是乍暖还寒的秋季,最难调养休息。饮三杯两盏淡酒,怎能抵御晚来的冷风吹得紧急。正伤心之时,大雁飞过去了,却原来是旧日相识。　　满地菊花零落堆积,它憔悴瘦损,如今还有谁能将它采摘?独自守着窗儿,怎么才能熬到天色昏黑?桐梧凄凄更加细雨淋沥,到黄昏时分,那雨声还点点滴滴。这一连串的情景,怎能用一个"愁"字了结?

【赏析】

　　起首三句连用七对叠字,有排空而来的怨情,有"大珠小珠落玉盘"似的音乐效果。似泣如诉,笼罩着全词,在写法上也是独创。在这种凄凉的境况下,又是"乍暖还寒"的悲秋时节。虽有"淡酒"御寒,可又偏是"晚来风急",真是雪上加霜,环境层层压迫,外力重重摧折;正是诗人历遭劫难、备受痛苦的形象写照。"雁过也"三句更进而把苦难与离乱结合起来,借旧时相识的大雁回归,寄托自己流落他乡的凄凉身世。下片是在上片愁闷无法排遣后的触景生情。首三句写庭院景象的凄凉。"黄花"无人采摘,只是"满堆积",一切不可收拾,一切百无聊赖。次二句写室内永昼难度的孤寂。"梧桐"三句内外并举,物我相呼。最后"这次第"一言总括了上面种种惨淡景象,迸发出"怎一个愁字了得"的不解愁结。全词以突兀的开头,写愁云惨淡,继而借一些典型的凄凉物象,用舒缓宛曲的絮语诉说愁情,一层层推进,将一"愁"字推出,用"怎一个"反问,将愁情推向高峰,让人永不排解,感染力极强。

念 奴 娇

李清照

萧条庭院,又斜风细雨,垂门须闭。宠柳娇花寒食近,种种恼人天气。险韵诗成①,扶头酒醒②,别是闲滋味。征鸿过尽,万千心事难寄。

楼上几日春寒,帘垂四面,玉阑干慵倚。被冷香消新梦觉,不许愁人不起。清露晨流,新桐初引③,多少游春意。日高烟敛,更看今日晴未?

【注释】

①险韵:用难押的字或冷僻生疏的字做韵脚,叫险韵。 ②扶头酒:指容易醉人的烈性酒,扶头是酒醉状,不是酒名。 ③引:这里当生长解释。

【译文】

萧条冷落的庭院,吹来了斜风细雨,一重重门窗须要紧闭。温和的春光宠爱着嫩柳娇花临近了寒食节,随之而来的还有种种令人烦恼的天气。推敲险仄的韵律写成诗篇,从沉醉的酒意中清醒,还是闲散无聊的情绪。远飞的大雁过尽,我有万千心事难以托寄。　　闺楼上一连几日春寒冷冽,垂下帷帘将四面遮闭,白玉栏杆也懒得凭倚。新梦醒来,只觉得薰香消尽锦被透入寒气,不许愁闷的人儿懒卧不起。清凉的露水在早晨流动,梧桐刚抽出新嫩的芽叶,引出多少游春的意趣。日头高高升起,烟雾消散敛去,还要看看今日天气是否晴丽。

【赏析】

上片由春闲引发对远人的思念。首三句反复渲染环境的凄凉,从庭院到天气,又折回院里。次二句写本该是春光明媚游赏的寒食节,却受风雨阻挠,"恼人"的不仅是天气,主要还是人的离去。"宠柳娇花"四字与《如梦令》中"绿肥红瘦"都被公认为炼字的妙法,简练形象而情趣盎然。女主人公在"恼"之后,便用写险韵诗解闷,无奈时间难以消磨。愁闷又不消减,于是借酒浇愁,最后说穿情由,回到"恨"的正题,原来上面的景皆因此情而生。下片原应另设意境,而词人却用"云断山连"的画法作词,"楼上"三句与上片景物虽换了时空,但愁思却连绵不断。景物也两有联系,楼上接庭院,帘垂照应重门,慵倚也就细雨,可见结构之缜密。"被冷"继续写愁,能见时光暗转。"清露"三句氛围出现转机,最后写雨后盼晴的希望。"今日晴未?"决不是为了好去"游春",因为夫婿远在天涯,而是盼他晴日归来。心境微微一振,多少变得开朗些。

永遇乐

李清照

落日熔金,暮云合璧,人在何处?染柳烟浓,吹梅笛怨①,春意知几许?元宵佳节,融和天气,次第岂无风雨②?来相招、香车宝马,谢他酒朋诗侣。　中州盛日③,闺门多暇,记得偏重三五④。铺翠冠儿,捻金雪柳,簇带争济楚⑤。如今憔悴,风鬟雾鬓,怕见夜间出去。不如向帘儿底下,听人笑语。

【注释】

①吹梅笛怨:汉《横吹曲》有笛曲《梅花落》,吹时声音幽怨。　②次第:接着。　③中州:指河南省,因为它是古代九州之中。这里借指汴京。　④三五:古人常称阴历十五为三五,这里指元宵节。　⑤簇带:即头上插戴许多装饰物,宋时方言。济楚:齐整漂亮。

【译文】

落日像一团正在熔化的黄金,暮云像笼罩天边的璧玉,我不知现在是在何地？渲染柳色的烟雾渐渐浓郁，笛子吹奏出《梅花落》的怨曲，谁知还有多少春意？正当元宵佳节时，天气温暖风和日丽，难道转眼间不会骤降风雨？有人驾起宝马香车，前来招我同游，我却婉言辞谢了那些酒朋诗侣。　　当年汴京繁盛的日子，闺门妇女多有闲暇游戏，记得特别偏爱正月十五元宵赏灯的月夕。帽子铺衬着翡翠毛羽，揉捻了金丝织成雪柳，妇女们争相插戴了首饰，妆扮得俊俏整齐。如今我颜容憔悴，蓬乱的鬓发像风吹雾散懒得梳理，因怕人看见，我只好夜间出去。倒不如守在帘儿底下，听听人家的欢声笑语。

【赏析】

上片开始连下三个设问。第一个设问是问自己在何处？是明知故问，问的前提却是元宵夜夕阳西下玉兔东升之际，是"人约黄昏后"的良辰美景，一对比，便知词人有化不开的漂泊异乡的凄凉愁怀。第二个设问也是在"染柳烟浓"的大好春光之后，先以听笛"怨"转，再问自己还有多少春意可享受，反映了晚景凄凉的心情。第三个设问用"岂无"递反，也反映出晚年生活动荡不安祸福莫测的忧患。最后三句写自己自甘寂寞的心灰意懒，可以感知词人几乎万念俱灰的心境。下片承"酒朋诗侣"而下，这些朋友是南渡前的旧知，于是引发"中州盛日"那时元宵节的汴京城，和名门淑媛"争济楚"的繁华与欢乐。与"如今"三句形成今昔强烈对比。最后二句看似淡泊自守、不慕繁华，实则是满腹辛酸、一腔凄怨的总爆发。

附 录

张九龄 (678-740)，字子寿，韶州曲江（今广东韶关）人。开元时期有名的宰相，是盛唐前期开一代诗风的人物。有作品《曲江集》。

李 白 (701-762)，字太白，祖籍（一说）陇西成纪（今甘肃秦安）。太白诗纵横变化，热情奔放，才气纵横，幻想丰富，形象鲜明，富于浪漫主义色彩。

杜 甫 (712-770)，字子美，出生于巩县（今河南巩义）。诗学博大，力充气盛，汪洋涵浑，无所不包。诗风以沉郁顿挫为主，是我国伟大的现实主义诗人。后人谓之"诗圣"。

王 维 (701-761)，字摩诘，河东蒲州（今山西运城）人。开元九年，擢进士。官至尚书右丞。他的诗清而弥腴，淡而自远，诸体无不大雅春容、安详合度，尤以山水诗成就为最，与孟浩然合称"王孟"。

孟浩然 (689-740)，本名浩，字浩然。襄阳（今湖北襄阳）人，诗与王维齐名，号"王孟"。所作多写山水景物、羁旅情思与田园生活，为盛唐山水田园诗派的代表人物之一。

王昌龄 (698-约757)，字少伯，河东晋阳（今山西太原）人，开元进士。少伯七言绝句，深情幽怨，意旨微茫，气势雄浑，意境高远，尤称神品。

丘 为 (约694-约789)，嘉兴（今浙江嘉兴）人。屡试不第，归山攻读数年，天宝初年，进士及第。其诗多写田园风光，尤长于五言，格调清逸，为盛唐山水田园诗派的代表人物之一。

綦毋潜 (约692-？)，字孝通，一作季通，綦毋为复姓。虔州（今江西赣县）人。开元十四年（726年）进士。其诗工写幽寂之景，多有方外之情，为盛唐田园山水诗代表人物之一。

常　建　生卒年、籍贯皆不详。开元十五年（727年），与王昌龄同榜进士。其诗长于五言，多写山林、寺观，风格清新，意趣清幽。时人对他评价很高。

岑　参　(715－770)，荆州江陵（今湖北江陵）人，少孤贫，博览经史。天宝五年（746年）进士及第。岑参为盛唐著名的边塞诗人，与高适齐名。其诗风格雄健奔放，多写边塞风光和军旅生活，想象奇特，色彩瑰丽。

元　结　(719－772)，字次山，号猗玕子、浪士、漫郎、漫叟、聱叟等，河南鲁山（今河南鲁山）人。少时豪纵不羁，17岁始折节从学。天宝十二年（753年）举进士。元结诗文兼擅，诗风质朴平直，为中唐古文运动和新乐府运动的先导者。

韦应物　(737－约791)，京兆长安（今陕西西安）人。出身关西望族，其性高洁。他的诗以善于写景和描写隐逸生活著称，诗风恬淡高远，语言自然简洁，是中唐艺术成就较高的诗人。

柳宗元　(773－819)，字子厚。河东（今山西永济）人，世称柳河东。贞元九年（793年）中进士。其诗多抒写贬谪之后的抑郁悲愤、思乡怀友之情，幽峭峻郁，自成一格。最为世人称道者，是那些清深意远、疏淡峻洁的山水闲适之作。和韩愈同为唐代古文运动的倡导者，并称韩柳。

孟　郊　(751－814)，字东野，湖州武康（今浙江德清）人，早年隐于河南嵩山。贞元十二年（796年）始登进士，年已46岁。其诗主要为自述一己之穷苦情怀，多有不平之鸣。长于五古和乐府。用字造句力避平庸，追求古拙奇险，诗风朴质冷峭，为著名的苦吟诗人。

陈子昂　(661－702)，字伯玉，梓州射洪人（今四川射洪）。睿宗文明元年（684年）中进士，陈子昂是唐诗革新的先驱，极力反对"彩丽竞繁，而兴寄都绝"的齐梁诗风，提倡"汉魏风骨"。诗的代表作为《感遇》38首，旨在抨击时弊，抒写情怀。风格慷慨苍劲，蕴藉深微。

李　颀　(690－751)，籍贯不详。开元二十三年（735年）中进士。诗以写边塞题材为多，风格豪放，慷慨悲凉。擅长五、七言歌行体，尤以边塞诗、音乐诗获誉于世。

韩　愈　(768－824)，字退之。河南河阳（今河南孟州）人，自称郡望昌黎，世称韩昌黎。是唐代古文运动的倡导者，与柳宗元合称韩柳。韩愈诗笔力遒劲，气势雄浑，力求新奇，纠正了大历以来的平庸诗风，形成了奇崛宏伟的独特风格。

白居易　(772－846)，字乐天。下邽（今陕西渭南）人，祖籍太原（今山西太原）。德宗贞元十六年（800）中进士，白居易是中唐新乐府运动的主要倡导者，主张"文章合为时而著，歌诗合为事而作。"并将这一主张付诸自己的诗歌创作实践。他的早期政治讽谕诗广泛而深刻地反映了当时的社会矛盾，寄予了对人民苦难的深切同情。言辞尖锐，主题鲜明，其代表作《秦中吟》十首、《新乐府》五十首影响尤大。以《长恨歌》、《琵琶行》为代表的长篇叙事诗，叙事曲折宛转，首尾相互照应，人物鲜明生动，声调流畅和谐，语言优美易懂，被称为"元和体"，又被称为"千字律诗"。

李商隐　(813－858)，字义山，号玉溪生，又号樊南生，怀州河内（今河南沁阳）人。李商隐是晚唐著名诗人之一，与杜牧齐名，其诗多忧心国运、感讽时事之作，亦多抒写怀才不遇、感慨身世之感伤之作。其诗工于近体，尤长七律，善用比兴，色彩瑰丽，精于用典，从而形成了缜密婉丽、旨趣深微的艺术风格。

高　适　(700－765)，字达夫，沧州渤海蓨县（今河北景县）人。是唐代著名的边塞诗人，与岑参并称"高岑"。其边塞诗40余首，歌颂了士卒浴血奋战的精神，揭露了将军与士卒苦乐悬殊的深刻矛盾，表达了诗人以身报国、建功立业的抱负。笔力雄健，气势奔放，洋溢着盛唐时期所特有的奋发进取、蓬勃向上的时代精神。

王　勃　(650－676)，字子安，绛州龙门（今山西河津）人。出身望族。王勃对初唐沿袭六朝浮艳的诗风深感不满，有志于诗歌革新，与同时代人杨炯、卢照邻、骆宾王合称"初唐四杰"，共同为扭转绮靡诗风、扩大诗歌题材、使诗歌沿着健康的道路发展做出了不可磨灭的贡献。王勃诗多抒发个人情志,也有一些抨击时弊之作,工于五律、五绝,风格清新自然,初步实践了其诗歌革新的主张。

骆宾王 (640-?),婺州义乌(今浙江义乌)人。出身寒门,七岁能诗。其诗题材较为广泛,因才高位卑,愤激之情时见纸上。诗工诸体,尤擅七言歌行,风格遒放,笔力雄健,为初唐四杰之一。

沈佺期 (656-714),字云卿,相州内黄(今河南内黄)人。上元二年(675年)中进士。沈佺期与宋之问齐名,同为当时著名的宫廷诗人,所作多为歌舞升平的应制诗,风格绮靡,不脱梁、陈宫体诗风。然沈、宋两人总结了六朝以来新体诗创作的经验,对律诗的成熟与定型,贡献颇大。

宋之问 (约656-712),字延清,一名少连,汾州西河(今山西汾阳)人。诗与沈佺期齐名,合称"沈宋"。所作多粉饰太平、颂扬功德之应制诗,靡丽精巧,尤善五律,对初唐律体之定型颇有贡献。

刘长卿 (约709-约790),字文房,宣城(今属安徽)人。大历诗风的主要代表之一。其诗多写贬谪身世之叹和山水隐逸的闲情逸致。文笔简淡,意趣闲远,形成冲淡洗炼之风格。

钱 起 (722-780),字仲文,吴兴(今浙江湖州)人。其诗具有较高的艺术水平,风格清空闲雅、流丽纤秀,尤长于描写景物,为大历诗风的杰出代表。

韩 翃 生卒年不详。字君平,南阳(今河南沁阳)人。其诗多为送别酬赠之作,题材较为狭窄,诗风华丽、技巧圆熟,为中唐名家。

卢 纶 (748-约799),字允言,祖籍范阳(今河北涿州),后徙家蒲州(今山西永济县)。其诗多为赠答唱和、送别陪宴之作。因后期长居军幕,所作边塞诗多慷慨雄壮之音,颇有名作传世。

李 益 (748-827),字君虞,陇西姑臧(今甘肃武威)人。其诗以边塞诗最为杰出,内容多写士卒久戍思乡之心情,感伤气氛较浓,并兼及塞外风光之描写。七绝也写得很好,音节神韵,甚得世誉。

司空曙 （约720－约790），字文明，广平（今河北鸡泽）人。其诗多为赠别酬答、羁旅行役之作。长于近体，尤工五律，诗风闲雅疏淡，为大历十才子之一。

刘禹锡 （772－842），字梦得，洛阳（今河南洛阳）人。其诗涉猎题材广泛，所作政治讽刺诗，辛辣尖锐，痛快淋漓；所作怀古诗，沉郁苍凉，语浅意深；所作信民歌诗，清新爽朗，别开生面。诗兼众体，尤擅七言，多有名篇、名句流传于世。

杜　牧 （803－852），字牧之，京兆万年（今陕西西安）人，祖居长安下杜樊乡（今陕西长安县），世称杜樊川。其诗多指陈时局之作，怀古诗融入史论，对后世影响颇大，其抒情写景之作也多有名篇传世。工于近体，尤长于七绝。其诗风俊爽雄丽，为晚唐杰出的诗人。

许　浑 （791－858），字用晦，一字仲晦，祖籍安陆（今湖北安陆），后迁居京口（今江苏镇江市）丁卯涧，故世称许丁卯。其诗长于律体，所作以登临怀古、山水田园为佳。格调清新，律法圆熟。

温庭筠 （812－866），本名岐，字飞卿。才思敏捷，其诗多写个人沦落之感慨和青楼狎妓之艳情，其诗辞藻华丽，咏史诗感慨深切。尤以其乐府诗为最，是"花间派"鼻祖，对五代以后词的发展颇有影响。

杜荀鹤 （846－907），字彦之，自号九华山人，池州石埭（今安徽石台）人。其诗多反映当时的社会黑暗和民生疾苦。专攻律绝，尤善七律。语言浅近易懂，描写不事雕琢，在唐代律诗中独具一格。

韦　庄 （836－910），字端己，京兆杜陵（今陕西长安）人。其诗多为怀古、伤时、旅愁之作，基调感伤低沉。尤长于七绝，风格清丽自然。长诗《秦妇吟》反映战乱中妇女的不幸遭遇，驰名当时。与温庭筠同为花间派的重要诗人。

崔　颢 （约704－754），汴州（今河南开封）人。早期诗作轻薄浮艳，诗多写闺情。晚年诗风一变而为慷慨高峻，所作边塞诗雄浑豪放。代表作《黄鹤楼》被评为唐人七律第一。

祖　咏　生卒年不详，洛阳（今河南洛阳）人。其诗多写隐逸生活、山水风光，为盛唐山水田园诗派诗人之一。

元　稹　(779-831)，字微之，洛阳（今河南洛阳）人。其诗以乐府诗最具代表性。长篇叙事诗《连昌宫词》向与白居易《长恨歌》并称，其悼亡诗《遣悲怀》三首向称名篇。与白居易同为早期新乐府运动倡导者，诗亦与白居易齐名，世称"元白"。

秦韬玉　生卒年不详，字仲明。京兆长安（今陕西西安）人。能诗善文，诗工七律，尤《贫女》一诗，向称名作。其诗叙事抒情深刻切直，或写权贵误国，或抒矛盾心理，反映出身为幕僚而不满幕僚的苦闷。

裴　迪　生卒年不详，绛州闻喜（今山西闻喜）人。为盛唐山水田园诗派作者之一，长于五言绝句。常描写幽寂的景色，风格与王维的山水诗相近。

王之涣　(688-742)，字季凌，原籍晋阳（今山西太原）。豪放不羁，常击剑悲歌，其诗多被当时乐工制曲传歌。曾与高适、王昌龄、崔国辅等人唱和，其诗以描写边塞风光著称，为盛唐边塞诗人之一。

李　端　(?-约785)，字正己，赵州（今河北赵县）人。其诗多应酬赠别之作，情调较为低沉，为大历十才子之一。

贾　岛　(799-843)，字浪仙，一作阆仙，自号碣石山人，范阳（今河北涿州）人。其诗题材狭窄，多写枯寂之景、穷愁之情。遣词造句，刻意求工，追求新奇生僻，为中唐著名的苦吟诗人，与孟郊齐名，世称"郊寒岛瘦"。对后世影响颇大，晚唐诗人多有效仿其体者，南宋江湖诗派更奉之为"唐宗"。

贺知章　(659-744)，字季真，自号四明狂客，越州永兴（今浙江萧山）人。为人放荡不羁，风流清狂，与李白、张旭等合称"饮中八仙"。诗多祭神乐章和应制诗，写景诗清新通俗。诗以七绝见长。

王　翰　(约687-735)，字子羽，并州晋阳（今山西太原）人。性豪迈，喜纵酒。诗以边塞诗见长，苍凉奔放。《凉州词》二首尤为

张　继	生卒年不详,字懿孙,襄州(今湖北襄阳)人。其诗多羁旅写景之作,抒发其抑郁怨愤之情,不事雕琢,风格清新淡远。其中《枫桥夜泊》一首尤为传世名篇。
陈　陶	生卒年不详,字嵩伯,祖籍岭南(今广东广西一带)。工于乐府,其诗多为旅途题咏、求道学仙之词。《陇西行》一诗为传世名篇。
张　泌	生卒年不详,字子澄,淮南(今江苏扬州)人,后主时中进士,诗长于七言,多为伤春、思乡之作。
钱惟演	(962-1034),字希圣,临安(今浙江杭州)人,是西昆诗派的代表诗人之一。其文辞清丽,与杨亿、刘筠齐名,他们互相唱和之诗辑为《西昆酬唱集》。
范仲淹	(989-1052),字希文,北宋政治家、文学家,苏州吴县(今江苏苏州)人。大中祥符八年(1015年)进士。为当时著名的政治家,为"庆历新政"的主持者之一。诗文词均有名篇传诵于世。
张　先	(990-1078),字子野,乌程(今浙江湖州)人,天圣八年(1030年)进士。词风含蓄蕴藉,情味隽永,韵致高逸,也是上承晏、欧,下启苏、秦的一位重要词人,艺术上有相当造诣。他也是较早大量创作慢词长调的词家,对词体的发展有一定贡献。有《安陆词》,又名《张子野词》。
晏　殊	(991-1055),字同叔,临川(今江西抚州)人。词风承袭五代,受南唐冯延巳影响较深。晏殊词多为佳会宴游之余的消遣之作,有着浓厚的雍容华贵的气派,音韵和谐。有《珠玉集》。
欧阳修	(1007-1072),字永叔,号醉翁,晚年又号六一居士,吉州永丰(今江西永丰)人。天圣八年(1030年)进士。欧阳修是北宋诗文革新的领袖,唐宋八大家之一,文风平易流畅,纡徐婉曲,富于情韵。有《六一词》传世,又名《欧阳文忠公近体乐府》,另一种本子为《醉翁情趣外篇》,共存词二百余首。
柳　永	(约987-约1053),原名三变,字耆卿,崇安(今福建崇安)

杰出。

人。柳永是北宋一大词家，在词史上有重要地位。他扩大了词境，所写内容不限于男女风月，尤工羁旅行役，佳作极多，许多篇章用凄切的曲调唱出了盛世中部分落魄文人的痛苦，真实感人。他的词长于铺叙、工于写景言情，讲究章法结构，词风真率明朗，语言自然流畅，有鲜明的个性特色。他是北宋前期最有成就的词家，有《乐章集》。

王安石（1021-1086），字介甫，号半山，临川（今江西抚州）人，庆历二年（1042年）进士。王安石是一位大政治家，又是一位大文学家，散文为唐宋八大家之一，文风峭刻，政治色彩浓厚。诗歌成就更大于文，瘦硬清峻，意新语工，多有名章妙句传世，写景小诗尤为出色。词风清新爽朗，亦间有婉丽之作，对后世有影响。今传有《临川先生歌曲》。

晏几道（约1030-1106年），字叔原，号小山，晏殊的幼子。词与晏殊齐名，号称"二晏"，其父称"大晏"，他称"小晏"。其词风受《花间》、南唐影响，凄婉清新，秀丽精工，哀怨自然处颇近李煜。

苏　轼（1037-1101），字子瞻，号东坡居士，苏洵长子，眉山（今四川眉山）人，嘉祐二年（1057年）进士。苏轼是北宋文坛领袖，建树了多方面的文学业绩，散文与欧阳修并称"欧苏"，是唐宋八大家之一；诗歌与黄庭坚并称"苏黄"，开辟宋一代诗歌新貌；词与辛弃疾并称"苏辛"，改革了词风，开拓了词境，提高了词品；书法与黄庭坚、米芾、蔡襄并称"四大家"；绘画是以文同为首的"文湖州竹派"的重要人物。他在文学艺术的各个领域都取得了突出的成就，在中国文学史上极为罕见。苏轼词创造了多种风格，除传统的婉约清丽外，他的词或清旷、或雄放、或凝重、或空灵，佳作极多，对后世影响极为深远。

秦　观（1049-1100），字少游，一字太虚，号淮海居士，扬州高邮（今江苏高邮）人。他的词语言清俊，笔致细密，善于刻画，词风俊雅，风格柔婉，情韵兼胜，被誉为"词家正首"。有《淮海词》一卷，又名《淮海居士长短句》，存世词80余首。

晁元礼 (1046-1113)，一说名端礼，字次膺。其祖先是澶州清丰（今属河南）人，后迁徙彭门（今江苏徐州）。熙宁六年（1073年）进士。有《闲斋琴趣》六卷。

赵令畤 (1051-1134)，初字景贶，苏轼为其改为德麟，自号聊复翁。涿郡（今河北涿州）人。著有《侯鲭录》、《聊复集》。其词凄惋柔丽，极近秦观。

晁补之 (1053-1110)，字无咎，晚年自号归来子，济州钜野（今属山东）人。元丰二年（1079年）进士。文章温润曲缛，亦工诗词。著有《鸡肋集》、《晁氏琴趣外编》六卷。

舒 亶 (1041-1103)，字信道，号懒堂，明州慈溪（今浙江余姚）人。治平二年（1065年）进士。工小词，思致缜密。近赵万里辑有《舒学士词》一卷。

李之仪 (1035-1117)，字端叔，晚号姑溪居士、姑溪老农，沧州无棣（今属山东）人。熙宁三年（1070年）进士。其以尺牍擅名，亦工词，小令尤清婉。有《姑溪词》。

周邦彦 (1056-1121)，字美成，自号清真居士，钱塘（今浙江杭州）人。他的词圆转流丽、富艳精工、词律细密，词风浑厚典丽，结构布局很有章法，是北宋末年的一大词家，宋朝格律派的创建者，对后世影响很大。有《片玉集》，又名《清真集》。

贺 铸 (1052-1125)，字方回，号庆湖遗老。卫州共城（今河南汲县）人。长于度曲，深婉丽密，有《楚骚》遗韵。词多刻画闺情离思，也有抒发怀才不遇之慨叹及纵酒狂放之作品。风格多样，且用韵极严，富有节奏感和音乐感。有《庆湖遗老集》、《东山词》。

张元干 (1091-约1170)，字仲宗，号芦川居士，真隐山人。芦川永福（今福建永泰）人。北宋末年的太学生。张元干词早期受秦观、周邦彦影响，词风清新婉丽。南渡后，词作多以抗金为主题，变得慷慨激昂，豪放悲凉。对后来的陆游、辛弃疾等人有积极的影响。有《芦川归来集》和《芦川词》传世。

叶梦得 (1077-1148)，字少蕴，号石林居士，苏州吴县（今属江苏）

人，词风早年婉丽，中年学东坡，晚年简洁而时出雄杰。著有《建康集》、《避暑录话》、《石林燕语》等。

李　邴　（1085-1146），字汉老，号云龛居士。济州任城（今山东济宁）人。徽宗崇宁五年（1106年）进士。与汪藻、楼钥并称"南渡三词人"。有《全宋词》存词八首。

陈与义　（1090-1138），字去非，号简斋，洛阳（今河南洛阳）人。政和三年（1113年）登上舍甲科。以诗著名，属江西诗派，南渡后，诗风有明显变化，由清新明净变为沉郁悲壮。词亦工，以清婉秀丽为特色，豪放处又近东坡。有《无住词》一卷传世。

蔡　伸　（1088-1156），字伸道，号友古居士，莆田（今属福建）人。徽宗政和五年（1115年）进士。其词长于铺叙，笔致雄健俊爽。著作有《友古词》。

周紫芝　（1082-1155），字少隐，号竹坡居士，宣城（今安徽宣城）人。词风清丽婉曲、自然酣畅。著作今存《太仓稊米集》、《竹坡词话》、《竹坡词》。

岳　飞　（1103-1141），字鹏举，相州汤阴（今属河南）人。南宋名将。少年从军，屡建奇功，力主抗金恢复中原，反对秦桧之和议投降，被秦桧以"莫须有"的罪名杀害。淳熙六年追谥武穆，嘉定四年追封鄂王，后改谥忠武。其著作被后人编辑成《岳忠武王文集》，词仅存三首，抒发抗金恢复中原之志，豪迈悲壮。

程　垓　生卒年不详，字正伯，眉山（今属四川）人。工诗文，词风凄婉锦丽。有《书舟词》。

张孝祥　（1132-1169），字安国，号于湖居士，历阳乌江（今安徽和县乌江镇）人。绍兴二十四年（1154年）廷试第一。善诗文，工词。词风豪放。著有《于湖居士文集》、《于湖词》。

韩元吉　（1118-1187），字无咎，号南涧，许昌（今属河南）人。力主恢复中原，曾与张元干、张孝祥、范成大、陆游、辛弃疾等以词唱和，词风豪放、雄浑。著有《南涧甲乙稿》、《南涧诗余》。

陆　游　（1125-1210），字务观，自号放翁。越州山阴（今浙江绍兴）人。南宋杰出的爱国主义诗人，亦工词，词作纤丽处似淮海，雄快处似东坡，一扫纤艳，不事斧凿。著有《剑南诗稿》、《渭南文集》、《南唐书》、《老学庵笔记》、《放翁词》。

陈　亮　（1143－1194），字同甫，号龙川，婺州永康（今属浙江）人。绍熙四年（1193年）进士。词风豪迈，与辛弃疾唱和较多。有《龙川文集》、《龙川词》。

范成大　（1126－1193），字致能，号石湖居士，苏州吴县（今属江苏）人。绍兴二十四年（1154年）进士。他的诗与陆游、杨万里、尤袤齐名，号"称南宋四大家"。词风清逸淡远。著有《石湖居士诗集》、《石湖词》等。

辛弃疾　（1140－1207），字幼安，号稼轩，历城（今山东济南）人。词风慷慨悲壮，奋发激越有《稼轩长短句》、《稼轩甲乙丙丁集》、《稼轩词》。

姜　夔　（约1155－约1221），字尧章，号白石道人，鄱阳（今属江西）人。工诗，尤以词称。精通音律，曾著《琴瑟考古图》。词集中多自度曲，并存有工尺旁谱十七首。有《白石道人诗集》、《白石诗说》、《白石道人歌曲》等。

刘　过　（1154－1206），字改之，号龙州道人，吉州太和（今江西泰和）人。词风豪放激越。有《龙洲集》、《龙洲词》。

史达祖　（1163－1220），字邦卿，号梅溪，汴京（今河南开封）人。其词以咏物逼真著称，善用白描，轻盈绰约，细腻工巧。亦有感慨国事之作。有《梅溪词》传世。

刘克庄　（1187－1269），字潜夫，号后村居士。莆田（今属福建）人。以父荫入仕，淳佑六年（1246年）赐进士出身。其诗词多感慨时事之作，是南宋江湖诗人和辛派词人的重要作家。词风粗豪肆放，慷慨激越。著有《后村先生大会集》、《后村别调》。

吴文英　（1200－1260），字君特，号梦窗，晚年又号觉翁，四明（今浙江宁波）人。是南宋后期一位重要词人，词风艳丽，对后代有很大影响。著有《梦窗甲、乙、丙、丁稿》。

周　密　（1232－约1298），字公谨，号草窗，自号四水潜夫、弁阳老人等，原籍济南（今属山东），后居吴兴（今浙江湖州市）。能诗词，善书画，词讲究格律。著有笔记《武林旧事》、《齐东野语》、《癸辛杂识》等。词有《草窗词》、《蘋洲渔笛谱》，编纂《绝妙好词。》

蒋 捷 生卒年不详，字胜欲，号竹山，阳羡（今江苏宜兴）人。咸淳十年（1274年）进士。著有《竹山词》。

张 炎 （1248－1314），字叔夏，号玉田，又号乐笑翁，先世为成纪（今甘肃天水）人，寓居临安（今浙江杭州）。其词用字工巧，追求典雅。曾从事词学研究。著有《词源》、《山中白云词》（又名《玉田词》）。

王沂孙 （？－约1289），字圣与，号碧山、又号中仙、玉笥山人，会稽（今浙江绍兴）人。与周密，张炎等同结词社，擅长于咏物词。著有《花外集》。

李清照 （1084－1155），自号易安居士。齐州济南（今山东济南章丘）人。出身于书香仕宦之家，自幼博通诗书，才力华赡。李清照词早年多写闺中生活情趣，词风清新俊秀；南渡后多写身世之痛和时世之悲，词风趋于凄咽悲楚。